Knaur.

Knaur.

Über den Autor:
Colin Harrison, geboren 1960, ist waschechter New Yorker und arbeitet als Lektor in einem großen US-Verlag. Mit seinen bislang fünf, von der Kritik hochgelobten Romanen hat er sich einen Ruf als exzellenter Thrillerautor erworben. Verheiratet ist er mit der Schriftstellerin Kathryn Harrison. Das Paar lebt mit seinen drei Kindern in Brooklyn, New York.

Colin Harrison

Der Moloch

Thriller

Aus dem Amerikanischen von
Anke und Eberhard Kreutzer

Knaur Taschenbuch Verlag

Die amerikanische Originalausgabe erschien 2008 unter dem Titel
»The Finder« bei Farrar, Straus and Giroux, New York.

Dieser Roman erschien im Droemer Verlag unter dem Titel
Im Schlund des Drachen.

Besuchen Sie uns im Internet:
www.knaur.de

FSC
www.fsc.org
MIX
Papier aus verantwortungsvollen Quellen
FSC® C014496

Vollständige Taschenbuchausgabe Juni 2011
Knaur Taschenbuch.
Ein Unternehmen der Droemerschen Verlagsanstalt
Th. Knaur Nachf. GmbH & Co. KG, München.

Redaktion: Maria Hochsieder
Umschlaggestaltung: ZERO Werbeagentur, München
Umschlagabbildung: © Richard H. Cohen/Corbis
Satz: Adobe InDesign im Verlag
Druck und Bindung: GGP Media GmbH, Pößneck
Printed in Germany
ISBN 978-3-426-50297-6

2 4 5 3 1

Meiner Mutter
und im Gedenken an
meinen Vater

1

Drei Mädchen nachts in einem Wagen auf dem Weg zum Strand von Brooklyn. Zwei sind Mexikanerinnen, etwa neunzehn und zwanzig Jahre alt, jung und hübsch – wie viele mexikanische Mädchen in New York. Glattes schwarzes Haar, weiche Gesichter, gutgläubiger Optimismus, den die Schufterei noch nicht gebrochen hat. Die Mädchen sitzen in ihren blauen Dienstuniformen mit CORPSERVE-Abzeichen an der Brust gemütlich in dem kleinen Toyota und brausen den Belt Parkway hinunter. Die fünfzehn Jahre alte Klapperkiste ist nicht versichert und trägt ein abgelaufenes Kennzeichen aus dem Bundesstaat Georgia; ihr Marktwert liegt bei hundertfünfundzwanzig Dollar. In New York kann man einen solchen Wagen jederzeit kaufen und wieder verkaufen. Wen interessiert schon der Papierkram? Das ist was für Leute mit viel Knete. Diese mexikanischen Mädchen haben kein Geld. Sie putzen Büros in Manhattan. Ihr Tag beginnt abends um sieben, demnach könnte es jetzt fünf Uhr morgens, kurz vor Sonnenaufgang sein. Fast jede Nacht, wenn sie mit ihrer Arbeit fertig sind, gehen sie aus, womit sie sagen wollen, seht her, so schnell sind wir nicht kleinzukriegen. Am Strand bleiben sie ein paar Minuten im Wagen sitzen, dann machen sie kehrt und fahren zu dem Haus an der Avenue U, in dem sie mit neun anderen Leuten wohnen. Wieso fahren sie mit dem Auto? *Da, wo wir wohnen, gibt's keine U-Bahn*. Und der Bus, der braucht *ewig*. Also fahren die Mädchen mit dem Auto. Oft rauchen sie ein bisschen Pot, das ihnen ein paar Jungs geschenkt haben, und kichern. Machen das rissige Schiebedach des Wagens auf und lassen den Rauch nach oben entweichen. Sie genießen ihre Freiheit, ihre schwer verdienten Kröten, ihre provisorische Zugehörigkeit zu Amerika. Sie rauchen, trinken ein bisschen, hören Radio. Kichernde, nette Mädchen, aber zäh – zäher als die Amerikanerinnen. Illegal ins Land gekommen. Jede mit einer gefälschten Greencard, für die sie hundertfünfzig Dollar hingeblättert hat. Sie haben den Sprung gemacht und sind noch nicht zermürbt, haben sich noch keinen Ehemann und Kinder aufgehalst. In einem der mexikanischen Bereiche des Marine Park treffen sie sich zu Grillpartys und zum Volleyball. Wenn ihnen danach ist, haben sie Kerle, und sie wissen, was die Männer glücklich macht. Sex – noch eine Art von körperlicher Arbeit. Ihre Mütter daheim in Mexiko wissen das alles nicht, wissen überhaupt sehr wenig. *Pass ja auf dich auf!*, flehen sie. *Nueva York ist für Mädchen wie dich ein gefährliches Pflaster.* Aber das stimmt nicht. Nicht hier, sondern in Mexiko finden sie die Mädchen mit gespreizten Beinen und verdrecktem Haar in der Wüste, nachdem die Insekten ihnen schon die Augen ausgefressen haben. New York City ist groß, hier wimmelt es von reichen dicken Amerikanern. Vielleicht heiraten die Mädchen nicht einmal mexikanische Männer. Wozu auch? Sie reden über die Männer in den Büros. Die großen, die im Anzug so gut aussehen. Du willst ihn vögeln, Mädchen, sieht doch jeder Blinde. *No, no, es muy gordo*, zu fett. Sie lachen. Bei Büroschluss sehen sie eine Menge mächtige Leute aus den Büros strömen. Männer und Frauen in Anzügen und Kostümen. Gepflegte Frisur, teure Armbanduhr. *Frauen, die denken, sie sind was Besseres als wie wir*. Eine Business-Welt zum Greifen nahe, direkt vor ihren kirschrot lackierten Fingernägeln. Angesichts der klaren Gliederung der amerikanischen Gesellschaft aber auch eine Welt, die sie wohl kaum je von innen sehen werden. Sie sind wie Nigerianer in London, Marokkaner in Paris, Koreaner in Tokio, Philippiner in Riad – Außenseiter in ihrer neuen Heimat. Ihr einziges Kapital ist ihre Jugend und ihre Bereitschaft zu leiden, doch dieses Kapital werden sie irgendwann verspielen, so wie sie alles verspielen werden, einschließlich ihres Lebens. Bei Lichte betrachtet, verspielen sie alles eher früher als später.

Genau genommen heute Nacht. Noch vor Sonnenaufgang. In wenigen Minuten.

Das dritte Mädchen im Wagen, das hinten sitzt, ist älter, eigentlich kein Mädchen mehr. Eine reizende, schlanke Chinesin. Spricht allerdings fließend Englisch. Sie hat ein bisschen Spanisch gelernt, mit mexikanischem Akzent. Sie ist die Chefin der Mexikanerinnen. Zuerst hatten sie Angst vor ihr, doch inzwischen mögen sie die junge Chinesin, auch wenn sie sich, wegen des Akzents, auf Englisch kaum miteinander verständigen können. Du redest Chinglisch mit uns, sagen sie lachend. Sie heißt Jin Li, und sie nennen sie Miss Jin, es klingt wie Missadschin. Sie ist sehr hübsch, typisch chinesisch, zart gebaut, mit einem schönen Gesicht. Aber so *nervosa!* Sie hat einen Kontrolltick. Sagt ihnen genau, wo sie die vollen Müllbeutel für die Lastenaufzüge hinstellen sollen. Was ist daran so wichtig? Sie liegen nicht auf der faulen Haut, sie leisten gute Arbeit. Entspann dich, haben sie ihr schließlich gesagt. Gehst du überhaupt mal aus? Sie schüttelte den Kopf, und sie sahen ihr an, dass sie Lust dazu hätte. Und jetzt tut sie es, so etwa einmal die Woche kommt sie mit. Das erhält die Freundschaft. Auch wenn die Mädchen wissen, dass Missadschin sie beobachtet. Sie ist still, sie behält jeden im Auge. Sicher, sie sind Außenseiter in Amerika, aber nicht so sehr wie Missadschin, auch wenn sie eine Menge Geld verdient und Englischunterricht nimmt. Sie hat sogar einen weißen Freund – vielmehr, hatte, so sicher ist das nicht zu sagen. Missadschin erzählt nicht viel über sich, als hätte sie etwas zu verbergen, als wäre sie eine Art *Kriminelle*, du weißt schon, was ich meine?

Die Putzkolonne ist gekommen und gegangen wie jeden Abend. Die Büroräume müssen gesaugt, die Abfalleimer geleert werden. Die Mädchen und die Büroangestellten wechseln wenig Worte – ein paar herablassende Dankeschöns, zuweilen ein knappes Nicken auf dem Weg nach draußen. Wer achtet in einer Firma schon auf das Reinigungspersonal? Und wieso auch? Es sind *Putzen!* Gelegentlich stoßen die Mädchen auf Büroangestellte, die über einer Pizza die Nacht durcharbeiten. Doch normalerweise schlägt ihnen Stille entgegen; das Geld wechselt über die Telefonleitungen und auf den Monitoren lautlos den Besitzer. Und wie's aussieht, geht es um eine Menge Geld, um Millionen und Abermillionen. Der Marmorboden in der Lobby wird nachts poliert. Die Fahrstühle werden sauber gewischt, selbst die Lastenaufzüge mit ihren Stahlwänden, welche die Mädchen benutzen müssen. Der Teppichboden wird schamponiert. Der Typ von der Kaffeefirma füllt den kostenlosen Automaten mit vierundzwanzig Sorten Tee und Kaffee auf. Die indischen Computerjungs huschen durch die Reihen, bringen die Firewalls auf den neuesten Stand, löschen Spam, entfernen Viren. Bei jeder Aktivität geht es um Geld. Darum, wie man noch mehr verdient. Die Bildschirme werden gewischt – die Apparate sind neu. *Geld.* Das in jedem dieser Büros in großen Mengen ver-

dient wird. Man kann es fast riechen. Die Mädchen lieben die Nähe von Geld. Tut das nicht jeder?
Inwiefern ist ihnen bewusst, dass die Abfälle, die sie jeden Tag in den Büros entsorgen, eine Papierspur aus Verkaufsabschlüssen, Trends, Ideen, Konflikten, vertraulichen Angelegenheiten und Rechtsstreitigkeiten ergeben, die für Dritte möglicherweise von enormem Interesse sein können? Die Antwort lautet, dass sie davon keine Ahnung haben. Sie können allenfalls Spanisch lesen, Englisch jedenfalls nicht. Das ist auch nicht anders zu erwarten, das heißt, genau das erwartet man von ihnen: Missadschin hat sie angeheuert, gerade *weil* sie nicht in der Lage sind, Englisch zu lesen, und weil sie ebenso wenig von den verschlungenen Kanälen ahnen, durch die Macht und Kapital bei Tage fließen, wo sie nachts ihre Runden absolvieren. Nicht nur ihr Fleiß hat seinen Wert, sondern auch ihre Unwissenheit. Ein großer Teil von New York ist auf solche Leute angewiesen. Leute, die nichts wissen. Die Stadt braucht ihre Arbeitskraft, ihre Gefügigkeit, ihre Angst. Man könnte diese Mädchen vor Gericht befragen. Welche firmeneigenen Dokumente haben Sie noch gleich entwendet, Miss Chavez? Sie könnten es niemals sagen.
Doch Jin Li hat diese Mädchen gern. Sie arbeiten hart, sie beklagen sich nicht. Sie weiß, dass sie ihr nichts weiter unterstellen als den Eifer, ihnen möglichst viel Arbeit aufzubrummen. Sie weiß auch, dass die Männer von der Hausverwaltung, die den Auftrag an CorpServe vergeben haben, taffe Burschen mit Schlüsseln und Piepsern und Walkie-Talkies, in ihr ein hübsches chinesisches Mädchen sehen, dessen Englisch bescheiden ist – wenn sie mit ihnen zu tun hat, spricht sie absichtlich schlechter als sonst –, und sie finden ihr Angebot günstiger als andere. Da haben sie

recht. Die Chinesen sind immer ein bisschen billiger, wenn sie wollen. Sie rechnen sich aus, wie sie es anstellen müssen, jeden anderen zu unterbieten, und dann machen sie sich unentbehrlich. Jin Lis Kunden profitieren gerne von ihrer Bereitwilligkeit, andere auszunutzen. Die Leute rechnen damit, dass die Chinesen ihre Arbeiter brutal behandeln, selbst in Amerika, und sie werden selten enttäuscht.

Heute Nacht haben die zwei Mexikanerinnen Knochenarbeit geleistet und unter Jin Lis Aufsicht blaue Plastiksäcke in den Lastenaufzug eines Gebäudes geschleppt, das in der Nähe der Ecke Fifty-first Street/Broadway liegt. CorpServe ist für neun Geschosse zuständig: die Kreditabwicklungsbüros einer Bank vom sechzehnten bis zum neunzehnten Stock und die Konzernzentrale eines kleinen Pharmaunternehmens in der zwanzigsten bis vierundzwanzigsten Etage. Jin Li leitet sieben Putzkolonnen an verschiedenen Orten in Midtown Manhattan und pendelt jede Nacht zwischen ihnen hin und her. Die Büros sind alle ähnlich aufgeteilt, mit einem Lastenaufzug, der zu einer Lkw-Bucht hinunterführt, wo CorpServes riesiger mobiler Müllzerkleinerer steht. Dort wirft ein älterer Mann in der gleichen blauen Uniform die Säcke in eine Ansaugöffnung, wo sie zu Konfetti geschreddert werden. Dieser Mann ist wie Jin Li Chinese, und zuweilen kommt sie mit bestimmten Säcken zu ihm hinunter und erteilt ihm besondere Instruktionen, deren Ausführung sie überwacht. Das Getöse der Schreddermaschinen übertönt ihre Unterhaltung. Ihnen beiden ist bewusst, dass sie sich ständig im Blickfeld von Überwachungskameras befinden – einige davon mit ferngelenkter Schwenkfunktion, und ebenso gut wissen beide, wie leicht man sie austricksen kann. Man muss nur die Winkel kennen. Die Kamera sieht den Corp-Serve-Lkw, aber nicht in den Lkw hinein. Man kann Säcke mit einem zwei, drei Zentimeter großen chinesischen Schriftzeichen markieren, ohne dass die Kamera es registriert.

Doch das war vor Stunden, inzwischen liegt die Nachtschicht hinter ihnen, die Mädchen lachen; sie hören den Latino-Sender und riechen den salzigen Nebeldunst vom Meer. Der Parkplatz am Strand ist um diese Zeit gewöhnlich leer. Niemand belästigt die Mädchen, und falls es doch einmal jemand tut – irgendein verrückter Mistkerl, ein Besoffener, der die Sau rauslassen will –, dann haben sie ein Pfefferspray dabei. Heute Nacht trinken sie ein bisschen billigen Tafelwein aus Plastiktassen und schaukeln auf ihren Sitzen zur Radiomusik. Die mexikanischen Mädchen fragen Missadschin über ihren weißen Freund aus. Ich hab ihn gern gehabt. Ganz schön macho für 'nen weißen Mann! Und was ist passiert?, fragt eins der Mädchen und dreht sich auf ihrem mit Klebeband geflickten Sitz herum. Ach, ihr wisst schon … Jin Li lacht und wendet den Blick zum Wasser. Hätte nicht funktioniert. Mehr sagt sie nicht. Den wahren Grund kann sie sich selbst kaum eingestehen. Sie wurde gezwungen, Schluss zu machen. Hörte seine Nachrichten auf dem Anrufbeantworter, seine wiederholte Bitte, ihn zurückzurufen. Sie hat sich selbst dafür gehasst, es nicht zu tun. Was er im Bett mit ihr gemacht hat – schon der Gedanke daran, dass sie *das* jetzt nicht mehr bekommt, macht sie traurig. Sie hatte auch vorher Beziehungen mit *gweilos* – einem Briten, einem Deutschen, einem Italiener. Sie mag sie, viel mehr als chinesische Männer, aber er, er war der Beste von allen. Und vielleicht ist sie deshalb heute Nacht hier, um ihn einfach zu vergessen.

Jetzt macht sich der Wein in Jin Lis Blase bemerkbar, und sie schlüpft aus der Tür des Beifahrersitzes, um im Seegras zu pinkeln. Sie hat in ihrer Handtasche ein wenig gefaltetes Klopapier dabei und tritt über den Rand des Parkplatzes auf einen Trampelpfad, der zu einem ungestörten Plätzchen führt. Ungestört und ekelhaft. Die Leute gehen da hinunter, um sich Crackpfeifen anzuzünden oder auch eine schnelle Nummer zu schieben, und so ist sie auf der Hut, bevor sie im Gras verschwindet. Man muss auf zerbrochene Flaschen, benutzte Kondome, Tampons, faulende Hühnerkeulen achten. Die Mädchen im Auto können sie hier nicht mehr sehen, und so lauscht sie einen Moment, um festzustellen, ob ihr jemand irgendwo da unten im Gras auflauert. Sie hört nichts, auch wenn jetzt der Wind bläst und Regen mit sich bringt. Tapfer tastet sie sich den dunklen Pfad hinunter und findet eine Stelle, an der sie sich hinhocken will.

Sie zieht sich gerade das rosa Höschen herunter, als sie in der Nähe das leise Dröhnen eines Dieselmotors hört. Was ist das? Sie läuft den Pfad halb zurück und duckt sich unterhalb des Parkplatzes ins Gras. Zwei Lastwagen schwenken auf den Platz, einer davon ein großer Pick-up, aufgemotzt mit Nebelscheinwerfern und allerlei extra Chrom, der andere ein riesiges Nutzfahrzeug wie von der städtischen Müllabfuhr, nur anders geformt. Es ist zu dunkel, um die Farben zu erkennen. Die Trucks kommen mit quietschenden Reifen neben dem kleinen Toyota zum Stehen. Der Pick-up parkt so dicht hinter dem Pkw, dass er zwischen Pick-up und Bordstein eingeklemmt ist, während der andere Lkw sich so dicht wie möglich an die Fahrerseite stellt. Was machen die da? Was haben die vor? Aus beiden Fahrzeugen steigt je ein bulliger Mann aus, und im

nächsten Moment sind sie an der nicht versperrten Seite des Toyota.
Aus ihrem Versteck im Gras blinzelt Jin Li durch den Regen, doch sie sieht und hört, wie die beiden Mexikanerinnen die Scheiben hochkurbeln und im Wageninneren schreien.
Einer der Männer zertrümmert mit einem Hammer das Schiebedach, dann stemmt er den Fuß gegen die Beifahrertür, damit die Mädchen sie nicht öffnen können. Unterdessen klinkt der andere etwas an der Heckstoßstange ein – es könnte eine Kette sein –, dann startet er den Motor des größeren Lasters. Mit zügigen Bewegungen spult er einen Schlauch von einer Rolle auf dem Lkw und zerrt ihn zu dem zerbrochenen Schiebedach. Er schiebt die Tülle ins Wageninnere, betätigt einen Hebel und hält den dicken Schlauch, der nun gurgelnd seinen Inhalt auf die Mädchen ergießt. Unter dem zähflüssig schlammigen Strom bockt und zuckt der Schlauch.
Hinter den Fenstern wird das Schreien schriller.
Was kann sie tun? Der Wagen füllt sich schnell, an den Scheiben steigt der Pegel der dunklen Masse. Der einzige Weg fort von hier führt über den Parkplatz, wo Jin Li zu sehen wäre. Hinter ihr liegt das scharfe Seegras und der Sand. Ihr Handy hat sie zum Aufladen in ihrer Wohnung in Manhattan gelassen. Absichtlich nimmt sie es nie zur Arbeit mit: Mit einem Handy kann die Polizei deine Schritte lückenlos verfolgen. Sie hat ein Walkie-Talkie in ihrer Handtasche, über das sie die anderen CorpServe-Kolonnen erreichen kann und das nicht zu lokalisieren ist. Doch es verfügt nur über eine Reichweite von einer Meile, genug für Manhattan, aber nicht für Brooklyn …
Eins der Mädchen drückt jetzt gegen die Fahrertür und

schlägt sie gegen den großen Lkw, der dicht neben dem Wagen steht. Doch die Tür öffnet sich nur einen Spaltbreit, nicht mehr. Dann schießt eine Hand aus dem Beifahrerfenster und feuert verzweifelt Pfefferspray. Der Mann, der diese Tür zuhält, schlägt auf die Hand, und die Sprühdose fliegt aufs Pflaster.

»Richie!«, brüllt der größere Mann durch den Regen. »Das reicht!«

Jin Li tastet in ihrer Handtasche nach dem Walkie-Talkie und schaltet es ein. Nichts als Störungsrauschen. »Hallo, hallo?«, versucht sie auf Englisch, sich bemerkbar zu machen. Nichts.

Jetzt gehen an dem Toyota die Lampen an, und der Motor startet. Das Auto macht einen Satz nach vorn bis an den Rand des Parkplatzes und ruckt an dem Pick-up dahinter. Doch die Kette an der Stoßstange hält. Die Hinterräder des Wagens drehen durch, und der Geruch nach angesengtem Gummi zieht über das Seegras. Dann wird der Motor langsamer, als ob er kapitulierte. Im Wageninnern wird der Fuß des Mädchens schlaff. Etwas quillt aus dem Beifahrerfenster und tropft die Scheibe herunter.

»Richie, du Arsch, nichts wie weg hier!«, schreit der Mann.

Der andere, der den Schlauch hält, rührt sich nicht.

»Dreh zu!«

Der Mann, der Richie heißt, legt den Hebel um und zieht die Tülle heraus. Aus dem zertrümmerten Schiebedach schwappt noch mehr von der klumpigen Masse. Der Wagen ist voll. Der Mann befestigt den Schlauch wieder auf dem Lkw und entfernt die Kette.

»Mach schon!«

Der kleine Einhundertfünfundzwanzig-Dollar-Wagen bewegt sich nicht über den Parkplatzrand, obwohl seine Lichter noch an sind und der Motor tuckert. Der größere Mann nimmt den Stiefel von der Beifahrertür und springt zurück, als sie sich gerade so weit öffnet, dass ein Schwall der zähen Flüssigkeit herausfließt. Dann macht er etwas Seltsames. Er greift hinein, um die Tür zu verriegeln, und wirft sich mit seinem ganzen Gewicht dagegen, um sie zuzuschlagen, dann macht er dasselbe mit der Fahrertür.

Er hat beide Türen zugesperrt, denkt Jin Li. Wieso?

»Nix wie weg, Mann!«

Die Männer haben es jetzt eilig, in ihre Trucks zu kommen. Das Ganze hat vielleicht sechs Minuten gedauert. Der große Lkw setzt in einem Halbkreis zurück und rast dann im Vorwärtsgang vom Parkplatz. Der Pick-up fährt ein kürzeres Stück zurück, schwingt herum und folgt dem großen Laster.

Sie fahren ohne Licht und schnell.

In zehn Sekunden sind sie weg.

Jin Li rennt zu dem Wagen. Der nasse Wind hat sich gedreht, und der Geruch ist alarmierend. Sie kennt diesen Geruch aus China, würde ihn überall wiedererkennen. Die öffentlichen Latrinengruben in den kleineren Städten. Die Löcher im Boden in der Nähe großer Baustellen in Shanghai, wo die Arbeiter auf ausgeschnittenen Bohlen hocken. Wo die ungeklärte Kloake in die Flüsse geleitet wird. Ja, der Geruch ist ihr bestens vertraut.

Sie hastet zum Wagen und zerrt an den Türen, für den Fall, dass sie doch nicht verriegelt sind. Bewegt sich drinnen etwas? Eine Hand, die sich durch die dunkle Flüssigkeit zur Scheibe tastet? Sie sieht sich nach etwas um, womit sie die Scheibe einschlagen kann; sie rennt zu der Grasfläche am Rand des Platzes und scharrt verzweifelt zwischen Plastiktüten, alten Zeitungen, Bierdosen, allem Möglichen, was sie nicht brauchen kann. Plötzlich findet sie einen schweren Brocken Asphalt. Es ist zu viel Zeit verstrichen. Oder? Wie kann jemand …? Mühsam schleppt sie den Brocken zum Wagen und zerschlägt beim dritten Versuch das Beifahrerfenster. Nasser, zäher Schlamm fließt heraus, spritzt über sie, stinkt bestialisch. Fäkalgase, fauliger Urin. Sie würgt, die Galle brennt ihr in der Kehle. Immer wieder schlägt sie gegen das Sicherheitsglas, um das Loch so groß zu machen, dass sie hindurchfassen kann. Endlich. Sie lässt das Stück Teer fallen und steckt den Arm in die kalte klumpige Nässe, tastet nach der Türverriegelung, schneidet sich das Handgelenk am scharfen Glas. Sie findet die Verriegelung, zieht sie hoch, zerrt an der Tür – sie fliegt auf, und eine große, dicke schwarze Zunge schnellt hervor. Die Kloake spritzt auf den Platz.

»Kommt raus!«, kreischt Jin Li auf Chinesisch. Der Gestank dreht ihr den Magen um und brennt ihr in den Augen. Sie greift hinein und findet eins der Mädchen. Sie bewegt sich nicht! Zu viel Zeit ist verstrichen! Sieben oder acht oder auch neun Minuten! Sie zieht an einem Arm, und der kotverschmierte Körper des Mädchens fällt schlaff auf den Asphalt. Jin Li wischt ihr über das Gesicht, ihr Haar ist von dem Zeug nass und verfilzt. Sie atmet nicht. Jin Li rollt sie auf die Seite, leert ihren Mund, drückt ihr auf den Rücken. Nichts! Sie rennt um den Wagen herum, zerschlägt dort die Scheibe und öffnet die Tür, so dass sie die Kloake, die gurgelnd aus dem Wagen quillt, überschwemmt. Das Mädchen liegt reglos über dem Lenkrad, doch Jin Li zieht sie heraus und versucht, sie zum Atmen zu bringen. Sie reagiert nicht. Jin Li weint vor Angst und Verzweiflung. Komm schon, komm schon!, sagt sie und drückt dem

Mädchen auf den Rücken, nachdem sie ihm das Zeug aus dem Mund gewischt hat. Nichts. Selbst die Augen kann sie unter den Fäkalien nicht sehen. Die Mädchen hatten Angst, sie haben hyperventiliert und den Schlamm tief in die Lungen eingesogen. Nachdem sie das Bewusstsein verloren hatten, war ihnen das Zeug tiefer in die Kehle gesickert, so dass sie daran erstickten. Genauso, wie wenn man jemanden minutenlang unter Wasser drückt. Jetzt liegen die Mädchen beide leblos bäuchlings auf dem Asphalt, während sich rund um den Wagen eine schwarze Lache bildet. Inzwischen regnet es heftiger, das Wasser mischt sich in den Schlamm und bildet Rinnsale, die zu den Gossen am Ende des Platzes fließen.

Jin Li hört eine Frauenstimme aufgeregt Spanisch reden, und sie erstarrt. Wer? Sie starrt die Mädchen an. Doch die scheinen – ja – tot zu sein, Leichen, die schon in sich zusammensacken. Ja, es stimmt, gesteht sie sich ein. Tot! Jetzt kommt Latino-Tanzmusik. Im Wagen läuft immer noch das Radio, und der Schlamm ist bis unter die Lautsprecher am Armaturenbrett gesunken. »*Yo te voy amor hasta el fin de tiempo!*«, klagt eine Sängerin.

Am Horizont dämmert der Morgen, im ersten matten Licht sind die Regenschwaden über dem Parkplatz zu erkennen.

Jin Li begreift. Jemand weiß Bescheid. Jemand weiß, was sie getan hat. Jemand hat sie in Manhattan in den Wagen steigen sehen und ist ihr gefolgt. Die wollten *sie*.

Sie rennt los. Über den Asphalt prescht sie davon, so dass ihr schwarzes Haar im Regen flattert, mit aufgerissenen Augen rennt sie um ihr Leben.

2

Im Yankee-Stadion sind die Sitze direkt hinter dem Home Plate so nah am Spielfeld, dass die Realität den üblichen Blick auf das Baseballspiel verzerrt. Was fern war, ist plötzlich nah. Was gigantisch schien, bekommt normale Lebensgröße. Was Fantasie war, ist zum Greifen nahe. Man sitzt so dicht am Spielfeld, dass man das ruhige Gesicht von Alex Rodriguez sehen kann, wenn er ans Home Plate tritt. Man sieht, wie Lehmklumpen von Derek Jeters Stollen fallen, wenn er mit seinem Schläger dagegenklopft. Man sieht, dass Jason Giambi, der Slugger mit den wilden Augen, an diesem Tag glattrasiert ist. Hinter dem Home Plate führt genau in der Mitte ein Gang nach oben. Es gibt keine besseren Plätze im Stadion als diejenigen direkt links und rechts davon, um die Perfektion eines Wurfs zu beurteilen, besonders, wenn man sich seitlich in den Gang hinüberbeugt, um exakt in der Mitte über den Rücken des Schiedsrichters und des Catchers zu blicken, die hinter dem Home Plate hocken. Aus dieser Perspektive hat man das Gefühl, als zielte der Pitcher mit dem Ball auf einen selbst, und die Zuschauer auf diesen Plätzen ertappen sich oft dabei, wie sie zurückzucken, wenn der Ball in den Handschuh des Catchers klatscht. So nah dran. Du bist da, du bist mitten im Spiel.

Diese Plätze sind außerdem dafür bekannt, dass sie nur einem kleinen Ausschnitt der Bevölkerung zur Verfügung stehen – den mächtigen Bonzen der Stadt mitsamt ihren Günstlingen. Die Konzerne verfügen über ihre eigenen großen Blöcke. Das Management der Yankees selbst verteilt Tickets an Sponsoren, Promis und hochrangige Amtsinhaber. Nur das ungefähr halbe Dutzend ebenerdiger Sitze am Gang bietet diese besonderen Vorzüge. Für wahre Fans sind dies die besten Plätze im Stadion, besser als die Luxuslogen der Konzerne und die für die Medien reservierten Reihen darüber. Den Beweis treten diejenigen an, die dort sitzen: Zu den wenigen Auserwählten gehört oft ein Scout des Erzfeindes Boston Red Sox, der mit einer Radarpistole die Wurfgeschwindigkeit misst und sich auf einem Klemmbrett die komplexen Verhaltensmuster jedes Spielers notiert. Dass der Mann mit einem fetten Meisterschaftsring an der Hand protzt, ist für die Yankees-Fans auf den angrenzenden Plätzen ein Sakrileg. Sie haben keineswegs vergessen, wie die Red Sox den Yanks 2004 die Meisterschaft gestohlen haben. Aber dies sind nicht die billigen oberen Ränge, wo die Männer wie die Irren johlen, wenn die Yanks Punkte machen, und sich wie eine Horde Wilder auf die Bäuche trommeln und ihr Bier herunterkippen. Nein, hier unten, auf den Logenplätzen der Betuchten, droht einem Gegner keine Gefahr für Leib und Leben. Hier sind alle *jederzeit* sicher, und sei es auch nur, weil die Leute vom Sicherheitsdienst in ihren blauen Blazern ganz in der Nähe sind und sie nicht aus den Augen lassen …

Wen genau? Um Berühmtheiten und Politiker handelt es sich nicht, zumindest nicht tagaus, tagein. Wer ist es dann? Nur das Management der New York Yankees hat den Überblick darüber, wer die Karten für welche Plätze bekommt, doch jemandem, der oft auf diesem Teil der Tribüne sitzt, entgeht nicht, wer eine Dauerkarte für die Spielsaison besitzt. Da sind die Sitze für die Citycorp, für Time Warner, Goldman Sachs und so weiter und so fort. Ford, ExxonMobile, HSBC, DuPont, Pfizer, Google, Japan Airlines. Die geballte Macht der Konzerne verleiht diesen Rängen noch mehr Prestige; man weilt mitten unter den Auserwählten, womit bewiesen wäre, dass man zu den Auserwählten gehört – eine angenehme Schlussfolgerung, der kaum einer widerstehen kann. Eingesprengt in diese Firmen- und Amtsträger-Blöcke sind kleinere Sitzgruppen – meist zwei, drei oder vier Plätze –, die wohlhabende Privatleute für sich reservieren, um ihre Familie, Freunde oder Geschäftspartner auszuführen. Diese Plätze fallen außerdem durch ihren hohen Anteil an jungen Frauen auf, die durchaus nicht schüchtern die schmalen Gänge hinauf- und hinunterhopsen. Viele von ihnen halten sich sogar an eine Baseball-Kleiderordnung, eine Kombination aus rosafarbener Yankees-Kappe – perfekt dazu geeignet, einen Pferdeschwanz kokett durch das Gummi zu ziehen –, dazu Sonnenbrille und ein Yankees-T-Shirt, das um die Taille gewagt knapp gehalten ist. Nach einigen enthemmenden Bierchen, inmitten einer endlosen Masse männlichen Fleisches und nicht selten mit einem kaum verheimlichten Faible für einen der berühmten, millionenschweren Athleten auf dem Spielfeld sehen diese Frauen in den musikalischen Einlagen der Lautsprechanlage eine willkommene Gelegenheit, aufzustehen und mit unverhohlenem Stripper-Eifer zu tanzen. Die Arme hoch über den Kopf erhoben, schütteln sie mal dies, mal das, und die kollektive Entfesselung von Dutzenden, Hunderten tanzenden Mädchen gerät zu einem Opferritual im riesigen Baseball-Tempel der Männer.

So beobachtet man nicht selten, wie sich der leitende Firmenangestellte – im schmerzlichen Bewusstsein seines prekären Status, der sich jederzeit nach oben wie nach unten ändern kann – mit einem Seufzer freudiger Erwartung zu-

rücklehnt, um auf diesem Fleckchen Erde hinter dem Home Plate einem mannigfaltigen Vergnügen zu frönen, das er sich redlich verdient hat.
Aus diesem Grunde machte Tom Reilly so oft wie möglich von seinen Firmenplätzen Gebrauch. Ihm kam bei Good Pharma die Aufgabe zu, für einen regelmäßigen Geldregen zu sorgen, wozu er bei einem stetigen Strom potenzieller Investoren Schönwetter machen musste. Er selbst liebte die Yankees – aber zu wie vielen Baseballspielen konnte ein Mann pro Jahr gehen? Am meisten allerdings liebte er es, mit anzusehen, wie die fantastischen Plätze bei seinen Gästen für fantastische Laune sorgten. Anschließend sorgte er dafür, dass diese gute Laune nicht verflog. So ließ er seine Gruppe nach dem Spiel mit der Limousine direkt vom Stadion zu einem der besten Nachtlokale chauffieren, etwa in eine der angesagten kleinen Nobelbars, in denen es von Models wimmelte, oder auch zu einem der Jazzclubs in der Innenstadt. In New York kommt keine Langeweile auf, Kameraden. Umgängliche Deutsche, clevere Briten, pseudoentspannte Japaner, Hightech-Cowboys aus dem Westen in siebentausend Dollar teuren Schlangenlederstiefeln oder Gumbo fressende Südstaatler – egal, wer! Bei Tom Reilly kamen sie alle auf ihre Kosten. Auf Kosten von Good Pharma ließen sie es sich wohl ergehen. Sie waren längst keine kleine Firma mehr. Letztes Jahr hatten sie einen Umsatz von achthundert Millionen. Der Börsenwert lag inzwischen bei 33,2 Milliarden. Tendenz steigend. Letztes Jahr satte achtundzwanzig Prozent. Und wenn man da erst mal steht, kann man einiges mehr aus dem Ärmel schütteln. Sie entwickelten neue Medikamente. Schwerpunkt Lifestyle-Medizin. Good Pharma steht für gute Ware, lautete die Botschaft, und die Botschaft war das Me-

dium, Baby. Good Pharma war so neu am Markt, dass sie die Investoren anlocken mussten. Knabber ein bisschen an unseren Aktien, friss dich an unseren Pfandbriefen satt, komm auf den Geschmack. Lass dir unseren wachsenden Marktanteil auf der Zunge zergehen, schnupper mit der Nase dran, dann inhaliere einmal kräftig. Na, gefällt dir das? Kribbelt das am Gaumen, unter der Haut, dieser nicht endende Strom von Patenten, von neu entwickelten Produkten? Die neuen Anwendungsbereiche? Die Vertriebslinien, bei denen die Konkurrenz ganz schön alt aussieht? Gut, nicht wahr? Dann schmeiß dir ein paar von den Pillen rein oder spritz dir das Zeug am besten direkt in die Venen. *Good* Pharma! Ein Neun-Millionen-Dollar-Etat allein für die Entwicklung des Markennamens. Den Befragten gefiel das postironische Wortspiel. Schien ihnen irgendwie hip und neu, mit seiner Pseudo-Big-Brother-Assoziation futuristisch cool. »Big Pharma« (abschätzig, aber als mächtig und effizient empfunden) plus »Good Karma« (retro-Hippy, öko oder Hindu oder religiös oder irgendwie menschelnd und nett) macht summa summarum Good Pharma! Sie warfen Produkte auf den Markt, mit denen die alternden, geburtenstarken Jahrgänge auf dem Golfplatz Chachacha tanzten, sich plötzlich wieder an ihre Schulaufgaben in der sechsten Klasse erinnerten, alles vögelten, was ihnen über den Weg lief, im Schlaf Gewicht verloren und beim Basketball Treffer landeten. Das stimmte sogar, auch wenn es als Anekdote herhalten musste. Das Forschungsteam von Good Pharma hatte bei einer Versuchsreihe mit Knorpeltherapie ein paar richtig alte Spieler der NBA aufgetan, klapprige schwarze Riesen, die sich auf einmal so gut fühlten, dass sie den Ball wieder in den Korb bekamen. Das Zeug bestand im Wesentlichen aus den geklonten Zellen einer brasilianischen Laubfroschart. Stell dir vor, wie das einschlägt, stell dir die Werbe-Webcasts vor, in denen ein siebzig Jahre alter Schwarzer einen Basketball-Treffer landet! Millionen fettsteißige weiße Frauen werden das Zeug auf Rezept verlangen! Punkten mit Good Pharma!

Doch jetzt war erst einmal Baseball angesagt. Die Yanks mit dem Nadelstreifen-Trikot waren auf dem Spielfeld und wärmten sich auf, indem sie den Ball gekonnt durch den milden abendlichen Himmel peitschten. Tom hielt die Eintrittskarten bereit und machte es sich neben seinen beiden Gästen bequem – einem kubanischen Investor aus Miami namens Jaime »Jim« Martinez und seinem Protegé, einem jungen Mann, der klug genug war, nada zum Gespräch beizusteuern.

»Sie hatten recht!«, bescheinigte ihm Martinez, als er sah, dass sie so nah am Home Plate waren, wie er es erwarten durfte. »Sehr gute Plätze.«

»Was dachten Sie denn«, sprudelte Tom, wobei die wahre Botschaft lautete: *Wir wissen, was wir euch schuldig sind.* Diese stetig wachsende Gier zu wecken war bereits der halbe Deal, und er musste es ja wissen, denn für einen Mann knapp über vierzig konnte er schon eine Menge Deals für sich verbuchen. Tom Reilly, leitender Angestellter und Vizepräsident mit dem Ressort Einwickeln von Großinvestoren. Verantwortlich für die Produktion von hochwirksamem Hype. Zum Berufsbild gehört die Fähigkeit zu lächeln, wenn's weh tut, keine Angst zu zeigen und falls erforderlich – oder auch nicht – zu lügen. Ein glückliches Händchen mit Bankern, Forschern, Analysten, den Medien und überhaupt. Das öffentliche Gesicht der Firma. Gutaussehend, aber nicht übertrieben. Keine schönen Züge, dafür männlich. Bodenhaftung. Kernig gesund.

Selbstbewusst. Ehefrau erfolgreiche Internistin mit Praxis für Privatpatienten auf der Park Avenue. Kinder: noch keine. Angeblicher Grund: zu beschäftigt. Wahrer Grund: träges Sperma. Schwaches, sexuell unterentwickeltes, unsicheres Sperma. Platzpatronen, schlappe Böller. Lösung: vielleicht *in vitro*, wovon seine Frau, immerhin Ärztin, allerdings wenig angetan war; kannte die geringen Erfolgsaussichten und die höhere Wahrscheinlichkeit, Frühchen zu bekommen. Zustand der Ehe: suboptimal.
Aber was soll's! Er hatte Geld hereinzuholen! Und in Jim Martinez neben ihm witterte Tom Reilly fette Beute. Martinez besaß einen dichten, im Pat-Riley-Stil glattgegelten Silberschopf und das Lächeln eines Charmeurs, zweifellos nützliche Gaben für das Aushängeschild einer Investmentgruppe, die in den Biotech-Markt einsteigen wollte. Die Finanzmittel der Gruppe kamen von kubanischen Ärzten, Rechtsanwälten und Bauunternehmern im südlichen Florida sowie Lateinamerika. Knallharte Kapitalisten und Castro-Hasser. Viele hatten schon zwei, drei Ehefrauen verschlissen, mit jeder Generation für eine weißere Hautfarbe und nicht zuletzt für eine Riesenschar Enkelkinder gesorgt, die mit BMWs in der Einfahrt aufgewachsen und auf Privatschulen gegangen waren. Der Druck, noch mehr Geld zu verdienen, hörte nie auf, selbst für reiche Männer! Besonders für reiche Männer! Die Gruppe wollte sich mit einer Investition von vierundfünfzig Millionen Dollar an Good Pharmas neuem Synthetikhautprojekt beteiligen, eine Summe, die einen hohen Rabatt beinhaltete, denn das Paket war reale dreiundsechzig Millionen wert, und Good Pharma hätte für dieses Filetstück gerne neunundsechzig gesehen. Dies also der Zweck der abendlichen Übung: Martinez und Tom schufen eine scheinbar unverkrampfte

Atmosphäre kaltblütiger Herzlichkeit, um die anschließende Verhandlung auf Hauen und Stechen zu erleichtern.
So fing es an! Das Spiel, das Geplauder, das übliche Vorspiel zum eigentlichen Geschäftsakt. Drei Männer in blauem Blazer und guten Hosen. Tom bestellte Bier und Hotdogs und widmete sich seinen kubanischen Gästen. Das erste Inning fegte vorbei, dann das zweite. Yanks mit zwei zu eins vor Baltimore in Führung. Gute knappe Würfe, ein paar tolle Spielzüge im Innenfeld, darunter einer von Jeter.
Im dritten Inning schließlich brachten die überbezahlten Yankees den Pitcher, der für die Orioles die ersten fünf Runs bestritt, zur Strecke. Das Spiel drohte zur Farce zu werden, doch Martinez war bereits bei seinem dritten Bier und so entspannt, dass er erzählte, wie frustriert die wohlhabenden kubanischen Investoren in Miami wegen der ewigen Hurrikans seien, die ihre Bauprojekte verzögerten oder großen Schaden anrichteten. Außerdem überlegten sie, wie sie in der Ära nach Castro in Kuba Fuß fassen sollten.
»Wir sind risikomüde geworden«, räumte Martinez ein. »Also versuchen wir vielleicht mal was anderes. Vielleicht sehen wir mal, was Ihre Firma für uns tun kann.«
»Ich denke, Sie werden feststellen, dass wir eine Menge zu bieten haben«, säuselte Tom zurück. »Wissen Sie, es ist zwar noch nicht *ganz* amtlich, aber einige der ersten Ergebnisse dieser Testreihe erweisen sich als ziemlich vielversprechend ...«
In diesem Moment erschien ein Mann vom Stadionpersonal am Ende ihres Gangs. Er warf einen prüfenden Blick auf einen Umschlag.

»Tom Reilly?«, fragte er Martinez.
»Hier neben mir«, sagte Martinez.
Der Bote reichte Tom den Brief. »Den soll ich Ihnen geben.«
»Danke«, erwiderte Tom und zog einen Zwanzig-Dollar-Schein als Trinkgeld aus der Tasche. Der Bote verschwand. Tom warf seinen Gästen ein Lächeln zu. »Offenbar reicht es nicht, dass sie einen nonstop ansimsen oder anrufen können, jetzt müssen sie auch noch Papier verschicken …« Er riss den Umschlag auf und zog das einzelne Blatt – gelb mit blauem Rand – heraus. Er hätte aufstehen und die Nachricht im Gang lesen können, doch das wäre unhöflich gewesen und hätte außerdem eine Krise signalisiert – genau das wollte er nicht. Also entfaltete er das Blatt nur so weit, dass er einen kurzen Blick auf die Nachricht werfen konnte, und er fühlte, wie es ihn kalt erwischte. Trotzdem besaß er die Geistesgegenwart zu nicken, als handle es sich nur um die Bestätigung von etwas, das er bereits wusste.
»Gute Nachrichten?«, fragte der gewiefte alte Kubaner aus Miami und stupste ihn.
»Könnten nicht besser sein«, log Tom mit einem verhaltenen Lächeln auf den Lippen, während er den Brief in seine Brusttasche steckte. »Für besonders vertrauliche Informationen meiden wir wenn möglich das Internet. Meine Sekretärin hat mir den Boten geschickt … der Zuschlag für einen richtig großen Deal, wir müssen im Moment noch Stillschweigen wahren – Sie verstehen. Darf noch nicht publik werden.«
Er nickte bekräftigend und wandte sich wieder dem Spiel zu. Hatte er die Männer überzeugt? Vielleicht nicht ganz. Doch er hielt den Bluff bis zum Ende des Innings durch; in der Pause erhob er sich, um die Toilette aufzusuchen, wo

er sich ungeduldig in die lange Reihe stellte, bevor er in die Kabine stürzte, die Tür verriegelte und sich setzte, um die getippte Nachricht noch einmal in Ruhe zu lesen.

Tom, wie uns durchaus bekannt ist, wissen Sie, dass es ein Problem gibt. Wir haben höflich angefragt, aber Sie haben nicht reagiert.
Es geht immerhin um eine Menge Geld. Und um ernste Konsequenzen, wenn wir es nicht zurückbekommen.
Sagen Sie es uns jetzt, solange Sie noch können.

Ihm wurde übel. Die Mischung aus Hotdog-Fraß und Bier. Ein Gefühl, das ihn in letzter Zeit allzu oft erwischte. Doch er kämpfte dagegen an. *Mir stehen immer noch ein paar gute Schachzüge offen*, murmelte er grimmig, *eine Menge guter Züge*. Wie beim Quarterback der New York Giants, der sich unter dem Ansturm von ein paar riesigen Linienrichtern wegduckte, die wild entschlossen waren, ihn auszuschalten. Ein flinker Schritt zur Seite, ein kurzer Rückzug, um Atem zu schöpfen, dann ein weiter Wurf in die Endzone. Dem Schicksal mit einem großen Pitch ein Schnippchen schlagen. In seinem Kopf vermischten sich Bilder vom Sport mit Good-Pharma-Kalkulationstabellen. Er zerknüllte das gelbe Papier und warf es in einen Abfalleimer voller Plastikbecher.
Als er zu seinem Platz zurückkehrte, waren die beiden Männer aus Miami – ja, was? Verschwunden? Er suchte die Ränge nach ihnen ab.
Ein älterer Mann in der Reihe vor ihm drehte sich um.
»Haben Sie die beiden Kubaner gesehen, die bei mir waren?«, fragte Tom.

Der Mann nickte. »Als Sie weg waren, kam dieser Bote zurück. Er hat den beiden noch einen Brief gebracht.« Der Mann zeigte unter den Sitz, und Tom stürzte hin, um ihn aufzuheben.

Meine Herren, Ihr reizender Gastgeber Mr. Tom Reilly steckt in den größten Schwierigkeiten. Möglicherweise hat er Beihilfe zu schweren Wirtschaftsdelikten geleistet. Wir fürchten, dass es nicht in Ihrem Interesse liegt, an einem solch exponierten Ort mit ihm gesehen zu werden.

Ein Jubelsturm brach los. Rodriguez hatte einen gewaltigen Home Run bis in die Plätze am mittleren Spielfeld zustande gebracht. Die Menge war von den Sitzen gesprungen und brüllte vor Begeisterung, als der große Mann mit federnden Schritten um die Basen rannte. Niemand sah den leitenden Angestellten des Pharmakonzerns, der sich in seiner Bestürzung wie ein Ungeborenes zusammenkauerte und bei dem Gedanken an das, was ihm bevorstand, endlich erbrach.

3

Ihr Name tut hier nichts zur Sache. Sie ging auf die vierzig zu und arbeitete als Anwaltssekretärin in einer Kanzlei auf der Park Avenue. Die Anwälte – die Frauen ebenso wie die Männer – waren ihr mit ihrer Überheblichkeit und ihrem Imponiergehabe von Herzen zuwider. Doch das behielt sie für sich. Sie hatte sich bemüht, mit dem Leben als Single klarzukommen, es aber überwiegend enttäuschend gefunden. In den ersten Jahren versuchten einige der Jungpartner, mit ihr anzubändeln; sie ging mit ihnen essen und danach ins Bett, doch bewusst oder unbewusst behandelten die Herren diese Gelegenheiten als eine Art Eignungstest, einen Vorstellungstermin auf der Suche nach einer Ehefrau. Sie sprachen von Zuneigung und Liebe, dabei gingen sie wie Sachverständige vor: Ihre Frau musste wenigstens einen Abschluss von einem guten College, noch besser einen akademischen Grad vorweisen. Doch damit konnte sie nicht dienen. Binnen weniger Jahre sprach sich in der Kanzlei herum, sie sei leicht zu haben, sie spreize die Beine schon nach wenigen Dates, und sie leugnete nicht, dass es stimmte. Na und? Wieso warten, wenn einem ein Kerl gefiel? Wieso war das *leicht?* Leicht entflammbar, ja. Das konnte schnell passieren, wenn man im Büro eines Anwalts bis tief in die Nacht hinein an einem Gerichtsdokument feilte. Es war aufregend, über die Fensterbank gebeugt, während unten auf der Park Avenue die Taxis fuhren. Also gut, sie hatte eine Schwäche für Männer. Sie liebte ihre Muskeln, ihren Penis, ihren Schnauzbart. Hände und Schultern. Selbst der Adamsapfel eines Mannes konnte sexy sein. War das ihre Schuld? Kaum aber war sie abgestempelt, machten die Hoffnungsträger der Kanzlei einen Bogen um sie, während die mit dem Großstadtleben weniger vertrauten Neuzugänge sie ebenso vernaschten wie ein paar der älteren Partner – die Geschiedenen oder fast Geschiedenen und die ewigen Junggesellen. Größtenteils ein abstoßendes Pack von Schnaufern, die sich die Nasenhaare nicht trimmten. Ihr Chef, einer der führenden Partner, tat so, als merke er nichts, und früher oder später zogen die Junganwälte und Sekretärinnen zu anderen Kanzleien weiter, so dass ihr Ruf in Vergessenheit geriet und sie nur noch als eine von vielen unverheirateten Frauen wahrgenommen wurde: trotz ihrer gerade mal achtunddreißig Jahre eine alternde, einsame Frau, und der Eindruck trog nicht einmal.

Als ihr Chef in die Jahre kam, verließ er sich immer mehr auf sie. Sie entdeckte Irrtümer in seiner Erinnerung und in den Briefen, die er schrieb, und es ehrte ihn, dass er ihren Beitrag zur Verlängerung seiner beruflichen Laufbahn zu würdigen wusste. Dies umso mehr, als er einen Teil seines Jahresbonus an sie abtrat – eine stillschweigende Übereinkunft unabhängig von ihrem Gehalt. Sie machte Überstunden und erkannte nach und nach, dass sie nicht mehr über die hoffnungsvolle Energie verfügte, die Männer, die sie immer noch haben konnte, zu sichten und zu sondieren: nach dünn/dick, optimistisch/depressiv, nach mutmaßlich/erwiesen homosexuell oder manisch pervers, das ganze Pack. Wie enttäuschend! Wie ermüdend! Die Männer zwischen vierzig und fünfzig wollten Zweiunddreißigjährige, für die zwischen dreißig und vierzig lag die Obergrenze bei fünfundzwanzig. Sie wusste, wie das lief; sie hatte selbst einmal zu diesen Zielgruppen gehört und das Interesse älterer Männer auf sich gezogen. Für diese klugen, einflussreichen Männer mit den graumelierten Schläfen geschwärmt. Wo sind wir denn? Was war an ihr auszusetzen? Ihre Brüste hingen kaum, sie war immer noch knackig, immer noch scharf – potenziell jedenfalls. Einige ihrer unverheirateten Freundinnen, denen ihre ewig brachliegenden Eierstöcke zu schaffen machten, hatten beschlossen, ohne Mann ein Baby zu bekommen; sie kauften sich den Samen übers Internet, zündeten in einem abgedunkelten Raum ein paar Kerzen an, legten sich auf den Rücken und befruchteten sich selbst. Doch sie wollte keine einsame, alleinerziehende Mami sein. Im Grunde wusste sie überhaupt nicht, was sie wollte, nur, dass irgendetwas Interessantes, egal was, passieren musste – bevor sie zum Ebenbild ihrer Mutter wurde.

Und so zog sie aus ihrer gemütlichen, absolut angesagten Wohnung in der Twelfth Street in Greenwich Village, wo jeder Weiße unter fünfzig Jahren internetsüchtig war, in ein Vier-Zimmer-Haus in der Gegend von Bay Ridge, einem der typischen Viertel von Brooklyn, in denen jede ethnische Gruppe unter sich blieb, auch wenn sie tagtäglich nach Manhattan strömte. Bis heute beherrschten hier die Italiener das Bild, doch inzwischen gab es auch viele Brasilianer, Chinesen, Russen, Indianer, Mexikaner, Vietnamesen, Afrikaner und sogar Iraker. Alle schufteten sie bis tief in die Nacht, um in dem Hexenkessel des amerikanischen Turbokapitalismus mitzumischen. Klingelten an deiner Tür und fragten, ob du Arbeit für sie hättest: anstreichen, Dach ausbessern, Rasen mähen, könnte Ihr Wagen eine Wäsche vertragen, Lady? Außerdem lebten ihre Eltern in Bay Ridge, und so konnte sie ein Auge auf sie haben. Sie kaufte das Haus von dem Geld, das ihr der alte Partner zugeschleust hatte, und sie genoss es. Die U-Bahn war zu Fuß erreichbar, und sie bekam immer einen Sitzplatz auf dem Weg zur Arbeit. Ein paar Einkäufe auf dem Heimweg kein Problem. Andererseits wurde ihr Leben noch einsamer und zurückgezogener. Sie bezahlte ihre Rechnungen, pflanzte im Frühling Ringelblumen, Erbsen und Salat, trank ein Glas Wein zu den Nachrichten und noch eins vor dem Zubettgehen. Die Monate vergingen wie im Schlaf. Sie überflog die Zeitung, vergaß jedoch, was sie gelesen hatte, konnte sich nie an ihre Träume erinnern, kaufte sich vernünftige Schuhe und fand es nicht der Mühe wert zu masturbieren. Es war nichts los. Sie trug sich ernsthaft mit dem Gedanken, in die Kirche zu gehen, nur um Kontakte zu knüpfen. Wie schlimm konnte es eigentlich noch kommen?

Ganz bestimmt rechnete sie nicht damit, jemandem zu begegnen. Doch eines warmen Samstagnachmittags öffnete sie die Tür und sah einen Mann in Baseballkappe und grünem T-Shirt im Vorgarten des Nachbarhauses stehen. Er hatte eine Hand über die Augen gelegt und inspizierte das Dach, während er einen kurzen gelben Bleistift und ein Klemmbrett in der Linken hielt. Unterdessen inspizierte sie ihn. »Hi!«, rief sie plötzlich zu ihrer eigenen Überraschung. Er drehte sich zu ihr um und steckte seinen Stift in die Brusttasche. Sie kamen ins Gespräch. Das Haus gehöre seinem Vater, sagte er, und er kümmere sich nur vorübergehend darum. Sein alter roter Pick-up stand in der Auffahrt, und sie erinnerte sich, dass sie ihn dort schon einige Male gesehen hatte.

Ray Grant, stellte er sich ihr vor. Ray Grant gefiel ihr, so wie Frauen zuweilen ein bestimmter Typ Mann gefällt. Er schien sich nicht bewusst zu sein, wie seine Schultern und Arme im T-Shirt wirkten und wie die Jeans ihm lose um

die Hüften saß. Sie sah keinen Ehering. Er hatte saubere Fingernägel. Seine Augen waren unglaublich blau, was sie schon immer liebte, und sie spürte bei ihm eine Mischung aus Zurückhaltung und Selbstvertrauen. Viel würde er ihr nicht von sich erzählen, wenn überhaupt.
Na schön – sie warf sich ihm an den Hals! Lud ihn zum Kaffee ein, hörte seine schweren Stiefel hinter sich, als er die Treppe hoch in ihre Küche trat. Aus dem Kaffee wurde ein spätes Mittagessen. Er hatte es nicht eilig, sah nicht auf die Uhr. Sagte auch nicht viel. Sie übernahm das Reden und plapperte, vom Kaffee angeregt, drauflos.
»Dann gehört das Haus nebenan also Ihrem Dad?«, wiederholte sie, als das Gespräch ins Stocken geriet. »Wenn ich drüber nachdenke, habe ich ihn vielleicht schon ein paar Mal gesehen, allerdings seit einer Weile nicht mehr.«
Ray nickte. »Er ist krank, deshalb bin ich zurückgekommen, um bei ihm zu sein.«
»Krank?«
»Sehr krank.«
»Das tut mir leid … ist er, ich meine, wird er wieder gesund?«
Bei dieser Frage blickte Ray traurig zu Boden. Nahm sich die Baseballkappe vom Kopf und setzte sie wieder auf. Voller Haarschopf, registrierte sie. Sie sah den Schmerz, und wie er versuchte, ihn nicht zu zeigen. Irgendwie liebe ich den Kerl, dachte sie, was ist eigentlich mit mir los?
»Nein«, sagte Ray nach einer Weile. »Er wird nicht wieder gesund.«
Sie sah nur in diese blauen Augen. »Das tut mir wirklich leid.«
»Es ist ein seltener Krebs, der die Blutgefäße befällt. Angiosarkom. Sie haben ihn aufgemacht, weil sie dachten, es

wäre was mit seinen Nieren. Dabei war er schon völlig davon durchsetzt. Er hat noch, weiß nicht, ein paar Wochen vielleicht. Schwer zu sagen.«

Sie hatte diesen Mann gerade erst kennengelernt. Zügle deine Neugier, mahnte sie sich innerlich.

»Zurückgekommen, sagen Sie«, platzte sie trotzdem heraus, »ich meine, *Sie*. Von wo sind Sie zurückgekommen?«

Er sah sie mit einem Blick an, der ihr sagen sollte, dass er es für sich behalten würde. »Ich war weg«, sagte er. »Ich bin seit ungefähr drei Monaten wieder da.«

»Ah.«

»In den letzten fünf Jahren war ich die meiste Zeit in Übersee«, fügte er hinzu. »Mehr müssen Sie nicht wissen.«

»Selbst wenn ich vor Neugier platze?«

»Selbst dann«, erwiderte er, wenn auch freundlich.

Sie spielte mit der Tischtuchkante, faltete sie zurück, strich sie glatt, rollte sie wieder ein. »Klingt irgendwie glamourös.«

»Ist es ganz und gar nicht.«

Es ist an der Zeit, das Thema zu wechseln, dachte sie, sich nicht länger wie ein Schulmädchen aufzuführen. »Was hat Ihr Dad denn gemacht, bevor er krank wurde?«

»Er ist schon lange pensioniert. Davor war er bei der Polizei.«

»Sie auch?«

»Nee.«

Doch die Art, wie er das sagte, das kurze Zögern, hatte etwas zu bedeuten. »Sie sehen also nur nach dem Haus Ihres Vaters?«

»Ja.«

»Er hat nur dieses eine Mietobjekt?«

»Sechs.«

»Alle so ähnlich wie das Haus nebenan?«
»Er hat sie eins nach dem anderen gekauft, damals in den achtziger Jahren, als sie billig waren.«
Sie überschlug die Preise. Selbst wenn es nicht gerade um Nobelvillen ging, war der kranke Vater angesichts der schwindelerregenden Preissteigerungen auf dem New Yorker Immobilienmarkt nach normalen Maßstäben ein reicher Mann.
»Sechs Mietshäuser?«
»Ja.«
»Sie sind also hier in der Stadt«, tastete sie sich weiter vor. »Sind Sie auf der Suche nach einem einträglichen Job, gehen Sie mit fünf Freundinnen gleichzeitig aus, nutzen Sie Ihre Zeit und lesen hier und da ein gutes Buch?«
Ray grinste. »Darauf erwarten Sie eine Antwort?«
»Ein Mädel möchte nun mal das eine oder andere wissen.«
Er nickte amüsiert, bereit, das Spielchen mitzumachen. »Klar, warum nicht. Ich bin nicht auf Arbeitssuche, ich kümmere mich um meinen Vater, sonst nichts. Ich gehe nicht mit fünf Mädchen gleichzeitig aus. Ich war mit jemandem zusammen, aber sie hat mir vor ein paar Wochen gesagt, es wäre vorbei ...«
»Hat es Ihnen ganz und gar das Herz gebrochen?«
Er überlegte eine Weile. »Es hat mir eine Denkpause verschafft.«
»Das klingt nach einem Haufen, Sie wissen schon, was.«
»Mag sein. Aber ich versuche, mich nicht zu sehr an jemanden oder etwas zu binden. Es gelingt mir nicht, aber ich versuch's.«
»Sind Sie Buddhist?«
»Nein, aber die haben interessante Ansichten.«
Sie musterte ihn aufmerksam, diesen Ray Grant. Er war

aufrichtig. Keine Effekthascherei, keine Attitüde. Das gefiel ihr.

»Und was die Bücher betrifft, ja, ich lese gerade ein paar interessante. Sind Ihre Fragen damit beantwortet?«

»Ja, danke.«

Er nickte. »Also«, sagte er in sachlichem Ton. »Was machen wir hier eigentlich?«

»Was wir hier machen?«, wiederholte sie, obwohl sie genau wusste, was er meinte.

Ray sah sie an, durchschaute sie. Sie spürte die Intensität, die ihr vom ersten Moment an aufgefallen war. Jetzt richtete er seine geballte Aufmerksamkeit auf sie. Genau das wünschte sie sich, andererseits machte ihr das Angst.

»Was möchtest du machen?«, fragte er.

»Was … was machen?«

Er sah einfach in sie hinein. Sie konnte ihn nicht belügen.

»Ich hab den Eindruck, du hast jetzt was vor«, fuhr er leiser fort. »Aber ich könnte mich auch irren.«

»Ja«, flüsterte sie und nickte. »Ja, das stimmt.«

Es herrschte Schweigen in der Küche, ein überaus beredtes Schweigen. Draußen hatte sich der Himmel zugezogen und in der Küche war es dämmerig. Sie war jetzt unsicher und aufgeregt.

»Dann zieh dich schon mal aus und leg dich ins Bett«, sagte Ray.

Sie brachte nicht einmal ein zartes ironisches Lächeln zustande, um ihm zu signalisieren, was glaubst du eigentlich, wer du bist? Er war ehrlich. Er wusste, wer er war, und er wusste, wer sie war – sie fühlte sich schon jetzt irgendwie nackt. »Was hast du vor?«, fragte sie und atmete ein wenig zu schnell. »Ich meine, was machst du, während ich alle meine Kleider ausziehe und mich noch mehr ausliefere?«

»Ich mach noch einen Anruf, und dann komme ich in dein Schlafzimmer und wir lernen uns kennen, vermute ich mal.«

»Und dann?«

Er lächelte. »Dann – was meinst du?«

»Wirst du mich töten?«

Vielleicht war das als Witz gemeint, vielleicht aber auch nicht. Streng genommen nicht.

»Nein«, sagte er.

»Versprochen?«

»Versprochen.«

»Also gut.« Sie versuchte, unbekümmert und selbstbewusst zu wirken. »Ich vertraue dir, Ray Grant.«

Sie stand langsam auf und wandte sich zur Tür. Ich muss verrückt sein, dachte sie. Das ist das Dümmste, was ich je getan habe. Sie tat so, als ginge sie durch die Diele, blieb aber stehen. Sie hörte die kurze Melodie, als er sein Handy einschaltete.

»Hi«, hörte sie Rays Stimme gedämpft aus der Küche. »Bei mir wird's ein bisschen später ... nein, nein, das Haus ist in Ordnung. Das Dach hält noch ein paar Jährchen. Ich bin vor neun da ... Hat sie dich gewaschen? ... Gut. Wie ist es mit den Schmerzen? ... Denk dran, der Arzt hat gesagt, du darfst ... wenn es zu schlimm wird, komm ich jetzt nach Hause, Dad ... also gut, aber wenn es zu schlimm wird, musst du es bitte, bitte nehmen, es spricht absolut nichts dagegen, okay? ... Ich glaube, sie spielen wieder gegen Baltimore, schalt's einfach ein ... klar, also, bis dann.«

Sie hörte, wie er das Handy zuschnappen ließ, und eilte in ihr Schlafzimmer. Sie trat aus den Schuhen, zog die Decke zurück.

»Hi«, sagte Ray in der Tür.

»Hi.« Sie drehte sich um. Es war Jahre her, seit sie unbekleidet vor einem Mann gestanden hatte. Sie sah nicht mehr so gut aus wie früher, keine Frage. »Du hast mir was versprochen, weißt du noch?«
Er knipste das Licht aus. Sie küssten sich im Dunkeln, dann löste sie sich aus seiner Umarmung und setzte sich aufs Bett, um sich fertig auszuziehen. »Ehrlich, ich mach das sonst nie«, beteuerte sie laut. »Das sieht mir überhaupt nicht ähnlich.«
Er sagte nichts.
»Soll ich dein Schweigen als Kritik verstehen?«
»Nee.«
»Was dann?«
»Als Bekenntnis.«
»Klingt seltsam. Wozu bekennst du dich denn?«
»Zu meiner eigenen Schwäche.«
»Schwach kommst du mir eigentlich nicht vor.«
Er hatte sich ausgezogen, kam zu ihr und stellte sich vor sie. Sie legte ihm zuerst die Hände auf die Brust und spürte die warme Festigkeit der Muskulatur. Er war entspannt, was sie entspannte.
»Du hast mich überrascht«, hörte sie ihn sagen. »Hab nicht damit gerechnet.«
»Vielleicht ist das nur eine nette Lüge von dir«, flüsterte sie. »Aber ich weiß den Versuch zu schätzen.« Sie schmiegte sich an ihn und küsste seinen Bauch, während sie mit den Händen die gewellten Seiten seiner Taille entlangstrich und eine ausgedehnte Fläche gerunzeltes, knotiges Fleisch unter den Fingern spürte.
»Oh«, sagte sie. »Was ist das?«
»Narbe«, antwortete er leise im Dunkeln. »Alte Narbe.«
»Woher hast du die?«

»Von etwas sehr Heißem.«
Doch sie hörte ihn kaum. Sie strich mit den Händen um die harte Krümmung seines Hinterns und tastete über die Muskeln. Jetzt hatte sie die Augen geschlossen. Sie fühlte sich ein wenig beschwipst. Eines Tages bin ich eine alte Frau und brauche Erinnerungen, sagte sie sich. Das hier macht mich glücklich. Sie bewegte wieder ihre Hände.
»Das ist gut«, sagte er.

Später, nachdem er sie nicht umgebracht hatte, räkelte sie sich auf den feuchten Laken – ekstatisch, wie zwischen Wachen und Träumen. Ich hatte es vergessen, dachte sie, ich hatte es tatsächlich vergessen.
»Hunger?«, murmelte sie. »Wir haben noch nichts zu Abend gegessen.«
»Und ob.«
Gemächlich standen sie auf. Im Halbschatten sah sie die Narbe auf Rays Bauch. Flickenartige Hautverpflanzungen, vielleicht mehrere Operationen. Wie mochte es sich anfühlen, wenn einem die Vorderseite des Bauchs weggebrannt wurde? Nicht danach fragen, schärfte sie sich ein, er will nicht darüber reden.
Sie zog sich einen Morgenmantel über, während er in seine Hose schlüpfte. In der Küche saß er auf einem Holzstuhl, sie kochte Nudeln und bereitete einen einfachen Salat dazu. Ray schnürte sich die Schuhe zu, steckte das Handy in die Tasche, setzte seine Baseballkappe wieder auf. Sie zündete eine Kerze an und öffnete eine Flasche Wein. Ich werde einen kleinen Toast auf die Wonnen des Sexualverkehrs ausbringen, dachte sie. Sie holte zwei Gläser aus dem Schrank, schenkte Wein ein und deckte den Tisch. Sie fühlte sich so gut wie … o Gott, seit Jahren nicht mehr. Viel-

leicht tun wir es heute Abend noch einmal, hoffte sie. Ich werde diesen Kerl so lange hier behalten, wie ich irgend kann. Sie sah auf die Uhr, weil sie wusste, dass ihre Mutter bald anrufen würde, genau das, was sie jetzt nicht brauchen konnte. Das erinnerte sie an Rays Vater.

»Musst du dich bei deinem Vater melden?«, fragte sie.

»Wahrscheinlich sieht er sich das Spiel der Yankees an. Muss trotzdem nach dem Rechten sehen.«

Telefonisch? Oder musste er persönlich hin? Sie wollte ihn gerade fragen, als sie ein Paar Scheinwerfer ihre Einfahrt heraufgleiten sah.

»Komisch.«

»Was?«, fragte Ray.

Den dampfenden Nudeltopf in der Hand blickte sie aus ihrer Küchentür.

»Da steht eine Limousine in der Einfahrt. Ein Mann steigt aus. Mehr als einer.«

Sie trat unwillkürlich einen Schritt zurück.

»Du erwartest niemanden?«

»Nein.« Sie sah wieder hin. »Sie untersuchen deinen Wagen.«

»Ich hab vergessen abzuschließen.«

»Sie öffnen nicht die … sie kommen, glaube ich, hierher!«

Die wuchtige Gestalt klopfte an die Scheibe der Tür. Ray stand auf. Jetzt schlug eine Faust ins Glas.

»Hallo?«, rief sie erschrocken. »Wer ist da?«

Über dem Türgriff zerbrach die Scheibe. Sie schrie und sprang hinter den Küchentisch.

In dem Loch erschien ein Handschuh. Die Tür wurde aufgeschlossen, die Hand verschwand. Ein großer Chinese in schwarzem Anzug trat ein. Er trat zur Seite und machte Platz für drei weitere Chinesen.

»Ray«, sagte der erste Mann und zeigte auf ihn. »Sie kommen mit.«
Ray trat zwischen sie und die Eindringlinge, um sie zu schützen. »Wer sind Sie?«
Sie antworteten nicht. Der erste Mann zog das Jackett zurück, um ihm seine Pistole zu zeigen. Zwei der anderen waren im Nu hinter Ray.
»Miss Lady«, sagte der Chinese. »Sie rufen nicht Polizei. Sonst wiederkommen wir und« – er sah den Topf Nudeln in ihrer Hand – »und essen wir Ihre schlechten Nudeln auf.«
Die beiden anderen legten Ray die Hände auf die Schultern. Sie spürte, wie ihm ein Schauder durch den Körper fuhr, der Instinkt, sich gewaltsam zu wehren, den er im selben Augenblick unterdrückte. Er sah sie an. »Schon in Ordnung«, sagte er. »Ruf nicht die Polizei. Ich mein's ernst.«
Doch sie wusste, dass es nicht in Ordnung war. Sie stand an der Küchentür, während sie Ray die Treppe hinunter und in die Limousine zerrten.
Träumte sie das alles?
Sie wollte schreien, sie musste schreien. Sie nahmen ihn mit! Die Türen gingen zu, der lange Wagen fuhr langsam aus der Einfahrt und verschwand.
Was nun? Musste sie nicht etwas tun? Sie blickte auf die Scherben am Boden. Ihr zitterten die Hände. Sie hätten ihr etwas antun können. Was hatten sie mit Ray vor? Er kannte die Männer nicht, aber – aber was? Als sie einmal da waren, schien er ihre Gegenwart zu akzeptieren, als sei ihm blitzschnell klargeworden, wie er sie einzuordnen hatte.
Sie nahm das Telefon. Ray hat gesagt, ich soll nicht anrufen, also lasse ich es auch. Nein, ich tu's doch. Sie fing an,

die Nummer der Polizei zu wählen. Brach aber ab … vielleicht machte es die Situation für Ray noch schlimmer, und das durfte sie nicht riskieren.
Also steckte sie das Telefon in die Tasche ihres Morgenrocks und trat aus der Küchentür. Rays Pick-up stand noch in der Einfahrt. Sie drückte den Türgriff auf der Beifahrerseite hinunter. Die Tür ging auf. Sie stieg auf das Trittbrett und kletterte hinein, obwohl ihr klar war, dass sie dank der Innenbeleuchtung für jeden, der vorbeifuhr oder zufällig aus einem Fenster blickte, zu sehen war. Sie hatte mit Fastfood-Verpackungen, Kaffeebechern und all dem üblichen Trucker-Müll gerechnet. Stattdessen fand sie ein Klemmbrett mit Namen und Adresse von Rays Vater sowie Notizen, die sich Ray über das Haus gemacht hatte. Sie betrachtete seine enge, ordentliche Handschrift. Unter dem Klemmbrett lagen drei Bücher, eins über die Wirkung Chinas auf die Weltwirtschaft, dann eine philosophische Abhandlung über den Tod und das Bewusstsein und zuletzt eine dicke Geschichte Afghanistans, die 1936 in London erschienen war. Ich hab nicht den geringsten Schimmer, wer dieser Kerl ist, machte sie sich klar. Sie ließ das Handschuhfach aufschnappen. Ordentlich zusammengeheftete Wartungsunterlagen zum Motor. Darunter ein ungefähr zwölf Zentimeter langes Bowiemesser mit abgewetztem und von Klebeband zusammengehaltenen Griff. Sie zog das Messer drei, vier Zentimeter aus der Scheide. Die Klinge blitzte. Es machte ihr Angst, und sie steckte es zurück.
Als Nächstes sah sie unter die Sitze. Unter dem Fahrersitz stand ein Notfallwerkzeugkasten mit Leuchtsignalen, Taschenlampe, Starthilfekabel. Unter dem Beifahrersitz zog sie einen gelben Mädchenturnschuh hervor. Auf Anhieb weckte er bei ihr die Assoziation mit kokettem Sexappeal.

Sie stellte ihn neben ihren eigenen Fuß. Zu klein für sie. Ein zierlicher Fuß. Ein schmaler, eleganter Fuß, zu dem schlanke, hübsche Knöchel gehörten. Und überhaupt nicht getragen, neu. Sie merkte, wie sie ein bisschen eifersüchtig wurde. Ray hatte zweifellos mit der Frau, die diesen Schuh verloren hatte, Sex gehabt. So etwas *wusste* man einfach. Das hatte er gemeint, als er von »Bekenntnis« sprach. Vielleicht war das die Frau, die ihn in die Wüste geschickt hatte. Aber wieso? Wer würde einem Mann wie Ray den Laufpass geben?, dachte sie. Plötzlich musste sie an die keuchenden Geräusche denken, die sie im Bett gemacht hatte, während sie die Hände in die Decken krallte.

Sie war von dem Gedanken besessen, etwas herauszubekommen, etwas zu unternehmen, und tastete tief unter den Fahrersitz. Ihre Finger stießen auf eine Tupperschüssel. Sie öffnete den Deckel. In dem Behälter befand sich – was war das? – ein totes Tier? Nein, es war Haar, kräftig, gelockt und schwarz. Widerlich! Darin steckte ein Papier. Sie zupfte behutsam daran, um nicht das Haar zu berühren. Es war ein Brief:

Hey, Ray-Gun, wie versprochen, schicke ich Dir meinen Bart. Was hast Du mit Deinem gemacht? Ich surfe hier in Melbourne. Komm mich mal besuchen, wenn Du Lust hast. Ich folge Deinem Beispiel – hab das E-Mailen aufgegeben. Ist einfach zu schnell. Ich muss das Tempo runterfahren, erheblich. Ich warte einfach den nächsten Auftrag ab. Außerdem hab ich von den Pillen, die sie uns reingestopft haben, seltsame Kopfschmerzen. Ich hab die gewohnte Krise, wie immer nach einem abgeschlossenen Auftrag. Am meisten machen mir die kleinen Leichen zu schaffen. Wenn das irgendeiner nachvollziehen kann, dann Du. Tut mir leid, das mit Deinem Vater zu hören. Ich weiß, wie sehr Du an ihm hängst. Weiß nicht, ob ich so weitermachen kann, laufe Gefahr, mich ins Nirwana zu saufen und zu huren. Vielleicht überstehst Du es besser als ich. Vielleicht auch nicht. Mir gehen die Ideen aus, bin nicht mal sicher, ob ich ein waschechter Amerikaner bin. Vielleicht nicht. Glaube nicht, dass ich heimkehre. Zu bizarr. Falls Du einen guten Einfall hast, schreib mir. Lass von Dir hören, wenn Du einen neuen Auftrag hast. Also dann, in ungefähr einer Stunde haben wir Brandung.

Z

Unter dem struppigen Haar lag ein Foto von zwei muskulösen Männern mit langen Bärten. Ray und ein anderer, vermutlich Z, der Verfasser der Zeilen. Tief gebräunt, in schmutzigen T-Shirts vor bergigem Hintergrund. Soldaten?, fragte sie sich. Sie konnte keine Waffen entdecken. Ihr Blick verweilte auf Rays kraftstrotzenden Armen und Schultern. Sie wusste, wie sie sich unter ihren Fingern anfühlten.
Das Telefon in ihrer Tasche klingelte und ließ sie zusammenzucken. Sie faltete den Brief zusammen, packte ihn mit dem Foto zurück in die Tupperschüssel und schob den Schuh wieder unter den Sitz, als könnte der Anrufer sie sehen. Es war ihre Mutter, die für den üblichen Plausch anrief. Sie sprang vom Wagen herunter und kehrte in die Küche zurück.
»Mom, kann ich dich zurückrufen?«
Doch ihre Mutter wollte davon nichts hören, sie waren im Nu beim Thema: der Arztbesuch, die Arthritis ihres

Vaters. Weitere zehn Minuten ihres Lebens, die damit draufgingen. Sie ertappte sich dabei, wie es sie ins Schlafzimmer zog, um einen Blick auf das zerwühlte Bett zu werfen. Etwas von Ray schien noch zwischen den Laken zu stecken, doch er war verschwunden.

»Du klingst, als ob du weinst«, sagte ihre Mutter. »Weinst du? Was ist los?«

Sie legte auf. Na schön, sie weinte. Da trifft sie einen toll aussehenden Kerl, ausgerechnet in ihrer Einfahrt, lässt sich eine Stunde lang von ihm bis zur Bewusstlosigkeit bumsen, dann kocht sie ihm glücklich und zufrieden was zu essen, als – mal eben so – ein Haufen chinesischer Gangster ihn zur Tür rausschleift. Wer würde da nicht ausflippen? Natürlich heule ich! In einer Küchenschublade fand sie eine Taschenlampe. Vielleicht entdeckte sie in Rays Pick-up ja noch mehr. Sie ging zur Küchentür und machte sie auf.

Der alte rote Pick-up war weg, als hätte es ihn nie gegeben. Als hätte es Ray nie gegeben, als wäre er nie bei ihr gewesen … Und sie wusste, so wie man manchmal etwas sicher weiß, ohne im Entferntesten sagen zu können, woher, dass sie ihn nie wiedersehen würde.

Sie nahmen den Belt Parkway Richtung Manhattan und fuhren mit konstanten siebzig Meilen rechts am offenen Wasser entlang. Bei einem der großen Ozeandampfer gingen gerade die Lichter in den Bullaugen an, und der Koloss glitt lautlos aus dem Hafen. Die vier Chinesen im Wagen schienen nichts davon mitzubekommen. Sie hingen ihren eigenen Gedanken nach, als transportierten sie mit Ray eine leblose Fracht. Er befahl sich zu entspannen. Was hatten sie vor? Ihn zu töten? Das bezweifelte er. Ihm dämmerte eine gewisse Erklärung für all das. Jin Li hatte ihm eines Abends beim Essen eröffnet, sie könne sich nicht mehr mit ihm treffen, es täte ihr sehr leid, aber es gebe Dinge, die sie nicht erklären könne. Ja, es habe mit ihrem Bruder Chen zu tun, räumte sie ein, dem, der in Shanghai lebte und sich für einen großen Geschäftsmann hielt. Sie hatte verängstigt gewirkt. Ray hatte versucht, sie anzurufen. Sie hatten keinen Streit gehabt. Er hatte sich Sorgen um sie gemacht, sich verwünscht und noch ein paar Mal angerufen. Aber nichts, zwei Wochen lang kein Lebenszeichen. Lange genug, um davon auszugehen, dass es wirklich aus war. Lange genug, um sich einsam zu fühlen. Vielleicht wussten die Männer, wieso Jin Li nicht ans Telefon gegangen war. Wie hatten sie ihn überhaupt aufgespürt? Sie mussten das Haus seines Vaters ausfindig gemacht und ihn gezwungen haben, ihnen zu sagen, wo Ray war. Sie fuhren hin, sahen den Truck, sahen in der Küche der netten Frau Licht. Sahen Ray in der Küche sitzen.

»Leute«, sagte er. »Ich muss meinen Vater anrufen, geht das in Ordnung?«

Die Männer blickten ihn schweigend an.

Ray zog sein Handy heraus. »Er ist krank, und ich muss wissen …«

Einer der Männer schnappte sich das Telefon und reichte es demjenigen, der in der Küche das Wort geführt hatte. Der Kerl scrollte die Nummern durch. Dann sah er zu den anderen auf und sagte etwas über Jin Li.

»Ja, ihre Nummer ist da drin«, gab Ray zu. »Ich hab sie oft angerufen.«

»Mit wem hast du sonst telefonieren?«, fragte der Mann.

»Nicht mit allzu vielen«, antwortete Ray. Er wartete. »Dann lassen Sie mich also bitte meinen Vater anrufen.«

Sie antworteten nicht, und er schloss daraus, dass es besser war, geduldig abzuwarten und auf das, was man wohl als Kidnapping bezeichnen konnte, nicht überzureagieren. Er hoffte, dass sein Vater den Knopf an dem elektronischen Kästchen gedrückt hatte, das die Abgabe des Bolus Dilaudid regulierte – synthetisches Morphium, nur viel stärker. Die Apparatur, von der ein Schlauch direkt in den Arm seines Vaters führte, verabreichte ihm über den Tag verteilt einerseits eine gewisse Menge davon, erlaubte es ihm andererseits aber auch, eine zusätzliche Dosis zu injizieren, wenn die Schmerzen unerträglich wurden, was in letzter Zeit immer öfter passierte. Ray hoffte inständig, dass sein Vater die extra Dosen genommen hatte und davon eingeschlafen war, so dass er es nicht merkte, wenn Ray nicht kam. Er hatte ihm gesagt, er wäre vor neun zu Hause, doch dazu würde es wohl nicht kommen. Sein Vater wurde unruhig, wenn Ray nicht da war, klammerte sich an die Decke und drehte unter Schmerzen den Kopf zur Tür. Ray musste einfach darauf hoffen, dass Gloria, die Nachtschwester, die sich schon um Hunderte Patienten im Endstadium gekümmert hatte, alles tat, damit er gut versorgt war. Ray hatte das Pflegebett im Wohnzimmer aufgestellt, wo mehr Platz für die Geräte war und für Sitzgelegenheiten, wenn Vater Besuch bekam. Ray bezahlte eine private Pflege durch Hospizschwestern, die rund um die Uhr für seinen Vater im Einsatz waren, was zehntausend Dollar die Woche kostete. Die Krankenversicherung kam dafür nicht auf. Die sechs Häuser waren zusammen mindestens zwei Millionen Dollar wert. Also gab er das Geld aus. All die Fenster, die sein Vater ausgetauscht hatte, all die schäbigen Schlafzimmer, die er wieder und wieder angestrichen hatte, über fünfundzwanzig Jahre Kampf mit säumigen Mietern, mit Rohrbrüchen und defekten Kühlschränken – es war Zeit, dass er etwas zurückbekam. Er hatte das Beste verdient. Ray war zur örtlichen Bank gegangen, von der sein Vater die Hypotheken bekommen hatte, die längst abbezahlt waren, und hatte die Situation erklärt. Er hatte eins der Häuser zu Geld gemacht, und so war selbst bei einem Aufwand von zehntausend die Woche auf Monate vorgesorgt. Nur die Zeit, die seinem Vater blieb, wurde knapp.

»Hey«, versuchte es Ray noch einmal. »Was ist mit dem Handy?«

Der Chinese im Anzug sah Ray an, drückte einen Knopf, um die Scheibe herunterzulassen, und warf das Handy in die Dunkelheit, durch die sie fuhren. Kühle Luft wirbelte durch das Wageninnere, dann ging die Scheibe wieder hoch.

Letztendlich wird die Metropole New York vom stillen, festen Handschlag zwischen Banken, Immobilienmaklern und Bauunternehmern regiert. Dagegen nimmt sich fast jede andere Branche – Fernsehen, Verlagswesen, Werbung, Anwaltskanzleien, Krankenhäuser – vergleichsweise bescheiden aus. Nur die Banken und die Baulöwen können ganze Teile aus dem Stadtbild reißen und durch etwas Neues ersetzen. Können das Flair eines Viertels verändern, in dem Menschen spazieren gehen, essen und wohnen, haben auf diese Weise sogar Einfluss auf das, was New Yorker über sich selbst sagen und denken – und so entsteht mit der veränderten städtischen Topografie auch eine neue Vorstellungswelt in den Köpfen. Die Baulöwen zerstören das Vergangene, um die Zukunft zu optimieren, sie schaffen etwas aus dem Nichts, sie verdrängen Menschen, die sie nicht gebrauchen können, und locken neue an, die ihnen nützen.

Wer sonst könnte an der südwestlichen Ecke von Manhattans Central Park ein Loch ausschachten so groß wie fünftausend Swimmingpools, um darin das Time-Warner-Gebäude, ein grelles Gebilde, das mit seinen Zwillingstürmen einer Stimmgabel ähnelt, zu errichten und es auf den unteren Stockwerken mit denselben Luxusramschläden vollzustopfen, die es anderswo schon gibt, und für die riesigen Wohnungen darüber vierzig Millionen Dollar einzusacken?

Natürlich wurden die Wohnungen allesamt in kürzester Zeit an alternde Filmstars verkauft, die es nicht mehr nötig hatten, hip zu sein; an saudische Prinzen mit gefärbten Bärten, an Spekulanten aus London, neureiche Spanier, an russische Ölmagnaten, die ihr Geld außer Landes geschafft hatten, bevor Putin sie daran hindern konnte; an Computerfirmenchefs aus Indien. Multimillionäre von nah und fern, die nicht alle begriffen, dass ein Penthouse im achtzigsten Stock bei einem Haus mit neunundsechzig Geschossen eine erstaunliche Leistung war.

Die Limousine hielt vor diesem Gebäude an, und die Männer gingen mit Ray zu einem Nebeneingang, vor dem zwei Leute vom Wachdienst standen. Die Gegensprechanlage öffnete ihnen augenblicklich alle Türen, und wenig später waren sie in einem riesigen Fahrstuhl. Die Männer verstellten Ray den Blick auf die Etagenanzeige, und so zählte er die Sekunden. Er wusste aus seiner Ausbildung, dass sie etwa zwölf Meter pro Sekunde machten, ergo befanden sie sich, als der Lift stehenblieb, ungefähr im achtundvierzigsten Stock. Sie gingen durch ein Foyer mit Marmorboden und traten in ein riesiges Wohnzimmer mit Blick über den Columbus Circle sowie im Nordosten über den Central Park.

Aus einem anderen Zimmer kam ein Chinese, um die dreißig, sehr schlank und in einem maßgeschneiderten schwarzen Anzug. Sein Blick huschte über Rays Arbeitsstiefel, die alten Jeans und das grüne T-Shirt.

»Danke, Mr. Ray, dass Sie vorbeigekommen sind«, sagte er und deutete mit einer ausladenden Geste auf die Sofas, wobei eine riesige goldene Armbanduhr zum Vorschein kam. Sie nahmen Platz. Die anderen Männer zogen sich in den hinteren Teil des Raums zurück und blieben dort stehen.

»Ich heiße Chen«, sagte der Mann. »Ich habe großes Problem. Und ich will, dass Sie Problem lösen.«

Ray schwieg.

»Folgendes ist mein Problem«, fuhr er fort. »Sie waren Freund für meine Schwester, Jin Li. Sie arbeitet für mich in New York. Sie erzählt uns von Sie. Sie liebt Sie sehr, all solche Sachen. Und dann, vor vielleicht vier Tagen, sie taucht nicht auf.«

»Sie ist verschwunden?«, fragte Ray. »Woher wissen Sie das?«

»Lassen Sie mich weiterreden.«

»Gut.«

»Genau«, brummte Chen. »Gut für Sie, gut für mich.«

Ray wollte etwas sagen, besann sich aber.

»Also, ich rede jetzt. Sie hören zu. Jin Li ruft mich in China an. Sehr aufgeregt. Es ist so. Zwei Mädchen, die bei ihr sind, werden in ihren Wagen getötet. Die Männer in Brooklyn, die gießen die Scheiße in den Wagen. Aber nicht meine Schwester. Niemand findet sie. Das überrascht mich nicht zu sehr, Mr. Ray. Sie ist, wie sagt man bei Ihnen, selbständig. Zu selbständig, Sie wissen vielleicht. Sie verlässt unsere Familie und geht in Vereinigte Staaten. Ich gebe ihr Job, meine Firma hier zu leiten, und sie nicht auftaucht. Das ist

mein Problem. Die amerikanische Polizei weiß nicht, wer die beiden Mädchen töten.«
»Da wäre ich nicht so sicher.«
»Ich bin sicher. Ich bezahle Leute dafür, mir zu sagen.«
»Sie mögen Leute dafür bezahlen, aber das heißt noch lange nicht, dass sie Ihnen wirklich Auskunft geben können.«
»Ich bezahle ein Mann, der alle diese Dinge weiß!«
Ray zuckte die Achseln.
»Wissen Sie von diese schlimme Sache, die passiert ist?«
Ray schüttelte den Kopf. Er verfolgte in letzter Zeit nicht wirklich die Nachrichten.
»Die amerikanische Polizei weiß nicht, dass meine Schwester war in den Auto. Ich lese in mein Land die *Daily News* von New York City jeden Tag im Internet. Man kann das, wenn man weiß, wie. Die Regierung von China sagt eins, und alle machen das andere, keine große Sache. Die Zeitung sagt nur, zwei Mexiko-Mädchen waren in Wagen mit Scheiße. Sehr schlimm. Jin Li, die ruft mich an, und dann geht nicht zur Arbeit, wie ich gesagt habe. Ich muss jemand anders sagen, er soll mein Geschäft leiten. Das ist ein großes Problem, einfach so. Wo ist Jin Li?, frage ich. Sie ist gut für mich in den Geschäft. Ich rede mit mein Anwalt in Chinatown. Er sagt, wenn du amerikanische Polizei bittest, Jin Li suchen, sie werden zu viele Frage stellen. Genau wie in China! Ich mag nicht zu viele Frage. Ich bin Boss. Ich hab die Frage. In China mögen wir die Polizei nicht. Wir vertrauen sie nicht. Ich vertraue keine Polizei, egal wo. Ich will wissen, wo ist Jin Li, aber ich kann sie nicht finden in dieser großen Stadt.«
»Ich bin sicher, dass es viele gute Privatdetektive in der Stadt gibt, pensionierte Detectives, solche Leute.«
»Das sagt mein Anwalt. Sind Sie auch ein Anwalt?«

»Nein«, antwortete Ray.
»Also nimmt mein Anwalt ein Mann, der sieht ihre Wohnung an, ihre Bank, ihr Geld, alles. Wir machen das, wir machen, was er sagt. Nichts. Sie ist wirklich ganz versteckt, Sie verstehen? Oder sie ist tot, aber wieso finden sie dann nicht die Leiche? Ich glaube nicht, sie ist tot. Sie ruft uns an, wie ich gesagt habe. Sie ist aufgeregt. Das ist sie. Danach sie hat uns nicht mehr angerufen. Aber ich mich frage, wieso ihr weißer Freund nicht besonders nach sie sucht? Wieso er nicht fragen ihre Freunde, wo ist Jin Li? Habt ihr sie gesehen? Vielleicht liebt er sie heute nicht so sehr. Das sagen mein Anwalt. Weißer Junge, chinesische Mädchen, keine große Sache, richtig?«
»Soll ich es Ihnen erzählen?«, fragte Ray.
»Nein.« Chen wies auf einen seiner Männer und sagte etwas auf Chinesisch. Der Mann verließ das Zimmer. Dann wandte sich Chen wieder Ray zu. »Ich sage Ihnen, was ich glaube. Sie versteckt sich an ein Ort, wo Sie wissen, Mr. Ray, und Sie helfen ihr jetzt.«
»Nein. Ich habe keine Ahnung, wo sie sich befindet.«
»Wieso suchen Sie nicht nach sie und so?«
»Ich wusste nicht, dass sie verschwunden ist.«
»Ich glaube Ihnen nicht.«
»Ich habe seit zwei Wochen nicht mit ihr gesprochen, sie hat nicht mehr zurückgerufen. In Amerika heißt das, sie hat mit mir Schluss gemacht. Und wissen Sie, wir waren nur ein paar Monate zusammen. Sie hat mir nicht viel von sich erzählt.«
Chen lächelte hasserfüllt. »Vielleicht waren Sie zu sehr beschäftigt, meine Schwester in die Muschi vögeln, statt Fragen stellen.«
»Sie schien nichts dagegen zu haben.«

»Sie mögen die chinesische Muschi? Sie mögen, wie eng sie ist, Mr. Ray? Nicht wie die große, dicke, weiße …« Chens Interesse wurde von der Rückkehr des Mannes, den er hinausgeschickt hatte, abgelenkt; er hatte einen Karton in der Hand. Der Mann stellte ihn vor Chen auf den Tisch, der überprüfte den Inhalt, nickte und sah Ray wieder an. »Ich werde Sie noch ein paar Dinge sagen. Wir wissen viele Informationen über Sie, Mr. Ray Grant. Wir zahlen Menge Geld an pensionierte Detectives von New York Polizei, die uns von Ihnen erzählen. Wir wissen, Ihr Vater war Detective in New York City. Dreiundsechzigster Bezirk. Gibt eine Menge Leute, die nicht ihn mögen. In dieser Moment jemand könnte in sein Zimmer laufen und ihn erschießen.«
»Er liegt im Sterben. Vielleicht wäre es ihm sogar lieber, erschossen zu werden.«
»Vielleicht. Aber Sie nicht. Sie wollen bei ihn sein«, erriet Chen und beobachtete Rays Reaktion. »Sie brauchen diese Mann, Ihre Vater, denke ich.«
Sie hatten ihn seit einigen Tagen observiert, wurde Ray jetzt klar, wie er zum Einkaufen das Haus verließ und wiederkam. Sie wussten, wann er da war und wann nicht. Wussten sie auch, dass er bei der Frau war, und haben dann ihren Plan in die Tat umgesetzt? Wahrscheinlich. Waren bei seinem Vater hineingeplatzt, der friedlich im Bett lag und das Spiel der Yankees ansah, während Gloria neben ihm saß. Ray hatte sich ablenken lassen. Wie sehr er sich jetzt dafür hasste.
»Ich kann Ihnen nicht helfen«, sagte er. »Ich bin einfach nur der Kerl, der Ihre Schwester gebumst hat, weiter nichts.«
»Ich Sie bezahle, damit Sie sie finden.«
»Tut mir leid, kein Interesse.«

Chen spielte mit der goldenen Uhr an seinem linken Handgelenk und zog mit dem Zeigefinger einen winzigen Kreis auf dem Zifferblatt. »Ich habe Menge Geld, und ich zahle Menge Geld, sie zu finden.«
Ray sah Chen gerade ins Gesicht. »Kein Interesse.«
»Wie kann ich Sie motivationen?«
»Nichts kann mich motivationen. Ich bin nicht interessiert.« Das war gelogen; er hatte jetzt ein lebhaftes Interesse, Jin Li zu finden, allerdings zu seinen eigenen Konditionen und nicht denen ihres Bruders.
Chen antwortete nicht. Stattdessen zog er einen Zahnstocher aus der Brusttasche und bearbeitete damit seine Zähne. Als er fertig war, betrachtete er die Ausbeute an Essensresten und legte den Zahnstocher langsam auf den Glastisch. Einer der bulligen Männer, die im hinteren Teil des Raumes standen, kam, hob das Ding auf und warf es in den Papierkorb. Dann zog er ein Papiertaschentuch heraus und wischte damit den Glastisch sauber.
Chen zeigte mit dem Finger über Rays Kopf. »Als sie mir diese Wohnung verkaufen, sie sagen, die Fenster öffnen nicht so ganz. Sie sagen was von Klimaanlage und Architektenpläne. Besonderes Glas, das glänzt. Ich sage, ich zahle so viel amerikanisches Geld für diese Wohnung, und Sie sagen, ich kann kein Fenster haben, das offen ist? Alle sagen, New York ist so toll, die Stadt Nummer eins. Ich sage, nein. New York ist nicht toll, zu alt. Nicht besonders modern. China moderner. Shanghai viel mehr moderner. Kommen Sie in mein Land, sehen Sie selbst. In Shanghai bekomme ich Fenster, das aufgeht, wenn ich drücken dagegen. Sage ich zu großen New-York-Architekten. Sie sagen, das hier ist ein Milliarden-Dollar-Bau, teuerster in New York in alle Zeiten. Ich sage Ihnen, eine Milliarde Dollar in

China ist ein winziges Stück Geld. Sie sagen, okay, wir machen das, wir machen Ihnen spezielles Fenster, nur für Sie. Jetzt ich hab also besonderes Fenster.«

Chen nickte den Männern hinter Ray zu. Sie schoben eine der Fensterscheiben auf. Die Nachtluft wirbelte kalt in den Raum, und von der Straße schwebte das ferne Rauschen des Verkehrs herauf.

»Wir werfen Sie jetzt aus dem Fenster.«

»Ich weiß nicht, wo Ihre Schwester ist.«

»Ja, vielleicht ich glaube sogar.«

»Wo liegt dann das Problem?«

»Das Problem, Mr. Ray, ist, dass Sie sagen, Sie nicht suchen nach ihr.«

»Ich glaube nicht, dass ich sie finden kann.«

»Wir wissen, dass Sie sie finden können. Jin Li sagt, Sie haben sehr große militärische Ausbildung.«

»Habe ich nicht.«

»Jin Li sagt, Ihr Pass ist gestempelt Afghanistan, Türkei, Malaysia und so.«

»Sie hat die falschen Schlüsse daraus gezogen.«

»Sie werden suchen meine Schwester?«

»Nein«, sagte er.

»Verstehe. Okay, wie gesagt, okay.« Chen wies auf das Fenster. »Raus.«

»Darf ich Ihnen erklären, weshalb das eine sehr dumme Idee ist?«

Chen sagte seinen Männern etwas auf Chinesisch. Sie hielten inne.

»Dieses Gebäude ist neu«, sagte Ray. »Es ist voller extrem reicher Menschen wie Ihnen, Chen. Ganz sicher verfügt es über eines der besten Überwachungskamerasysteme der ganzen Stadt. Die Saudis und die Israelis würden sich hier niemals einkaufen, wenn die Sicherheitsvorkehrungen nicht perfekt wären. Es gibt heutzutage eine Menge Dinge, über die sie sich Sorgen machen müssen. Die Kameras haben Sie die ganze Fahrt herauf im Lift verfolgt. Wenn Sie mich aus dem Gebäude werfen, dann schlage ich auf der Straße auf und sterbe – ich hoffe, sofort. Das werden viele Menschen mitbekommen. Mein Todesflug wird vielleicht sogar auf Video festgehalten, das heißt, er wäre eine Stunde später im Internet. Die Leute werden ihre Handys zücken und die Polizei rufen. Eine Patrouille des Bereitschaftsdienstes Midtown-North ist binnen einer Minute da. Inzwischen müssen Sie die Flucht antreten, und zwar an all diesen Kameras vorbei. Die Polizei wird wahrscheinlich das Gebäude absperren, eine Standardmaßnahme, wenn jemand aus dem Fenster fällt, besonders aus einem Haus, in dem es von Promis und Reichen wimmelt. Aber selbst wenn Sie aus dem Gebäude kämen. Wollen Sie dann mit dem Wagen fliehen? Wohl kaum. Also müssen Sie ein Taxi nehmen oder einen Leihwagen oder gar zu Fuß laufen. Wo würden Sie und alle Ihre Männer hingehen? In ein Hotel? Zum Flughafen? In den Central Park? Sie sehen, es gibt keinen …«

»Raus!«, sagte Chen.

Er machte sich nicht die Mühe, sich zu wehren. Sie hoben ihn hoch und trugen ihn zum Fenster, dann warfen sie ihn kopfüber aus dem Fenster, Gesicht nach oben, die Knie über das Fensterbrett gelegt, während jeder Mann einen seiner Füße hielt. Seine Baseballkappe fiel hinunter. Aus purem Instinkt hielt er sich mit einer Hand an der Fensterbank fest. Einer der Männer schlug mit dem Revolverkolben darauf.

»Zerbrecht das Fenster nicht!«, schrie Chen von innen.

Die Männer hoben ihn hoch und hängten ihn weiter hinaus, so dass nur noch die Absätze seiner Schuhe das Gebäude berührten. Er spürte ihren festen Griff an seinen Fußgelenken. Er wog etwa fünfundachtzig Kilo. Wie lange würden sie ihn halten können? Seine Hände fielen nach unten, das Blut stieg ihm in den Kopf. Sein Rücken berührte die Gebäudefassade, unter ihm verlor sich eine gerade Reihe Fenster, die meisten erleuchtet, manche nicht, in der Tiefe. Ich hänge kopfüber, dachte er idiotischerweise. Etwas Kleingeld in seinen Taschen wurde herausgeschüttelt, und er sah zu, wie es zur erleuchteten Straße hinunterschwebte, wo die Taxis um einen auf den Kopf gestellten Columbus Circle kreisten. Der gelbe Bleistift rutschte aus seiner Brusttasche. Er schloss die Augen, um sich zu beruhigen, verlangsamte seinen Atem. Lös dich von dem Verlangen, schärfte er sich ein, denn das Verlangen lässt dich verzweifeln und macht dir Angst. Du willst nicht sterben. Er war schon in schlimmeren Zwangslagen gewesen als dieser hier, bedeutend schlimmeren.

»Sind Sie einverstanden?«, brüllte eine wütende Stimme.

Er sagte nichts und konzentrierte sich stattdessen auf seinen Atem. Sie würden ihn nicht fallen lassen. Es ging darum, länger durchzuhalten und sich nicht terrorisieren zu lassen.

»Mr. Ray! Hören Sie! Hören Sie jetzt!«

Etwas berührte sein Gesicht. Er hielt die Augen geschlossen. Nicht einknicken, mahnte er sich, nicht einknicken.

»Sehen Sie hin, machen Sie die Augen auf!«

Seine Augen blieben zu. Er atmete durch die Nase, um seinen Herzschlag zu verlangsamen. Es funktionierte. Er wusste aus Erfahrung, dass er, wenn nötig, fünf Minuten kopfüber durchstehen konnte.

»Hinsehen!«, schrien sie. »Sie sehen sich das an!«
Wieder strich das Ding an seinem Gesicht vorbei. Er öffnete die Augen.
»Sie wissen, was das ist?«, hörte er Chen von oben brüllen.
Zuerst wusste er es nicht. Ein Kasten mit Schläuchen, es war schwer, sich darauf zu konzentrieren, wenn man mit dem Kopf nach unten hing und dieses Ding vor den Augen hin- und herbaumelte. In einem der Schläuche klebten Blutreste.
Dann begriff er.
Die Morphiumpumpe seines Vaters.
Sie hatten sie ihm abgenommen, sie ihm einfach aus der Vene in seinem rechten Arm gerissen. Er brauchte einen 40-mg-Bolus pro Stunde, sonst wurden die Schmerzen …
»Ja, ja!«, schrie Ray. »Ich mach's! Ja, holt mich hoch!«

Als die Limousine Ray zu der Doppelhaushälfte seines Vaters in Brooklyn zurückfuhr, stiegen zwei der drei Männer langsam aus und beobachteten ihn, doch sobald er frei war, schoss er, die Dilaudid-Pumpe in der Hand, Richtung Haustür. Sein roter Truck stand in der Einfahrt, registrierte er. Er stürzte ins Haus, zwischen all dem Gerümpel im Eingang, an Gartengeräten und anderem Werkzeug, das ein Vermieter brauchte, vorbei, und überraschte einen Chinesen, der auf die Füße sprang und eine Pistole Kaliber 45 zog.
Ray erstarrte und hob die Hände. Die anderen Männer erschienen im Raum, und der Aufpasser ließ die Pistole sinken. Die Krankenschwester, Gloria, saß neben dem Pflegebett und hielt den Kopf seines Vaters in ihren alten Händen, während sie sich dicht zu ihm hinunterbeugte und, die Lippen an seiner Stirn, ihm liebevoll etwas zuflüsterte,

wenn er sich vor Schmerzen krümmte und mit den verkümmerten Beinen die Decke hin und her schlug. Er hatte die Oberlippe hochgezogen, so dass seine alten, verdorbenen Zähne zu sehen waren, und die Lider zuckten vor Qual über den geschlossenen Augen; die Brauen waren hochgezogen, als könne er nicht fassen, durch welche Hölle er da gerade ging. Ray hatte seinen Vater schon leiden gesehen, aber das hier war anders; das war ein alter Mann an einem eisernen Angelhaken.

»Oh!«, rief Gloria, als sie die Schmerzmittelpumpe in Rays Händen sah. Er reichte sie ihr. »Er hat sich großartig gehalten, so tapfer. Gott hat ihm in dieser schrecklichen Stunde geholfen.«

Sie stöpselte den Apparat ein, gab den Zugangscode ein, überprüfte den Medikamentenvorrat und befestigte den Schlauch rasch am Katheter im Arm seines Vaters.

»Haben Sie das meinem Vater angetan?«, fragte Ray den Aufpasser.

Der Mann starrte ihn an. »Er ist alt«, sagte er.

»Würden Sie das Ihrem Vater antun?«, fragte Ray und roch die Alkoholfahne.

»Vater ist nicht alt geworden.«

»Wir gehen jetzt«, sagte einer der anderen. Er zeigte auf Ray und dann auf die Haustür. »Nach Sie.«

Er spürte die drei Männer hinter sich, als er zum Eingang lief. Auf dem Weg durch den vollgestellten Flur tastete Ray mit der Rechten zur Seite und fand eine Sprühdose mit Rostschutzfarbe. Mit der Linken schnappte er sich eine Heckenschere, die er am Vortag im Schirmständer deponiert hatte.

Er zog den Deckel von der Dose, ertastete den Sprühknopf, wirbelte herum und sprühte seinem vordersten Verfolger direkt in die Augen. Der Mann schrie und fasste sich ins Gesicht. Ray schlug ihm mit der Dose auf den Kopf, und der Chinese ging zu Boden.

Als der zweite Mann reagierte, packte Ray die Heckenschere mit beiden Händen und schnitt ihm die Nasenspitze ab – der andere brüllte auf und hielt sich instinktiv beide Hände vors Gesicht. Ray schnitt noch einmal und erwischte die Finger. Der Mann sackte auf die Knie, das Blut ergoss sich über den Boden.

Der Dritte hatte jetzt die Waffe gezogen, feuerte wild an Ray vorbei und traf so nur die Deckenlampe. Ray zielte mit der Schere nach der ausgestreckten Hand, verfehlte sie jedoch, und so duckte er sich und griff den Mann von unten an. Mit einer Hand packte er das Handgelenk des Schießwütigen. Mit der anderen riss er den Dielentisch um und wühlte mit den Fingern, ohne hinzusehen, in den heruntergefallenen Gegenständen. Der Mann schlug Ray mit der freien Hand auf den Kopf und stöhnte von der Anstrengung. Ray fand eine Rolle Klebeband. Das nützte ihm nichts. Lose Batterien, eine Dose Reißzwecken. Nichts, was er brauchen konnte. Der andere versetzte ihm mehrere Hiebe auf den Kopf. Der Mann schlug fest zu. Schließlich ertastete Ray einen schmalen Schlüssel, den man zum Öffnen von Farbdosen benutzte; in der Haushaltswarenhandlung auf der Sechsundachtzigsten Straße bekam man die Dinger umsonst, wenn man Farbe kaufte. Er war wie ein gebogener Schraubenzieher geformt, und Ray stach dem dritten Bodyguard damit ins Ohr, das erste Mal in die Muschel, das zweite Mal genau in den Gehörgang. Er trieb ihn bis zum Griff hinein und schlug mit der flachen Hand darauf. Der Schmerz im durchstochenen Trommelfell war so extrem, dass der Mann zusammenbrach, urinierte und zu

weinen begann. Ray zog ihm die Waffe aus der Hand, sprang noch benommen auf und richtete die Pistole auf die Männer, die sich alle drei vor Schmerzen krümmten.
»Nicht töten! Nicht töten!«, flehte der, dem die Nasenspitze fehlte.
Ray setzte die Waffe dem dritten Bodyguard an den Nacken. »Verstehst du Englisch?«, brüllte er.
Der Mann nickte.
»Wage es nicht, meinem Vater was zu tun! Wage es nie wieder, meinem Vater was zu tun!«
»Okay, Boss, okay.« Der Mann keuchte.
Ray zerrte ihn auf die Füße, nahm den anderen beiden die Waffen ab und setzte sie mit einem Fußtritt an die Luft. Der Fahrer der Limousine, ein Weißer, der zweifellos zusammen mit dem Wagen angeheuert worden war, starrte geradeaus und ignorierte die Verletzten, die ins Auto stolperten. Ihre Wunden waren nicht lebensgefährlich, so viel wusste Ray. Er hatte schon so ziemlich jede Verletzung gesehen, die ein Mensch erleiden konnte, und diese hier waren nicht ernst. Man würde einen Anruf machen, in Chinatown, Manhattan oder auch in einer der Enklaven mit chinesischen Ärzten in Queens oder Brooklyn.
Ray kehrte schnell ins Wohnzimmer zurück und sah, dass das Dilaudid seinen Vater in Tiefschlaf versetzt hatte. Gloria schaute von ihrem Buch auf, bemerkte die Schusswaffen in seinen Händen und blickte ihm in die Augen. »Ich habe ihm die doppelte Dosis gegeben. Jetzt geht es ihm gut.«
»Und Sie?«
Sie zeigte auf die Bibel. »Ich hab meine Lektüre.«
Ray ging zum Fenster und sah hinaus. Zwei Häuserblocks weiter raste die Limousine über eine rote Ampel. Zweifel-

los riefen die Männer gerade Chen an, und Chen überlegte wohl, wie er reagieren sollte; dabei würde er sich fragen, ob Rays Handlungsweise ihn für die Aufgabe, Jin Li zu finden, empfahl, oder ob sein plötzlicher Gewaltausbruch Leichtsinn und mangelndes Urteilsvermögen verrieten. So oder so hatte Ray sich gegenüber Chen zu erkennen gegeben und ihm dadurch einen Vorteil verschafft – sein erster Fehler.

Dumm, haderte er mit sich, du kannst nicht so dumm sein und erwarten, dass du mit heiler Haut davonkommst.

4

Es war ein gutes Versteck, doch sie hatte nicht gut geschlafen. Fast stündlich wachte sie auf, wenn eine Sirene vorbeiheulte oder wenn auf der Straße unter ihr jemand mörderisch laut brüllte und sie plötzlich wieder ganz und gar desorientiert war und nicht wusste, ob sie hinunterschauen oder aber lautlos bleiben sollte, wo sie war. Wer wusste schon von dem Gebäude? Eine Handvoll Leute. Und wer wusste, dass *sie* davon wusste? Niemand. Niemand auf der Welt kann davon wissen. Wieso bin ich dann so nervös?

Die Nacht war warm, und der fünfstöckige Bau, eine von mehreren ehemaligen Fabriken auf der West Nineteenth Street, war eine Brutstätte für Moder, Staub und tote Fliegen, die, angereichert durch die Ausdünstungen von Pappe, Rost und Holzschwamm, einen Geruch verströmte, der daran erinnerte, wieviel Zeit in diesem Gemäuer teilnahmslos verstrichen war. Diese und sechs ähnliche Fabriken waren im frühen zwanzigsten Jahrhundert entstanden; danach hatten mehrere Wellen der Immobilienspekulation diese Bauwerke erfasst und die meisten zu Lofts, Büros, Ausstellungsräumen oder auch exklusiven Restaurants mit kurzer Lebensdauer umgewandelt. Einige der Bauten waren jedoch mehr oder weniger unberührt geblieben, was oft mit baulichen Schäden zu tun hatte, sei es durch Feuer oder Wasser oder, am häufigsten, weil die Immobilie ein brachliegendes Streitobjekt in einem Gerichtsverfahren oder Familienzwist oder der Demenz eines gealterten Eigentümers zum Opfer gefallen war.

Das Gebäude, in dem Jin Li jetzt in der frühen Abenddämmerung saß und glaubte, etwas gehört zu haben, lag abseits der übrigen sechs. Es zeichnete sich dadurch aus, dass es nach allen Regeln der Wahrscheinlichkeit gar nicht mehr hätte existieren dürfen, denn eigentlich hätte es schon vor langer Zeit einstürzen müssen. Der Grund? Alle fünf Stockwerke waren mit Unmengen von schwerem, nutzlosen Kram vollgestopft, lauter luxuriösem Schrott. Auf dem obersten Geschoss lagerten Eisenbadewannen mit Löwentatzen und Säulenwaschtische, viele davon mit Etiketten ihrer Herkunft versehen: »Hotel Franklin, Renovierung 1967« und so weiter. Auf dem dritten Stock befanden sich Motorersatzteile, nicht nur von amerikanischen Autos und Lastwagen aus den dreißiger, vierziger, fünfziger und sechziger Jahren, sondern sogar von längst nicht mehr aufzutreibenden Motorrädern früher deutscher, französischer, italienischer und britischer Firmen, die schon lange eingegangen waren. Das schiere Gewicht dieses Lagerguts hätte vor Jahrzehnten die Trägerbalken ruinieren müssen. Im zweiten Stock stapelten sich nahezu zwei Millionen Paar Nylonstrümpfe in Originalverpackung, von Größe *»petite«* zu *»queen«*. Auf diesem Stockwerk steckte der Lastenaufzug für immer fest. Allein um das Gebäude leer zu räumen – ob für den Abriss oder die Renovierung –, hätte der Fahrstuhl ersetzt werden müssen, was eine beträchtliche, abschreckende Investition bedeutet hätte. Der erste Stock wiederum enthielt Hunderte von Kisten mit der Aufschrift: »Eigentum des US-Ministeriums für Wohnungs- und Städtebau, Regionalbüro New York«. Diese in den siebziger Jahren abhandengekommenen Akten dokumentierten den wenig erfolgreichen Versuch, den die Bundesregierung während der Rezession der frühen Siebziger unternommen hatte, Hunderttausenden einkommensschwachen Bewohnern von Queens, Brooklyn und der Bronx Wohnraum zur Verfügung zu stellen. Im Erdgeschoss schließlich stapelten sich rollenweise Glasfaserkabel, die während des Spekulationsrauschs der Neunziger gekauft worden waren, als die Stadt neu verkabelt wurde.

Von Zeit zu Zeit kamen Anfragen nach billigem Büroraum in diesem Gebäude; darum kümmerte sich der Hausmeister, ein Russe mit seltsamen, verblassten Tattoos in kyrillischer Schrift auf den Fingerknöcheln, der kaum mehr tat, als einmal die Woche den Bürgersteig zu fegen und die Reklamezettel für Arthouse-Filme oder Hard-Rock-Bands zu entsorgen. Den potenziellen Mietern händigte er Nachschlüssel für die Stahltür am Eingang aus, sagte ihnen, sie müssten die Treppe benutzen und die Besichtigung am Tag machen, da der Strom abgestellt sei und das Licht nicht funktioniere. »Und bitte Sie werfen den Schlüssel in den Briefkasten.« Ob jedoch der Schlüssel zurückgegeben wurde, war eine Frage des Charakters – ebenso wie die, ob es der russische Hausmeister bemerkte. Vermutlich nicht, wie er überhaupt wenig im Leben bemerkte. Er verfolgte die Tabellenplätze seiner europäischen Lieblingsfußballmannschaften, trank zwar keinen Wodka, dafür aber jeden Abend ungefähr zehn Flaschenzentimeter Sambuca aus demselben verkrusteten Glas, und hätte man ihn gefragt, ob es ihn kümmerte, wer in dem überladenen Gebäude auf der Nineteenth Street kam und ging, hätte er zugegeben, es interessiere ihn nicht die Bohne.

Wer in diesem Gebäude durch das Treppenhaus in den ersten Stock trat, konnte unschwer erkennen, dass Jin Li einige der Kisten vom Amt für Wohnungs- und Städtebau verrückt hatte, um in ihrer Mitte etwas Platz zu schaffen: In diesem schummrigen Bereich befand sich alles, was sie bei sich hatte: eine Luftmatratze, ein dickes Bündel Bargeld, ihr chinesischer Pass, ein kleiner grüner Koffer, in dem sich nicht nur ihre blaue CorpServe-Uniform befand, sondern auch ein hübsches Baumwollkleid (sie konnte beim besten Willen nicht sagen, wieso sie das in der Eile eingepackt hatte), ein Kulturbeutel mit dem Nötigsten, ein Handy, das sie gewissenhaft ausgeschaltet ließ, und eine Styroporkühlbox. Auf der Matratze lag Jin Li, blickte zur Decke und glaubte, schon wieder etwas von unten gehört zu haben.

Was? Hatte sie sich geirrt?

Sie horchte. Nichts – *vielleicht*.

Wenigstens hatte sie vorausgeplant, sagte sich Jin Li, und den Schlüssel, den der Russe ihr gegeben hatte, als sie vor einigen Monaten auf der Suche nach billigem Büroraum für CorpServe hergekommen war, behalten. Für ihre Zwecke war das Gebäude seinerzeit vollkommen ungeeignet, doch unter den gegebenen Umständen kamen ihr die Abgeschiedenheit und der heruntergekommene Zustand sehr gelegen. In China wurden solche Bauten bald abgerissen, und Leute wie ihr Bruder errichteten an ihrer Stelle billige Wohnblöcke in dreifacher Höhe. Der Russe hatte den Schlüssel nie zurückverlangt, und so hatte sie ihn – in ihrer Handtasche und im Hinterkopf – als einen möglichen Unterschlupf behalten. Niemand würde Büroraum in einem Haus ohne Strom und Heizung mieten wollen, in dem man, falls ein Feuer ausbrach, in der Falle saß. Dennoch hatte sie Angst. Jemand konnte ihr gefolgt sein – das war möglich. Die Männer am Strand waren ihr in ihren dicken Trucks gefolgt und ausschließlich hinter ihr her gewesen, da hatte sie keine Zweifel. Die mexikanischen Mädchen hatten nichts gewusst. Wie waren die Männer Jin Li auf die Schliche gekommen? Sie war so vorsichtig gewesen. Planten sie, wiederzukommen? Suchten sie immer noch nach ihr?

Und dann ihr Bruder Chen. Kaum hatte sie ihn von einem Münztelefon aus angerufen, war er ins nächste Flugzeug nach New York gesprungen und hatte angefangen, sich nach ihr umzuhören, was die Sache nur schlimmer machte. Normalerweise dauerte es eine Ewigkeit, ein Visum für die Staaten zu bekommen, doch Chen kannte in Shanghai und sogar in Peking Leute, die ihm Geld und Gefälligkeiten schuldeten. Er war in Panik geraten, als sie ihn angerufen hatte – nicht in Sorge um sie, sondern weil er fürchtete, dass seine weltweiten kriminellen Machenschaften auffliegen könnten. »Was hast du gemacht?«, hatte er sie in Kanton-Chinesisch angeschnauzt. »Wie hast du es vermasselt?«

Auf die Frage wusste Jin Li im Grunde keine Antwort, auch wenn sie seither ständig darüber nachgrübelte. Chen hatte CorpServe nur zu einem einzigen betrügerischen Zweck ins Leben gerufen, doch um der Firma einen konventionellen Anstrich zu geben, teilte er sie in drei Bereiche auf, zwei davon legitime, offen agierende Dienstleistungsunternehmen. Das erste reinigte Büros in New York zu marktüblichen Preisen und bewarb sich auf Ausschreibungen von Management-Agenturen und Corporate-Operations-Büros. Dieser Teil der Firma beschäftigte täglich Putzkolonnen in zweiunddreißig Gebäuden, wobei die Zahl der Mitarbeiter mit den hinzugewonnenen oder bei Ablauf verlorenen Verträgen schwankte. Die Kolonnen putzten ordnungsgemäß und sammelten trockene Abfälle wie Papier, Pappkartons, Kaffeebecher und so weiter, die von einem der privaten Fuhrbetriebe abgeholt wurden – eine eigene Branche und ebenso halsabschneiderisch und mafiös, dass man darin nur unter großem Risiko und mit noch größeren Beziehungen Fuß fassen konnte. Es würde noch mindestens zwei Generationen dauern, bis ein Chinese in Manhattan eine solche Firma führen konnte.

Der zweite Teil von CorpServe, der in siebzehn Gebäuden Dienst tat, sammelte zunächst Trockenabfälle und besorgte dann vor Ort eine lückenlose Aktenvernichtung. Die Firma verfügte über neun etwa dreizehn Meter lange Schredder-Mobile, in denen das Material zerkleinert und im Nutzlastraum gelagert wurde. Jedes Mobil hatte eine Kapazität von achttausend Pfund Papier pro Stunde und konnte nicht nur Kartons, Akten, Büroklammern und Gummis, sondern auch CDs, DVDs, Personalausweise, Festplatten, ja sogar Uniformen vernichten. CorpServe bot den für vertrauliches und höchster Geheimhaltung unterliegendes Material erwünschten Standard »Fünf« an, der eine Partikelgröße von maximal 0,8 x 12 mm verlangte. Die Mobile hatten ihren eigenen Stromgenerator, und alles wurde in einem einzigen Arbeitsgang geschreddert und zu Ballen gepresst, die wiederum in großen Mengen an Fabriken geliefert wurden, in denen das Papier mit Hilfe eines Gebläses von Fremdmaterial getrennt und zum Recycling aufgelöst wurde. Jedes Schredder-Mobil von CorpServe war mit einer vom Bundesstaat New York geeichten Waage ausgestattet, auf der man das zu vernichtende Material wog, und der gesamte Schreddervorgang wurde auf Video festgehalten. Nach jeder Nachtschicht überreichte der CorpServe-Techniker dem Chef des Gebäudedienstes einen Ausdruck der Wiegeergebnisse und ein Video des Schredderns. Dieser Service war ein wichtiges Verkaufsargument, auch wenn sich in Wahrheit die Ausdrucke und die Videos früher oder später stapelten und sie irgendwann wie alles andere im Schredder landeten. Dokumentenvernichtung war genau wie Büroreinigung ein unglaublich langweiliges Geschäft. Es gab kein greifbares Produkt außer einer Menge Konfetti. Der Kunde bezahlte dafür, etwas zu zerstören, oder anders gesagt für das Nichts. Die mobilen Schredder waren laut; niemand hatte Lust, sie allzu lange zu beobachten. Bei langfristigen Verträgen weichte die Kundenkontrolle immer mehr auf, bis es so gut wie keine Kontrolle mehr gab. Die uniformierten CorpServe-Kolonnen – ausnahmslos Frauen aus Mexiko, Guatemala und China – waren pünktlich zur Stelle und machten zuverlässig ihre Arbeit. Versuchten, in Amerika Fuß zu fassen. Die Angestellten schätzten sich meistens glücklich, eine Arbeit gefunden zu haben, sprachen schlechtes Englisch und legten sich eine unterwürfige Miene zu; nur selten wechselten sie ein Wort mit dem Büropersonal, was weniger damit zu tun hatte, dass sie effizient und ungestört arbeiten wollten, sondern viel mehr mit der Einschätzung, dass niemand ihnen etwas zu sagen hatte. Was auch zutraf. Sie waren gesichts- und namenlos und beinahe unsichtbar. Aus organisatorischer Sicht waren diese beiden CorpServe-Einheiten bemerkenswert simpel; jede davon wurde von einer Person geführt, die vor allem die Aufgabe hatte, vom firmeneigenen, heruntergekommenen Lagerhaus in Red Hook, Brooklyn, aus die Arbeitskolonnen und Schichten einzuteilen. Jin Li hatte das Viertel ausgesucht, weil es billig und abgelegen, gleichzeitig aber relativ nah an Manhattan war. Niemand regte sich sonderlich über das Kommen und Gehen der CorpServe-Mobil auf. Ein Angestellter war für die Buchhaltung und Lohnzahlung an die verschiede-

nen Einheiten verantwortlich. Diese Dienstleistungen waren profitabel genug, um die Existenz von CorpServe zu rechtfertigen.
Doch die eigentlich wichtige, dritte Funktion von CorpServe war der Kernbereich, auf den Chen und Jin Li ihr ganzes Augenmerk richteten. Dieser Teil, der keinerlei organisatorischen Papierkram mit sich brachte und auch niemals schriftlich erwähnt oder beschrieben wurde, führte ausgewählte Elemente der anderen beiden Bereiche zusammen. Es ging schlicht darum, nützliche Informationen zu stehlen. Wenn die Reinigungsfirma in Büros tätig war, deren Papierabfälle Jin Li potenziell wertvoll erschienen, versuchte sie mit aller Macht, den Schredder-Vertrag für dieses Gebäude zu unterbieten, falls es schon einen gab. Manchmal hatte sie Erfolg und bekam Zugang zu dem erwünschten Informationsfluss aus den Büroabfällen. Ihre Firma entsorgte also nicht nur Informationen, sondern verwertete sie auch nach freiem Belieben. Es ging dann nur noch darum, das Material, das vor dem Schredder bewahrt werden sollte, vom Rest zu trennen. Natürlich gelang es ihr manchmal nicht, den Schredder-Vertrag zu ergattern und auf diese Weise regelmäßig an Firmengeheimnisse zu kommen. Zu Chens Prinzipien gehörte es, niemals Dokumente aus einem Büro zu entwenden, die nicht zum Abfall gehörten, und Jin Li teilte diese Überzeugung. Es wäre zu riskant und würde bei Entdeckung zu viel Wirbel machen. Sie bevorzugten ein stilles, subtiles Spiel, bei dem die Firmen sie dafür *bezahlten*, wertvolle Informationen zu beseitigen. Falls es je zu Nachfragen über einen bestimmten Müllsack käme, konnte Jin Li einfach sagen, es wäre ihnen ein Irrtum, eine Verwechslung unterlaufen. Doch bisher war es noch nie dazu gekommen.

Das heißt, bis jetzt. Wo war der Fehler passiert?
Jin Li hatte alle drei Betriebe beaufsichtigt, indem sie nur gelegentlich in einem der legalen Vertragsbüros erschien, in denen sie reinigten und Papierkörbe leerten, während sie fünf Nächte die Woche in Mobil sechs (eine Glückszahl bei den Chinesen) mitfuhr, das für die wenigen Adressen eingeteilt war, die sie ausschlachten wollte. Hier wie dort trug sie stets eine weite, blaue CorpServe-Uniform, entfernte ihr Make-up, stopfte sich das Haar unter eine Kappe und zeigte auf Verlangen ihren Firmenausweis vor. Entweder erkannten die Leute vom Sicherheitsdienst sie als Dienstvorgesetzte wieder oder aber sie wussten, dass bei der Reinigungsfirma das Personal ständig wechselte, und kamen nicht auf die Idee, einer zarten, kleinen Chinesin in Uniform mit einer Dienstmarke an der Brusttasche unnötig Fragen zu stellen. Mit Ausnahme des Fahrers von Nummer sechs wusste kein Mitarbeiter der Firma, was ihre eigentliche Aufgabe war. Sie war nichts weiter als die Schichtleiterin, die manchmal selbst mit anpackte und Müll entsorgte. Das vielversprechende Material wanderte in die »blauen Säcke«, wie sie sie nannten, die beiseitegeschafft wurden, um zu einem späteren Zeitpunkt genau untersucht zu werden. Falls sich einmal eine der Reinigungskräfte zu sehr für Jin Lis Aktivitäten interessierte, lobte Jin Li die Frau für ihre ausgezeichnete Arbeit, versetzte sie zu einer der legalen Abteilungen und erhöhte geringfügig ihren Lohn.
Wenn sie nachts die angepeilten Büros durchstreifte, bewegte sich Jin Li mit leichtfüßiger Effizienz, denn wenn man jeden Tag Büros saubermacht, dann kennt man das Prinzip. Sie ließ sich Grundrisse von den Stockwerken geben, die CorpServe reinigte, und stellte grundsätzlich die

Frage, ob ihre Firma Besonderheiten zu berücksichtigen habe, wie einen Geschäftsführer, der Überstunden machte, oder aber Büros, die wegen Allergien täglich gestaubsaugt werden mussten, welche dagegen seltener und vieles mehr. Alles unter dem Deckmantel, gründliche Arbeit leisten zu wollen, was CorpServe wirklich tat. Sehr häufig ging aus den Antworten des Managements deutlich hervor, welches Büro oder welche Büros am wertvollsten waren. Jin Li hatte gelernt, dass Sekretärinnen und Assistenten lohnendere Papierkörbe hatten als ihre Vorgesetzten, da sie Antwortschreiben entwarfen, E-Mails ausdruckten und so weiter. Aber das war nicht alles! CorpServe bot auf Anfrage noch einen weiteren Service an: sichere, verschließbare Abfalleimer aus Plastik mit der Aufschrift: »Zum Schreddern«, was den Firmen gefiel, da sie vertrauliches Material auf diese Weise vor den nicht so vertrauenswürdigen Mitarbeitern sichern konnten. Natürlich enthielten diese Abfalleimer gewöhnlich die allerbesten Informationen, die Jin Li am liebsten waren, oder anders gesagt, bezahlten CorpServe-Kunden zusätzlich Geld dafür, sich noch effizienter die Informationen stehlen zu lassen, an deren Vernichtung ihnen am meisten gelegen war. Sie besaß Schlüssel, die zu sämtlichen Modellen dieser Abfalleimer passten, und so musste sie sie nur rasch in einen Sack umfüllen, den sie später inspizierte. Mit Papier gingen die Leute erstaunlich leichtsinnig um, besonders jetzt, wo jeder mit Computern arbeitete. Firmen bezahlten ein Vermögen für die innere und äußere Sicherheit ihrer PCs, wozu sie eine Phalanx von IT-Genies anheuerten, Computer-Asse, wahre Zauberkünstler, die jeweils die brandaktuellsten Kontrollsysteme und Antihack-Programme installierten. Papier dagegen war per definitionem überflüssig, da jedes Dokument und

jede E-Mail irgendwo auf einem Computer existierte. Und weil Dinge nicht mehr auf Papier »gesichert« wurden, kamen sie auch immer seltener in Akten. Papier war zur befristeten Einwegmanifestation der elektronischen Datei geworden, bequem, um es irgendwohin mitzunehmen, andererseits nicht wert, sorgsam damit umzugehen. Schließlich konnte man jederzeit eine neue Kopie ausdrucken.
Das alles galt für ein Büro ums andere. Einige hatten Sicherheitsvorschriften, die jedoch selten regelmäßig eingehalten wurden. Die Leute in den New Yorker Büros waren zu beschäftigt, zu ehrgeizig, um auf ihre Abfalleimer zu achten. Darum sollten sich andere kümmern.
Was Jin Li mit Freuden tat. Sie hatte gelernt, bestimmte Branchen zu meiden und sich andere vorzunehmen. Anwaltskanzleien waren von gewissem Interesse, insbesondere, wenn sie eine Abteilung für Fusionen und Übernahmen hatten, was leicht festzustellen war. Doch der kurzfristige Wert dieser Papiere war offensichtlich, ganz zu schweigen davon, dass diese Unterlagen den Bestimmungen der Bundesbörsenaufsicht unterlagen, und die Kanzleien scheuten daher keine Mühen und Kosten, ihren Papierkram zu vernichten. Verlage und die Medien dagegen waren praktisch nutzlos. Auch Geschäftsbanken konnte man vergessen. Desgleichen Versicherungen, außer sie besaßen eine Abteilung für Firmenverbindlichkeiten und damit eine potenzielle Goldmine, sobald sie Dokumente entsorgten, aus denen gewaltige, geheim gehaltene Probleme einer Firma ersichtlich wurden, wie etwa Produkthaftungsverfahren. Firmen, die Schuldverschreibungen kauften, waren von einigem Reiz, da sie die Kreditwürdigkeit der Firmen dokumentierten, mit deren Schulden sie Geschäfte machten. Pharmaunternehmen waren gut, wenn man eine mit inter-

essanten Produktentwicklungen finden konnte. Doch die Sahnehäubchen waren Finanzdienstleister, die Wertpapiere evaluierten, denn am meisten war sie hinter »verderblicher Ware« her – Informationen, die auf der Stelle den Kurs eines börsennotierten Unternehmens beeinflussten, da Aktienkurse im Allgemeinen schneller und dramatischer auf Informationen reagierten als Obligationen. Die Information musste so gut, so vertraulich sein, dass die Analysten, Journalisten, Aktienpflücker, Insider-Informanten und andere interessierte Gruppen nicht darüber verfügten.
Die globalen Aktienmärkte gehorchten der überkommenen Maxime, dass sie effizient sein mussten, das heißt, dass wichtige Informationen über börsennotierte Wertpapiere in kürzester Zeit jedem Interessenten frei verfügbar waren; natürlich sah die Realität anders aus. Firmen logen, betrogen, blähten ihre Profite auf und verschwiegen Kredite, verbuchten Scheingeschäfte und hielten lächelnd die Illusion aufrecht, ihre hehren Spitzenkräfte seien unsterblich, überaus leistungsfähig sowie bei klarstem Verstand und würden nicht – wie meistens der Fall – von den Insidern gehasst. Unternehmen schönten ihre Daten, als seien sie immerzu profitabel, während sie in Wahrheit Produkte entwickelten, die sich als Reinfall erwiesen, sowie interne Machtkämpfe ausfochten zwischen einzelnen Personen oder Abteilungen, zwischen Direktoren und Management, zwischen Management und Belegschaft, zwischen Aktionären und Management. Interne Querelen konnten gemäßigt, schwelend oder explosiv sein und zu Rechtsstreitigkeiten, ja sogar Gewalttätigkeit führen; wie einer von Jin Lis Professoren am Harbin Institut seinen Studenten zu sagen pflegte, egal, wie groß und bürokratisiert, egal, wie rigide und repressiv ein Unternehmen sein mochte, so war

es letztlich eine Ansammlung von Menschen, die für alles anfällig waren, was sie entweder belastete oder ermutigte, und darin, so der Professor, durchaus mit Maos Kolchosen der sechziger Jahre vergleichbar, die effizient und produktiv sein sollten, sich aber als Desaster erwiesen.
Welcher Fehler war Jin Li also unterlaufen? Diese Frage verfolgte sie, seit sie durch die verregnete Morgendämmerung gelaufen war, um dem mit Scheiße gefluteten Wagen und den beiden daneben ausgestreckten Mädchen zu entkommen. Sie war den Parkway entlanggerannt und hatte schließlich ein Taxi auf dem Weg nach Manhattan angehalten. Sie hatte auf dem Rücksitz gekauert, sich an ihrer Handtasche festgehalten, vor Angst gezittert, die Exkremente an Haut und Kleidern gerochen und versucht, ihr Schluchzen zu unterdrücken. Jemand musste gesehen haben, was sie tat. Wer? Sie würde alles gründlich analysieren müssen: jede einzelne Nachtschicht, in der sie die ausgesonderten blauen Säcke bekommen hatte, jeweils mit einem Etikett versehen, auf dem Stockwerk, Firma und Datum standen. Diese wurden zu dem Bau in Red Hook gekarrt, wo sie Tag für Tag von Jin Li und drei vertrauenswürdigen Chinesinnen zu getrennten Firmenakten geordnet wurden. Die Abfälle einer Nacht waren für sich genommen meist unbrauchbar, doch sowie sich die Unterlagen häuften, wurden Zusammenhänge deutlich. Jin Li wurde zum Zeugen von Grabenkämpfen zwischen Abteilungen, bei denen sich leitende Angestellte gegenseitig bekriegten, von Forschungsergebnissen oder Profiten, welche die Erwartungen in den Schatten stellten, von Projekten, die eingestellt oder beschleunigt wurden – von allem, was in einem Unternehmen passierte. Sowie sich Konflikte zuspitzten oder Jin ihr mögliches Ausmaß zu fassen be-

gann, konzentrierte sie ihre Papiermüllernte auf den entsprechenden Schreibtisch, das Büro oder Stockwerk. Mit ein wenig Zeitrückstand entfalteten sich dann auf den entsorgten Dokumenten die Fortsetzungsdramen. Oft hatte sie mit Informationslücken zu kämpfen, und sie musste raten, was in der Zwischenzeit geschehen war. Sie führte Notizbücher zu jedem Unternehmen und brachte sie ständig auf den neuesten Stand, wobei sie auch Zeitungsartikel und Chatroom-Gespräche zu Rate zog, die die Hinweise aus dem Firmenmüll bestätigten oder ihnen widersprachen.

Ein mühsamer Prozess, den gewaltigen Datenfluss nach Goldsprenkeln zu sieben, doch ein, zwei Mal im Monat stieß Jin Li auf eine echte Chance. Im ständigen Wechsel von Ebbe und Flut wurden unweigerlich Unternehmen nach oben gespült, die kurz vor einer Fusion, vor der Marktreife eines neuen Produkts oder vor der Revision ihrer Bilanz standen, vielleicht aber auch jederzeit mit einer behördlichen Ermittlung zu rechnen hatten. Zusammen mit ihren eigenen schriftlichen Kommentaren scannte sie sämtliche Dokumente auf einer chiffrierten CD-ROM ein. Einmal wöchentlich versteckte sie diese Ausbeute in einem Bündel Computerzeitschriften vom letzten Monat, die sie für drei Cent das Pfund bei einer New Yorker Firma kaufte, die satte Gewinne damit machte, die Auflagenhöhe der überregionalen Hochglanzmagazine zu fälschen. Vielen dieser Magazine waren Werbe-CDs beigefügt, und es war kein Kunststück, eine davon gegen ihre auszutauschen und das Deckblatt mit einem Eselsohr zu markieren, bevor sie den ganzen in Draht geschnürten Stapel an ihren Bruder schickte. Die chinesischen Behörden drückten bei Aktivitäten, die zu einem Transfer von Informationen aus dem Westen nach China beitrugen, gerne ein Auge zu und winkten die Computerzeitschriften durch. Natürlich wäre es leichter, schneller und billiger gewesen, die Daten per E-Mail zu schicken, doch ihr Bruder hatte zu Recht große Angst vor den elektronischen Überwachungsmethoden der amerikanischen Regierung, die Telefongespräche und Internet-Chats nach Schlüsselbegriffen oder Wortmustern ausschnüffelten. Und dann waren da noch die Filter, mit denen die Chinesen sämtliche eingehenden E-Mails kontrollierten. Die Volksregierung blockierte die elektronische Post mal mehr, mal weniger repressiv, mit Sicherheit aber musste man sagen, dass Chens Beziehungen nicht so weit reichten, dass er jeweils gewusst hätte, wann sie die Kontrollen verschärften und wie gut die Filter waren. Er hatte schon gesehen, wie Freunde verhaftet wurden, nur weil in ihrem Posteingang irgendwo das Wort »Freiheit« stand. Also schmuggelte man die Informationen lieber auf die altmodische Tour physisch. Jede Woche reservierte Jin Li in einem Containerflugzeug, das JFK donnerstagnachts verließ und am Samstag darauf bei Morgengrauen in Shanghai eintraf, den nötigen Stauraum. Siebenundzwanzig Bündel Computerzeitschriften zu einem Würfel verschnürt und in Schrumpffolie auf einer Holzpalette gesichert, passten in den riesigen Container. Der Container wurde binnen einer Stunde nach der Landung entladen. Der Stapel mit der richtigen CD-ROM befand sich immer in der Mitte der Palette, und so war es ein Kinderspiel, dieses Bündel herauszuholen, aufzuschneiden und den Stapel durchzugehen, bis das Heft mit dem Eselsohr zum Vorschein kam. Der Plan war so elegant wie simpel. War versehentlich auch mal ein anderes Deckblatt verknickt, so konnte man die CD-ROMs in beiden Zeitschriften leicht miteinander vergleichen. Die richtige wurde dann in Höchstgeschwindigkeit

zu Chens Etagenwohnung in einem der modernsten und atemberaubend teuren Hochhäuser gefahren, um das sich arme Neuankömmlinge aus den entlegenen Provinzen tummelten, weil sie hofften, von jenen schick gekleideten Berufstätigen in Shanghai einen Gelegenheitsjob zu ergattern, da diese viel zu beschäftigt waren, ihre Sachen von der Reinigung zu holen oder ihre neuen Autos blank zu polieren. Bis zum Samstagmorgen hatte Chen die Edelnutten, mit denen er die Nacht verbracht hatte, vor die Tür gesetzt und machte sich an die Arbeit, die CD-ROM herunterzuladen und Jin Lis Erklärungen durchzugehen, was welche Dokumente möglicherweise enthüllten. Er beschäftigte eine kleine Gruppe treu ergebener Analysten, die er zum Teil von denselben großen amerikanischen Wagniskapitalfonds und Banken abgeworben hatte, die diese Leute ausgebildet hatten und die versuchten, aus China Geld zu quetschen. Sie machten sich daran, die Informationen mit konventionell verfügbaren Untersuchungen abzugleichen, wobei sie manchmal auf Erkenntnisse stießen, die Jin Li entgangen waren, meistens aber ihr Urteil bestätigten.
Bis Sonntagabend hatte Chen die Strategien und das Belegmaterial, das er am nützlichsten fand, ausgewählt, und am Montag saß er dann in einem privaten Speisesaal in einer von Chinas führenden Banken und erklärte einer kleinen Schar von Investoren, was er herausgefunden hatte. Während sie ihre Schildkrötensuppe schlürften, lauschten sie ihm aufmerksam und nickten feierlich, wenn eine Konstellation besonders vielversprechend klang. Chens Triebfeder war unverhohlen eine Mischung aus Habgier, Hedonismus und Nationalstolz; für ältere Männer, besonders jene, die Mao noch miterlebt hatten, war er leicht zu durchschauen, da er seine Befriedigung aus äußerlichen Genüssen zog.

Mehr oder weniger jede Woche hatte Chen einen Knüller in der Hand, und falls einmal nicht, ging die Gruppe die Nachrichten der Woche erneut durch, um zu sehen, ob über die von ihnen beobachteten Unternehmen, mit denen sie spekulierten und die sie manipulierten, doch noch neue Erkenntnisse zu gewinnen waren. Wenn sie sich zum Handeln entschlossen hatten, half ihnen ihre Lage auf dem Globus. In der Zeit, in der die europäischen und amerikanischen Börsen geschlossen waren, erlahmte der Handel mit US-Aktien, und es war möglich, still und unauffällig in eine beträchtliche Position einzusteigen, bevor einige Stunden später auf der anderen Seite des Globus die Hauptaktivitäten begannen. Die Tatsache, dass Chen seine Daten direkt aus New York zutage förderte, kam den nationalistischen Aggressionen seiner chinesischen Investoren zupass. Ohne Ausnahme hassten sie Amerika oder behaupteten es zumindest.
Ein höchst angenehmes Geschäft, bei dem man die Rechtsgrundsätze und die Spielregeln des westlichen Kapitalismus unterlaufen konnte.
Chen und seine Mitverschworenen wussten auch sehr wohl, was sie taten. China hatte den öffentlichen Aktienhandel in den neunziger Jahren zugelassen, und so hatten die älteren Männer jahrelange Erfahrung auf dem Buckel und ein Sensorium für die Launen und Trends und neuralgischen Punkte des Marktes. Sie hatten einen hohen Grad an Intuition erreicht, der darauf beruhte, dass sie schon große Vermögen verloren und noch größere gewonnen hatten. In den letzten Jahren hatte das Börsenfieber weite Teile der chinesischen Mittelschicht erreicht, und es war inzwischen zur selbstverständlichen Routine geworden, Aktien nach der *Pump-and-Dump*-Methode zu manipu-

lieren. Die Warnungen und Kontrollversuche der Regierung an der überhitzten Börse hatten die Spekulanten nur noch dreister gemacht, denn die Chinesen wussten, dass guten Zeiten oft schlechte folgten. Das Leben war ein Glücksspiel – doch von nichts kommt nichts, besonders wenn Tausende andere dasselbe wollen wie du. Und so war die Gier vieler die Chance der wenigen. Sehr oft entschied Chen mit seiner Gruppe, wie sie das Geld, das sie auf den westlichen Märkten verdienten, erneut einsetzen sollten, diesmal innerhalb der chinesischen Märkte. Sie diskutierten die Risiken, die einzugehen waren, und beendeten schließlich die Gesprächsrunde mit dem zeremoniellen Schlag eines Messinggongs, eine Verbeugung vor ihrer chinesischen Kultur und zugleich eine Parodie auf das Eröffnungsleuten an der Wall Street Stunden später. Danach wurde in einem der Privatclubs der Stadt gefeiert, wobei die Trinkgelage durch die Gefälligkeiten einer Reihe von Mädchen versüßt wurden, die den Männern nicht nur dabei helfen sollten, ihre Ängste über die Millionen Dollar in harter Währung zu vergessen, die sie gerade aufs Spiel gesetzt hatten, sondern auch ihr Selbstbild als Gebieter über alles, was ihnen unter die Augen kam, bestätigten. Ein Mädchen brachte das Kunststück fertig, Zunge und Zäpfchen gleichzeitig zum Einsatz zu bringen. Jin Li hatte mit angehört, wie ihr Bruder begeistert über diese scheinbar seltene und bemerkenswerte Fähigkeit sprach. Das Mädchen, das ohne einen Penny in Shanghai angekommen war, es aber in kurzer Zeit zu beträchtlichem Reichtum gebracht hatte, galt nicht einmal als besonders schön; dennoch waren ihre Dienste sehr begehrt, und man erzählte sich, dass die Männer manches Mal betrunken gegeneinander geboten hatten, bis einer von ihnen über jedes vernünftige Maß hinaus durchgehalten und sein Vergnügen erworben hatte. Der Glückliche begab sich dann mit seiner Begleiterin in ein privates Gemach.

Schweine, dachte Jin Li, verfickte Schweine, das ganze Pack. Und hier sitze ich nun in Amerika; ich helfe ihnen, solche Dinge zu tun, und bin in Schwierigkeiten. Sie hätte sich dafür hassen können – jedenfalls fast, nur dass sie sich mit den Machenschaften ihres Bruders einverstanden erklärt und ihm sogar erläutert hatte, wieso sie besser als jeder andere geeignet war, ihn zu unterstützen. Sie würde es für ihre Familie tun, hatte sie gesagt, für ihre Eltern. Und, zugegeben, Chen hatte eine Menge riskiert. Er hatte *huevos*, wie die Mexikanerinnen sagen würden, Eier – Mumm. Sie hatten fast sechs Millionen Startkapital benötigt, und ihr Bruder war zu diversen Investoren gegangen, hatte den Plan – nichts Schriftliches, versteht sich – erläutert und dabei je nach Publikum ein Vokabular benutzt, das die Dinge beim Namen nannte oder aber umschrieb. Der Plan hatte schnell seine Finanzgeber gefunden, so schnell, dass Chen befürchtete, jemand anders könnte seine Idee allzu sehr bewundern und ein Konkurrenzunternehmen auf die Beine stellen – wenn nicht in New York, dann eben in London oder Paris oder in jeder anderen westlichen Stadt, in der die Chinesen geschäftlich gut aufgestellt waren.

Doch das war einmal, sie musste ans Hier und Jetzt denken. Welche Firma hatte Wind davon bekommen, was sie trieb? Welche Firma hatte ihr die beiden Männer und den großen Truck hinterhergeschickt? Wieso hatten sie auch die beiden mexikanischen Mädchen getötet? Bei Lichte betrachtet war das Ganze unbeholfen. Jin Li kannte die Telefonprotokolle; keiner der Kunden hatte angerufen, um ihren Dienstleistungsvertrag zu kündigen. Es gab auch keine Aktenvermerke über Beschwerden, und die ausstehenden Rechnungen waren mehr oder weniger up to date. Wer steckte dahinter? Ihre Firma hatte im Verlauf des letzten Jahres ziemlich unverfroren Informationen von acht Unternehmen gestohlen, und es wäre ihr ein Leichtes, deren jüngste Börsennotierungen zu überprüfen, doch das besagte so gut wie nichts. Ihr Bruder und seine Kumpanen mochten dabei sein, sich eine konventionelle Aktienposition aufzubauen, sie mochten gewettet haben, dass der Kurs fallen würde, oder mit den Konkurrenten oder Zulieferern der Firma Geschäfte machen. Vielleicht benutzten sie sogar ihr Wissen, um Fehlinformationen zu streuen. Jin Li wusste nur, dass sie kleinere amerikanische Unternehmen bevorzugten, deren Handelsvolumen bescheiden genug war, um mit ihren An- oder Verkäufen den Aktienpreis beeinflussen zu können.

Der CorpServe-Poker lief jetzt schon seit vier Jahren, und man durfte mit Fug und Recht sagen, dass sie in dieser Zeit spektakuläre Gewinne eingestrichen hatten. Ihr Bruder hatte in Shanghai drei große Gebäude gekauft, sich selbst ein neues Haus gebaut, in Hongkong für eine seiner Geliebten eine Wohnung besorgt, und er ließ sich jeden Morgen als Erstes das Gesicht massieren.

Und was hatte Jin Li von Chen als Gegenleistung bekommen? Nicht viel. Ein gutes Gehalt nach New Yorker Maßstäben. Nach chinesischen ein Vermögen. Aber keine Sicherheit. Alles andere als das. Er hingegen war reich geworden. Sie war diejenige, die in den Vereinigten Staaten vor Gericht kommen, ins Kittchen wandern oder ausgeliefert werden konnte. Hinter *ihr* waren die Männer her gewesen. Ihr Bruder musste sie jetzt finden, so viel war ihr klar, weil sein ganzes Imperium von dem Informationsfluss abhing, den sie ihm verschafft hatte. Außer ihr wusste niemand bei CorpServe, was zu tun war, wonach man suchen musste. Niemandem sonst konnte er trauen. Chen und seine Investoren hatten riesige spekulative Aktienpositionen gekauft, und es war unverzichtbar, dass Jin Lis Hände und Augen ständig mit ihren Köpfen in Verbindung standen, genauer, mit ihrem Geld. Ein Fetzen Papier an einem Ende des Globus konnte am anderen Ende in Millionen von Dollar eingewechselt werden. Chen konnte es sich nicht leisten, sie aus den Augen zu verlieren und mit ihr die Kontrolle über CorpServe zu verlieren; ebenso wenig durfte ihr Verschwinden ruchbar werden. Sie wusste, ihr Bruder war verzweifelt.

Doch vielleicht wollte sie ja gar nicht, dass er sie fand, und vielleicht ahnte er das. Chen würde Mr. Ling anrufen, einen alten Anwalt aus Hongkong, der immer noch in einem kleinen Büro über der Canal Street in Chinatown arbeitete, und Mr. Ling würde einen Weg finden, sich zu Jin Lis Wohnung Zugang zu verschaffen, um ihre Bankauszüge und Kreditkartenbelege an sich zu nehmen. Nun denn, sollten sie doch. Sie hatte eine Menge Bargeld auf die Seite gelegt …

Stopp! Ein Geräusch?

Sie kroch zum Fenster und schob es ein wenig höher. Sollte sie hinaussehen? Jemand, der von der Straße aus heraufsah, würde sie leicht entdecken.

Sie wagte einen vorsichtigen Blick nach draußen.

Nichts.

Sie starrte auf ihr Handy. Sie wollte es einschalten, besann sich aber eines Besseren. Chen hatte sicher angerufen, nur um zu sehen, ob sie dranging. Auch um zu reden, ja, aber nur, um ihren alten Streit fortzusetzen. Dass er mit russischen und osteuropäischen Prostituierten Sex hatte, bedeutete ihm nichts, doch die Tatsache, dass Jin Li es vorzog, nicht mit chinesischen Männern zu schlafen, war in seinen Augen eine Beleidigung. Wieso sind dir chinesische Männer nicht gut genug?, hatte er gebrüllt. Sie wusste keine Antwort. Es gab keinen konkreten Grund. Sie mochte die Schnurrbärte bei Amerikanern und Deutschen, räumte sie ein. Es gefiel ihr, dass sie größer und schwerer als die meisten Chinesen waren. In dir steckt noch immer die koloniale Mentalität, hatte ihr Bruder gesagt. Wie vor hundert Jahren. Siehst du das denn nicht? Ihre Antwort an ihren Bruder: Leck mich, du verstehst nichts von Frauen. Nicht das Geringste. Sie mochte manche amerikanische und europäische Männer auch, weil sie ihr Chinesischsein nicht kannten. Sie wussten zwar, dass sie Chinesin war, aber das war alles. Wenn sie das Wort »Vater« oder »Mutter« aussprach, wussten sie nicht, was sie meinte. Sie wussten, was es in ihrer Sprache hieß, aber nicht in Jins. In ihrer Sprache schwangen nicht der Schmerz und die Schwermut mit wie bei Jin. Es war seltsam, das zuzugeben. Ich habe einen chinesischen Teil und einen Ich-Teil in mir, bescheinigte sie sich.

Mochte sie Ray deshalb? Ja, unter anderem deshalb. In mancherlei Hinsicht war er wie sie, verschwiegen und still. Die meisten amerikanischen Männer, mit denen sie zusammen gewesen war, wollten, dass Jin Li sie so schnell wie möglich kennenlernte, als erwiesen sie ihr damit eine große Ehre. Ray war anders. Er redete und blieb trotzdem irgendwie zugeknöpft. Er war »reserviert«, ein neueres Wort in ihrem Vokabular. Sie hatten Spaß miteinander, liefen nachts den Broadway entlang, gingen zusammen essen.

Er kannte die Stadt; er war hier geboren. Sie hatte oft das Gefühl, er betrachtete die einzelnen Gebäude, doch er sagte nie, wieso. Als inspizierte er sie irgendwie. Oft fuhren sie mit seinem roten Pick-up. Möglicherweise hatte sie ein Paar gelbe Tennisschuhe im Führerhäuschen liegengelassen, erinnerte sie sich traurig. Sie fand die große Narbe an Rays Bauch mit den kleinen Gebirgsketten von Gewebewülsten und den fast quadratischen Hautverpflanzungen darunter interessant. In ihren Augen war sie auf seltsame Weise schön, auch wenn sie ihm das nie sagte. Weil er ihr nicht geglaubt hätte. Sie wusste, dass er viel gereist war. Sie hatte in seinen Papieren gestöbert und seinen Pass mit den Einreisestempeln von China, Australien, Malaysia, Indonesien, Vietnam, Afghanistan, dem Sudan, Thailand und anderen Ländern gesehen. Sie bemerkte, wie gut er mit Stäbchen essen konnte; nicht zaghaft, vielmehr hielt er sich die Schüssel dicht an den Mund und warf sich die Speisen wie ein Bauer hinein.

Aber was wusste sie sonst über ihn? Noch weniger als er über sie. Er lebte mit seinem Vater in Brooklyn und verbrachte einige Zeit damit, dessen Mietshäuser zu verwalten. Sorgte für ihn, bis er sterben würde, wartete aber auch auf etwas, wie auf Abruf. Redete nie über seine Arbeit. Sie hatte ihn einmal danach gefragt, doch er hatte nur lächelnd den Kopf geschüttelt. Dabei war er nicht »verdrießlich« – noch ein Neuzugang in ihrem Vokabular –, er war voller Energie und unterhaltsam. Sie sah, dass er eine Menge las. Größtenteils Philosophie und Naturwissenschaft, was sie selbst nicht sonderlich interessierte, auch wenn sie sein Interesse daran faszinierte. Er absolvierte täglich ein Fitnessprogramm, wie die alten chinesischen Damen auf den flachen Dächern der Wohnblocks in den Städten, nur härter.

Er hatte ein langes Seil aus dem obersten Fenster im Haus seines Vaters gehängt, es gesichert und war dann, die Füße an der Schindelwand, vom Garten aus daran hochgeklettert, um sich gleich wieder abzuseilen und von vorn anzufangen. Das machte er fünf Mal am Tag. Keinerlei Gurt, keine Bergsteigerausrüstung. Furchtlos und vielleicht auch dumm, ja, aber sie war beeindruckt gewesen. Nur mit der Kraft seiner Arme. Das erklärte seine Arme und Schultern. Steinhart, fast ein bisschen beängstigend. Doch er trug lose T-Shirts, gab niemals an. Wie konnte ein Mann so stark sein? Und vor allem, wozu? Auf was für eine gefährliche Großtat bereitete er sich vor?
Jin Li hegte vage Vermutungen, aber nicht mehr. Am dichtesten dran war sie vor ein paar Wochen gewesen. Sie waren nach dem Essen die Fifth Avenue entlangspaziert, als eine Feuerwehr vorbeigerast kam. Wie die meisten New Yorker hatte sich Jin Li an das Geräusch der Sirenen gewöhnt und fand sie einfach nur lästig laut. »Gottverdammte Dinger«, hatte sie gemurmelt und sich dann zu Ray umgedreht.
Er hatte sie ohne ein Wort mit kalten Augen angesehen.
»Was ist?«
Doch er antwortete nicht. Stand nur starr auf dem Fleck, als wappnete er sich für einen Angriff. Er hatte die Zähne zusammengepresst, blinzelte nicht, grätschte leicht die Beine. Eine instinktive Reaktion. Sie hatte etwas gesagt, das von ihrer Ignoranz zeugte, und sie ahnte, dass dieser Moment etwas mit dem zu tun hatte, was ihm passiert war – die Narbe, seine Weigerung zu sagen, wieso er jahrelang durch die Dritte Welt gezogen war. Sie spürte, dass er zu Gewalt fähig war.
»Ray, was ist?«

Er starrte sie an und war mit seinen Gedanken weit weg.
»Sieh mich nicht so an! *Bitte!*«
Dann entspannte sich sein Gesicht, und seine blauen Augen waren wieder warm. Ray hatte sich selbst zugenickt, seine Emotionen sicher in jenem hintersten Winkel verstaut, in dem sie zuvor gewesen waren, und war mit ihr auf dem Bürgersteig weitergelaufen, als hätte es diesen Moment nie gegeben. Hatte es aber. Sie hatte in sein Inneres geschaut. Endlich wusste sie, dass Ray …
Ein Geräusch, diesmal sicher! Eine Tür, die unten aufging. Sie huschte wieder zum Fenster und sah hinaus. Auf der Straße standen zwei Chinesen und warteten.
Jetzt hörte sie Geräusche im Treppenhaus. Zwei Paar Füße, die nach oben trampelten. Sie gingen an ihrem Stock vorbei höher hinauf. Um von oben nach unten zu suchen, nahm sie an.
Jin Li packte ihre wenigen Habseligkeiten auf einen Haufen, schob von allen Seiten ein Dutzend Kartons heran und machte sich ein kleines Versteck aus modernder Pappe. Den Staub und Fäulnisgeruch in der Nase, ging sie in die Hocke und horchte.
Sie brauchte nicht lange zu warten. Die Tür flog auf, und die beiden Männer traten so energisch ein, dass die alten Dielenbretter unter ihnen knarrten. Der Stimme nach der russische Hausverwalter. Und ein anderer Mann, den sie durch einen Spalt zwischen den Kartons erspähte. Ein Chinese. Mit einem dicken Verband auf der Nasenspitze.
»Es ist ein sehr großer Raum«, sagte der Russe. »Viele Kartons.«
Der Chinese antwortete nicht. Sie konnte ihn nicht mehr sehen, doch sie hörte ihn mit schweren Schritten durch den Raum laufen. Es roch nach Zigarette, und sie nahm an, dass

der Russe wartete, während der andere seinen Rundgang machte. Doch dann merkte sie, dass der Russe an das Fenster hinter ihr getreten war. Sie hielt die Luft an und wandte den Kopf in die Richtung. Der Russe schob wie nebenbei das Fenster hinunter, indem er es mit den tätowierten Fingern am Rahmen packte. Sie hatte vergessen, es zuzumachen! Sie betrachtete sein Gesicht. Ein grimmiger Ausdruck. Das Fenster gehörte zu der altmodischen Sorte mit Schiebegewichten, die in ihrer Führung rasselten, doch der Mann ging behutsam vor und zog die Scheibe so geräuschlos wie möglich herunter, während er die Lippen aufeinanderpresste, als versuchte er, das Geräusch im Innern festzuhalten. Als er fertig war, ließ er die Arme sinken, doch seine Hände öffneten und schlossen sich und öffneten sich wieder erwartungsvoll, jeder haarige Finger von einer Spinne in bläulicher Tinte geziert. Dann trat er mit einer schnellen Bewegung vor, so dass es den Anschein hatte, als hätte er woanders gestanden.

Er weiß es, dachte Jin Li, er weiß, dass ich hier bin.

5

Schmerz, lass nach! Wie mittlerweile jeden Morgen stand Bill Martz mit Schmerzen im Rücken, in den Knien und in den Füßen auf, ganz zu schweigen von den Schmerzen zwischen seinem Arsch und seinen Eiern, woraus er messerscharf schloss, dass seine Prostata sich wieder meldete. Als er sich aufrichtete, zuckte er zusammen, fand seine Slipper und betrachtete seine nackte Gestalt im Badezimmerspiegel. Du siehst aus wie ein unbehaarter Orang-Utan, dachte er. Mit großer Erleichterung pisste er in die Badewanne, was er sich gönnte, sooft er konnte. Ohne zu zielen, einfach drauflos, mochte das Dienstmädchen hinterher saubermachen. Nach freiem Belieben zu pissen, wurde ihm immer mehr zum Bedürfnis, ein Akt von geradezu existenzieller Bedeutung, und dabei war es ihm scheißegal, was andere dachten. Auch bei Cocktail- und Dinnerpartys in den Privathäusern anderer pinkelte er oft in die Badewanne statt ins Klo. Oder sogar ins Waschbecken. Was wollten sie gegen ihn unternehmen? Nichts! Er war Bill Martz!

Connie machte gerade Frühstück. Seine vierte Frau. Schon oft hatte er sich gefragt, wieso sie zusammen waren. Etwa einmal im Monat vergaß er ihren Namen. Sie war achtundzwanzig Jahre jünger als er, und der Altersunterschied machte sich jeden Tag deutlicher bemerkbar. Eine jener Frauen, die so viele Schönheitsrezepte kannten und täglich befolgten, dass sie zehn Mal langsamer alterten als andere Menschen. Strahlend! Frisch und temperamentvoll! Er verabscheute ihre Jugendlichkeit so sehr, wie er sie als Grundlage ihrer Ehe brauchte. Weich, elastisch, fest. Und das betraf nicht nur ihre Brüste oder ihr Gesicht oder ihren Hintern. Denkste. Es war eine traurige, wenn auch kaum beachtete Tatsache, dass das schwache Geschlecht, wenn es in die Wechseljahre kam, sexuell mächtig abbaute. Egal, was die Frauenmagazine säuseln mochten. Erschlaffung. Trockenheit. Unbehagen. *Schmerzen.* In Connies Alter war die Menopause schon in Sichtweite gerückt, in ein paar Jahren war es so weit, doch er vertraute darauf, dass ihr Frauenarzt ein paar endokrinologische Tricks auf Lager hatte. War ihm jedenfalls zu raten. Bill Martz hatte mit eigenen Augen gesehen, was dann passierte (Ehefrau Nummer zwei), und das war nicht komisch. Er war zu reich, um sich mit einer trockenen Vagina abzuplagen!

Wieso hatte er Connie geheiratet? Ja, wieso eigentlich? Sie war schön, aber das galt für viele Frauen. Er fühlte sich bei ihr wohl. Sicher, was sonst? Aber was hatte ihn tatsächlich dazu gebracht, sie zu ehelichen? Kinder würde es nicht geben, er hatte sich sein Ding unschädlich machen lassen, als er deutlich über fünfzig war, das heißt, zwischen Ehe Nummer zwei und Nummer drei, als er so viel herumkam, dass er den Überblick verlor. Er hatte Connie geheiratet, weil er einsam und sie da war. Schlicht und ergreifend. Er liebte sie nicht, jedenfalls nicht wirklich. Er hatte sie gern, gewiss. Schreckliches Wort, »gern«. Seine erste Frau hatte er leidenschaftlich geliebt, doch sie war mit zweiundvierzig Jahren an Brustkrebs gestorben, und für seine späteren Frauen hatte er nur noch Annäherungswerte seiner ursprünglichen Gefühle aufbringen können, mit sinkender Tendenz. Also, nein, er liebte Connie nicht wirklich, und er bezweifelte auch, dass sie ihn liebte – wenn er nur die geringste Ahnung von Frauen hatte, dann führte an dieser Erkenntnis kein Weg vorbei, wenngleich er es zu schätzen wusste, dass sie nicht darüber sprach. Wieso sollte sie auch? Er war nicht besonders liebenswert. Er war überhaupt nichts Besonderes, außer besonders reich. Und fies. *Vanity Fair* hatte mal einen ganzen Artikel darüber gebracht, wie gemein und habgierig er war, und kein einziges Wort davon war diffamierend gewesen. Er war ein fieser, habgieriger Orang-Utan, der in seine Badewanne pisste statt in die Viertausend-Dollar-Toilette. Ich war mal charmant, sinnierte er, vor langer Zeit, als es mir noch nicht egal war, was die Leute von mir dachten. Wieso hatte Connie ihn geheiratet? Natürlich das Ge-held. Die Sicherheit. Aber Connie war gerade noch jung genug, um Kinder zu bekommen. Und wieso sollte sie nicht? Sie hatte jedes Recht, welche zu bekommen. Er begriff, dass die Heirat mit ihm für sie eine verheerende Entscheidung gewesen sein mochte. Der Gedanke daran, was sie sich entgehen ließ, hatte etwas Deprimierendes. Er hatte vier erwachsene Kinder, und sie waren sein einziger Trost. Alles andere konnte zum Teufel gehen.

Wirklich – seine Frau vergeudete an seiner Seite ihr Leben. Wenn er Mumm in den Knochen hatte, dann würde er ihr das sagen. Sie war immer noch hübsch genug, um sich noch einmal ins Rennen zu stürzen. Sie sollte sich einen einigermaßen anständigen Kerl an Land ziehen – sagen wir, jemanden mit achtzig bis hundert Milliönchen. Mit Hilfe jener wunderbaren Pillen, die Männer wie er der Wissenschaft verdankten, hatten er und Connie etwa zwei Mal im Monat Sex, doch er musste zugeben, dass es keine tolle Sache war. Connie war nicht das Problem. Bei ihr stimmte alles oder würde es zumindest. Er selbst hatte es nicht mehr drauf – den Saft, den Sex-Appeal, das Feuer. Der Akt war gespenstisch. Beim abertausendsten Mal hatte er sich so abgenutzt, dass nur noch eine hauchdünne Empfindungsschicht übriggeblieben war. Er brachte nicht mehr die ungetrübte, ursprüngliche Freude auf, schon lange ließ sein Schwanz nicht mehr die Zeit stillstehen. Sein Verstand war nie außer Gefecht gesetzt. Tatsächlich roch er den Tod an sich – eine säuerliche Ausdünstung der Erschöpfung. Ob das schlicht vom Alter kam oder sein persönliches Problem war, spielte keine Rolle. Dagegen gab es keine Pillen, keine Frau, kein Ende in Sicht und kein Gegengift …

… außer *Action*, und zwar im ganz großen Stil! Entscheidungen treffen, etwas riskieren, gewinnen, eine Gelegenheit beim Schopfe packen, die ganze Kraft des Geldes spüren. Geld vereinte die fünf Elemente, Geld war schön und hässlich zugleich, und es tat weh! Geld war Angst und Hass, und er liebte es! Nur bei Geld funktionierten seine Instinkte und seine Reflexe noch perfekt, war seine Leidenschaft ungebrochen. Er konnte es nicht erklären, und er war gewiss nicht stolz darauf, aber es entsprach der Wahrheit.

Er zurrte seinen Morgenmantel fest und schlurfte in die Küche. Connie hantierte dort mit zwei Tellern Spiegelei. Das Hauspersonal kam um neun, und so bereitete sie gewöhnlich das Frühstück selbst zu. Er setzte sich vorsichtig hin. Connie hatte ihm zuliebe im ganzen Haus Kissen auf die Stühle gelegt. Sie wusste, dass seine Prostata weh tat. Sie hatten sich darüber gestritten, dass er nicht zum Arzt ging. Das trieb sie in den Wahnsinn. Und vielleicht war genau das der Grund, weshalb er es nicht tat. Weshalb er ihr seinen physischen Verfall, seinen Verwesungsgeruch aufzwang, das perverse Dominanzgehabe eines stinkreichen Mannes. Ich war nicht immer so, dachte Martz und steckte den Kopf aus dem geöffneten Fenster, um nach

unten zu blicken. Er sah die morgendlichen Jogger im Central Park, die Frühlingsknospen der Ahornbäume.
Er zog den Kopf zurück. »Ich möchte dir einen wohlüberlegten Rat erteilen«, verkündete er theatralisch. Gott, sah Connie gut aus. Fünfhundert Situps am Tag, Yoga, Tennis, drei Mal die Woche Schwimmen im Pool des Wohnblocks, Hanteln – all die alten Gewohnheiten aus ihren Model-Tagen.
Sie wirkte munter und geschäftig. »Da bin ich ja mal gespannt.«
»Erstens glaube ich, dass ich mich sehr glücklich schätzen kann, dass du bei mir bist. Aber hier geht es nicht darum, was für mich gut ist. Zweitens glaube ich, dass du wahrscheinlich dein Leben vergeudest, wenn du mit einem alten Mann rumhängst, der dich nicht mehr anständig vögeln kann, der griesgrämig und von seinen Zipperlein geplagt ist und eine Menge geballten, neurotischen, selbstgefälligen und unlösbaren Scheiß mit sich herumträgt. Okay? Du bist jung genug, noch jemanden zu finden, und in fünf Jahren könntest du ein paar reizenden kleinen Kindern das Frühstück servieren statt einem alten Knacker. Das ist die Wahrheit, Lady. Ich werde zusehends zu Gammelfleisch, Connie, und irgendwann muss mir jemand den Sabber und die Scheiße abwischen. Wieso solltest du das sein? Die Antwort lautet, du solltest es nicht sein. Ich rate dir zu einer zügigen einvernehmlichen Scheidung, und dann kannst du dich mit Kerlen treffen. Ich würde dir genug Geld mitgeben, so dass du dir um nichts Sorgen zu machen brauchtest. Verdammt, was auch immer in dem Ehevertrag steht, den *du* mich hast unterzeichnen lassen, ich leg noch mal so viel drauf. Und du könntest wirklich ein anständiges Leben führen, statt mit einem alten, wenn auch ziem-

lich reichen Penner rumzuhängen. Der nicht mal mehr charmant ist.«

Er tätschelte sein Tischset. »Das war die Morgenandacht. Wo bleibt mein Kaffee?«

Connie stellte schweigend eine Tasse auf seinen Platz und legte einen ordentlichen Stapel Zeitungen dazu – die *Financial Times*, das *Wall Street Journal*, das *Asian Wall Street Journal*, die *New York Times* und jeweils den Wirtschaftsteil der *Los Angeles Times*, des *Miami Herald*, *Chicago Tribune* und der *Washington Post*. In seiner Rolle als reicher Mann las er sie täglich, das heißt so, wie andere den Sportteil lasen. In der ganzen Stadt gab es vielleicht gerade mal ein paar Hundert Männer wie ihn, deren Vermögen sich auf eine Größenordnung belief, bei der man den Überblick verlieren konnte, und die alt genug waren, um sich so zu fühlen wie er. Diese kleine Schar von Männern trat nun gegeneinander wie auch gegen jüngere Männer in den Ring, gegen die Technologie, die Informationen und die Vergänglichkeit. Sie schlugen sich wacker, solange sie konnten, und wenn sie klug waren, sackten sie im richtigen Moment ihre Gewinne ein und zogen sich in die Normandie oder nach Palm Beach, auf eine Ranch in Montana oder sonst wohin zurück. Mischten sie zu lange mit, bezogen sie Prügel oder wurden kaltgestellt. Dieser Versicherungstyp, wie hieß er noch gleich, hatte damals sechshundert Millionen Dollar verzockt. Hätte sich unauffällig zurückziehen sollen, so dass die Jüngeren die Skandale hätten auslöffeln müssen.

Vielleicht würde Bill genau das tun. Aber *noch* nicht. Zuerst musste er sein kleines gewaltiges Problem mit dem Wagniskapitalfonds in den Griff bekommen. Er hatte sein Flaggschiff, Martz New Century Partners Fund, geplündert, um bei Good Pharma mit einer gottverdammten Position von dreihundertzweiundfünfzig Millionen einzusteigen, und musste dieses Sümmchen wieder rausholen, bevor etwas Schlimmes passierte. Es ging ihm nicht mehr darum, Geld zu verdienen, es reichte ihm, wenn er mit plus minus null da herauskam, selbst mit einem kleinen Minus. Notfalls verlor er zwanzig, dreißig Millionen, damit konnte er leben und es anderswo ausgleichen. Solche Summen konnte man leicht vor den Investoren verstecken. Aber er war gerade mal einen Monat nach seiner Investition um hundertsieben Millionen abgesackt, und gegen den umsichtigen und naheliegenden Rat seiner jungen, hoch dotierten Thronanwärter hatte er den Einsatz im letzten Moment verdoppelt, um damit den Kurs in die Höhe zu treiben. Doch stattdessen war die Talfahrt weitergegangen. Solche Irrtümer begingen Amateure. Hasardeure. Jetzt raunten sie über ihn hinter vorgehaltener Hand, das wusste er. *Big Bill steht auf vermintem Gelände ... Big Bill hat den Ball abgegeben ...* Irgendetwas stank bei Good Pharma, und es gab jemanden, der wusste, was. Und es vor Bill Martz verschwieg. Jemand wie dieses aalglatte Arschloch Tom Reilly. Ich bin zu alt, um mir über das Schicksal eines kleinen beschissenen Pharmakonzerns Sorgen zu machen, sagte er sich. Zu alt, zu reich und zu clever. Sollte man jedenfalls annehmen, nur dass er sich bei Good Pharma mit einer unvernünftig großen Position eingekauft hatte, weil er damit gerechnet hatte, bis Jahresende einen satten Kursgewinn einzufahren. All seine großartigen Analysten hatten ihm berichtet, die Firma sei unmittelbar vor dem Durchbruch, forsche an tollen Produkten – synthetische Haut, Knorpelpillen, so was in der Art.

Connie schob ihm die Eier hin. »Ich hab diese getrockneten Pfefferschoten dazugegeben, die wir letzten Winter in Mexiko aufgetan haben.«

»Hmm. Danke, die sehen toll aus.«

Sie ließ die Hand auf seiner Schulter ruhen. »Übrigens mag ich alte, reiche Penner, um das Gespräch damit zu beenden.«

»Und was ist mit jungen, reichen Pennern?«

»Nicht charmant genug.«

Er aß mit Gusto. Wenigstens seinen Appetit hatte er nicht verloren. Er legte eine Pause ein und sagte: »Im Ernst, Connie. Ich sag das zwar ständig, aber ich mein's wirklich ernst.«

Sie wartete. »Auch *das* sagst du ständig. Ich bin sehr glücklich, Bill.«

»Weil du all deine mütterlichen Instinkte an ein neunundsechzig Jahre altes Baby verschwendest. Ich habe vier Kinder. Ich weiß, wie großartig die sind. In ein paar Jahren kannst du keine Kinder mehr bekommen, und ich bin im Rollstuhl zu besichtigen.«

Sie lächelte, doch sie hatte feuchte Augen. »Bitte, Billy, du verletzt mich, wenn du so was sagst.«

»Tut mir leid.«

»Ich bin glücklich mit dir. Vielleicht bin ich nicht so sehr auf die Zukunft fixiert wie du.«

»Wahrscheinlich, weil du noch wesentlich mehr davon hast.«

Sie blickte ihn fest an. »Ja, das stimmt. Und?«

Er widmete sich wieder seinen Eiern. Das Gespräch führten sie nicht zum ersten Mal. Es war nicht unehrlich, aber es gab keine Lösung, und es war so vertraut, dass es schon fast wieder tröstlich schien.

»Was macht dir wirklich zu schaffen, Bill?«

Er nahm einen Schluck Kaffee. Perfekt. »Zu schaffen? Mir macht die Tatsache zu schaffen, dass ich mir einen fetten Bissen von Good Pharma ergattert habe, weil ich dachte, der Laden wäre reif für eine Firmenübernahme. Ich dachte, es wäre billig. Nein, nicht billig, aber günstig. Die entwickeln derzeit ein halbes Dutzend neue Medikamente. Ein paar davon werden baden gehen, aber zwei halten wir für eine Bombensache. Andererseits ist es noch zu früh, um an sichere Informationen zu kommen. Noch ist alles Hörensagen. Und der Markt schreit nach neuen Produkten. Hast du das richtige Produkt, kommt die Nachfrage von selbst, verstehst du? Die Menschen wollen etwas, das es noch nie gegeben hat. Ich kenne den zweiten Mann der Firma, Tom Reilly. Er ist nicht der Geschäftsführer, aber er ist derjenige, der den Durchblick hat. Richtig aalglattes Arschloch, muss ich sagen. Die Good-Pharma-Aktien sind um siebenunddreißig Prozent in den Keller gegangen, und das innerhalb weniger Wochen. Ich will wissen, wieso. Ich hab gefragt, aber keiner kann oder will es mir sagen.«

»Und wieso fragst du nicht diesen Tom Reilly?«

»Hab ich ja.«

»Und?«

»Er geht mir aus dem Weg. Steckt den Kopf in den Sand.«

»Und?«

»Ich mache ihm das Leben ein bisschen schwer. Vor zwei Tagen habe ich ihm zu einem Yankees-Spiel jemanden hinterhergeschickt und ihn ein bisschen durcheinandergebracht. Ihm eine kleine Nachricht von Old Billyboy geschickt.«

»Hat er dich angerufen?«

»Nein, er hat Schiss. Nach dem Spiel hätte ich mit seinem Anruf gerechnet, aber er hat sich nicht gemeldet.«

Connie runzelte die Stirn und schob aggressiv die Brüste vor. »Klingt, als müsstest du jemandem in den Hintern treten.«

»Meinst du?« Er fand es aufregend, dass sie so etwas sagte.

»Darin bist du ein Könner, Bill.«

»Wenn's sich ergibt.«

»Nein, jetzt hörst du mir mal zu«, sagte sie. »Niemand soll es wagen, Billy Martz zu verscheißern, richtig? Das hab ich tausend Mal von dir gehört. Du bist taffer, du bist gescheiter, und du bist definitiv gemeiner. Du bist ein gemeiner alter Hund, Bill! Hol die Informationen aus ihm raus, damit du das Problem lösen kannst. Hast du mich verstanden, Bill? Offen gesagt, glaube ich nicht, dass du dir bis jetzt sonderlich Mühe gegeben hast.«

Er nickte. »Ich könnte mehr Dampf machen.«

»Ach, könntest du das?«, fragte sie in angewidertem Ton.

»Ich werde mehr Dampf machen. Ich werde dem Arschloch einheizen.«

»Dann geh doch und tu's, Bill, und hör auf, mir zu erzählen, wie verdammt unglücklich ich bin!« Seine schöne Frau stemmte die Hände in die Hüften und sah ihn grimmig an, und in diesem Moment fiel beiden zu ihrer Freude wieder ein, wieso er sie geheiratet hatte.

6

Sie war in größerer Gefahr, als er geahnt hatte. Ray legte den Hörer auf. Ein alter Freund und Kollege seines Vaters, Detective Pete Blake, der kurz vor der Pensionierung stand, hatte Ray Genaueres über den Mord an den beiden Mexikanerinnen erzählt. Blake war ein Einzelgänger, der nie geheiratet hatte, und so war er früher immer zum Thanksgiving-Essen zu ihnen gekommen. Er hatte auf dem Gartenweg ein bisschen Football mit Ray gespielt, während sein Vater die Blätter harkte, und dann waren sie zusammen ins Haus gegangen, um sich den Festschmaus schmecken zu lassen, den seine Mutter bereitet hatte. »Ja, jemand hatte sie auf den Parkplatz gelegt«, hatte Blake ihm erzählt. »Vor ein paar Tagen. Auf dem Pflaster haben wir eine Tränengassprühdose gefunden. Jemand hat den Wagen mit Kloake vollgepumpt. Die Kerle müssen einen Tankwagen gehabt haben, irgendein Fahrzeug, das Abwasser tanken kann. Problem ist nur, dass die Umweltschutzbehörde neunhundertachtzehn zugelassene Fahrzeuge dieser Art im Computer hat, die in Brooklyn, Queens und im westlichen Suffolk County eingesetzt werden. Wird 'ne Weile dauern, die alle durchzugehen. Vielleicht ist es klüger, den Fall von den Mädchen her aufzurollen. Sie waren schon ertrunken, bevor sie jemand aus dem Wagen gezogen hat. Eine ziemlich clevere Methode, jemanden umzubringen. Keine DNA. Ich meine, es wimmelt von DNA, aber alles kontaminiert. Außerdem wissen wir nicht, wer diese mexikanischen Mädchen waren. Sie hatten Ausweispapiere, aber alle gefälscht, auch die Greencard gefälscht, alles. Natürlich kein Führerschein. Kein Bankkonto, haben vermutlich diese Scheckeinlösungsstellen benutzt. Das Telefon ist auf jemanden angemeldet, der da nicht mehr wohnt, die Nebenkosten wurden per Überweisung bezahlt. Immer dasselbe mit diesen Leuten. Könnte 'ne Drogensache sein, die Mädels haben ein bisschen gekifft, hatten Freunde, die als Dealer arbeiten. Gibt inzwischen 'ne Menge Mexikaner in Brooklyn, die mit Drogen dealen. Einige von den Burschen sind uns bekannt. Problem ist nur, dass sich diese Organisationen ständig Revierkämpfe liefern und demonstrieren, wie ungemütlich sie werden können. Die Albaner sind knallhart. Die Jungs aus Salvador genauso. Erst letzten Monat hatten wir einen Toten, den haben sie durch eine Bandsäge gejagt und die obere Hälfte wie 'ne Art mexikanische Vogelscheuche auf einen Pfahl gespießt. Ein paar Bohnenfresserbräute um die Ecke zu bringen macht sich gut fürs Image: Eure Chicas sind Scheiße, ihr seid ein Nichts – so denken diese Leute. Wir haben im Kofferraum und im Handschuhfach ein bisschen Stoff gefunden. Die Rostlaube ist noch nicht ganz trocken, mal sehen, vielleicht finden wir noch mehr. Wir haben ein paar Ansprechpartner, Spitzel aus der Szene, feine Bagage.«

»Hab's nicht in den Nachrichten gesehen.«

»Hast du noch nicht kapiert, wie das läuft, Ray?«

»Was?«

»Aus Brooklyn kommt nichts in die Nachrichten. Du willst in die Nachrichten? Dann begehe deine Verbrechen in Manhattan, möglichst südlich von, sagen wir, der Sechsundneunzigsten. Nein, in Wahrheit haben wir es absichtlich unter dem Deckel gehalten, um uns die Informanten nicht zu vergrätzen. Eins von diesen Klatschblättern hat es

gebracht, aber auf kleiner Flamme. Jedenfalls hat irgendjemand die beiden vorderen Seitenfenster mit einem Asphaltbrocken eingeschlagen, um die Türen zu öffnen. Konnte die Mädchen nicht mehr retten und ist abgehauen. Also war der Wagen von innen abgeschlossen, und das wiederum heißt, dass entweder die Mädchen nicht mehr raus konnten oder jemand die Türen verriegelt hat, nachdem sie sich nicht mehr helfen konnten. Es war eine Weinflasche im Auto, vielleicht waren sie nicht bei Bewusstsein, wir haben noch nicht den vollständigen toxikologischen Befund, und wir warten noch auf den Autopsiebericht, eine Schande, wenn du mich fragst.« Blake schlürfte geräuschvoll seinen Kaffee. »Immer noch zu heiß. Na jedenfalls, wer auch immer versucht hat, sie zu retten, hat wahrscheinlich zu große Angst, da hineingezogen zu werden, und wer könnte es ihm verübeln? Ungefähr eine Stunde lang haben die Leichen im Dauerregen gelegen, hat auch das Auto ganz schön durchgespült.« Blake verstummte, und als er eine Frage hinterherschob, klang er sachlicher und leiser. »Wieso interessierst du dich eigentlich dafür?«
Ray hatte nicht die Absicht, den Abend mit Chen und seinen Männern zu erwähnen – jedenfalls noch nicht. »Meine ehemalige Freundin arbeitet bei derselben Firma wie die Mädchen. Ich glaube, sie war an dem Abend mit ihnen zusammen.«
»Dann sollten wir mit ihr reden.«
»Das will ich auch. Sie ist nicht auffindbar, wenn du verstehst, was ich meine.«
»Wenn du sie findest, gib mir Bescheid. Sie könnte eine wichtige Zeugin sein. Wie heißt sie?«
»Jin Li.«
»Chinesin? Echte Chinesin?«

»Ja.« Ray wusste, dass diese Tatsache bei Blake haftenbleiben würde.
»Ich meine, ist sie noch nicht lange hier?«
»Könnte man sagen.« Er hatte das Bedürfnis, das Thema zu wechseln. »Was machst du also, um die Typen zu finden, die das getan haben?«
»Schwierig – niemand hat was gesehen, jedenfalls bis jetzt. Es ist kurz vor Sonnenaufgang passiert. Wir verfolgen die Sache mit den Drogen und sehen, wie weit wir kommen. An sich sind Lkw auf dem Belt Parkway nicht zugelassen, falls sie da langgefahren sind, können wir uns an die Überwachungskameras halten. Manchmal sind sie in Betrieb, manchmal auch nicht. Wenn man natürlich die Nebenstraßen kennt, ist man auf den Belt nicht angewiesen.« Blake lachte trocken. »Dein Vater würde jetzt die Abwasserrohre auf dem Parkplatz auseinandernehmen, um da nach was Brauchbarem zu suchen.«
»Und tut ihr das?«
»Vorerst nicht. Wir können nicht in die Rohre.«
»Wieso nicht?«
»Geschütztes Feuchtgebiet. Das ist ein Wattenmeer. Umweltschutzauflagen. Wenn wir bei den Abwasserrohren Murks machen, könnten wir das Meer verunreinigen. Irgend so was in der Art.«
Blake war, so wusste Ray, pingelig, aber auch ein Systematiker. Er sammelte Erinnerungsstücke aus der New Yorker U-Bahn: Mützen, Abzeichen, Uniformen, Plastik-Chips, U-Bahn-Schilder, Heftchen mit Dienstvorschriften, alles fein säuberlich gerahmt oder in Aktenordnern sortiert. Er besaß eine nahezu vollständige Sammlung sämtlicher jemals gedruckter U-Bahn-Pläne von New York, eine beachtliche Leistung, wenn man bedenkt, dass die U-Bahn

1904 eröffnet worden war und ihre Pläne alle ein, zwei Jahre auf den neuesten Stand gebracht wurden. Er hatte Blakes Sammlung gesehen: Jedes Dokument steckte in einer eigenen Kunststoffmappe und war gewissenhaft katalogisiert. Ein abstruses Hobby für einen Mann in mittleren Jahren. Für einen alleinstehenden Detective vielleicht auch wieder nicht so abstrus. »Das ist der Grund? Das Meer?«

»Nee, der wahre Grund ist, dass wir diesen Sommer ein gewaltiges Verkehrsproblem auf diesem Parkplatz haben, wenn wir dieses Rohr rausreißen. Die Leute können nicht parken, der Platz wird überflutet, eine Riesenschweinerei. Außerdem kriegst du keinen Cop dazu, in ein Abwasserrohr zu kriechen, das bis oben hin voller Kloake ist, schon gar nicht, wo die ganze Soße früher oder später sowieso in den Sinkkasten gespült wird.« Blake gab einen langen Seufzer von sich. »Wie geht's denn deinem Dad?«

»Nicht allzu gut, Pete.«

»Soll ich mal vorbeikommen?«

»Fände er bestimmt nett.«

»Ich will ehrlich mit dir sein, er hat mir gesagt, dass er stirbt und mir Lebewohl sagen wollte. Das war vor ungefähr drei Wochen.«

»Schau in den nächsten Tagen einfach mal vorbei, am besten vormittags.«

»Mach ich.«

Nach dem Telefonat starrte Ray auf einen Beipackzettel zu dem Dilaudid, das in den Arm seines Vaters geträufelt wurde. Er hatte ihn sich geschnappt, als die Schwester nicht hinsah. Zu den Nebenwirkungen des Mittels auf das allgemeine und zentrale Nervensystem zählten unter anderem »Bewusstseinstrübung, Müdigkeit, Lethargie, Beeinträchtigung der geistigen und körperlichen Leistungsfähigkeit, Unruhe, Angstzustände, Verstimmungen, Schwindel, psychische Abhängigkeit, Stimmungsschwankungen (Nervosität, Depression, Träume), Benommenheit, Schwächegefühle, Kopfschmerzen, Reizbarkeit, Zittern, Koordinationsstörungen der Muskulatur, Muskelrigidität, Parese, Muskelzittern, Sehbeeinträchtigungen, Nystagmus, Diplopie und Miosis, vorübergehende Halluzinationen und Desorientierung, Schlaflosigkeit, Schweißausbrüche, Hautrötungen, Euphorie und erhöhter intrakranieller Druck«.

Ich verliere ihn schneller an die Medikamente als an den Krebs, dachte Ray, als er zum Bett seines Vaters ging. Aber natürlich war das Dilaudid ein erstaunliches Zeug; er hatte es selbst bekommen, um die Schmerzen von seiner Brandwunde am Bauch und von den Hautverpflanzungen zu überstehen. Damit fühlte man sich warm und schwer, man hatte keinen Hunger und keine Schmerzen. Auch kein sexuelles Verlangen. Achtmal so wirksam wie echtes Morphium. Es hatte den Spitznamen »Apotheken-Heroin«. Er hätte nichts dagegen, selbst bei Gelegenheit mal wieder davon zu probieren.

Er betrachtete seinen Vater im Pflegebett, ein großer Kopf und ein merklich abbauender Körper unter der Decke. Die Augen waren geschlossen, die Brust hob und senkte sich schneller als normal. Sein Herz kämpfte schwer mit dem Tod. Ray nickte der Frühschichtschwester zu, einer jungen Frau namens Wendy, und sie verließ den Raum.

»Hey, Dad«, sagte er.

Sein Vater öffnete die Augen, blinzelte und richtete den Blick auf Ray.

»Tut mir leid, dass du gestern Abend solche Schmerzen auszuhalten hattest.«

Sein Vater zuckte die Achseln. »Ist ja vorbei«, flüsterte er. »Jetzt geht's mir gut.«
»Hast du geschlafen?«
»Nein«, formte sein Vater mit den Lippen, bevor ihm die Augen zufielen.
»Nachgedacht?«
Ja.
Sein Vater öffnete die Lider und fasste an den Morphiumschlauch, um sich davon zu überzeugen, dass er nicht abgeknickt oder verbogen war. In seinem Ausdruck flackerte eine ernste Absicht, eine Konzentration, die Ray sagte, dass er immer noch die meiste Zeit da war.
»Worüber hast du nachgedacht?«, fragte Ray.
»Welten.«
»Welten?«
»Ja«, flüsterte sein Vater, »Welten innerhalb von Welten.«
Ray warf einen Blick auf die automatische Dilaudid-Pumpe. Ihm blieben ein paar Minuten, bevor sie einen weiteren Bolus in den Blutkreislauf seines Vaters abgäbe und er einschlafen würde.
»Dad, das gestern Abend ist passiert, weil ich eine Freundin habe, die verschwunden ist. Du kennst sie nicht. Sie ist Chinesin. Wir haben vor ein paar Wochen Schluss gemacht. Ihr Bruder will, dass ich sie finde, und er hat das gestern gemacht, um mir damit zu sagen, wie ernst es ihm ist.«
Sein Vater nickte ruhig. »Droht dir.«
»Ja.«
»Hat dich observiert, denke ich.«
»Vermutlich.«
»Hat deinen schwachen Punkt rausgekriegt. Mich.«
Ray atmete zur Bestätigung langsam aus.
»Ich hatte gehofft, du würdest die nette Dame kennenler-

nen, die da nebenan wohnt.« Sein Vater verzog das Gesicht langsam zu einem schiefen Grinsen. »Sie braucht einen Ehemann, und zwar schnell.«

»Ich hab sie getroffen.«

»Ja dann …«

»Ich war gerade im Gespräch mit ihr, als sie mich geholt haben.«

Sein Vater verzog wieder den Mund. »Muss ein langes *Gespräch* gewesen sein.«

Ray ignorierte die Bemerkung. »Die haben nicht gespaßt.«

»Du könntest die Polizei rufen«, bemerkte sein Vater.

»Sollte ich?«

Eine lange Pause. Er schüttelte schwach den Kopf. Leckte sich über die Lippen.

Ray reichte ihm eine Tasse Saft. »Aber sie könnten dich vielleicht beschützen.«

»Um mich mach ich mir keine Sorgen.«

»Ich glaube, ich sollte dich woanders hinbringen, wo du sicher bist.«

»Ins Krankenhaus?«

»Habe ich überlegt, ja.«

Er nahm ein paar Schluck von seinem Saft. »Die Leute sterben im Krankenhaus, mein Sohn.«

»Dad …«

»Ich möchte in meinem eigenen Haus sterben, in diesem Zimmer. Und mir ist eigentlich egal, wie ich sterbe, Ray, oder auch wann, solange es in diesem Raum und in diesem Bett ist.«

Diese Ansprache hörte er nicht zum ersten Mal.

»Ja, aber diese Kerle kommen wieder, Dad.«

»Lass sie doch. Was können sie mir schon anhaben? Mich erschießen? Sie würden mir einen Gefallen damit tun.«

Ray ließ den Kopf hängen. Vor sechs Wochen, als sein Vater noch ein wenig im Haus herumlaufen konnte, hatte er ihm gesagt, er wolle es lieber früher als später zu Ende bringen. Ob Ray etwas dagegen hätte, wenn er sich erschoss? »Ich würde dir gern ersparen, was noch kommt«, hatte sein Vater gesagt. »Und mir auch.«

»Aber ich will jede Minute mit dir, die uns bleibt, Dad.«

Sein Vater hatte stumm genickt.

Doch Ray war nicht überzeugt gewesen, und so hatte er binnen einer Stunde sämtliche Waffen und Munition seines Vaters genommen und in den Schuppen am hinteren Ende ihres kleinen Gartens geschafft, wo er sie in einer wasserdichten Hülle unter ein paar Torfsäcken versteckt hatte. Eine Schrotflinte, eine Büchse, zwei Glock-9-Dienstpistolen, stets geölt und sauber, plus die Schachteln mit Munition. Dann hatte er ein neues Schloss am Schuppen angebracht und einen Nachschlüssel in dem verfaulten Vogelhäuschen vor dem Küchenfenster versteckt, während er den anderen an seinem Schlüsselbund aufbewahrte. Falls seinem Vater das Fehlen der Waffen nicht entgangen war, so hatte er es nicht erwähnt. Natürlich war gut möglich, dass er nicht nur das Verschwinden der Gewehre und Pistolen bemerkt, sondern auch entdeckt oder zumindest erraten hatte, wo sie sich jetzt befanden. Ray hatte eine Schaufel über das neue Schloss gelehnt, so dass es vom Haus aus nicht zu sehen war, wenngleich er wusste, dass seinem Vater nur wenig entging. Immerhin war der Mann Detective gewesen.

Doch das war Wochen her, und seitdem war es mit seinem Vater kontinuierlich bergab gegangen. Jetzt machte die Pumpe ein klickendes Geräusch; das Zeug träufelte in den Schlauch im Handgelenk seines Vaters. Ray blieb nicht viel

Zeit zum Reden, und so kam er auf Jin Lis Verschwinden zurück.

»Ihr Bruder hat mir gesagt, sie wäre im Auto mit zwei Mexikanerinnen gewesen, die vor ein paar Tagen nachts gestorben sind, und ich habe gerade mit Pete darüber gesprochen.«

»Dann hast du also doch die Polizei angerufen.«

»Gewissermaßen. Es ist Pete.«

»Er ist Kripobeamter zweiten Dienstgrades, seit dreißig Jahren im Job. Wie wurden sie getötet?«

»In einem Wagen voller Scheiße. Haben das Zeug ins Auto gepumpt, sie sind ertrunken. Pete sagt, seine Leute wären noch nicht in die Kanalisation runtergestiegen, aus Umweltschutzgründen, Verkehrs…«

»Alles Quatsch. Die wollen nur nicht da rein. Du brauchst Spezialanzüge, Anti-Ruhr-Impfungen. Bei so einem Fall *musst* du in die Kanalisation.«

»Wieso?«, fragte Ray.

»Überleg mal, was die Cops gefunden haben … zwei tote Mädchen … eingeatmete menschliche Exkremente … der Leichenkarren holt sie ab. Dann spritzt die Feuerwehr das Auto für sie sauber.«

»Im Kofferraum und Handschuhfach haben sie Drogenrückstände gefunden.«

Sein Vater zuckte die Achseln. »Pete denkt natürlich, es geht um Drogen. Mag sein. Ich denke, die Scheiße ist die richtige Spur.«

»Und wie?«

»Du musst rausfinden, wo die Scheiße herkam.«

»Ich weiß, wo sie herkam, von Menschen. Pete sagt, es gibt neunhundert Tankwagen in der Gegend, die solche Ladungen herumkutschieren.«

»Nein, nein, *hör zu*, du wirst da drin was finden, Informationen. In der Scheiße stecken Hinweise.«
Ray sah zu, wie das synthetische Morphium seinen Vater durchströmte, die Anspannung in seiner Stirn und in seinem Nacken nachließ. Seine langen, nunmehr knochig dünnen Finger lagen locker auf der Decke.
»Du hast mich doch verstanden, oder?«, krächzte sein Vater.
»Ja.«
»Ich will nicht verlegt werden. Ich will in diesem Haus, in diesem Zimmer, in diesem Bett sterben. Dann werde ich bei deiner Mutter sein.«
»Dad, wir könnten ohne weiteres beim Revier anrufen, und die stellen eine Streife vors Haus.«
»Nee.«
»Wieso?«
»Ich hab alle Vorteile auf meiner Seite, mein Sohn.«
Das ergab keinen Sinn. Bewusstseinstrübung, hatte auf dem Beipackzettel des Dilaudid gestanden, Euphorie. »Als da wären?«
Sein Vater zuckte die Achseln. »Dich zum Beispiel. Wird vielleicht ganz interessant. Und es gibt noch einen Grund.«
»Welchen?«
»Verschafft mir vielleicht eine gewisse Befriedigung. Ich kann immer noch denken, Freundchen, solange diese Samariterinnen mir nicht zu viel von dem Zeug reinpumpen.«
»Du sollst nur nicht leiden.«
»Es gibt viele Formen von Leid. Als deine Mutter hörte, dass du unter dem Gebäude steckst – *das* war Leid. Solches Leid hab ich noch nie gesehen.«
»Ich schon.«

»Wann?«
»Als sie im Sterben lag, Dad. Ich hab dich gesehen.«
Bei der Erinnerung schweifte der Blick seines Vaters zur Decke, und er biss sich ein wenig auf die Lippen. »Seltsam, wie wir manche Dinge vergessen.«
»Willst du was zu essen?«
Sein Vater schüttelte den Kopf. »Nein danke. Ich hatte ein bisschen Apfelmus.« Seine Augen waren jetzt geschlossen, doch er lächelte, so dass sein gelbes Zahnfleisch zum Vorschein kam. »Du weißt, was das ist, nicht wahr?«
»Nein, was?«
»Mein letzter Fall.«
»Die Sache ist ernst, Dad.«
»Ich weiß«, flüsterte er. »Mein letzter Fall, und ich muss ihn mit meinem Sohn lösen. Besser könnte es gar nicht kommen.« Sein Vater drückte auf den Knopf an der Pumpe und jagte dem eben erfolgten Bolus noch eine zweite Dosis hinterher. Er setzt die Dosis hoch, dachte Ray, will mehr, ist danach süchtig. »Ich an deiner Stelle würde heute in die Kanäle runtersteigen, bevor die Jungs vom Revier es doch noch tun. Die werden nicht in den Rohren rumkriechen. Die karren einen Bagger heran und ziehen die Rohre einfach raus, um sich dann jeden Zentimeter anzusehen. Aber wenn du zuerst da reinkommst, ist es vielleicht besser.«
Der Kopf seines Vaters kippte zur Seite, er war kurz davor, wegzudösen. Wendy stand in der Tür.
»Ich wasche ihn jetzt«, flüsterte sie. »Dann merkt er nicht, wenn ich ihn umlagere.«
Ray nickte. »Wie geht es ihm?«
Die Schwester riss die Verpackung von ein paar antiseptischen Tupfern auf. Sie ging ans Fußende des Bettes. Ray folgte ihr.

»Die Nieren arbeiten kaum noch … er verliert Gewicht«, fuhr sie fort. »Ich glaube, ich verstehe, worauf Ihre Frage abzielt.«
»Genau das.«
»Er hat ein starkes Herz, was jetzt nicht hilfreich ist. Er hat immer noch Kraft in Armen und Händen. Manchmal zieht sich eine solche Situation … aber ich würde sagen, eine Woche, vielleicht zehn Tage.«
»Er isst nicht viel.«
»Er nimmt Apfelmus zu sich, ein bisschen Joghurt.«
»Hat Gloria Ihnen von den Männern erzählt, die gestern Abend hier waren?«
Sie nickte. »Ihr Dad will hier nicht weg, wissen Sie.«
»Und was ist mit Ihnen? Diese Männer könnten wiederkommen.«
Sie musterte ihn. »Das hier ist mein Beruf, Mr. Grant. Ich kümmere mich um Leute, die im Sterben liegen, und tue das wenige, was in meiner Macht steht, um es ihnen zu erleichtern. Ihr Vater ist ein wunderbarer Mensch. Ich seh nicht gerade viele Familienmitglieder, seine Frau ist tot, Sie sind alles, was er noch hat …«
»Und wie steht's mit Gloria?«
»Wir haben schon so manches hinter uns. Sie würden kaum glauben, was wir schon so alles erlebt haben.«
Sie hob die Decke hoch, um die Nephrotomieschläuche freizulegen, welche die Nieren seines Vaters in durchsichtige Plastikbeutel entleerten. Der Anblick war traurig genug, aber nicht halb so schlimm wie der Schnitt des explorativen Eingriffs, der den Rumpf seines Vaters hinauf verlief, ein gewaltiger Schnitt mit dem Skalpell. Ray konnte den Anblick der schlecht verheilten Wunde nicht ertragen. Er hatte weitaus schlimmere Dinge gesehen, doch da war es nicht um

seinen Vater gegangen. Er schluckte seine Panik und seinen Kummer herunter und verließ das Zimmer.

Wie so viele Männer seiner Generation hatte Ray Grant senior sich im Keller eine Werkstatt eingerichtet, wo er im Radio Baseball- und Football-Spiele verfolgen konnte, während er an mehr oder weniger nutzlosen Projekten herumbastelte. Auf den Regalen befanden sich Nägel und Schrauben in alten Marmeladengläsern sowie Werkzeug, das er bei den kleineren Reparaturen an seinen Mietshäusern brauchte – ein Durcheinander an Nutzholz, Gitterdraht, Kisten mit Türknäufen und Scharnieren, Dosen mit unbekannten Metallteilen für unbekannte Geräte – kurz gesagt, derselbe Plunder, der sich auch sonst überall im Haus, im Schuppen und auf der Veranda angesammelt hatte. Er hatte einen alten Sessel die Treppe hinuntergeschleppt, um ihn aufzupolstern, und ihn dann dort stehen gelassen, weil er es am behaglichsten fand, sich dort die Spiele im Radio anzuhören.

Ray wühlte in der Werkstatt, um Geräte zu finden, die er in den Abflussrohren des Parkplatzes vielleicht brauchen konnte: Handschuhe, Schutzbrille, Gummistiefel, Metallsäge, Taschenlampe. In ein Rohr voller Scheiße zu kriechen, war vielleicht keine so tolle Idee. Er hatte sich vor einem halben Jahr in einem verstaubten Feldlazarett auf der anderen Seite des Globus eine Spritze gegeben, doch er entsann sich nicht, ob gegen Amöbenruhr oder Japanische Enzephalitis. Er fand, was er brauchte, zögerte jedoch, die Treppe wieder hochzugehen, denn jedesmal, wenn er sich in der Werkstatt aufhielt, erfuhr er etwas Neues über seinen Vater. Der Raum führte ihm vor Augen, wie methodisch und diszipliniert sein Vater gewesen war. Bücher

über Immobilienverwaltung, über Stromverkabelung, Installations- und Reparaturarbeiten, alle mit fein säuberlichen Unterstreichungen und sogar Randbemerkungen. Unterlagen über seinen Hausbesitz, die fünfundzwanzig Jahre zurückreichten. An der gegenüberliegenden Wand eine Reihe rostiger Aktenschränke mit den Ordnern zu jedem einzelnen seiner Fälle, die bis 1982 zurückreichten, das Jahr, in dem er Detective wurde und die Polizeimarke erhielt. Vollkommen illegal, diese Unterlagen aufzubewahren, doch bei der New Yorker Polizei schien sich niemand daran zu stören. Teil des institutionellen Gedächtnisses. Schließlich konnten sich alte Cops an vieles erinnern. Ray hatte Hunderte dieser Fälle gelesen, einschließlich der ungelösten. Allerdings brauchte man nur ein paar Dutzend davon zu lesen, um zu sehen, wie mühselig die Polizeiarbeit war. Er öffnete die Schublade für 1983 und zog einen beliebigen Ordner heraus. Schlug ihn auf und fing an, ein Formblatt zu lesen, mit dem Kurzbericht, den alle Ermittler eintragen mussten: »Verdächtiger ging in südlicher Richtung zur Grand Central Station, wo er dabei beobachtet wurde, wie er am letzten Telefon links am Ostausgang einen Anruf tätigte; danach wurde der Verdächtige dabei beobachtet, wie er auf die Fourty-Second Street lief, wo er drei Minuten lang an einem Kiosk stehen blieb. Danach ging er …« Und so weiter.
Ray steckte die Akte wieder hinein und schloss die Schublade. Er wollte nicht, dass dieses Dilemma mit Jin Li zum letzten Fall seines Vaters würde. Sein Vater hatte seinen letzten Fall längst gelöst, eine Erpressungsgeschichte um eine junge Frau und einen Banker in den Fünfzigern. Er wusste es, weil er die Akte gelesen hatte: Der ältere Mann hatte die Frau in einem der besseren Hotels in Manhattan

monatelang gevögelt, und als er keine Lust mehr auf sie hatte, verlor sie die Lust daran, so zu tun, als hätte sie ihn gern. So weit eine alltägliche Geschichte, nur dass sie für ihre Mühen so richtig Geld kassieren wollte. Der Manager hatte ein paarmal gezahlt und sie dann gewarnt, er sei es leid und sie solle Leine ziehen. Zu diesem Zeitpunkt hatte sie sich einen schlaksigen, redegewandten Typen aus der Dom Rep geangelt, der extra Taschengeld für seinen Kokskonsum brauchte. Auf sein Drängen hin haute sie den Banker noch einmal an; der eröffnete seiner Frau, sie würden den Sommer in Neuseeland verbringen. Sie würde vorausfliegen, er käme nach, was er auch tat, nachdem er Rays Vater die ganze Affäre gebeichtet hatte. Ja, es wäre ihm lieber, wenn darüber Stillschweigen gewahrt würde. Als das Mädchen verhaftet wurde, hatte ihr Latin Lover die Stadt bereits verlassen, um eine junge drogenabhängige Erbin nach Santa Fe zu begleiten. Das Mädchen konnte sich nur einen billigen Anwalt leisten, und als der Banker nebst Gemahlin aus der Sommerfrische heimkehrte, hatte das Mädchen sich mit dem Gericht auf ein Schuldgeständnis gegen zwei Jahre Haft verständigt, die sie bereits angetreten hatte. »Ein blöder letzter Fall«, hatte sein Vater damals gesagt, »aber was soll ich machen?«
Natürlich hatte es danach noch andere Fälle gegeben. Einmal Detective, immer Detective. Es war eine Lebenseinstellung. Nach der Pensionierung hatte sein Vater gelegentlich Freunden ausgeholfen, die inzwischen als Privatdetektive arbeiteten; im Wesentlichen hatte er ein paar Telefonate geführt oder auch – den Dienstrevolver in der Jackentasche – einen kleinen Ausflug unternommen, um mit jemandem zu sprechen. Oder er hatte eine Person observiert und zu diesem Zweck sechs Stunden im Wagen ge-

hockt, Kaffee geschlürft und in eine Flasche gepinkelt. Im Wesentlichen aber hatte er seine Häuser verwaltet und sich einmal im Jahr Angelferien auf den Bahamas gegönnt. Er hatte auch ein paar Freundinnen gehabt, wobei er jedes Mal Ray um Erlaubnis fragte, bevor er seinen Ehering abnahm. Er wollte ihn lieber dran lassen, gab er zu, weil er ihn an Rays Mutter erinnerte, doch auf diese Weise würde er nie jemanden finden. Der erste Blick der Frauen galt stets seiner Hand. Ray hatte dafür Verständnis, und so war der Ring immer wieder in das kleine, mit Seide ausgeschlagene Manschettenknopfkästchen in der Wäscheschublade seines Vaters gewandert, wo er auch seine Medaillen vom Militärdienst und aus seinen Jahren bei der Polizei sowie seine goldene Dienstmarke, die Uhr seines eigenen Vaters und andere kostbare Erinnerungsstücke aufbewahrte.

Sein Vater hatte etwa fünf gute Jahre gehabt. Die Angelreisen, eine Kreuzfahrt nach Alaska. Ein paar Freundinnen, die ihn auf Trab hielten und darauf bestanden, dass er sie zu Broadway-Shows oder zum Abendessen ausführte, ein paar Ausflüge nach Atlantic City. Freundschaften, Spaß. Ray hatte ihm kaum Fragen gestellt, er wollte und brauchte nichts über diese Frauen zu wissen. Vielleicht würden sie seinem Vater helfen, seine Einsamkeit zu überwinden, und falls dem so war, umso besser. Er war für seinen Vater ohnehin von keinem großen Nutzen, solange er in aller Herren Länder reiste und kaum Kontakt hielt. Tatsächlich war es eine verflossene Freundin seines Vaters gewesen, die Ray in Malaysia anrief und ihm eröffnete, sein Vater hätte gerade eine Notoperation wegen Nierenversagens hinter sich, nur dass sie eine seltene Krebsart entdeckt hätten, die bereits seinen ganzen Körper befallen hatte, ob Ray bitte nach Hause kommen könne, es sähe nicht gut aus.

Er hat mir nichts von irgendwelchen Problemen erzählt, hatte Ray ihr gestanden.
Er wollte nicht, dass Sie sich Sorgen machen, antwortete sie.
Ray stand jetzt vor den gerahmten Belobigungen und Abzeichen seines Vaters sowie den Fotos, auf denen er neben den Bürgermeistern Koch und Dinkins und Giuliani posierte. Den Briefen von Männern und Frauen, die ihm dafür dankten, dass er ihre Kinder aufgespürt oder den Mörder gestellt oder den Raubüberfall aufgeklärt hatte. Früher einmal hatte sein Vater jeden Tag Krawatte getragen und war mit der U-Bahn nach Manhattan gefahren, wo er vorwiegend Dienst getan hatte. Als einer der viertausend Detectives der Stadt hatte er sich langsam, aber sicher die Dienstgrade hochgearbeitet, dabei aber grundsätzlich keine Beförderung angenommen, bei der er in die Bürokratie gewechselt wäre, wo er nur noch die Arbeit anderer Detectives beaufsichtigt hätte. Nie hatte er sich in Intrigen und Mauscheleien hineinziehen lassen, die einem den Dienst bei der Polizei verleiden konnten. Um die einschlägigen Cop-Bars hatte er ebenso einen großen Bogen gemacht wie um die Abteilung für Innere Angelegenheiten. Er hatte sich von Revier zu Revier, Dezernat zu Dezernat versetzen lassen. »Mach einfach deine Arbeit, mein Sohn«, hatte er immer gesagt. »Mach deine Arbeit, alles Übrige regelt sich von selbst.« Er war immer aktiver Ermittler geblieben – frei, wie er es sah. Ein böser Sturz von einer nassen Feuerleiter, als er Anfang fünfzig war, hatte ihn gezwungen, einen Gang herunterzuschalten, doch es kam noch schlimmer, als er mit sechsundfünfzig außerhalb seiner Dienstzeit nicht weit von zu Hause in einer Bar saß und ein Spiel der Yankees ansah, bis er bei einer Schlägerei zwischen zwei

Gästen einzuschreiten versuchte, die ein kleiner, dicker Mann angefangen hatte. Seine Reflexe waren nicht mehr wie früher, und er hatte drei Schläge eingesteckt, einen heftigen Schwinger gegen die Wange, den zweiten in den Solarplexus, so dass er sich vor Schmerzen krümmte, und zuletzt noch einen Uppercut unters Kinn, der ihm sechs Zähne ausschlug. Er fiel zu Boden und besaß die Geistesgegenwart, nicht seinen Dienstrevolver zu ziehen, zumal er nicht mehr in der Lage gewesen wäre, ihn zum Einsatz zu bringen. Der Angreifer wurde zwei Tage später verhaftet, und es stellte sich heraus, dass er zehn Jahre früher, als junger Mann, ein recht guter Boxer gewesen war.

Doch das lädierte Knie und der angeschlagene Kiefer gaben Rays Vater zu denken. Seine Pensionierung stand bevor, er hatte seine Mietshäuser, er war ein gemachter Mann. Außerdem war er schon zu lange Cop gewesen. Das Leben bei der Polizei war hart und hatte ihn erschöpft.

»Du würdest dich dafür eignen, weißt du«, hatte er oft zu Ray gesagt. »Du hast alles, was man dazu braucht. Urteilsvermögen. Du kannst mit Menschen umgehen. Bist hart im Nehmen. Ich muss es wissen.«

»Ich glaube nicht, Dad«, hatte Ray ihm jedesmal geantwortet. »Es zieht mich nicht zur Polizei.«

»Gerade deshalb wärst du gut.«

»Nein.«

»Du kannst es dir immer noch überlegen – ich könnte ein paar Kollegen ...«

»Nein, ich könnte niemals ...« *Menschen töten*. Er hatte nie laut ausgesprochen, was die Polizeiarbeit nun einmal in seltenen Fällen verlangte.

»Du würdest dich wundern, wozu du fähig bist.«

»Nicht, auf jemanden zu schießen.«

»Wenn es darum ginge, anderen das Leben zu retten, würdest du schießen.«
»Vielleicht nicht.«
Irgendwann hatte sein Vater, gewiss enttäuscht, aber vielleicht auch erleichtert, aufgegeben. Viele Polizisten waren irgendwann auf die eine oder andere Weise kaputt. Es gab ein paar verlorene Jahre, allein schon, als das mit Ray passierte, aber auch, als seine Mutter erkrankte und als sein Vater diese Prügel bezog.
Ray stieg mit seiner Ausrüstung die Kellertreppe hoch und warf das ganze Zeug in eine Kiste in der Diele.
»Mr. Grant?«
Ray sah auf. Wendy kam in den Flur. Sie trug eine adrette weiße Schwesterntracht und eine offene blaue Strickjacke darüber.
»Was gibt's?«
»Ihrem Dad geht es jetzt gut, er schläft.«
»Hatten Sie den Eindruck, dass er einigermaßen klar war?«
»Mal so, mal so.« Sie lächelte verständnisvoll. »Das ist normal. Wir erwarten nichts anderes.«
»Kommt das von dem Schmerzmittel?«
Sie nickte vage. »In erster Linie.«
»Bitte, heraus damit. Erklären Sie es mir.«
»In Ordnung. Da spielen mehrere Dinge hinein. Das Dilaudid, ja. Aber das Gehirn ist auch ein Organ und wird ebenfalls von der Krankheit in Mitleidenschaft gezogen. Außerdem nimmt er nicht genug Nahrung zu sich, das wirkt sich zusätzlich aus. Und dann ist da noch die Psyche. Er stirbt, und er weiß, dass er stirbt, und er macht sich Sorgen um Sie.«
Ray musterte sie. Sie war jung und ernst, nicht so abgeklärt

wie die Nachtschwester Gloria, die schon so viel gesehen hatte.

»Es wird so bleiben – mal so, mal so?«

Wendy nickte. »In dem Maße, wie die Schmerzen schlimmer werden, müssen wir das Dilaudid erhöhen, und im selben Maße wird er öfter weggetreten sein. Er wird viel schlafen.«

»Wie lange noch?«

»Schwer zu sagen.« Sie hielt seinem Blick auf beinahe herausfordernde Weise stand. »Wie gesagt, für einen Mann in seinem Alter hat er ein starkes Herz und eine saubere Lunge. In den nächsten Tagen ist wohl nicht damit zu rechnen. Aber manchmal kann es auch sehr schnell gehen.«

»Ja.«

Sie senkte den Kopf und sah ihn dann wieder an. »Ich wollte Sie fragen, ob es noch Angehörige gibt – die das alles ein bisschen leichter machen könnten.«

»Er hat seine einzige Schwester überlebt. Meine Mutter ist vor Jahren gestorben. Er hat darum gebeten, dass ihn keine Freunde besuchen. Einer wird wohl kommen, aber das war's dann auch.«

»Verstehe.« Die Schwester zögerte, das Gespräch zu beenden. »Dann hängt alles an Ihnen.«

»Ja.«

»Wenn Sie erlauben, Mr. Grant ...«, fing sie an und trat kaum merklich näher. »Ich wollte Ihnen nur sagen, dass es schwer ist, bei einem Sterbenden zu sein, und ich habe mich nur gefragt, wo Sie in dieser schwierigen Zeit die psychische Kraft hernehmen.«

»Danke. Ich schaff das schon.«

Doch Wendy ließ nicht locker, und ihr Blick wirkte unprofessionell traurig, ja sogar feucht. Sie strich sich mit den

Händen über ihre Schwesterntracht. »Waren Sie ... bitte verzeihen Sie die Frage, haben Sie schon mal erlebt, wie ein Mensch starb, Mr. Grant?«
Er sah die junge Schwester an, doch er konnte ihr nicht antworten. Wie ein Windstoß jagten ihm Erinnerungen durch den Kopf. Berge. Dörfer. Felder. Staub. Städte in Trümmern. Schreiende Babys. Rauch. Jahre der Erinnerung. All die Jahre, die er fort gewesen war.
»Mr. Grant?«
Er fand ihre Augen und dann auch ein wenig von seiner Stimme wieder. »Ja, Miss, ja, ich habe Menschen sterben sehen. Genug für meinen Teil.«

Wenig später schlich sich Ray mit einem Bündel unter dem Hemd in den Garten und schloss den Schuppen auf. Er warf einen kurzen Blick zum Haus zurück, dann schlüpfte er zur Tür hinein. Er hob die Torfsäcke hoch. Die Waffen seines Vaters befanden sich zusammen mit der Munition an Ort und Stelle. Er nahm die Glock zur Hand und war wieder einmal erstaunt, wie schwer sie war. Schwang sie herum und schoss ohne Ladung. Sein Vater hatte es ihm beigebracht und ihn zum Schießstand des Polizeireviers in Queens mitgenommen. Doch er hatte Waffen stets verabscheut. Ebenso wie er die Männer verabscheute, die sie in ihrer zerstörerischen Kraft wie Fetische liebten. Er legte die Glock zurück und die Pistolen, die er den Chinesen abgenommen hatte, ungeladen dazu, dann packte er die Torfsäcke wieder darauf. Er dachte an die beiden Mexikanerinnen. Wer tat so etwas? Wie krank musste jemand sein, um einen Menschen auf diese Weise umzubringen? Und Jin Li war in dem Wagen gewesen? Falls der Killer oder die Killer das wussten, war sie nach wie vor in Gefahr. Und wenn sie es nun vor allem auf sie abgesehen hatten? Der Gedanke kam ihm zum ersten Mal. Ihn erfasste eine Woge aus Beschützerinstinkt und Wut. Ich werde sie finden, dachte er. Ich werde Jin Li finden und dann den Mann, der sie töten wollte.

7

Der Russe war zurück. Mit langsamen, unheilvollen Schritten kam er die Treppe hoch und stieß die Tür auf, die in den Raum mit den Kartons führte. Er hatte eine Papiertüte dabei.

Jin Li hatte ihr kleines Bündel Habseligkeiten in einen anderen Teil des Stockwerks geschafft, ein gutes Stück vom Fenster weg, für den Fall, dass er danach suchen würde. Und jetzt war sie froh darüber. Sie beobachtete ihn durch einen Spalt zwischen den Kartons. Er war ein Mann zwischen fünfzig und sechzig, mit zurückgegeltem Haar und diesen seltsamen Tätowierungen an den Händen. Die Tattoos gefielen ihr nicht; sie sahen wie Insekten aus. Er zog die Hose hoch und sah sich um.

»Ja, ich weiß, dass du da bist, kleine Chinesin«, rief er. »Ich weiß, dass du dich versteckst. Ich weiß, dass du Englisch verstehst, jedes Wort, das ich sage.«

Der Russe ging geradewegs zu der Stelle, an der sie vorher gewesen war, und inspizierte die Kartons genau. Er blieb stehen, beugte sich hinunter und hob etwas auf. »Du hast was liegenlassen, kleine Chinesin«, rief er. Er schien etwas zwischen den Fingern zu halten, doch vom anderen Ende der Halle konnte sie nicht sehen, was es war. »Hier ist es«, rief er spöttisch. »Du hast schönes, sehr langes schwarzes Haar liegenlassen.«

Instinktiv fasste sie sich an den Kopf, als wollte sie sich davon überzeugen, dass ihr Haar noch dran war.

»Mir gefällt dieses Haar«, rief der Russe. »Es ist schön, aber nicht so schön wie du.«

Diese Worte jagten Jin Li eine Welle der Angst durch den Magen.

»Siehst du, ich hab dich nicht vergessen, kleine Chinesin. Ich habe erinnert, wie du dir das Gebäude angesehen hast. Vielleicht vor ein halbes Jahr. Du hattest schicke Kleider und Schuhe an. Wie eine große Geschäftsfrau. Du hast mir nie Schlüssel zurückgeben. Ich weiß das. Für die meisten ist das egal. Aber ich mir merke so was. Was hattest du denn gedacht! Ich habe mir gemerkt, weil noch nie hübsche chinesische Dame gekommen ist und das Gebäude sehen wollte. Jetzt weiß ich, du bist hier und diese chinesische Männer suchen dich. Sie haben mich gesagt, wo sie wohnen.«

Er sank auf einen der Kartons und zündete sich eine Zigarette an. »Ich glaube, du musst mit mir reden. Diese Männer werden mich bezahlen, für ihnen sagen, wo du bist. Sie sagen, eintausend Dollar, wenn ich ihnen sage, wo du bist. Aber sie sehen wie böse Menschen aus. Und du bist hübsches Mädchen.« Er rauchte versonnen und hielt, während er redete, den Glimmstengel in die Höhe, als gälten seine Worte ihm. »Wieso wollen sie dich finden? Der Chinese mit komischen Verband auf der Nase hat viel Druck, sieht so aus. Wieso suchen sie dich? Ich stelle mich diese interessante Frage. Also denke ich, du willst ein bisschen mit mir reden. Mit einsame russische Mann reden. Russen und Chinesen passen gut zusammen. Ich bin freundlicher Russe, du wirst sehen.« Er öffnete seine Tüte. »Da hast du Saft und Bagels und Äpfel«, sagte er und stellte die Tüte ab. »Das ist gut für Energie. Kannst du besser denken. Ich will, dass du nachdenkst, dass du freundlich bist zu russische Mann. Wenn du zu mir freundlich bist nur ein Mal, dann sage ich chinesische Mann, du bist verschwunden, du bist nicht da. Das ist guter Deal für dich, denke ich. Ich glaube, letzte Mal ich hab dir kleines bisschen gefallen, also wirst du denken, ja, das ist gute Deal. Nur ein Mal. Unten ist gute Matratze, ich hab Decke draufgelegt. Ich komme bald wieder, vielleicht in eine Stunde. Diesmal ich schließe Tür unten ab. Jetzt kannst du nicht raus.«

Sie horchte, wie der Russe den Raum verließ und wie die verzogenen alten Dielen unter seinen schweren Schritten ächzten. Sollte sie es wagen, herauszukommen? Vielleicht wartete er hinter der Tür? Woher wusste er, dass sie Hunger hatte? Dann kroch sie hinüber und sah sich den Inhalt der Tüte an.

Äpfel, in einer Tüte. Rochen gut. Köstlich. Aber gleichzeitig das Schlimmste, das Traurigste …

Sie war von so weit her gekommen, so weit, dass sie sich nicht mehr an jede Station erinnern konnte und nicht wagte, an die Entfernungen zu denken. Geboren in der kargen Ebene, auf dem Hof ihrer Eltern. Sie hatten kein fließendes Wasser, nur die städtische Pumpe. Ihr Vater war auf dem Hof groß geworden, hatte ihn aber nie gemocht. Und er hatte auch nicht das Zeug zum Bauern. Die Schweine bekamen seltsame Krankheiten, von denen ihnen die Rüssel trieften. Ihrem Großvater waren drei Apfelbäume hinter dem Schuppen zugestanden worden. Er düngte sie mit Hühnerkot, den er mit einer Schaufel von der Straße holte. Ihr Vater hatte sich von der Stadt Geld geliehen und war nach Shanghai aufgebrochen, wo er drei Jahre lang auf dem Vogelmarkt Mehlwürmer verkaufte, bevor er ihre Mutter nachkommen ließ. Ein Jahr später dann, nachdem ihre Mutter mit den Würmern gut verdient und ihr Vater sich ein kleines Geschäft aufgebaut hatte, indem er Baugerüste aus Bambus von einer Baustelle zur nächsten schaffte, ließen sie Jin Li und Chen nachkommen. Ihre Großmutter hatte geweint und sich ins Bett gelegt, weil alle sie im Stich ließen und es für sie an der Zeit sei, zu ihren Ahnen heimzukehren. Ihr Großvater, den sie mehr als irgendjemanden sonst geliebt hatte, mehr als irgendeinen Menschen in ihrem ganzen Leben und mehr, als sie je in Zukunft einen Menschen lieben würde (außer natürlich ihre Kinder – ach, wie sehr sie sich wünschte, einmal Kinder zu bekommen) – ihr Großvater hatte sie und Chen auf dem Karren zum Bahnhof gefahren und ihnen ein Säckchen mit seinen eigenen Äpfeln, Reisbällchen und gepökeltem Schweinefleisch mitgegeben. Er erklärte ihnen, sie hätten eine *sehr* lange Reise vor sich. Fast drei Tage. Er gab Chen etwas Geld – eine Handvoll alte Scheine – und erklärte ihm, er müsse ihnen unterwegs Wasser und Süßigkeiten kaufen. Dann bat ihr Großvater den Bruder, nachzusehen, ob der Zug einfuhr, und als der aufgeregt loslief, zeigte der Großvater ihr die neuen Geldscheine in seiner Hand. *Zieh schnell deinen Schuh und Strumpf aus*, sagte er, steckte ihr schnell die Scheine hinein und zog ihr die Socke wieder hoch. *Lass deinen großen Bruder nicht wissen, dass du dieses Geld hast*, trug er ihr in ernstem Ton auf, *sonst nimmt er es und verliert es. Ich habe ihm die alten Scheine für Wasser und Süßigkeiten gegeben. Gib dieses neue Geld deiner Mutter. Falls dein Bruder all sein Geld verliert, hol nur einen einzigen Schein aus deinem Strumpf und sag ihm, du hättest ihn gefunden. Hast du verstanden?*, fragte der Großvater, und über seinen Augen runzelte sich die alte Haut. *Ja*, sagte sie. Sie wollte es ihm unbedingt recht machen, er sollte wissen, dass sie alles tun würde, damit er mit ihr zufrieden war. *Das ist das ganze Geld, das ich im Leben angespart habe. Es ist für dich und für deinen großen Bruder und eure liebe*

Mutter. Sie nickte eifrig, mochte sich aber nicht von ihm trennen. Sie hatte plötzlich Angst. Sie begriff, was vor sich ging. *Du bist mein kleines Vögelchen, und du wirst weit fort fliegen,* sagte er und hüstelte. *Ich werde dich nie wiedersehen, aber du bleibst immer mein kleines Vögelchen.* Dann fuhr der Zug ein, und sie saßen sechsundfünfzig Stunden lang in der ungepolsterten Klasse auf einer Bank. Der Zug war voll, und die Leute rochen streng. Der Zug hielt an, und man musste sich in die Büsche hocken. Ihr Bruder gab all die alten Scheine für Süßigkeiten und Wasser aus, doch sie zog keinen einzigen Schein heraus, den der Großvater ihr gegeben hatte. Jahre später, als sie am Harbin Institute of Technology ihr Studium mit Auszeichnung bestand, begriff sie, dass jeder Bissen von den Äpfeln in dem Säckchen das Letzte gewesen war, was sie von ihrem Großvater gehabt hatte. Sie hatte ihn nie wiedergesehen. Und jetzt war er ganz bestimmt tot. Es war so lange her. Es war so traurig, doch sie würde nie darüber weinen, nie. Sie und ihr Bruder hatten in einem baufälligen Wohnblock in der Altstadt von Shanghai gelebt, in einem einzigen Zimmer, mit Schimmel an der Fensterseite. Das Haus war längst niedergewalzt worden, um einer Hochstraße Platz zu machen, die inzwischen mit neuen Autos, Lastwagen und Stadtbussen verstopft war. Ihre Mutter fand Arbeit in einer Fabrik, wo sie den ganzen Tag winzige Plastikaufschriften an DVD-Geräten befestigte. Mit einer Heißkleberpistole musste sie achtzehntausend Stück pro Zwölf-Stunden-Tag abliefern, wenn sie am Ende der Sechs-Tage-Woche ihren Lohn abholen wollte. Etwa ein Stück alle zwei Sekunden. Während Jin Li und ihr Bruder zur Schule gingen, baute ihr Vater innerhalb von zwei Jahren die Gerüstfirma so weit aus, dass er ein kleines Grundstück kaufen und ein dreistöckiges Wohnhaus darauf errichten konnte. Im selben Jahr wurde Jin Lis Mutter von den langen Arbeitstagen und den Klebstoffausdünstungen so müde und krank, dass sie während der Arbeit einschlief und die Pistole ihr einen langen Spritzer heißen Kleber auf die Wange schoss. Sie wurde gefeuert und kam nach Hause, wo Jin Li sich um sie kümmerte. Die Wunde infizierte sich, ein Arzt, den sie bezahlten, schnitt das entzündete Fleisch heraus und brannte die Wunde anschließend aus. Sie heilte, doch es blieben eine gezackte, wulstige Narbe und durchtrennte Nervenfasern zurück, so dass ihrer Mutter der Mund an einer Seite schlaff herunterhing. Sie zog sich ins Haus zurück und ließ sich nicht mehr draußen blicken. Jin Li und ihr Bruder machten die Besorgungen. Ihr Vater beschloss, im Klappbett im Wohnzimmer zu schlafen, und sprach nur noch selten mit der Mutter. Er ließ sich nicht mehr von ihr die Haare schneiden und trug inzwischen auch bessere Kleidung. Bald ging ihr Vater mit niederen Beamten essen, wozu er gelegentlich Jin Lis Bruder mitnahm. Hier lernte Chen nach und nach, wie man im neuen China Geschäfte machte. Inzwischen hatte Jin Li an der Schule Englischunterricht, und sie lernte so fleißig, wie sie konnte, ohne mit dem Herzen dabei zu sein, wie sie jetzt erkannte. Es war eine Flucht – vor irgendetwas, vor ihrem Dasein. Mit zwölf Jahren schnitt sie bei den Schultests als Drittbeste im ganzen Bezirk Shanghai ab, einschließlich der Kinder reicher Eltern, die Privatlehrer hatten und wussten, wie sie sich gegen Geld eine Kopie der vorjährigen Prüfungstexte organisieren konnten. Ihre Mutter kam zu der Feier, ihr Vater nicht. Und dann der Tag, der sie besonders stolz machte: Sie wurde am Harbin Institute of Technology zugelassen, einer der besten Universitäten in ganz China, mit den Schwerpunkten Astronautik, Mechatronik und Automatik, Warmbearbeitung, Kommunikation und elektronische Systeme, dazu physikalische Elektronik und Optronik. Ihr Team baute die erste Anlage für Plasmaimmersion-Ionenimplantation in ganz China! Doch in ihrem dritten Jahr ermunterten ihre Professoren sie, den amerikanischen Kapitalismus und Informationstechnologie zu studieren. Vielleicht brauchen wir Sie für etwas anderes, Jin Li, sagten sie. Und natürlich steckten ihr Vater und auch ihr Bruder mit ihrem guten Draht zu den Regierungsstellen dahinter. Sie wollten sie benutzen, um Geld zu verdienen. Ihr Englisch, ihr gutes Aussehen, ihre umgänglichen Manieren. Manchmal schicken wir besonders hoffnungsvolle Leute nach Amerika, sagten sie. Ganz geheim. Also studierte sie die amerikanischen Konzerne, las die Geschichte von New York, übersetzte alte Nummern des *Time*-Magazins. Sie hörte Radiosendungen über den Verkehr auf der Brooklyn Bridge, über den Abraham-Lincoln-Tunnel. Sie las einen seltsamen, altmodischen Roman über New York, *Bright Lights, Big City*, den sie nicht verstand. Sie las über Taxis, die U-Bahn und das Chrysler-Gebäude und erfuhr, wofür das Greenwich Village so berühmt war. Und dann …

Wie aufregend es gewesen war, nach Amerika zu kommen! Aber auch so seltsam. Mit jedem Tag, jeder Woche merkte sie, wie sie sich veränderte, und zwar auf eine Weise, die sie nicht verstand. Amerika war ganz anders, als sie erwartet hatte. Die Menschen waren so … so *frei*. Sie trugen die Freiheit *in* sich. Zuerst hasste sie sie, fand sie albern und schwach. Doch ein paar Jahre vergingen. Sie verdiente eine Menge Geld – die Amerikaner würden sagen, sie machte das große Geld – für ihren Bruder und die anderen Investorenschweine. Der Aufsichtsbeamte der Regierung, der bei ihr alle zwei Monate nach dem Rechten sehen sollte, tat das immer seltener. China wandelte sich rasant, und doch sollte sie nicht nach Hause zurückkehren. Ich fühle mich so deplaziert, dachte Jin Li, so zerrissen. Ich bin nicht in meinem Land, ich bin nicht bei mir selbst. Sie las unentwegt Zeitung, fand die *New York Post* und *Daily News* recht leicht, während sie die *New York Times* erst nach einem Jahr meisterte. Ständig war sie auf der Hut. Besonders am Telefon. Sie wusste von den amerikanischen Regierungscomputern, die auf der Suche nach Informationen Telefongespräche abhörten, charakteristische Wortverbindungen herausfilterten und in E-Mails mit ihrer Zeichenkettensuche Hunderte Variablen mit Hunderten anderer Variablen verknüpfte. Neuste Technologie, erste Liga. Auch wenn Chinas Bevölkerung größer als die Amerikas war und Shanghai größer als New York, verstand sie, nachdem sie all den Firmenabfall gesichtet hatte, die Kräfteverhältnisse auf dem Finanzmarkt besser als früher. Die amerikanischen Unternehmen waren so groß! Sie operierten in der ganzen Welt. Wie winzig nahm sich dagegen die Firma ihres Bruders aus! So klein, dass man sie glatt übersehen konnte. Doch irgendjemand hatte sie nicht übersehen. Wer?

Jetzt hörte sie Schritte auf der Treppe. Der Russe kam wie angekündigt zurück. Sie schob ihre wertvollsten Sachen in den kleinen grünen Koffer, dazu die Tüte mit den Äpfeln, und schoss zur Brandschutztür hinaus, die Treppe hinauf. Dritter Stock, vierter, fünfter.

»Kleine Chinesin!«, hörte sie seine Stimme hinter sich, diesmal tiefer, mit einem schnaufenden Brummen. »Ich weiß, du bist da auf Treppe, he, ich kann dich hören.«

Jin Li erreichte den obersten Treppenabsatz. Er folgte ihr, seine Schritte klangen schwer und entschlossen, sein Zigarettenrauch war ihm voraus.
Ich habe keine Angst vor ihm, entschied sie, jedenfalls nicht viel.
»Kleine Chinesin«, kam seine Stimme, eindeutig betrunken, »ich geb dir jetzt 'n sehr guten ausgezeichneten russischen Fick.« Sein Keuchen hallte durchs Treppenhaus. »Ich geb dir jetzt 'n guten, alten sowjetischen … du gehst hoch, eh? Wie du willst. Ich bin schneller.«
Sie warf die Tür zum fünften Stock auf und huschte zwischen den eisernen Badewannen und Säulenwaschtischen hindurch. Tausende Weiße hatten sich in diesen Wannen und Becken gewaschen, allesamt zweifellos längst tot. Ein Raum mit nackten Gespenstern, die sich die Genitalien wuschen. Sie suchte nach der Holzleiter, die zur Dachluke hinaufführte, und fand sie. Das Köfferchen in der Hand, kletterte sie leichtfüßig hinauf.
»Kleine Chinesin, jetzt ist Zeit für richtig gute Sex mit mir, he«, kam die versoffene, erregte Stimme, eine Mischung aus Siegesgewissheit und der Gier nach Befriedigung. »Ich bin ausgezeichnet in guten Ficken, du willst doch ficken, ich seh das in deinen Augen, und die Chinesen sagen, du fickst gern weiße Männer, also will ich jetzt …«
Die Dachluke war mit einer blauen Holztür und einem eisernen Vorhängeschloss verriegelt. Doch das Schloss hing an alten Schrauben in Brettern, auf die es fast hundert Jahre lang geregnet und geschneit hatte. Außerdem war Jin Li, die nicht umsonst ihren Abschluss am Harbin Institute of Technology mit Auszeichnung gemacht hatte, so schlau gewesen, diese Schrauben bei einem Inspektionsgang am Abend zuvor herauszuziehen, wozu die harte Kante ihrer

Nagelschere ausgereicht hatte. Jetzt drückte sie mit den Fingerspitzen gegen die blauen Bretter, und aus der geöffneten Luke schlug ihr der Abendwind entgegen, der über die unebenen Flachdächer der aneinandergereihten Häuser fegte. Im nächsten Moment stand sie auf der Teerpappe des Dachs; sie hob ihr Kleid ein wenig an, als sie um die alten Ziegelschornsteine herumbalancierte, von denen einige so schief standen, dass man den Eindruck bekam, sie seien über die Jahrzehnte geschmolzen. Der Himmel war noch nicht ganz dunkel, und sie konnte erkennen, wo sie ihre Füße hinsetzen durfte und wo sie den verwinkelten, schwarzen Entlüftungsrohren ausweichen musste, die wie langgezogene Metallpilze nach oben ragten; daneben gab es jede Menge Hausdachmüll wie Telefonleitungen, Satellitenschüsseln, verrostete Dosen Dachzement. Bis der Russe durch die offene Luke seines Gebäudes torkelte, war Jin Li schon viele Häuser weiter und versteckte sich mit ihrem grünen Köfferchen und ihrer Tüte Äpfel hinter einem Schornstein. Sie atmete unbeschwert durch, empfand sogar so etwas wie trotzigen Triumph und funkelte mit den dunklen Augen, auch wenn sie wusste, dass er Chen jetzt von ihr erzählen würde und sie damit in größerer Gefahr war als je zuvor.

8

Was sein muss, muss sein, und er war fest entschlossen zu tun, was getan werden musste. Ray fuhr mit seinem Truck auf den Strandparkplatz, als die Sonne gerade unterging. Es war nichts Besonderes an dem Platz, außer der Aussicht auf das Wasser und auf ein paar Containerschiffe mit ihren roten Rümpfen draußen am Horizont. Müll und Flaschen. Ein typischer Ort, an dem sich Teenager – so wie er selbst in dem Alter – zum Trinken und Vögeln trafen. Was hatte Jin Li hier mit zwei mexikanischen Mädchen in den frühen Morgenstunden verloren?
Er parkte am äußersten Ende des Platzes, möglichst weit von den übrigen Autos entfernt. Er hatte bis zum Sonnenuntergang gewartet, weil er nicht gesehen werden wollte, in den Abwasserrohren war es ohnehin immer dunkel. Der Platz war so groß, dass er über acht Gullyöffnungen verfügte, und es stellte sich die Frage, wohin sie führten. Pete Blake hatte gesagt, sie mündeten in einen eigenen Sinkkasten. Fast überall in New York führten die Rohre ins Kanalsystem, doch der Platz lag nur knapp über dem Wasserspiegel, so dass ein kräftiger Herbststurm die Flut über den Parkplatz spülen konnte. Und Seewasser durfte nicht in das New Yorker Kanalsystem gelangen.
An beiden Seiten des Platzes befanden sich je vier Gullys, zwei an den Ecken und zwei in der Mitte. Tatsächlich gab es parallel zum Platz einen Schlammfang mit brackigem Wasser, und als Ray durch das hohe Unkraut stapfte, fand er ein ziemlich großes Rohr aus gewelltem Aluminium. Es war vergittert. Er gab einen leichten Fäkaliengeruch von

sich. Er kehrte zu seinem Truck zurück und holte eine Rohrzange sowie eine Eisensäge aus seinem Werkzeugkasten. Die Rohrzange richtete bei den Gitterbolzen nichts aus, da sie schon lange festgerostet waren. Er ließ sich ins Gras fallen. Eine Ablagerung verfaulter organischer Masse drückte sich gegen das Sieb. Das hatte schon ewig niemand mehr geöffnet, auch nicht die New Yorker Polizei. Der Draht hingegen war sicher leicht durchzuschneiden. Er sägte ein großes umgekehrtes U hinein und zog die entstandene Lasche nach unten. Er leuchtete mit der Taschenlampe hinein. Ein langer, dunkler, dickdarmartiger Tunnel. Bei dem Gedanken, dort hineinzukriechen, wurde ihm speiübel. Aber ich bin verrückt genug, es zu tun, dachte Ray. Außerdem war mein Vater ein verdammt guter Ermittler. Wenn er könnte, würde er es tun. Ray steckte das Werkzeug in seine Jackentasche, richtete die Taschenlampe nach vorne und kroch hinein. Die Lasche klatschte zurück, als er sie losließ.

Geh, Ray, geh schon, feuerte er sich an. Das Abwasserrohr hatte den üblichen Durchmesser von neunzig Zentimetern und stieg, je weiter er vorankam, stetig an. Der Boden war verschlammt und fühlte sich an, als kröche er durch ein feuchtes Flussbett. Seine Hose war bald klamm und dann durchnässt. Im Lichtkegel tauchten Blätter, Müll und mindestens ein totes Eichhörnchen auf. Er gelangte an eine Gabelung, wo sich das große Rohr in zwei kleinere aufteilte, eins nach links und eins nach rechts. Diese, nahm er an, entwässerten jeweils die beiden Seiten des Parkplatzes. Welches sollte er nehmen? Seine Nase gab ihm die Antwort. Das linke roch schlicht und ergreifend nach Scheiße. Er kroch hinein und stellte fest, dass der Gestank schlimmer wurde. Er schätzte, dass er die halbe Strecke bis zum

Parkplatz zurückgelegt hatte. Die Feuerwehrleute, die den Wagen ausgespült hatten, hatten das Wasser sicher lang genug laufen lassen, um den Platz sauber zu bekommen, aber nicht lang genug, um die Exkremente ganz durch die Rohre zu treiben. Danach hatte es nur leicht geregnet, wenngleich vermutlich selbst ein paar Stunden genügten, um einiges davon wegzuspülen.

Er kroch weiter. Wenn er die Taschenlampe ausknipste, war der gerippte Tunnel vollkommen schwarz. Ein nasses, zunehmend stinkendes Dunkel. Er schaltete die Lampe wieder ein und machte sich auf die Suche. Ein Tampon. Eine Zigarettenkippe. Er richtete den Strahl auf den Boden und sah einen Zahnpastatubendeckel. Was werfen die Leute eigentlich in die Toilette? So ziemlich alles. Er fand einen Fetzen Papier und hob ihn auf. Zu dunkel, um zu sehen, was es war. Er stopfte ihn in die Tasche. Seine Jacke würde nach Scheiße riechen, das war klar. Er kroch weiter. Sah noch ein Stück Papier, das er ebenfalls einsteckte. Im Lichtkegel erschien jetzt ein langgestreckter Teppich faulender Exkremente, vielleicht fünfzehn Zentimeter tief, und etwa zwanzig Meter vor ihm war ein winziges Quadrat bleiches Nachtlicht an der Stelle, wo sich das Abwasserrohr zur Welt darüber öffnete. Er musste demnach zwanzig Meter durch Scheiße kriechen. Aber weißt du was?, redete er sich gut zu. Das ist gar nichts. Du hast weiß Gott Schlimmeres gesehen, Kumpel. Benutze einfach ein paar der üblichen Tricks. Er zog zwei Stöpsel aus Tempotaschentüchern heraus, die er in mentholhaltige Salbe getunkt hatte, und steckte sie sich in die Nase. Dann wickelte er ein Stück Pfefferminzkaugummi aus und fing an, es zu kauen. Zuletzt zurrte er sich eine Atemschutzmaske um den Kopf. Tu's einfach, Ray, befahl er sich. Er rutschte bäuchlings vorwärts und

inspizierte die Abfälle, die in der Scheiße steckten. Noch mehr Tampons, dann ein Babyschnuller. Wenn die Leute Sachen in die Toilette warfen, die nicht verrotteten, wurden sie von einem Klärfahrzeug herausgesaugt. Das war schon mal der erste Grund, weshalb man tonnenweise Fäkalien durch die Gegend fahren musste. Er zog an einem drahtartigen Gegenstand und hatte eine Wimperntuschebürste in der Hand. Er ließ sie fallen und kroch weiter. Vor ihm steckte ein Stück Papier fest sowie eine durchweichte farbige Serviette, und er stopfte sich beides in die Tasche. Etwas anderes mit Zahlen darauf, ab in die Tasche. Je weiter er sich dem Lichtquadrat näherte, desto tiefer wurde die Kloake. Sie verstopfte das Rohr so, dass er nicht weiter konnte. Er streckte den Arm aus und strich mit dem Handschuh über die Masse. Er ertastete drei Dinge und zog sie heran, um sie unter die Lampe zu halten. Das erste war das Ende einer Herrenkrawatte. Er warf es weg. Das zweite war eine tote Maus. Wie gut, dass er sie nicht riechen konnte. Und dann das letzte, links. Wieder tastete er über den Brei, bis seine Finger ein Kindersöckchen aufspürten. Nutzlos. Trotzdem steckte er es ein.
Er war nur noch etwa drei Meter vom Gully entfernt und spürte sogar einen leichten Luftzug. Doch das Rohr war hier mit wilden Ranken zugewachsen. Er sah sich ein letztes Mal um, bevor er den Rückzug antrat. Was war das? Ein nasser Klumpen verschissener Servietten, auf denen irgendetwas geschrieben stand. Er stopfte sie in die Tasche. Zeit zu gehen. Das Rohr war zu eng, um sich darin umzudrehen, und so robbte er notgedrungen mit den Füßen voran zurück, bis er das größere Abwasserrohr erreichte, wo er sich zusammenrollen und umdrehen konnte. Bergab kam er schnell voran. Schließlich schob er sich durch die

U-förmige Lasche nach draußen und legte sich einen Moment neben seinem Werkzeug ins Gras. Er besah sich, wie viel menschliche Exkremente er an Knien, Schenkeln, Bauch, Brust, Unterarmen und Handschuhen abbekommen hatte. Sie klebten ihm auch an der Maske, den Wangen und der Stirn.

Es gab Schlimmeres.

Zu Hause angekommen, holte er die Ausbeute aus den Taschen und breitete sie auf der Gartenveranda aus. Dann schlüpfte er bis auf die Unterwäsche aus seinen Sachen, ließ sie zusammen mit den Schuhen draußen und ging ins Haus. Nachdem er geduscht und sich frische Kleider angezogen hatte, legte er die Fundsachen in eine Schüssel mit warmem Wasser, um die Scheiße zu lösen, die daran klebte. Mit Hilfe von ein wenig Seife erwies sich das Babysöckchen als weiß, und sein Eigentümer, ein gewisser Robert Petrocelli jr., war in waschfester Tinte handgeschrieben auf der Sohle verewigt. Bei den Servietten handelte es sich ausnahmslos um Cocktailservietten, wie man sie in besseren Restaurants bekam. In Druckbuchstaben stand darauf *Jeannie & Bill's Hochzeit*, darunter *Sammy's*. Eine Hochzeitsfeier. Bei dem Stück Papier mit den Zahlen handelte es sich um eine auf den Namen Flora Silverman ausgestellte Kreditkartenquittung. Ein anderes aufgeweichtes Stück Papier erwies sich als Visitenkarte eines Fareed Gelfman, der als Handelsvertreter für einen Gebrauchtwagenhändler in der Bronx firmierte. Auf der Rückseite stand »Ruf mich zu Hause an«, es folgte eine Handynummer. Im letzten Stück Papier war ein Kaugummi eingewickelt. Es war so durchtränkt, dass es zerrissen wäre, hätte er daran gezogen. Ray nahm es mit in die Küche. Er legte den zerknüllten Fetzen auf einen Teller und stellte den Teller in die Mikrowelle. Zehn Sekunden würden reichen, um das Zeug zu lösen. Als der Zeitschalter piepte, holte er den Teller heraus und stellte ihn auf den Tisch, wo er die Ecken des Papiers vorsichtig auseinanderzog, das sich als Foto eines dürren Weißen mit einem Dutzend Ohr-Piercings herausstellte, der an einem fettleibigen schwarzen Mann Fellatio praktizierte. Sehr interessant, nur dass es für ihn nutzlos war; er knüllte das Papier zusammen und warf es in den Müll.

Die anderen Informationen halfen ihm vielleicht weiter. Er machte sich eine große Tasse Kaffee und kramte dann die alte Straßenkarte seines Vaters von Brooklyn heraus. Der größte Teil von Brooklyn war an die städtische Kanalisation angeschlossen, doch im Osten, wo der Stadtteil an Long Island grenzte und die Grundstücke größer wurden – im Übergang von der dichten Reihenhausbebauung zum klassischen Vorstadtraster – benutzten einige Privat- und Geschäftshaushalte Klärtanks. Er sah im Telefonbuch unter Robert Petrocelli nach und fand einen in Ozone Park in Queens. Er rannte in den Keller hinunter und suchte die Karte von Queens heraus. Er markierte darauf die Adresse von Petrocelli. Dann schlug er Flora Silverman in Queens und Brooklyn nach. Es gab keinen Eintrag. Doch die Adresse auf ihrer Kreditkartenquittung war ein Sushi-Restaurant in Midtown Manhattan. Die Kloakenfüllung stammte gewiss nicht mitten aus Manhattan. Sie hatte die Quittung zerknüllt und in die Toilette geworfen. Er wandte sich dem nächsten Stück Papier zu: *Sammy's Catering and Music Hall: Wir richten Hochzeiten, Jubiläen, Bar-Mizwas und Geburtstagsfeiern aus.* Diese Adresse war ebenfalls in Queens, gerade mal neun Häuserblocks von den Petrocellis entfernt. Meine beschissenen Informationen sind ziemlich gut, dachte er. Er wählte die Nummer von Sammy's und sprach mit der Rezeption. »Hi«, sagte er, »ich bin neu hier in der Gegend, und ich hab gesehen, dass Sie gut im Geschäft sind.«

»Wir können nicht klagen«, kam die Antwort. »Was kann ich für Sie tun?«

»Also, eigentlich wollte ich Sie fragen, ob Sie mir ein Abwasserbeseitigungsunternehmen empfehlen können.«

»Soll das so was wie ein Witz sein? Es ist acht Uhr abends!«

»Nein, nein, kein Witz. Ich hab nur gesehen, dass Sie vor einer Woche oder so einen Tankwagen da hatten, aber mir fällt der Name nicht mehr ein, der drauf stand. Ich dachte nur, wenn Sie die nehmen ...«

»Meistens nehmen wir Victorious«, sagte die Stimme. »Manchmal auch Town Septic. Ich weiß nicht mehr, welcher es letzte Woche war. Es ist ein großer Truck, mehr kann ich Ihnen auch nicht sagen.«

»Danke«, sagte Ray.

Als Nächstes wählte er Fareed Gelfmans Nummer.

»Yo«, meldete sich eine Stimme, und aus dem Hintergrund kam Rapmusik.

»Ich hätte gerne Fareed Gelfman gesprochen.«

»Der liegt im Krankenhaus.«

»Was?«, fragte Ray.

»Ja, so 'n Spasti hat ihm eins über den Schädel gebraten, voll krass zusammengeschlagen.«

»Und wieso?«

»Na ja, kennst ja Fareed, Mann. Baggert ständig Frauen an. Wie's aussieht, hat er 'nem Mädchen seine Visitenkarte mit seiner Handynummer gegeben, und die Kleine hatte 'nen Freund, und der ist total ausgerastet.«

»Wo hat die Frau gewohnt?«

»Bei ihrem Freund. Queens, Brooklyn, irgend so'n Scheiß.«
»Danke.« Ray legte auf. Er wählte die Petrocelli-Nummer. Ein kleines Mädchen meldete sich.
»Könnte ich wohl mit deiner Mutter oder deinem Vater sprechen?«
»Moment.«
»Ja?«, kam die Stimme einer beschäftigt wirkenden Frau.
»Mrs. Petrocelli, ich rufe von Town Septic an.«
»Ja? Um diese Zeit?«
»Mich würde interessieren, ob Sie vielleicht unsere Dienste in Anspruch nehmen wollen.«
»Wir holen immer Vic's. Annie, geh und wasch dir das Gesicht.«
»Das ist mir klar, aber ich hoffe, dass Sie es sich vielleicht anders überlegen.«
»Vic's pumpt noch am gleichen Tag aus. Wir haben einen kleinen Tank, und mit all der Wäsche für die Kinder ist er schnell voll.«
»Verstehe.«
»Wir holen die schon seit Jahren. Außerdem spielt Richie in der Softballmannschaft meines Mannes. Annie, du Ferkel!«
»Richie?«
»Der Fahrer von Vic's.«
Er nahm einen Schluck Kaffee. »Verstehe.«
»Also, ich bin überzeugt, dass Ihre Preise mithalten können und so, aber wir sind nicht interessiert.« Sie legte auf.
Wühl ein bisschen in der Scheiße, und du lernst 'ne Menge, dachte er. Er wandte sich wieder den Telefonbüchern seines Vaters zu. In Queens waren acht Vic's verzeichnet, aber kein Abwasserbeseitigungsunternehmen. In Brooklyn gab es zwölf Firmeneinträge unter dem Namen, darunter Friseu-

re, Feinkostläden und Pizzerien; und dann noch eine Firma namens Victorious Hauling and Septic, mit Sitz in Marine Park – nicht gerade nahe bei den Kunden in Queens.
Er rief noch einmal dieselbe Nummer an.
»Hallo?«, meldete sich eine genervte Mutter. »Was gibt's?«
»Hi, ich hab eben schon mal angerufen, von Town Septic.«
»Ich dachte, das wäre erledigt.«
»Ich wollte mich nur noch mal vergewissern. Sie arbeiten mit Victorious Hauling and Septic in Brooklyn?«
»So oder so ähnlich. Die haben ihre Tankwagen überall in der Stadt. Keine Ahnung, ob sie in Brooklyn sitzen. Und jetzt rufen Sie bitte nicht noch mal an, ich hab Kinder ins Bett zu bringen.«
Er legte auf.
»Ich will den Bericht«, kam eine Stimme aus dem Wohnzimmer.
Sein Vater lag auf dem Rücken und starrte an die Decke.
»Ich bin reingekrochen, hab das eine oder andere gefunden. Demnach haben wir es mit einer Brooklyner Tankwagenfirma namens Victorious zu tun.«
Ray erzählte von der Karte und den Telefonaten. »Vielleicht sollte ich es Pete Blake erzählen.«
Sein Vater winkte ab. »Früher oder später kommen die schon noch drauf. Außerdem weißt du sowieso nicht besonders viel.«
»Ich weiß, dass die Scheiße wahrscheinlich aus Tanks kam, die von Victorious geleert wurden.«
»Geh morgen hin, stell ihnen ein paar Fragen, finde diesen Richie.«
»Einfach so da reinmarschieren?«
»Klar, einfach so, Ray. Finde ihn, folge ihm. Genau das hätte ich auch getan.«

Ray musterte seinen Vater. Das ist das Gesicht des Mannes, der meine Mutter küsste, als sie neunzehn war, dachte er, des Mannes, der auf Streife ging; der 1972 wie die amerikanische Mehrheit Nixon wählte und dann froh war, als der die Segel strich; der Hunderte Verdächtige befragte und sich jeden nur denkbaren Schwachsinn an Ausreden anhören musste, ein schlechter Tänzer war, wenig trank, der oft das Grab seiner Frau besuchte, einen kleinen Klappstuhl sowie ein Transistorradio mitnahm, um sich, die Hand am Grabstein, eine Stunde lang ein Yankees-Spiel anzuhören.

»Dad, du brauchst eine Rasur.«

Sein Vater stöhnte. »Ist das Kaffee, was du da trinkst?«

»Ja.«

»Lass mich auch mal. Hab ewig keinen Kaffee mehr ...«

»Macht das nichts?«

»Was soll es schon machen? Mich umbringen?«

Er reichte seinem Vater die Tasse. Der trank in langsamen Schlucken. »Mmh.«

»Was soll's denn sein? Trocken oder nass?«

»Nass. Wer ist der Friseur?«

»Ich.«

Ray holte eine Schale mit heißem Wasser, ein Handtuch und Rasiercreme sowie eine Klinge. Er machte das halbe Handtuch nass und rieb damit das Gesicht seines Vaters ab, damit die Haut weicher wurde. Sein Vater schloss die Augen und sank in sein Kissen zurück. »Fühlt sich gut an«, murmelte er.

Ray seifte ihm Hals und Wangen ein. Es war viele Jahre her, seit er das Gesicht seines Vaters so intensiv berührt hatte – zuletzt vielleicht als Kind.

»Weißt du, ich hab eine Menge Vermisstenfälle bearbeitet«, fing sein Vater an, als hätte er seit dem Morgen an Jin Li gedacht. »Vielleicht vierzig oder fünfzig. Und eins hat sich dabei immer wieder gezeigt: Leute, die sich verstecken, bleiben nicht sehr lange vermisst. Sie ziehen irgendwann weiter, sind rastlos. Die Leute fühlen sich …«

»Halt still.« Ray ging mit der Klinge unters Kinn.

»… einsam. Ich hab dann rausgefunden, wen der Vermisste kannte, wer die Angehörigen waren, die besten Freunde, ehemalige Freundinnen.« Der Kaffee machte seinen Vater gesprächig.

»Und was sagt uns das über Jin Li?«

»Sie hat keine Angehörigen in der Stadt?«

»Nein. Sie ist aus China.«

»Freunde?«

»Ich hab sie nicht besonders lange gekannt, bevor sie Schluss gemacht hat.«

»Frühere Freunde?«

»Keine Ahnung.«

»Wie viel Zeit lag zwischen eurem Kennenlernen und der Schlafzimmer-Olympiade?«

Ray überlegte. »Zwei Tage.«

»Bild dir da nichts drauf ein.« Sein Vater wandte den Blick zum Fenster. »Hat sie leicht einen Orgasmus?«

Ray war zu peinlich berührt, um etwas zu sagen, und nickte nur. »Darf ich mir darauf was einbilden?«

»Nein, natürlich nicht. Liegt an der Frau, grundsätzlich. Wie lange war sie schon im Land, als ihr euch kennengelernt habt?«

»Vielleicht zwei, drei Jahre.«

»Hübsches Mädchen, neu in der Stadt, einsam. Gab ’ne Menge Kerle, schätze ich mal. Sie könnte sich auf die Suche nach einem Verflossenen gemacht haben.«

Bei dem Gedanken horchte er auf. »Na schön.«

»Vorsicht da an der Wange. Warst du in ihrer Wohnung?«
»Kleine Bude ziemlich weit oben in den Neunzigern auf der East Side. Winzig.«
»Nicht in Chinatown.«
»Chinatown hat sie gehasst. Zu chinesisch.«
»Was Besonderes in ihrer Wohnung?«
»Das Übliche. Kleider. Das meiste Geld hat sie für Kleider ausgegeben.«
»Kein Auto?«
»Nein.«
»Hast du je bei ihr übernachtet?«
»Oft. Haben dann auswärts gefrühstückt.«
»Was hat sie gelesen?«
Er tätschelte seinem Vater die Wange. Glatt. »Alles. Sie liest mühelos Englisch.«
»Aber spricht es nicht so gut.«
»Spricht sehr gut. Nur mit der Aussprache hapert's ein bisschen.«
»Der Gaumen verliert schon früh seine Geschmeidigkeit.«
»Sie versteht jedes gesprochene Englisch, außer vielleicht einen richtig dicken Akzent, Südstaaten zum Beispiel.«
»Demnach käme sie überall in den Staaten zurecht.« Sein Vater hob die Kaffeetasse wieder an die Lippen.
»Darauf wollte ich hinaus.«
»War sie vom Wesen her eher verschwiegen? Nicht nachdenken, antworte spontan.«
»Na ja ...«
»Antworte einfach mit Ja oder Nein.«
Doch bevor er etwas sagen konnte, kam Wendy herein, deren lange Schicht bald zu Ende war.
»Kaffee!« Sie wandte sich an Ray. »Er darf keinen Kaffee trinken!«

»Ich hab darum gebeten«, sagte sein Vater.

»Tut mir sehr leid!«, sagte die Schwester zu Ray. »Ich glaube, Sie verstehen nicht ganz. Ich glaube, Sie müssen die Situation ein bisschen besser einschätzen. Mir ist klar, dass Sie noch nicht viel Zeit mit Menschen verbracht haben, die« – sie warf einen Blick auf Rays Vater – »die schwerkrank sind und im Sterben liegen, ja, das dürfen wir wohl sagen, aber …«

»Was war das?«, krächzte Rays Vater plötzlich. »Was sagen Sie da über meinen Sohn?«

Die hübsche junge Schwester drehte sich zu ihm um und sprach freundlicher. »Ich habe gesagt, ich weiß, dass er nicht viel Zeit mit Menschen verbracht hat, die …«

»Genau das hatte ich auch verstanden.« Sein Vater hob aufgeregt beide Arme in die Höhe, so dass er an den Schläuchen zerrte, und sah sie mit seinen fiebrigen Augen durchdringend an. »Dann will ich Ihnen mal was sagen, junge Frau, mein Sohn Ray hat Jahre seines Lebens mit Toten und Sterbenden verbracht, er hat ganze Felder voller Toter gesehen, die in langen Reihen zu Hunderten dort lagen, verbrannt, zerschmettert, ertrunken, und er hat Begräbnisse gesehen, wo Tausende zugleich unter die Erde kamen, er hat die winzigsten Babys im Arm gehalten, die …«

»Dad, Dad, lass gut sein!«

Sein Vater funkelte die junge Schwester an, die ihrerseits den Blick nicht von Ray lassen konnte, als ihr endlich – wie schon einer anderen Frau ein paar Nächte zuvor – dämmerte, dass sie keine Ahnung hatte, wer dieser Mann war.

9

Sie waren einmal glücklich gewesen. Und das hier war genau so ein regnerischer Frühlingsabend in Manhattan, wie er sie immer gemocht hatte. »Ihre Frau wartet unten im Wagen«, hatte seine Sekretärin gesagt. Dann einmal kurz die Haare gekämmt, im Spiegel den Schlips zurechtgerückt – da schau dir einer den Burschen an, auf dem Weg ganz nach oben. Unten hatte der Firmenwagen mit laufendem Motor am Bürgersteig bereitgestanden, in dem Ann schon ungeduldig wartete, und ab war's zur nächsten piekfeinen Dinnerparty gegangen. Er hatte mit der Hand über Anns lange, feste Schenkel gestrichen, stolz, sie vorzuzeigen, entschlossen, den Abend zu einem vollen Erfolg zu machen und sich unbekümmert in die scheinbar ernsthaften Gespräche zu stürzen, die selbstbeweihräuchernden Manierismen, das Grinsen und Grapschen, das Schielen aufs Geld, das Schnuppern nach Macht, der weder zu knappe noch zu reichliche Alkoholgenuss, und das alles auf dem schlüpfrigen Parkett der Vertraulichkeit mit Leuten, die *etwas bewegen*. Er erinnerte sich an den Abend, als Bill Gates im Raum gewesen war – *der reichste Mann der Welt ist in diesem Raum, Ann, jetzt, in diesem Moment, der reichste Mensch, der je gelebt hat* – oder das andere Mal, als Jack Welch seine Aufwartung gemacht hatte … doch heute Abend war alles anders, sie waren beide in Gedanken versunken, während draußen die nasse Nacht am Fenster vorüberglitt, Ann neben ihm, aber ohne einen blassen Schimmer, dass sie auf dem Weg in die Höhle des Löwen waren, dass ihm ein seltsamer Schmerz wie Spinnen über

Brust und linke Schulter krabbelte. Sollte er ihr, seiner angetrauten Ärztin, davon erzählen? Nichts, Liebling, nur eine Dinnerparty in Martz' Herrenhaus in luftiger Höhe – zwanzig Zimmer auf dem dreißigsten Stock. Martz, der Mann, der mich verfolgt. Tom blieb nichts anderes übrig, als hinzugehen – friss, Vogel, oder stirb – und so zu tun, als wäre nichts. Die Einladung war gestern auf den Tisch geflattert. Ein eindeutiger Test, ob Tom kam oder ob er Martz mied. Na schön. Im Büro hatte er ein paar Betablocker geschluckt, um seine Nervosität auszuschalten. Martz würde eine Gelegenheit finden, Tom beiseitezunehmen und ihm zu sagen, vor einem halben Jahr hast du mich auf Knien angefleht, eure Aktien zu kaufen, und ich tu dir den Gefallen, und jetzt? Er würde Toms Nervosität taxieren. Martz hatte etwas Krankhaftes und Schreckliches an sich. Etwas Raubtier-, Geierhaftes; er hatte seine vielen Millionen damit gemacht, die Arbeit anderer Leute zu kaufen und zu verkaufen, er hatte niemals selbst etwas geschaffen oder produziert oder erfunden, sondern sich dann eingeschlichen, wenn Unternehmen schwach oder unterfinanziert waren oder eine Pechsträhne hatten, und mit seinen geldgierigen Klauen zugepackt. Und Tom würde ihm ins Gesicht sagen, Bill, du weißt so gut wie ich, dass der Markt zuweilen irrational reagiert, derzeit sehen wir nur, dass irgendjemand den Preis nach unten getrieben hat, vielleicht, um im Abwind zu verkaufen und später zu einem niedrigeren Preis wieder zu kaufen. Du musst aufhören, mir im Genick zu sitzen … So was in der Art, eine knallharte Lüge würde er ihm aufbinden und in diesem kritischen Moment den Spieß gegen Martz umdrehen …

Doch der Blödsinn, den er Martz verkaufen wollte, überzeugte nicht einmal ihn selbst, und er lotete im Stillen aus, ob seine Unbekümmertheit überzeugen konnte. Wie lange brauchten Betablocker, um zu wirken? Er sollte es eigentlich wissen, wenn er an die unzähligen Wirksamkeitsstudien von Medikamenten dachte, die er schon gelesen hatte. Er konnte seine Frau fragen, doch die würde ihn zur Rede stellen, wieso er sie nahm und wie er daran gekommen war. Wovor hatte er denn solche Angst? Es war nicht nur Martz, o nein. Da war noch einiges mehr, viel mehr, schrecklich viel mehr. Sein Schicksal, das wusste Tom nur allzu gut, hing am seidenen Faden von vier Worten, die vage und äußerst fantasielos waren: *Stoßen Sie ihnen Bescheid.* Ja, so was in der Art hatte er gesagt, stoßen Sie ihnen Bescheid, damit CorpServe, das Büroreinigungs- und Schredderunternehmen, aufhörte, in seiner Chefetage oder sonst wo bei Good Pharma rumzuschnüffeln. Die waren sehr gründlich und erledigten ihre Arbeit vertragsgemäß jede Nacht zwischen sieben Uhr abends und vier Uhr morgens, doch in den letzten Monaten hatten mehrere seiner Leute den Verdacht geäußert, dass auf ihren Schreibtischen Papiere verlegt worden waren. Aus den Mitarbeiterinnen der Firma war nichts herauszubekommen, als hätte man sie darauf eingeschworen. Stahlen sie? Suchten sie nach Insider-Informationen? Für einen Pharma-Konkurrenten? Es war alles sehr subtil und nicht zu beweisen, es sei denn, man installierte versteckte Kameras und heuerte Wirtschaftsspionage-Experten an, das ganze Programm, bis sie eine deutliche, belastende Papierspur nachweisen und ein wütender Großinvestor wie Martz oder auch die Pingel bei der Börsenaufsicht Strafanzeige erstatten konnten. Er hatte angeordnet, dass die IT-Abteilung abends ab halb sieben sämtliche Netzwerkstationen herunterfuhr und die Verschlüsselung von firmeninternen sowie ausgehenden E-Mails aktualisierte. Verschaffte ihm das einen Sicherheitsvorsprung? *Nicht unbedingt.* Als nämlich eine neue Meldung hereinkam, mit der Frage – einer Frage, wohlgemerkt – über das Dienstleistungsunternehmen, ob möglicherweise ein Teil der Beutel mit Papierabfällen nicht in dem Schredder auf der Straße landete, hatte er dem Chef der Haustechnik genau die Worte gesagt, die er fast stündlich im Kopf abspulte, seit er bei dem Yankees-Spiel unter seinen Sitz gekotzt hatte: »Ich will nicht, dass sich jemand an unseren Informationen vergreift! Stoßen Sie ihnen Bescheid: Wir sind an Reinigung und Abfallentsorgung interessiert, und sollten wir uns über deren Firma Gedanken machen müssen, dann zerreißen wir den Vertrag in der Luft und zahlen ihnen keinen Cent. Aber, unter uns gesagt, habe ich wenig Lust, ein anderes Unternehmen aus dem Ärmel zu zaubern. Die Truppe ist billig. Also reden Sie mit den Leuten. Stoßen Sie ihnen verdammt noch mal Bescheid, dass sie sich ja benehmen sollen.«

Hätte er von dieser Anweisung doch bloß eine Aufnahme gemacht. Das hätte bewiesen, dass Tom Reilly seine Hände in Unschuld wusch. Ein bisschen gemein vielleicht, aber unschuldig. *Stoßen Sie ihnen verdammt noch mal Bescheid, dass sie sich ja benehmen sollen.* Das hatte er zu James Tonelli gesagt, der in der Verwaltung für die Infrastruktur des Hauses zuständig war, ein eifriger, ein wenig zu aggressiver Vierzigjähriger, der ständig durchs Gebäude schlich, um die Heizung, die Klimaanlage, die Installationen, die Feuermelder und weiß Gott was zu überprüfen. »Keine Sorge, ich kümmer mich drum«, hatte er gesagt und zur Bekräftigung genickt; vielleicht hatte es in seinen Augen geblitzt, weil ihm eine Idee gekommen war, und Tom hatte genau das getan: sich keine Sorgen mehr gemacht, weil James versprochen hatte, *sich darum zu kümmern.*

Sie hatten nicht besprochen, *wie*. Tom ahnte wohl, dass James sich die Ansprechpartnerin der Firma zur Brust nehmen würde, eine gutaussehende Chinesin, der er, wenn er sich recht entsann, einmal über den Weg gelaufen war. Sie sollte die Vorgehensweise ihrer Mitarbeiter und ihre Aufsichtspraxis überdenken. Das Übliche eben. Und dann das: Vor ein paar Tagen liest er in der Boulevardpresse, dass zwei Mexikanerinnen, die bei CorpServe gearbeitet haben, draußen am Strand von Brooklyn ermordet aufgefunden wurden. In ihrer Firmenuniform. Das klang allerdings nach *Stoßen Sie ihnen Bescheid* ... Einige Mitarbeiter von Good Pharma hatten die Mädchen wiedererkannt, und die Stelle für Öffentlichkeitsarbeit hatte festgestellt, dass sie genau in dieser Nacht bei Good Pharma gearbeitet hatten. Als Tom davon erfuhr, hatte er nur genickt und gesagt: »Falls es polizeiliche Ermittlungen gibt, verweisen Sie die Leute bitte unbedingt auf die Rechtsabteilung.« Wenigstens hatte der Firmenname nicht in der Zeitung gestanden. Jedenfalls noch nicht. Am nächsten Tag meldete sich James Tonelli krank, und den Tag darauf auch. Musste er sich darüber Sorgen machen? War das eine Nachricht, die *Tom* Bescheid stieß? Er war sich nicht sicher. Na ja, eigentlich schon. Er konnte rationale Gründe konstruieren, um sich Hoffnung zu machen, doch aus dem Bauch heraus wusste er, dass es einen Zusammenhang gab. Es hatte immer ein bisschen Gerede gegeben, wen James in Brooklyn alles kannte und welche Beziehungen seine Familie unterhielt. Zu den Luccheses, den Gambinos. Das waren nur Namen, nicht wahr? War er etwa ein Mafia-Experte? War die Mafia in New York nicht längst passé, seit den Prozessen unter dem RICO-Gesetz von der Bildfläche verschwunden? Nur ein Witz, über den man lachte, wenn man die alten

Folgen von *Die Sopranos* wieder sah? Wir bringen tatsächlich Menschen um, haha. Alle denken, wir sind verschwunden, hahaha. Er dachte daran, dass es im Lokalteil der Zeitung zuweilen Artikel über organisiertes Verbrechen gab. Er sollte dem mehr Beachtung schenken. Die Spekulationen über James hatten seiner Präsenz sogar eine positive Aura verliehen, und normalerweise regelte er Dinge zügig – löste Gewerkschaftsangelegenheiten, Probleme mit dem Stadtbauamt, alles, was anfiel. Er schien zu wissen, wen er anrufen musste, und er traf den richtigen Ton. Ein vielseitig begabter Mann.

Tom also mochte sich um James Gedanken machen. Aber Martz, der in zehn Minuten sein Gastgeber sein würde, hatte nicht das geringste Interesse an James oder an den zwei toten Mexikanerinnen. Alles, was ihn interessierte, war der Aktienkurs von Good Pharma. In den letzten beiden Wochen war er noch einmal um siebzehn Prozent abgestürzt. Wieso? Keine Ahnung. Zu viele Verkäufe! Gewöhnlich wussten Unternehmen, weshalb ihre Kurse rauf oder runter gingen. Analysten fertigten Berichte an, gaben Empfehlungen ab, Experten kommentierten sie in den Zeitungen, und man erwartete auch von den Firmen selbst, dass sie ihre voraussichtlichen Einnahmen hochrechneten und bekanntgaben. Wenn eine Firma ihre eigene Börsennotierung nicht verstand, war das eine seltsame Sache, und seltsam hieß im Klartext verheerend.

Wieso verkauften so viele Leute Good-Pharma-Aktien? Vielleicht hatten sie gute Gründe anzunehmen, die Firma sei nicht so wertvoll, wie andere dachten. Vielleicht hatten sie gute Gründe, vielleicht aber auch einen ausgezeichneten Grund. Und der wäre? Good Pharma hatte sechs größere Medikamente in der letzten Entwicklungsphase. Von

diesen sechs war eins ein echter Renner, drei eher Blindgänger, eines noch nicht recht zu kalkulieren und das sechste ein regelrechter Flop. Tom hatte geplant, die Nachricht über diese neuen Produkte behutsam zu dosieren. Leider entsprach der jeweilige Fortschritt der Medikamente nicht der optimalen Reihenfolge, in der ihr Erfolg oder Misserfolg bekanntgegeben werden sollte. Also hatte er angefangen, an ihrem Fortschritt ein wenig herumzumanipulieren, indem er versuchte, den Renner zu puschen, die Blindgänger zu bremsen und die katastrophale Niete auf Eis zu legen: Während das Unternehmen mit der Erfolgswelle seines Volltreffers sowie weiterer neuer Initiativen hausieren ging, wollte er die weniger schmeichelhaften Fakten in Salamitaktik dazwischenschieben. Er hatte sich an die Regeln halten, dabei aber jeden Spielraum zum Wohl des Unternehmens nutzen wollen. Man konnte da einiges deichseln ... vorausgesetzt, man hatte die Kontrolle über die Interna! Vorausgesetzt, die Daten und Berichte, die auf den Schreibtischen der Mitarbeiter herumlagen, in ihren Computern und Köpfen gespeichert waren, waren sicher.
Falls nicht, war die Hölle los.
Aber was sollte er machen? Wenn er eine offizielle interne Untersuchung einleitete, um festzustellen, ob zentrale Informationen über bestimmte Testreihen gestohlen worden waren, dann weckte er womöglich schlafende Hunde. Es würden noch problematischere Informationen nach draußen sickern. Auch die konnten gestohlen oder zugespielt werden. Dazu brauchte nur ein einziger leitender Angestellter von Good Pharma im falschen Moment mit einem Außenseiter zu plaudern, und man hätte innerhalb eines Tages hundert Artikel am Hals, die sich wie ein Lauffeuer zu den Bloggern und Investment-Websites ausbreiten würden. Der

Aktienkurs fiele ins Bodenlose. Darüber hinaus würde das alles ein ungünstiges Licht auf die Informationspolitik des Unternehmens werfen, wie lückenhaft sie war ... Tom Reillys Informationspolitik, um genau zu sein.

Martz hatte er schon jetzt am Hals, er witterte, dass es Probleme gab, fing an, Tom zuzusetzen. Darum ging es an diesem Abend – um eine Gelegenheit, an Tom heranzukommen und die Drohung noch ein bisschen deutlicher zu machen. Tom war das klar. Und ob. Doch Martz würde nicht der Letzte sein. Tom wusste, dass die Hauptaktionäre – die Investmentfonds, die Banken, die Hedgefonds-Betreiber – ihm keine solche Gelegenheit geben würden. Die ersten Anrufe hatte es schon gegeben, sie verlangten dringende Gesprächstermine. Die Firma gehörte vielen: deutschen Banken, französischen Banken, englischen Banken, ihren deutschen Pharma-Konkurrenten, den japanischen Konglomeraten, südkoreanischen Immobilienhaien. Einer Menge beinharter, unsentimentaler Mistkerle. Denen war es scheißegal, wie viele Betablocker sich Tom Reilly oder sonst jemand in der Firma reinschmeißen musste. Siebzehn Prozent von hundert Millionen Dollar machte satte siebzehn Millionen Verlust. Man musste schon zwanzig Prozent Gewinn einfahren, um das wieder auszubügeln. Und Good Pharma hatte keine nette fette Dividende, die den Aktienpreis schützte.

Er merkte, wie die Betablocker Wirkung zeigten. Er fühlte sich ... nun ja, *ruhig*. Cool, klar. Sein Herzschlag verlangsamte sich. Wow. *Wow*. Er war ruhig genug, um sich wieder dem leidigen Problem mit James Tonelli zuzuwenden. Nehmen wir mal an, die Reinigungsfirma hätte tatsächlich wertvolle Informationen gestohlen, zum Beispiel die miesen Ergebnisse in der Anfangsphase bei den Versuchen mit der synthetischen Haut. Nehmen wir weiter an, man könnte es ihnen beweisen. Stellen wir uns vor, dass James mit jemandem gesprochen hat, der wieder jemand anderem gesagt hat, er sollte diesen mexikanischen Mädchen eine Scheißangst einjagen – womit er die Bedeutung von »Stoßen Sie ihnen Bescheid« eigenmächtig übertrieben hätte –, und die hätten dann eine Dummheit gemacht oder schlimmer noch, sie wären hingegangen und hätten die beiden getötet. Nimm weiterhin an, du wärst Reporter der *New York Times* oder des *Wall Street Journal* und du kriegtest spitz, dass bei einer Firma wichtige, geheime Forschungsinformationen lanciert worden sind und der Kurs des Unternehmens in den Keller rutscht; dass bei ebendieser Firma, die im Gesundheitssektor tätig ist, offenbar jemand für die Ermordung von Menschen verantwortlich ist, die bei dem Unternehmen gearbeitet haben, das die Informationen geklaut hat. Was würde passieren? Tom war ganz ruhig. Was passieren würde? Eine Lawine schlechter Presse, ein kollektiver Aufschrei der Aktionäre, Gott weiß, was noch. Seine Karriere wäre am Arsch. Eine Abfindung, einen goldenen Handschlag konnte er vergessen, falls man feststellte, dass er Bundesgesetze übertreten oder die Unternehmensvorschriften missachtet hatte. Sogar Knast war nicht auszuschließen, falls es gewisse Zeugenaussagen gäbe. Im Falle eines solchen Problems trennten sich Unternehmen binnen Stunden von einem Mitarbeiter. Im Verhör würde James beteuern, er habe sich genau an die Anweisungen gehalten. Mr. Thomas Reilly, bitte korrigieren Sie mich, falls ich etwas falsch verstanden habe: *Das Unternehmen, dem Sie vorstehen, betreibt brandaktuelle Forschung, die Menschenleben retten soll; Ihr Vater war Arzt, Ihre Frau ist Ärztin, und Sie haben angeordnet oder nahegelegt oder*

billigend in Kauf genommen, dass zwei hilflose mexikanische Mädchen, die Ihre Büros geputzt haben, mit einer Tankladung menschlicher Exkremente erstickt wurden?
Vielleicht hatte er ja doch mehr zu James gesagt. War das möglich? Vielleicht hatte er hinzugefügt: »Wenn's sein muss, holzen Sie ein wenig.« Was James dann mit einem feierlichen, ungerührten Nicken quittiert hätte. Hatte Tom das gesagt? Konnte er das gesagt haben? (Er war innerlich ruhig!) »Ich kenne Leute, die gewisse Leute kennen.« Wieso hörte er jetzt diese Worte von James? Wieso klang das typisch für James, für das Straßenmilieu von Brooklyn? Sie hatten einmal morgens früh, so um acht herum, miteinander geredet, als Tom vom Koffein auf Hochtouren war. Ich kenne Leute, die gewisse Leute kennen. Das war schlecht. Wenn's sein muss, holzen Sie ein wenig. Das war ebenfalls schlecht. Waren diese Worte tatsächlich gefallen?
Tom schielte zu Ann hinüber. Sie verbrachte den Tag mit Patienten. Selige Unschuld. Hatte keine Ahnung, was ihn erwartete. Er war ganz ruhig.

Schon seit den ersten Morgenstunden waren sie scharenweise gekommen: Mrs. Thompson mit ihrer Herzkrankheit, Mr. Bernard mit der Analfissur, Harriet Gorsky, Nierenversagen im Endstadium; ihre Patienten, eintausendsechshundertneunzig an der Zahl, drängten sich in ihrem Kopf zu einer rastlosen, schlurfenden, hustenden, ängstlichen Schar zusammen, sortiert nach Alter und Geschlecht und natürlich Krankheit oder wahrscheinlicher Diagnose. Zum Beispiel ihre Lungenkrebspatienten: diejenigen, die es, vorbehaltlich der ausstehenden Testergebnisse, höchstwahrscheinlich erwischt hatte; die anderen, die von ihrer Erkrankung längst wussten und sich mit dem Gedanken vertraut machten, dass sie in absehbarer Zeit sterben würden; schließlich diejenigen, die bereits ans Bett gefesselt waren und kraftlos husteten. Dann die vielen Frauen mit Angststörungen, welche die ganze Bandbreite von leichten Obsessionen bis hin zur sofortigen stationären Einweisung umfassten. Man brauchte sie nur mit all diesen Leuten in einen Raum zu sperren (nein, bloß nicht!), und sie würde von einem zum anderen schweben und in vielen Fällen die Krankheit förmlich mit Händen greifen können; sie hätte sämtliche Patientendaten auf Abruf parat: Hämatokritwert, Therapieverlauf, sogar Größe und Gewicht bei der letzten Untersuchung. Ihre Lebensgeschichten, ihre Geheimnisse – eine enorme psychische Last, die sie sich nicht zu Herzen nehmen wollte und es doch ständig tat. Sie waren ihr nicht egal, sie fand sie interessant, diesen Ausschnitt der Menschheit, mit einem Schwerpunkt, räumte sie ein, auf Leuten mit Krankenversicherung und auf Frauen (da Männer so schwer dazu zu bringen waren, auf ihre Gesundheit zu achten). Ein paar waren ihr aufrichtig zuwider, über ein paar andere würde sie, wenn es zu Ende ging, ein paar Tränen vergießen, und einige liebte sie, wenn auch im Prinzip nur aus der Ferne, keusch und ohne sich zu verraten. Einige ältere Männer, die ihre Frauen verloren hatten, kamen in Anzug und Krawatte herein, als gebe es keinen Ruhestand, und wenn sie ihnen ihr Gesundheitsproblem erklärte, reagierten sie mit stoischer Ruhe. Sie schürzten die Lippen und nickten, rieben ihre trockenen Hände aneinander, als gehe es um eine berechtigte finanzielle Forderung, für die sie einen wirklich hohen Scheck ausstellen mussten. Brach ihr das Herz. Vielleicht erinnerten sie sie an ihren Vater in seinen letzten Jahren. Wie denn auch nicht? Sie waren Menschen. Sie standen fast nackt

vor ihr (die Männer hatten ihre Unterhosen ein Stück nach unten geschoben, wenn sie nach Leistenbrüchen tastete, die es bei älteren Männern öfter gab und die, wegen der Entzündungsgefahr, recht gefährlich sein konnten, oder auch nach Hodengeschwülsten), sie hatten Körpergerüche (Frauen parfümierten sich und waren im Allgemeinen reinlicher), sie rülpsten leise, furzten, grunzten. Sehr selten urinierten sie aus Versehen, besonders bei rektalen Untersuchungen. Nie zeigte sie bei solchen Gelegenheiten Emotionen oder deutete an, dass solches Benehmen irgendwie beschämend sei. Denn das war es nicht. Wir sind Tiere und gehen den Weg allen Fleisches. Geboren, um zu sterben.
Sie blickte zu Tom hinüber. Der hing seinen eigenen Gedanken nach. Wirkte ruhig, für seine Verhältnisse jedenfalls. Hatte sie noch nicht gefragt, wie ihr Tag gewesen war. Ihr kaum einen Begrüßungskuss gegeben, als sie in den Wagen stieg. War sie ihm böse? Ja, vor allem aber ratlos. Sie arbeiteten beide zu hart, schleppten zu viel mit sich herum … und bei dem Gedanken holte der Tag sie wieder ein … Nach der Mittagspause war ein junger, verheirateter Mann bei ihr gewesen, der über Brust- und Bauchschmerzen klagte, aber zugab, er hätte gerade eine Affäre mit der geschiedenen jüngeren Schwester seiner Frau gehabt und sie wahrscheinlich mit Herpes angesteckt. Ann nickte geduldig, während sie dachte, du Mistkerl. Ann hatte dem Mann ein Rezept gegeben und ihn aufgefordert, es seiner Frau zu sagen, die ebenfalls ihre Patientin war. Als Nächstes kam eine junge Frau, die eine höhere Dosis Antidepressiva verlangte. Die Frau war klinisch adipös, das Fettgewebe hatte den letzten Knöchel ihrer Finger erreicht, und außerdem starke Raucherin. Ann hatte ihr wegen ihrer

Lunge und ihres Herzens ins Gewissen geredet, bezweifelte aber, dass sie Eindruck gemacht hatte. Die nächste Patientin war eine ältere Frau gewesen, deren untere Wirbelsäule und Becken von schwerer Arthritis geschädigt waren. Sie bewegte sich langsam und entschuldigte sich überflüssigerweise, als Ann ihren lumbalen Bereich untersuchte. Sie alle unterschieden sich so sehr, diese Menschen. Als Arzt war man in sehr persönliche Dinge eingeweiht, und wenn man über geheime Kenntnisse verfügte, dann lief man immer Gefahr, etwas über Menschen zu wissen, die man liebte: etwas, das man lieber nie erfahren hätte. Und jetzt war etwas mit Tom, das ihr zu schaffen machte. Sie konnte nicht sagen, ob sie es nur spürte oder sicher wusste oder ob sie es als seine Frau oder als Ärztin ahnte. Allem Anschein nach war er ein überaus gesunder, zweiundvierzigjähriger Mann, eins dreiundachtzig groß, mit seinen knapp hundert Kilo ein bisschen zu schwer, aber kräftig. Doch da war etwas, ein Zucken im Augenlid, eine Zerstreutheit und Reizbarkeit. Das Tier stand unter Stress, ungewöhnlichem Stress. Er hatte nichts gesagt. Entweder wusste er, was los war, oder auch nicht, doch sie schätzte, er wusste es sehr genau. Unter der Maske des fröhlichen, leutseligen Menschen verbarg sich ein scharfer Verstand. Tom konnte mit Menschen ziemlich hart sein. Er rubrizierte, internalisierte, rationalisierte sie. Für einen Unternehmensführer waren das wertvolle Fähigkeiten. Doch das Tier siegte immer. Das hatte sie von ihren Patienten gelernt. Das Gehirn war ein Organ, das den anderen überlegen war, wenn es darum ging, die Wahrnehmung der Realität zu seinem eigenen Wohlbefinden zu arrangieren. Doch es konnte nicht die Reaktionen des Körpers auf seine Wahrnehmungen steuern, die Hormonausschüttung, den Zellfluss.

Tom tat so, als wäre alles in bester Ordnung. Er wirkte ruhig, doch sie wusste, dass er es nicht war. Irgendetwas war im Busch. Jetzt, in diesem Moment, während er aus dem Wagenfenster starrte und ihr nichts sagte. Wieso?
»Da wären wir«, sagte er zu dem Fahrer.

Eine wundervolle Wohnung! Riesig! Ein Himmelspalast! Einige der Gäste waren tatsächlich Milliardäre, nicht dass Ann das beeindruckt hätte. Sie plauderte, ließ sich von einem zum anderen treiben, während Tom drüben in der Ecke bei den Bonzen, jeder ein Glas in der Hand, seine Strippen zog. Sie hatte sich mit einigen Leuten bekannt gemacht, dann aber ein riesiges Sofa entdeckt und es sich – halb versteckt hinter einem ausladenden Lilienstrauß – mit einem Glas Weißwein bequem gemacht. Die Bediensteten waren ausnahmslos winzige Guatemalteken. Sie war zu müde, um Tom von großem Nutzen zu sein. Also sah sie den anderen zu. Jemand hatte sie mit Connie, der jugendlich wirkenden Frau von jemand Wichtigem, bekannt gemacht, und so sah Ann sie sich genauer an. Die Frau zierte eine sehr teure Brustvergrößerung. Wie natürlich und doch grotesk! Wie unmöglich und doch fantastisch! Man konnte nicht einmal sagen, wer für dieses ästhetische Phänomen verantwortlich war, die Männer oder die Frauen selbst. Doch ebenso wundersam schien es Ann, dass die falschen Titten ihre Wirkung nicht verfehlten. Die kultiviertesten, brillantesten, weltläufigsten und scharfsinnigsten Männer, Anwälte, Bankiers und Künstler – Männer, die Eltern, Freunde, Ehepartner, ja sogar Kinder zu Grabe getragen hatten und somit um die letztendliche Tragödie des Fleisches wussten – waren gegenüber diesen unnatürlichen, aber unbestreitbar bestens ausgeführten Attrappen oft machtlos. Kluge Männer! Nachdenkliche, vernünftige Männer, Ärzte, ja, *Ärzte*, die es besser wissen sollten, die um die Häufigkeit der Infektionen wussten, die Verwachsungen von Muskelgewebe, Abstoßungsreaktionen des Immunsystems, Nervenschädigungen, Gewebevernarbungen, Bänderschwäche, Komplikationen durch geplatzte Implantate und so weiter. Ja, sogar Ärzte. Die Reaktionen waren vorprogrammiert, Testosteronimpulse an das endokrine System. Sie konnten nicht anders, waren hilflos dagegen. Hilflose Männer. Sie verloren die Urteils- und Widerstandskraft. Die Lust packte sie, und solange sie von der Lust verblendet waren, bekamen die Frauen Macht, wenn auch nur für einen Moment.

Jetzt hatte Connie Ann von der anderen Seite des Raums aus erspäht. Mit geübter Gastfreundlichkeit kam sie lächelnd zu ihr herüber.

»Sind Sie ... Sie scheinen ...«

»Tut mir leid – nur ein bisschen müde. War ein langer Tag.«

Dieses Eingeständnis war nach der Etikette von Manhattaner Dinnerpartys hart an der Grenze. Man gab grundsätzlich keine Schwäche oder Unzulänglichkeit zu. »Ach so, sind Sie ... was ...?«, fragte Connie höflich und behielt dabei den Raum im Auge.

»Ich bin Ärztin, und ich hatte heute einfach eine Menge Patienten, weiter nichts.«

Bei dieser Bemerkung wurde Connies Haltung entspannter, und sie kam näher heran, als betrachte sie Ann jetzt mit anderen Augen, mit einer Mischung aus Bewunderung und ein wenig Angst, denn die Menschen sind sich bewusst, dass Ärzte Dinge wissen, die der Rest der Menschheit nicht weiß. »Darf ich nach Ihrem Fachgebiet fragen?«

»Ich bin Internistin. Innere Medizin.«

Connie rückte vertraulich an ihre Seite. »Ich sag meinem Mann schon lange, er muss zum Arzt.«
Ann nickte. Das galt für viele Ehefrauen.
Connie lehnte sich noch näher heran und flüsterte. »Kann ich mit Ihnen darüber sprechen? Er muss nachts zu oft raus, vielleicht sechs, sieben Mal.«
»Das ist wirklich zu oft.«
Connie beugte sich noch weiter herüber. »Und er hat *Schmerzen*.«
»Beim Pinkeln?«
Connie zuckte bei der Vorstellung zusammen. »Glaube nicht.«
»Hat er Schwierigkeiten zu pinkeln?«, fragte Ann weiter.
»Vielleicht. Er ist so verschwiegen. Ich weiß, dass er Schmerzen hat, wissen Sie, unten, drunter.«
Gutartige Prostatahyperplasie weniger wahrscheinlich, Malignität wahrscheinlicher, dachte sie. PSA-Test. Überprüfung der Entzündungsmarker, Ausschluss einer falsch positiven Diagnose. Wahrscheinlich eine Biopsie. »Immer Schmerzen?«
Auf Connies schönem Gesicht zeichnete sich Angst ab. »Vielleicht, aber wenn ich drüber nachdenke, ja, immer!«, flüsterte sie.
»Zwischen seinem Anus und Scrotum berührungsempfindlich?«
»Also …« Angesichts solch plötzlicher klinischer Offenheit schnappte sie nach Luft. Und warf einen kurzen Blick in die Runde, um sicherzustellen, dass ihnen hinter den Lilien niemand zuhören konnte. »Nun, *ja*. Ich mache mir solche Sorgen!«
Ann fragte sich einen Moment, ob sie Connies Gesicht schon einmal irgendwo gesehen hatte, vielleicht in einer

Werbung. »Er sollte so bald wie möglich einen Urologen aufsuchen – ich meine, morgen – und sich digital untersuchen lassen.«

»Das will er ja gerade nicht ...«

»Das muss er überwinden.«

Connie nickte hektisch und bekam feuchte Augen; die Party schien sie vergessen zu haben.

»Ist wirklich keine große Sache. Als Frau kennen Sie das ja, wie Gynäkologen in uns rumstochern.«

»Hab ich ihm ja *gesagt*.«

»Hat er sich noch nie untersuchen lassen?«

»Nein.«

Ann nickte. »Angst?«

»Ja.«

»Sie sollten wirklich mit ihm reden.«

»Ja, er ist so schrecklich empfindlich da unten.«

»Er braucht *morgen* eine Untersuchung.«

Connie konnte die Tränen nicht mehr zurückhalten. »Frau Doktor, machen Sie ... machen Sie diese Untersuchungen?«

»Fast jeden Tag.«

»Und die Männer – macht es ihnen was aus, dass Sie ...«

»Dass ich eine Frau bin? Nein, sie akzeptieren es.«

Connie sah sie an, und in ihren schönen großen Augen schien eine Frage zu zittern. »Würden ... würden Sie, würden Sie das für ihn machen?«

»Sicher. Er kann mich in der Praxis anrufen, ich ...«

»Nein, nein, er will morgen für vier Tage nach Deutschland, er wird um sechs abgeholt ... nein, nein, ich meine, könnten Sie, würden Sie ... jetzt? Hier?«

Hier. Jetzt. Nicht, dass ihr danach war, aber ihre Pflicht, immer ihre Pflicht zu helfen. Connie führte sie einen Flur entlang in ein luxuriöses Schlafzimmer, mit Picassos an jeder Wand, während sich unter ihnen auf den beiden Fensterseiten Manhattan ausbreitete. *Hier steckt so richtig Geld drin,* flüsterte Ann unhörbar. *Das ist es, was Tom will.*
»Brauchen Sie etwas?«
»Ja«, sagte Ann. Connie nickte. Sie nahm den Hörer ab und drückte einen Knopf. Eine Bedienstete wurde zu einer rund um die Uhr geöffneten Apotheke geschickt, um Gummihandschuhe und Gleitgel zu holen.
»Ich geh und hol ihn«, rief Connie. »Wenn Sie bitte einfach warten ...«
Mehr als ein paar Minuten vergingen. Wunderte sich Tom, wo sie blieb? Nicht unbedingt. Gut möglich, dass er auf der anderen Seite des Raums in ein Gespräch vertieft war. Sie hockte mit ihrer Handtasche, in der sich eine sehr kleine Arzttasche befand, auf einer Polsterbank.
»... es zu machen, Bill, ich bestehe absolut darauf.«
Connie erschien in der Tür. »Er meint, er tut es mir zuliebe.«
Martz trat ins Zimmer und schaute finster drein. »Allerdings.«
»Ich hab ihm gesagt, es dauert nur eine Minute.«
Connie reichte Ann eine weiße Tüte aus der Apotheke und zog dic Tür zu.
»Also, Frau Doktor ...«
»Bitte nennen Sie mich Ann«, sagte sie, »wo ich doch Ihr Gast bin.«
Martz nickte verbindlich, und sein Gesicht sagte ihr, dass er keine Ahnung hatte, wer sie war. »Wo praktizieren Sie?«

»Ich hab meine eigene Praxis und Betten im Beth Israel.«
»Wie viele Untersuchungen dieser Art haben Sie schon durchgeführt?«
»Keine Ahnung. Vielleicht ein paar Tausend.«
Martz' Augen starrten sie über die Tränensäcke hinweg an. Sie hätte nicht sagen können, ob er sie attraktiv fand oder was er sonst gerade dachte. Vielleicht hasste er seine Frau dafür, dass sie ihn darum gebeten hatte, vielleicht hasste er Ann dafür, dass sie zugestimmt hatte. Höchstwahrscheinlich versuchte er herauszubekommen, was sie gerade über ihn in Erfahrung brachte. Das war typisch: Die Patienten musterten den Arzt, der sie musterte. Aus der Nähe sah sie, dass er Dutzende winzige Leberflecke hatte entfernen lassen, einschließlich einem seitlich an der Unterlippe. Die Kerbe in seiner Lippe schien auf eine verheilte Schnittwunde hinzudeuten, auf die Neigung, Gefahr zu missachten.
»Ich hab Ihrer Frau gesagt, ich würde es tun«, sagte Ann, »aber es ist natürlich Ihre Entscheidung.«
»Bringen wir's hinter uns, dann lässt sie mich in Ruhe.«
Martz ließ die Hosen herunter.
»Beugen Sie sich vor, stützen Sie sich mit den Händen auf den Tisch«, wies sie ihn an.
»Wie ist sie auf Sie gekommen?«
»Wir haben uns unterhalten.«
»Was für ein Gesprächsthema.«
»Na ja, Sie wissen doch, wie Frauen sind«, sagte sie und schmierte sich die Finger ein. »Wir reden eben über *alles.*«
»Ich hab noch nicht alle Gäste begrüßt«, brummte er und versuchte, höflich zu sein und irgendwie Konversation zu machen. »Mit wem sind Sie gekommen?«
Sie steckte mit einer energischen Bewegung den Zeige- und Mittelfinger hinein. Er ächzte. Das taten sie alle, außer den

Männern, die analen Sex gehabt hatten; die kannten das Gefühl und taxierten es. Sie bewegte ihre Finger in seinem Rektum nach oben und tastete die seitlichen und hinteren Wände nach Mastdarmgeschwülsten ab. Dann machte sie die Prostata an der vorderen Wand aus und strich mit den Fingern von einer Seite zur anderen, wobei sie auf Glätte, Konsistenz, Knoten, Asymmetrie und Größe achtete.

Eine Menge Schwellungen, böse Schwellungen.

»Entschuldigen Sie«, erwiderte sie, »was? Ach so, ich bin mit Tom Reilly hier. Ich bin seine Frau.«

»Ah, verstehe.« Martz verspannte sich und zog sein Arschloch zusammen. »Gut zu wissen, Frau Doktor. Das ist, ehm, aufschlussreich. Dann will ich Ihnen mal genau sagen, wie es mir sehr schnell wieder bessergehen würde, wie Sie meinen Schwierigkeiten beikommen können.«

Im Allgemeinen war es ihr lieber, wenn Patienten sich nicht selbst diagnostizierten. Sie lagen meistens hoffnungslos daneben. Einmal kam eine Frau wegen Taubheitsgefühlen in den Füßen in die Praxis und bestand darauf, sich auf multiple Sklerose untersuchen zu lassen; tatsächlich jedoch trug sie nur zu enge Schuhe.

»... wenn Sie mein Leben wirklich verändern und eine prophylaktische Maßnahme ergreifen wollen, dann sagen Sie Ihrem Mann ...«

Sie achtete kaum auf das, was er sagte, sondern übte ganz sachten Druck auf die knotige Oberfläche seiner Prostata aus, um zu sondieren, ob sie Schmerzen verursachte. Die Faustregel lautete, nicht fester zu drücken als auf einen Augapfel. Sie bog ihre Finger bis zum Rand der Prostata zurück, um zu sehen, ob sie die Form der Schwellung besser ausmachen konnte, ob sie nur einen oder beide Lappen betraf.

»Dr. Reilly?«
»Ja?«, antwortete sie.
»Ich sagte, Ihr Mann …«
Martz' Hand schoss nach hinten, packte ihre Hand und zog sie sich aus dem Rektum, so dass es ein nasses, feuchtes Sauggeräusch gab. Die Unterhose immer noch an den Knien, mit flatterndem Hemd und gelöster Krawatte, drehte er sich zu ihr um und kam ihr unangenehm nahe. Mit seiner großen, schlaffhäutigen Hand hob er ihre stinkenden, behandschuhten Finger zwischen ihnen in die Höhe und starrte ihr ins Gesicht.
»Wenn *Tom* die Güte hätte, mir zu sagen …« Sie versuchte, sich Martz vom Leib zu halten und sich loszureißen, doch mit seiner großen Hand hielt er ihre Faust fest; ihre Autorität als Ärztin war dahin. »… was für 'ne Scheiße bei Good Pharma los ist.« Er sah ihre Verwirrung. »Oh, Ihr schlauer, ehrgeiziger Mann weiß etwas, Doktor. Aber er sagt es mir nicht. Er versucht, so zu tun, als wäre alles in Butter. Heute Abend schon wieder, lügt mir ins Gesicht, Dr. Reilly. Sagt mir nix und, soweit ich sehe, auch sonst keinem Menschen. Ich habe Hunderte Millionen Dollar in seine Firma gesteckt. Verstehen Sie? Das ist eine Menge Geld, selbst für mich. Das Geld anderer Leute, Frau Doktor. Die Aktien gingen hoch. Aber jetzt nicht mehr. Es gibt Fakten, die ich nicht kenne! Tom kennt sie, Frau Doktor! Tom *weiß* es! Und ich will, dass er …« Jetzt zerquetschte Martz ihr beinahe die Hand; er bekam einen hochroten Kopf und beugte sich immer weiter zu ihr vor, während er vor Wut die Lippen kräuselte – ein Primat, der seine alten Zähne fletscht. Dabei hielt er ihre Finger mit seiner blutverschmierten Scheiße nur wenige Zentimeter vor ihre Nase. »… es mir sagt!«

10

Er wachte von den Schmerzen auf. Wie immer nachts um diese Zeit, nur wenige Minuten bevor der Apparat eine Dosis von diesem wundervollen Morphium durch die Kanüle in seinem Arm jagte. Er liebte die Droge mehr, als er sagen konnte, gierte danach, ja, natürlich – kein Wunder, dass die Menschen sich dafür zerstörten. Ich bin *süchtig*. Doch in diesen Minuten war er am klarsten. Die Schmerzen nahmen rasch zu, ohne unerträglich zu werden, der Schleier des Morphiums lüftete sich gerade genug, dass sein Denken funktionierte. Wertvolle Sekunden für ihn. Wertvolle Zeit zum Denken – zum Nachdenken über das Einzige, was ihm geblieben war: sein Sohn. Alles andere hatte er bereits verloren – seinen Körper, der jeden Tag weiter verfiel; seinen Geist, der einen Körper brauchte, in dem er sich manifestieren konnte; seinen materiellen Besitz, den er weder nutzen noch von dort, wo er lag, sehen konnte; und sein Gedächtnis, das vom Leiden, den Medikamenten und der Zeit geschwächt war. Natürlich hatte er auch seine Frau Mary schon vor Jahren verloren, er hatte die Kameradschaft unter seinen Kripokollegen bei seiner Pensionierung verloren – so viel, inzwischen fast alles.

Doch das war nun mal der Gang der Dinge. Am Ende verlor jeder alles. Man wurde mit jedem anderen menschlichen Wesen, das je gelebt hatte, vereint, einschließlich der eigenen Eltern, dem Bruder und der Schwester, Mary natürlich und sogar Ray. Vielleicht war das tröstlich. Du erkennst die Menschen, die gestorben sind, wieder, und du hast das Gefühl, sie erkennen dich. Wenn man langsam stirbt, denkt

man über den Tod nach, man beobachtet, wie er näher rückt. Du stellst dir die Welt vor, wie sie nach dir sein wird, du siehst das ungeheure Ausmaß der Zeit, die letzte Abgeschiedenheit des Bewusstseins. Er hatte in den letzten Wochen ihres Lebens an Marys Bett gesessen, als sich ihr Mund mit jedem Tag weiter zu einer ausgemergelten Maske zusammenzog, ihr Atem jeden Tag fauliger roch, er hatte in ihre stumpfen Augen geblickt und mit ihr gesprochen und sie mit ihm, doch jetzt war ihm klar, dass er damals keine Ahnung hatte, was sie dachte. Sie hatte versucht, sich ihm mitzuteilen, aber gewusst, dass es unmöglich war. Sie hatten sich stundenlang die Hände gehalten, und das war alles gewesen. Welten innerhalb von Welten. Er sah, dass niemand, der am Leben war, wusste, was er dachte. Sogar die Schwestern, diese wunderbaren, professionellen Totenwachen.
Aber er war noch nicht tot. Noch nicht ganz. Er drehte den Kopf zur Seite und sah, dass es kurz nach zwei Uhr morgens war. Ray war oben. Die Nachtschwester schlief nebenan. Manchmal hörte er sie im Schlaf reden, und er musste lächeln. Es hatte so etwas Vertrautes; ihm wurde warm ums Herz.
Er hob die Decke, um den langen Schnitt zu inspizieren, wo der Arzt ihn aufgemacht hatte, um zu sehen, was mit ihm los war. Durch die ganze Bauchmuskulatur hindurch. Sie hatten festgestellt, dass keine Hoffnung bestand, und ihn wieder zugemacht. Der Schnitt war nicht gut verheilt und entzündete sich immer wieder. Wie weh es tat, den Kopf zu heben, doch er tat es trotzdem, nur um die riesige Naht zu sehen, die vom Brustbein bis zum Schamhaar verlief. Die Schnittränder trafen nicht aufeinander, sondern bildeten eine Spalte. Darunter lag sein Penis in einem Nest

aus grauem Haar, mit einem weißen Plastikkatheter darin, um den Urin abzuleiten, der hier und da durch seine blockierten Nieren tröpfelte. Den Katheter spürte er kaum noch. In Wahrheit hatte er seit Jahren seinen Penis nicht mehr vermisst. Er war zu einem bloßen Schlauch geworden. Alte Männer redeten nicht darüber, nicht einmal miteinander. Fanden sich einfach mit der Tatsache ab, nahmen die Veränderung im Leben hin. Wenn man den Sexualtrieb verlor, lernte man etwas über die Welt, sah man die Dinge anders, wie sehr sich junge Männer quälten und die Kontrolle über sich verloren.

Er spürte, wie die Flüssigkeiten in ihm und aus ihm herausgurgelten. Die Schwestern maßen seinen Urin und die wässrige Fäkalbrühe, die er ausschied. Nicht, dass damit irgendetwas gewonnen wäre. Sie meinten es gut und taten ihr Bestes. Halfen ihm still und unaufdringlich, Stunde um Stunde. Nur wenige Männer machten sich die überlegene Selbstlosigkeit von Frauen bewusst. Denn das würde ihnen abverlangen, ihr ganzes Wertesystem zu hinterfragen, und das wäre ihnen unerträglich. Er gab sich redliche Mühe, die Anweisungen der Schwestern zu befolgen – *bitte heben Sie die Beine … hier ist der Löffel, Mr. Grant … wir müssen Sie wenden, um Sie zu waschen …* Vor den Schmerzen hatte er keine Angst. Die kleine Box war ziemlich wirkungsvoll, und er hatte Ray gegenüber keinen Zweifel daran gelassen, dass dieser ihn, wenn es so weit war, sanft hinüberbefördern sollte. Es würde hart werden für seinen Sohn, er wusste, dass Ray sich, schon vor seinem beruflichen Hintergrund, sträuben würde, doch er hoffte, dass Ray am Ende tun würde, was getan werden musste.

Er hoffte, dass sein Sohn die Kraft besaß, ihn zu töten.

Und doch, auch wenn er sich wiederholte – wie er es dauernd tat, wie er fortwährend dieselben Gedanken immer und immer wieder wälzte, bis sie so ausgelaugt waren, dass sie sich verflüchtigten – und doch war sein Sohn da und würde weiterleben. Wenngleich Ray in Schwierigkeiten steckte. Das chinesische Mädchen. Die Männer, die ihm seinen Apparat weggenommen hatten. Ray hatte ihm erklärt, was dahintersteckte. Und er hatte reagieren, mit dem Kopf nicken und ja sagen können. Ray war sehr gescheit. Doch der Vater kannte immer auch die Schwächen des Sohnes. Ray konnte zu impulsiv, zu unüberlegt handeln. Das mochte sich mit zunehmendem Alter ändern. Außerdem hatte er eine Schwäche für Frauen. Er war kein Frauenheld im üblichen Sinne. Sein Problem war, dass er sie schnell liebgewann und sich nicht absicherte. Er hatte Spaß mit ihnen, doch Frauen brachten zuweilen Probleme mit sich.

Rays andere Schwäche wog schwerer. Sie bestand darin, dass er sich für einen Glückspilz hielt. Schon als Kind war er so gewesen. Glückspilz inwiefern? Nicht, dass er erwartete, vom Schicksal auf Rosen gebettet zu werden, sondern wohl eher, vor dem Schlimmstem bewahrt zu werden. Er war lebendig begraben gewesen und hatte überlebt. So viel Glück hatte man nur ein Mal im Leben.

Was Ray tat, wenn er weg war, verstand der alte Detective nicht ganz. Ferne Länder, von denen er keine Ahnung hatte. Er kannte Brooklyn, Queens und Teile von Manhattan. Die Schwierigkeiten mit dem chinesischen Mädchen waren real genug. Das war eine typische New Yorker Geschichte. Er spürte das. Jemand wollte unbedingt etwas haben. Hatte vermutlich mit Geld zu tun, vielleicht steckte die halbtote Mafia irgendwie mit drin, wenn man an die Gegend dachte. Mafiöse Speditionen, Fuhrunternehmen, Autowerkstätten. Zwar hatte er nie mit chinesischen Gangstern zu tun gehabt, wusste aber, dass sie brutal sein konnten, skrupellos. Ray steckte da jetzt mittendrin … morgen würde er diese Abwasserbeseitigungsfirma aufsuchen, und dort würde irgendjemand ein paar Dinge wissen. Oder Ray würde eine Lüge heraushören. Er hatte diese Gabe. Als Detective ging man so lange von der Prämisse aus, dass die Leute die Wahrheit sagten, bis man Grund hatte, das Gegenteil anzunehmen. Andernfalls würde man vor lauter Misstrauen verrückt. Tatsächlich bekam man ein Gespür dafür. Die grauen Zellen erkannten es: etwas in der Stimme, den Augen, den Gesichtsmuskeln. Das war wissenschaftlich erwiesen. Als Detective wurde man darin ziemlich gut. Man hörte sich die Lügen unzähliger Menschen an, und dann wusste man, wie sie es machten. Die Chinesin war irgendwie an Ray geraten, und Ray war jetzt, ob er wollte oder nicht, darin verwickelt. Jemandem standen harte Zeiten bevor, so viel war sicher. Zwei Mädchen waren gestorben, und seine Erfahrung lehrte ihn, dass sie nicht die letzten bleiben würden. Er wusste, dass Ray die Waffen in den Schuppen geschafft und ein neues Schloss daran angebracht hatte. Er wusste auch, dass er den Schlüssel im Vogelhäuschen versteckte. Und dass Ray die Waffen gestern überprüft hatte, wusste er auch. Das sah ihm nicht ähnlich. Es bedeutete, dass Ray besorgt war und sich wappnete. Außerdem wusste er von der Schwester, was Ray im Flur mit den Männern gemacht hatte, wie brutal er gewesen war.

Macht mir das alles Angst?, dachte der alte Polizist. Mag sein. Das heißt, ja. Aber ich muss an Ray glauben, denn sonst sterbe ich umsonst. Ich muss versuchen, ihm zu helfen. Ich bin zum Erfolg verdonnert.

Und das brachte ihn auf etwas Wichtiges, etwas Wichtiges, das Ray zu tun …?

Die Dilaudid-Pumpe machte klick und gab einen Bolus ab. Die Wärme war so angenehm … *ich bin süchtig* … Aber warte! Woran hatte er gerade gedacht, was war es noch, das Ray in Erfahrung bringen musste? Das Morphium spülte es fort … etwas Wichtiges, das mit Rays Problem zu tun hatte, die Information, die er an seiner Stelle … was ein Detective immer präzise in sein Notizbuch … so dass er es auf keinen Fall … Und da hatte er … hatte er es *vergessen*, während ihm das Morphium die Augen wärmte, den Puls verlangsamte und den Atem tiefer in die Lunge und in einen schmerzlosen Schlaf hineinsog … ach, er hatte daran gedacht … es war … was sein Sohn unbedingt rausbekommen … was war es noch gleich?

11

Yo, ich bin Richies Cousin.« Zu schnell.

»Hey, Mann, ich bin Richies Cousin.« Sieh zu, dass du diesen Brooklyn-Einschlag in den Tonfall kriegst.

Er saß in seinem Pick-up an der Ecke Fourteenth Avenue Eighty-Sixth Street und betrachtete die alten italienischen Männer, die im Dyker Beach Park Boccia spielten und die gewichteten Kugeln über den Schotterweg rollen ließen. Hatten damals 'ne Menge Spaß in dem Park, tolle Baseballspiele … Auf der anderen Straßenseite befand sich ein Feinkostladen, wo früher ein Lokal mit dem Namen 19th Hole gewesen war, ein notorischer Mafia-Treff. Dutzende von Morden waren dort von der Familie Lucchese in Auftrag gegeben, geplant, gefordert oder bewilligt worden. Sein Vater hatte einmal zu Ray gesagt, unter gar keinen Umständen, egal, wie alt und wie taff er sich fand, dürfe er je einen Fuß ins 19th Hole setzen, und wenn er jemanden kannte, der dort ein und aus ging, dann müsste er denjenigen ab sofort meiden. Inzwischen allerdings war die Mafia fast gänzlich zerschlagen, zerstreut und auf der Flucht. Zumindest hieß es das.

Die Stadt entfernte nach und nach die Münztelefone, doch es gab, wie er sich erinnert hatte, noch eins vor dem Feinkostgeschäft. Er wollte nicht das Telefon zu Hause benutzen, und außerdem würde es mit dem Straßenlärm im Hintergrund authentischer wirken. Das Telefon war frei. Er sprang aus dem Führerhaus, überquerte die Fourteenth Avenue, steckte ein paar Vierteldollarmünzen hinein und wählte.

»Vic's«, sagte eine Frauenstimme.
»Ich muss mit Richie sprechen.«
»Der ist nicht da.«
»Es is' dringend. Müsste mal mit ihm reden.«
»Rufen Sie ihn auf dem Handy an.«
»Hab die Nummer nich'.«
»Wer spricht denn da?«
»Richies Cousin.« So, die Lüge war raus.
»Also, er ist unterwegs.«
»Sagen Sie mir einfach, wo, dann fahr ich hin und red mit ihm.«
»Darf ich nicht.«
»Jetzt hören Sie mir mal gut zu: Ich versuch, dem Kerl bei 'ner Sache zu helfen und so, klickert's bei Ihnen?«
Es folgte eine lange Pause. »Warten Sie mal.«
Er hörte die Frau in eine Art Funkgerät sprechen. »Richie, bei wem bist du gerade?«
Eine Menge statisches Rauschen, von dem Ray nichts verstand.
»Da ist einer am Apparat, sagt, er ist dein Cousin.«
Wieder Rauschen.
»Hallo? Er fragt, worum es geht.«
Ray sah die Eighty-Sixth Street hinunter und pumpte sich die Lungen mit einer Brise Stadtluft voll. »Er weiß, worum es geht, kann am Telefon nich' drüber reden.«
Sie gab die Auskunft weiter.
»In Ordnung«, sagte sie zu Ray. »Er hat 'nen Auftrag unten in Rockaway, 123rd Street, direkt vor der Strandpromenade.«
»Danke.« Er war im Begriff aufzulegen, als er einen Mann fragen hörte: »Wer hat da nach Richie gefragt, wer war das?« Die Leitung war tot.

Ray horchte einen Moment auf das ferne Summen in der Muschel, dann hängte er ein, um sofort wieder abzunehmen. Er warf einige Quarters ein, ohne sie zu zählen. Sie meldete sich nicht, doch ihre Mobilbox schaltete sich ein, dann kam ein Piepston. »Jin Li«, sagte er, »hier spricht Ray, der Kerl, der mal dein Freund war. Ich rufe nicht an, um darüber zu reden, was zwischen uns gewesen ist. Ich mache mir nur Sorgen um dich, okay? Dein Bruder ist in New York und hat mich gefunden. Er hat einen Haufen Typen dabei und sucht nach dir …« Was sollte er ihr noch sagen? Nicht die Polizei erwähnen, das macht ihr nur Angst. »Er hat mir erzählt, was dir mit den beiden Mexikanerinnen passiert ist. Ich such dich also auch. Du kannst mich anrufen, aber nicht auf meinem Handy. Das ist weg. Ruf mich zu Hause an. Du hast die Nummer. Wenn sich eine Frau meldet, denk dran, das ist die Krankenschwester meines Vaters. Ich weiß, du hast Angst. Also, ich hoffe, du …« Ein Piepston sagte ihm, dass die Zeit um war. Er legte auf. Wenn sie nicht ans Handy ging, gab es dafür mehrere Erklärungen, und alle gaben ihm ein mieses Gefühl.

Rockaway war eine große Sandbank, als gekrümmte Halbinsel Brooklyn vorgelagert, mit je einem Dorf an beiden Enden. Offiziell gehörte es zu Queens, doch gefühlsmäßig zu Brooklyn, denn man gelangte über die Flatbush Avenue dorthin – jene Zickzacklinie, die schon seit über dreihundert Jahren eine wichtige Verkehrsader war: zuerst für die holländischen Bauern, die ihre Schweine und Kühe auf den Markt trieben, bis heute, wo man eher mit einem Pakistani rechnen musste, der eine Ladung getürkter BMW-Vergaser aus Vietnam transportierte, die ein Jamaikaner für die Montage im Wagen eines Nigerianers lieferte. Die Zukunft

New Yorks lag in dem kulturellen Mix, der in Brooklyn und Queens Einzug hielt, lange bevor er Manhattan erreichte. Rockaway dagegen war schon immer fest in italienischer und irischer Hand gewesen, eine Welt für sich, in der es von Polizisten und Feuerwehrmännern wimmelte. Er hatte dort einmal mit achtzehn ein Wochenende verbummelt, hatte getrunken, war durch die Gegend gelaufen, über den Strand gefahren. Wie naiv er damals gewesen war, besessen von einem Mädchen, dessen Namen er nicht mehr wusste, und, was damals noch wichtiger war, von seiner Sommerliga-Baseballmannschaft. Er war ein ziemlich guter Fänger und bereit gewesen, in der Position einiges einzustecken. Doch wie die meisten amerikanischen Teenager hatte er kein Zeitgefühl und nicht den blassesten Schimmer vom menschlichen Leid und vom Rest der Welt gehabt. In anderen Teilen der Erde waren die Jungen anders; sie wurden schneller erwachsen, mussten sich viel früher ihrem Schicksal stellen. Beispiel? Aber gerne: In Mogadischu, Somalia, hatte ihm einmal ein Fünfzehnjähriger den Lauf einer AK-47, made in China, ins Gesicht gehalten, während sich ein Trupp kleinerer Jungen über Rays Versorgungs-Lkw hermachte und Wasser, Medikamente, Lebensmittel, Motoröl, Wasserreinigungstabletten, Kinderkleider und drei Dutzend Kurbelradios klaute. Ray hatte zwei Tage gebraucht, um den Laster zu beladen, und binnen Minuten war er geplündert. Der Junge hatte Ray gezwungen, sich auf den Boden zu legen, und als seine Meute fertig war, hatte er direkt neben Rays Kopf eine Kugel in den Wüstensand gefeuert und war getürmt. Ray hatte sich mit dem Aufstehen Zeit gelassen und war dann dem plötzlichen Impuls gefolgt, die Kugel auszugraben. Sie steckte etwa dreißig Zentimeter tief im Sand. Sie war noch warm, und er hielt sie sich, er wusste nicht, wieso, inbrünstig an die Lippen. Als er am nächsten Tag ohne die Hilfsgüter im Lager eintraf, hörte er, dass noch am selben Abend eine rivalisierende Bande dem Jungen, der ihn mit vorgehaltener Waffe überfallen hatte, die gesamte Beute abgejagt und ihm mit der Machete beide Arme abgehackt hatte.

Im Hier und Jetzt, schärfte sich Ray ein, sei im Hier und Jetzt. Lass dich nicht von der Vergangenheit einholen. Er bog Richtung Rockaway ab, so dass der Atlantik zu seiner Rechten lag. Über Richie, machte er sich klar, wusste er gerade mal, dass er höchstwahrscheinlich in Queens die Abwassertanks ausgepumpt hatte, die in Brooklyn in ein Parkplatz-Gully gespült worden waren. Nicht eben viel. Aber mehr als gar nichts.

Rockaway – der Name weckte Assoziationen mit einem fernen Ort, an dem man mit Blick über den Ozean im Schaukelstuhl saß. Und das traf es auch. In der 123rd Street reihten sich große alte Schindelhäuser auf schmalen Grundstücken aneinander, Häuser, in denen große Familien den Sommer verbrachten, wo die Kinder sich am Strand vergnügten, während Dad sich hinterm Haus mit dem Barbecue abmühte. Er entdeckte Vic's großen grünen Tanklaster am Bürgersteig, fuhr daran vorbei, fand eine Stelle zum Parken und ging zu Fuß zurück. Ein bulliger Mann im Overall mit blondem Bürstenhaarschnitt stand neben dem Fahrzeug und ließ einen dicken Schlauch durch dic bchandschuhten Hände gleiten, der sich mechanisch auf den Lkw aufspulte. Er war fast fertig.

»Hey«, rief Ray von weitem. »Haben Sie 'nen Moment? Ich hab ein Problem. Ich wohne ein paar Straßen weiter. Ist mir ein bisschen peinlich. Hab meinen Trauring die Toilette runtergespült.« Der Mann nickte misstrauisch und musterte Ray von oben bis unten, während er sich zweifellos fragte, ob dessen Erscheinen etwas mit dem Anruf seines »Cousins« zu tun hatte.

»Passiert alle Tage«, sagte er. »Ohrringe, Uhren, Zahnprothesen. Alles Mögliche eben.«

Ray war nervös, ein wenig angespannt. »Wie komm ich da wieder dran?«

»Rufen Sie uns an, wir pumpen Sie aus.«

Ray tat so, als sähe er zu, wie sich der Schlauch auf dem Truck aufspulte.

»Haben Sie ein Gittersieb oder so, wo sich Gegenstände drin sammeln?«

Richie schüttelte den Kopf. »Das wär alle drei Minuten verstopft, so viel Scheiß, wie die Leute da reinwerfen. Ich meine das Zeug, das *keine* Scheiße ist, Sie verstehen, was ich meine.«

Ray nickte. »Wie schnell sind die Tanks voll?«

»In ein, zwei Tagen. Menge Scheiße auf der Welt.«

»Ziemlich cooler Truck, muss ich sagen.«

»Ich nenne es das mobile Scheißhaus.«

»Fasst wie viel?«

»An der Seite steht dreißigtausend Liter, aber wir achten darauf, ihn nicht ganz so voll zu tanken. Wird zu schwer, besonders bergauf. Und man kann den Leuten die Einfahrt damit ruinieren.«

Ray zeigte auf den Namen an der Tür: RICHIE.

»Kriegt jeder seinen eigenen Tanklaster?«

»Nein, nur die besten.«

»Und wenn der eine Panne hat, was dann?«

Eine Pause, die Stimmung kippte.

»Und wenn ich keine Lust mehr habe, Ihre Fragen zu beantworten?«

»Hey, versuche doch nur, freundlich zu sein«, erwiderte Ray.
Richie stöhnte. Dann sah er Ray mit zusammengekniffenen Lippen an. »Ich weiß nicht, wer du bist, Kumpel, aber du verarschst mich. Das riech ich von weitem. Also zieh Leine und lass mich mit meinem Truck in Ruhe. Wenn nicht, haben wir ein Problem, und wenn es ein Problem gibt, habe ich Mittel und Wege, es zu lösen.«
Die beiden Männer sahen sich in die Augen. Wir zwei haben tatsächlich ein Problem, dachte Ray.
Doch er spielte es herunter. »Bleib cool«, sagte er, »kein Problem.« Er hob beschwichtigend die Hände und trat den Rückzug an.
Aber jetzt, wo ich weiß, wie du aussiehst, Richie-Boy, dachte er, lass ich dich nicht mehr aus den Augen.

12

Sir, wir fühlen uns geehrt. Und bevor wir beginnen, möchte ich nur sagen, wir sind uns dessen wohl bewusst, dass ein Mann wie Sie viele Optionen hat, und so habe ich mich dieser Recherche persönlich angenommen, nicht nur wegen der Vertraulichkeit – man kann nie vorsichtig genug sein –, sondern auch, damit Sie wissen, dass wir Ihnen nach besten Kräften dienen wollen.«

Der Mann, der Phelps hieß, bekam keine Antwort, und seine Stimme schien in dem großen Raum mit all den Antiquitäten und Gemälden, dreißig Stock über dem Central Park, widerzuhallen und sich schließlich unter den konzentrischen Stuckornamenten an der hohen Decke zu verlieren. Eine Decke, wie sie niemand mehr baute, es sei denn, ein paar Hunderttausend mehr oder weniger spielten keine Rolle. Wahrscheinlich kam es nicht jeden Tag vor, dass Phelps seine Ergebnisse in einem solchen Raum vortrug. In seinem grauen Wollanzug, seinem penibel gepflegten Äußeren sowie seiner Eilfertigkeit erinnerte er an einen Handelsvertreter. Gepaart mit einem Hauch Militär oder Polizeischule. Sein Partner, ein jüngerer Mann namens Sims, ebenfalls grau gewandet, blinzelte in einem fort wie ein Sekundenzähler.

Martz, der die beiden Herren in seinem gelben Bademantel und in flauschigen Pantoffeln empfing, mochte keinen von beiden. Buchstabengläubige Pedanten. Korinthenkacker, die aus der Bestätigung des Offensichtlichen existentielle Befriedigung schöpften. Die die eigentlichen Zusammenhänge nicht erkannten. Auf der anderen Seite hielten sie die

Dinge am Laufen. Er beschäftigte selbst Dutzende von diesen Typen. Diese beiden waren ihm wärmstens empfohlen worden, und er hatte sie in seine Maisonette bestellt, damit niemand mitbekam, wie er diese »Sicherheitsberater« empfing.

»Fahren Sie fort«, sagte er, genervt von der speichelleckerischen Unterwürfigkeit des Mannes.

»Wir haben die Geschäfte von Good Pharma mit Hilfe einer Reihe von Börsenmaklern überprüft und dabei unsere Beziehungen spielen lassen«, fing Phelps an, während er einen Monitor aufklappte, »und wir möchten Ihnen eine aus unserer Sicht gründliche Analyse der Situation vorlegen.« Auf dem großen Bildschirm erschien eine Computergrafik. »Was Sie hier sehen, ist ein Zeitraffer-Flussdiagramm der Handelsabschlüsse von Good Pharma vom 1. Januar dieses Jahres bis zum 8. Mai. Als Grundlage haben wir das durchschnittliche Handelsvolumen der zurückliegenden einhundert Tage genommen, um anhand dieses Wertes das typische Handelsvolumen aus großen institutionellen Anlegerkonten auszuklammern, deren Firmenleitungen uns bekannt sind. Genauso sind wir mit den Geschäftsvorgängen im Einzelhandel verfahren, die durch den Storefront-Service von Discount-Brokern zustande gekommen sind, Charles Schwab und wie sie alle heißen; die bedienen meist ältere Investoren, die kein Internet benutzen. Überdies haben wir unser Bestes getan, um die Reinvestment-Käufe mit garantierter Dividende sowie Termingeschäfte von Firmen für ihre Rentenkonten herauszufiltern – kurz gesagt alles, was bei Good Pharma unter einem normalen Handelsvolumen verbucht werden kann. Nur durch die genaue Kenntnis des Normalen kann man Abweichungen herausarbeiten.«

»Klingt ziemlich abgehoben«, sagte Sims unerwartet und wie zu seiner eigenen Überraschung.
Phelps warf ihm einen vernichtenden Blick zu und fuhr fort. »Jedenfalls haben wir es danach immer noch mit Aktien im Wert von elf Millionen zu tun, die hier – am 8. Mai – gehandelt werden, das entspricht dem Neunfachen des durchschnittlichen Tagesvolumens.« Auf dem Monitor war ein mehrfarbiges Diagramm zu sehen, in dem die elf Millionen aufgeschlüsselt wurden. »Diese Transaktionen haben wir mit Hilfe der Parketthändler und der Clearingstellen zurückverfolgt und festgestellt, dass die meisten davon über Internetkonten quer durch Asien geflossen sind. Und jetzt sehen Sie hier im Zeitraffer« – auf dem Bildschirm konnte man verfolgen, wie sich ein Berg an Verkaufsanweisungen bildete, während auf einer Digitaluhr die Minuten und Stunden verstrichen, zugleich wurde diese Grafik mit einer gezackten Abwärtslinie überblendet, die den Kursverfall der Good-Pharma-Aktien symbolisierte –, »wie das Handelsvolumen durch Clearingstellen neuntausend Verkaufsanweisungen binnen vier Stunden zeigt. Die ersten Verkäufe erreichten die New Yorker Börse als Basispreis-Aufträge, und das waren die größten. Augenblicklich ging der Kurs nach unten, obwohl man zugleich sehen kann, dass ein paar institutionelle Händler ins Spiel kamen, die das schnelle Geld witterten, die aber nur acht, neun Minuten später, bei der nächsten großen Welle an Verkäufen, ins Hintertreffen gerieten, wobei diesmal das Einzelvolumen kleiner, die Anzahl dafür aber größer war, da inzwischen die Nachricht von den Verkäufen über private Netzwerke durchgesickert war. Eine Menge gewiefter Daytrader in Taiwan arbeiten mit zum Teil recht guten Computersimulationen. Hier kann man erkennen,

dass die Verkaufsorder größtenteils über Hongkong, Peking, Taipeh und sogar Ho Chi Minh City liefen. Ein paar über Tokio. Die Verkaufswelle dauerte ungefähr neunzehn Minuten an. Zu diesem Zeitpunkt hatte die Neuigkeit bereits die einschlägigen Finanznachrichtennetze erreicht, und die größten institutionellen Anleger waren wie gelähmt, weil sie nicht wussten, ob sie in der Hoffnung auf ein Schnäppchen kaufen oder aber wie jeder andere abstoßen sollten. Das Gleiche galt für die Hedgefonds. Das Problem ist, dass die Analyse der Aktien im Prinzip natürlich positiv ausfiel, mit einem Verhältnis von Kauf- zu Verkaufempfehlungen von 5 zu 1.«

»Verflucht noch mal, das weiß ich alles schon«, murmelte Martz.

»Also gut«, sagte Phelps. »Ja, Sie wissen das. Wir haben einen sehr heißen Draht nach ganz oben bei der China Telecom, und dieser Kontaktmann war in der Lage, uns eine Liste mit den jeweiligen Anrufern bei den diversen asiatischen Börsenmaklern zusammenzustellen, und mit Hilfe einer Regressionsanalyse haben wir diese zu einer Gruppe von Leuten in Shanghai zurückverfolgt. Leider sahen wir uns gezwungen, uns von einer sehr hohen Summe zu trennen, um an die Telefonprotokolle zu kommen, doch nachdem wir das getan hatten, erkannten wir, dass die gesamte Verkaufswelle von diesen fünf Männern und ihren Vertretern ausging. Zufällig handelt es sich dabei um Leute, die maßgeblich hinter einer Reihe von Immobilienprojekten in Shanghai und Umgebung stehen und sich durchaus einen Namen gemacht haben. Einer davon ist übrigens ein Regierungsbeamter aus Shanghai.«

Martz hatte ein mulmiges Gefühl, was er als Nächstes zu hören bekommen würde. »Ist juristisch was zu machen?«

»Würde ich bezweifeln. Wir haben Makler- und Clearinghaus-Vorschriften übertreten und außerdem gegen das amerikanische, das taiwanesische und das chinesische Aktiengesetz verstoßen. Deshalb ist unsere Information so gut.«

»So gut nun auch wieder nicht – ich meine, im Prinzip habe ich gewusst, dass etwas Derartiges passiert sein musste.«

»Ja, Sir, ich verstehe, dass ein Mann mit Ihrer Erfahrung die Grundstruktur der Kausalkette intuitiv erfasst.« Phelps lächelte allzu nachsichtig, überlegte es sich jedoch anders. »In meiner Zeit bei der Regierung konnten wir allein aufgrund unserer Expertise Vermutungen über die Ursprünge illegaler Geschäfte anstellen, doch um im Einzelnen zu sehen, wie die Leute arbeiteten, musste man ins Detail gehen. Wenn Sie mir also bitte noch einen Moment Gehör schenken wollen. Also, einer der fünf chinesischen Geschäftsleute, die hinter diesen Transaktionen stehen, ist ein Mann namens Chen. Anfang dreißig. Er ist Mehrheitsteilhaber bei etwa zwei Dutzend Holdinggesellschaften, und mit Unterstützung einer vertraulichen Quelle bei einer Bank in Hongkong waren wir in der Lage, eine davon bis zu einem in New York ansässigen privaten Unternehmen zurückzuverfolgen. Diese kleine Firma namens CorpServe unterhält ein Büro in Lower Manhattan und führt in einer Reihe von Bürogebäuden sowie bei Firmenkunden die Gebäudereinigung, Abfallentsorgung und Schredderdienste durch. Zu den Vertragspartnern gehört auch eine Adresse in Midtown, und Sie werden feststellen, dass es sich dabei um die Firmenbüros von Good Pharma handelt.«

»Diese Scheißkerle!«, brüllte Martz.

»Ja. Und nun habe ich meinen Kollegen Bert Sims gebeten, uns einen Überblick über die Sicherheit von Informationen in Papierform zu geben.«

Sims, der weiterhin fortwährend blinzelte, trat vor und schüttelte sich wie ein Comedian im Fernsehen die Jackettärmel zurecht. »Danke, Bob, ist mir ein Vergnügen, mich nützlich zu machen, Mr. Martz. Wie ich gehört habe, sind Sie einer der reichsten Männer in New York. Wow, habe ich mir gesagt, was für eine Ehre. Also dann: Zum überwiegenden Teil bedeutet Informationsschutz IT-Security, denn das meiste hat mit Computerdateien, Textverschlüsselung, WLAN-Sicherheit und so weiter zu tun. So sollte es auch sein. Diese Dinge sind kompliziert, und man braucht schlaue Köpfe, um das Zeug zu schützen. Aber dann muss man sich natürlich fragen, wo sonst in aller Welt wichtige Informationen zu finden sind. Man kommt auf zwei andere Datenträger. Erstens: die grauen Zellen. Wir alle laufen mit einer Menge nützlicher Informationen im Kopf herum, deren Wert und Genauigkeit allerdings laufend verfällt. Das andere Medium ist natürlich Papier. Das gute alte Papier. Wir gehen heutzutage, wenn ich so sagen darf, mit Papier sehr leichtfertig um. Wir dachten einmal, wir steuerten auf papierlose Büros zu, aber dazu ist es natürlich nie gekommen. Das ist ein Witz. Wir drucken E-Mails aus, machen uns Kopien von Onlineberichten, verteilen bei Sitzungen Diagramme und so weiter und so fort.«

Sims blinzelte, als er zum nächsten Punkt seiner Ausführungen gelangte. »Aus sicherheitstechnischer Sicht gibt es nur eine Möglichkeit, das Problem mit dem Papier zu beseitigen, nämlich das Papier selbst zu beseitigen. Aber was heißt nun Beseitigung? Das ist eine interessante Frage.«

»Für Sie«, warf Martz ein.

»Ja, für mich, aber auch für meine Kollegen in der Branche. Papiersicherheit, die sich mit Papiervernichtung und ihren

Methoden befasst.« Auf dem Weg durch die Landschaft seiner Abstraktionen verlor er den Augenkontakt zu Martz, sein Ton verabschiedete sich von der aufgesetzten Verve und wurde zu dem emotionslosen Geleier eines Mannes, der für Informationen lebte und keine andere Leidenschaft kannte. »Man kann Papier verbrennen, was Rauch verursacht, und wenn man ein offizielles Wirtschaftsunternehmen leitet, dann muss dieser Rauch gefiltert werden, so schreibt es das Bundesgesetz vor. Die Asche gilt es zu entfernen, da die meiste Druckerschwärze polychlorierte Biphenyle enthält. Druckerschwärze ist eine ziemlich üble Substanz, wenn man sie in Form von Gas verbreitet. Man kann Papier auch in Säure auflösen oder in einem anderen Lösungsmittel, aber das ist geruchsintensiv und teuer und eine ziemliche Schweinerei. Man kann Papier verstecken, vergraben oder verschließen, doch das schiebt das Problem nur auf. Wenn man es wegschließt, kann jemand einbrechen und es stehlen. Außerdem sind die Kosten für eine sichere Lagerung enorm. Fragen Sie nur die US-Regierung. Unser Land gibt achtundneunzig Millionen Dollar pro Jahr für die Lagerung nichtdigitalisierter Regierungsdokumente aus. Haben Sie das gewusst? Und was ist mit vergraben? Nun, da gibt es Deponieprobleme, und außerdem könnte es jederzeit wieder ausgegraben ...«

»Ich zahle für Informationen, die ich brauchen kann, und nicht dafür, dass Sie hier alles wiederkäuen, was Sie je gelernt haben. Kommen Sie zur Sache.«

»Natürlich. Ja, also, okay, die letzte Methode, Papier zu vernichten, ist Schreddern. Es gibt unterschiedliche Methoden und Standards für Schreddersicherheit, von langen Streifen bis hin zu Konfetti. Es gibt Streifenschnitt-, Kreuzschnitt- und Partikel-Schredder, Mahlwerke, Zerkleinerer und Granulierapparate. Eine Philosophie besagt, dass man, um ein Beispiel zu nennen, einhundert Seiten wertvoller Dokumente zu zehntausend Partikeln Konfetti zerkleinert und dann mit fünfzigtausend Partikeln derselben Größe aus unbedeutenden Papieren mischt, und niemand, der ganz bei Trost ist, kann oder will diese Stücke wieder zusammenfügen. Doch nicht immer sind die Dinge so, wie sie scheinen. Geschredderte Dokumente können wieder zusammengesetzt werden. Der berühmteste Fall war die Besetzung der US-Botschaft 1979 im Iran, wo die Iraner Teppichknüpfer anheuerten, um geschredderte Botschaftsdokumente per Hand zu rekonstruieren. Nun ist die Rekonstruktion per Computer recht weit fortgeschritten. Konfetti ist nur deshalb klein, weil wir groß sind. Wenn wir winzig wären, würden wir es in einem ganz anderen Licht betrachten. Nehmen wir an, eins dieser Konfettistückchen wäre so groß wie eine Pizzaschachtel oder sogar größer, sagen wir, so breit und lang wie Ihr Wohnzimmerteppich. Bei der Größe wäre es auch ziemlich dick und würde auf allen seinen Oberflächen viele Merkmale vereinen. Und wissen Sie was? Informationstechnisch gesehen können wir dieses Konfettistück derart vergrößern. Wir können es per Microscan untersuchen und ein sehr detailliertes Bild davon bekommen. Sehr detailliert. Das wiederum wird digitalisiert, etikettiert und gespeichert. Entbehrt nicht der Ironie. Die digitale Information wird zu Papier und dann wieder digitalisiert. Mit einem Computerprogramm, das alle diese Papierfetzen einliest und sie zusammensetzt …«

»Worauf wollen Sie hinaus?«, fragte Martz und hörte, wie in der Diele die Tür aufging.

»Man kann diese Dokumente lesen. Doch das würde eine Menge Arbeit und Rechnerleistung erfordern. In China dagegen kriegt man derzeit beides nahezu kostenlos. In einigen Gegenden sinken die Löhne sogar noch weiter, da immer mehr Menschen von den Farmen kommen und Arbeit suchen. Und die meisten Computerprogramme in China sind Raubkopien westlicher Produkte. Sie müssen sich vor Augen führen, dass massenhaft kleine chinesische Unternehmen mit Software operieren, für die sie keinen Penny bezahlt haben, während sie die ursprünglichen Eigentümer Millionen von Dollars kosteten.« Sims Blick traf auf etwas hinter Martz, etwas, das seine roboterhafte Gemütsruhe aus dem Gleichgewicht brachte. »Die Regierung unterstützt, ich meine, *sieht*, nein, ich meine schon, *unterstützt* diese ... diese Aktivitäten, die ich ...«

»Hallo!« Eine Einkaufstüte in der Hand, stolzierte Connie auf schimmernden Stöckelschuhen über den persischen Teppich ins Zimmer, und ihr atemberaubendes kleines Schwarzes brachte jede fabelhafte, gigantische Kurve an ihrem Körper aufs vorteilhafteste zur Geltung. »Tut mir leid! Verzeihen Sie! Bill? Was meinst du?« Sie wirbelte herum und stellte ihre unwahrscheinlichen Ausbuchtungen zur Schau. »Findest du es nicht einfach toll? Bitte sag ja!« Sie warf den Sicherheitsexperten einen koketten Blick zu. »Oh, bitte entschuldigen Sie, aber ich musste es meinem Mann vorführen.« Sie warf die Hände in die Höhe und winkelte ein Knie an, eine alte Model-Pose. »Siehst du?« Auf einer Seite zog sie den Saum ihren stahlharten Oberschenkel hoch. »Sitzt wie angegossen. Hier, fühl mal.« Sie trat vor und streifte mit dem Bein Martz' gelben Bademantel, so dass sie seine bleiche, haarige Wade berührte, nahm seine Hand und legte sie sich flach auf den Bauch, damit er darüberstrich, so dass seine Finger zufällig, aber nicht unbemerkt mit der Unterseite des festen Pushup-BHs in Berührung kamen. »Niemand verarbeitet eine solche Seide. Niemand. Findest du es nicht einfach himmlisch?«

Martz nickte und konnte nicht sagen, wer im Raum am meisten gedemütigt war, er oder die beiden Männer. Connie brachte ein solches Verhalten fertig, er kannte das nur zu gut, und es rührte zum Teil von dem Bewusstsein, dass sie nie Kinder bekommen würde, dass ihr Sex-Appeal das Einzige war, womit sie Macht über ihn ausübte, aber auch von dem uneingestandenen Bedürfnis, anderen Männern zu gefallen. Jüngeren Männern, attraktiveren Männern, *kraftvollen* Männern. Verflucht, er war schließlich vier Mal verheiratet gewesen und hatte vielleicht sechzig, siebzig Frauen gebumst, ihm waren Frauen keine ganz und gar unbekannten Wesen. Connie brauchte einen richtig guten Fick, hatte ihn bitter nötig, und er hatte ihr das eine ganze Weile nicht mehr geboten. Kein Wunder also. Armes Mädchen. Jetzt beugte sie sich zu seinem Ohr hinunter und rückte dabei zweifellos ihr vollkommenes Hinterteil für die geduldig wartenden Männer ins rechte Licht. »Ach Bill, nicht böse sein«, hauchte sie. »Ich wollte es für dich.«

Sie erhob sich und trippelte davon. Die Männer saßen einen Moment gleichermaßen verblüfft da.

Martz brach das Schweigen. »Meine Herren, das war meine Frau, und wenn Sie Ihre Zungen wieder eingerollt haben, können wir weitermachen.«

Sims nickte gehorsam, und seine Blinzelrate ließ darauf schließen, dass er innerlich zu dem Punkt zurückspulte, an dem er unterbrochen worden war. »Es hat sich gezeigt, dass Computer Schreddermuster erkennen und anhand der Form und nicht nur des …«

»Seien Sie still«, befahl Martz. Er wandte sich an Phelps. »Bis jetzt haben Sie mir nur meine Zeit gestohlen und meine Frau begafft. Das Erste kann ich nicht ausstehen, das Zweite sei Ihnen verziehen, da Sie keine Wahl hatten. Kommen wir endlich zum Aktienkurs von Good Pharma zurück. Können Sie mir dazu irgendwelche Telefonprotokolle beschaffen?«

»Nur mit Hilfe von Gerichtsverfahren und Vorladungen, wenn Sie mich fragen«, sagte Phelps. »Selbst mit meinen Beziehungen zum Justizministerium und dem Bezirksgericht des Southern District würde es mindestens einige Wochen kosten.«

Das war zu lang. Martz dachte an Tom Reilly. Wusste er von diesem Chen? Oder wusste er, dass es möglicherweise ein Sicherheitsproblem gab? Kein Wunder, dass er nicht reden wollte. Und vor allem: Was wusste Chen über Good Pharma, das Bill Martz nicht wusste?

Phelps wartete, und seine Augen funkelten vor Insiderwissen.

»Also, erzählen Sie mir den Rest«, sagte Martz.

»Die jüngere Schwester von Chen wird auf der Website von CorpServe als Kontaktperson für die Dienstleistungen in Manhattan aufgeführt.«

»Chens Schwester arbeitet bei der Schredderfirma?«, fragte Martz, und vor wütendem Staunen wurde seine Stimme schrill. »Wieso haben Sie das nicht gleich gesagt? Dann war sie's!«

Phelps nickte. »Danach sieht es aus.«

»Können Sie diesen Chen auftreiben?«

»Wir haben mit der Frage gerechnet, und dank unserer Kontakte zum Heimatschutzministerium haben wir ihn ausfindig gemacht.«

»Wo steckt er? In irgendeinem Casino in Macao, wo er einen Toast auf alle amerikanischen Investoren ausbringt, die er verbraten hat?«

»Nein, Sir«, sagte Sims. »Er ist hier in New York.«

»Was?« Martz stand auf, und sein Bademantel öffnete sich, so dass der haarige Erdrutsch aus Brust und Bauch zum Vorschein kam.

»Er hat in einem beschleunigten Verfahren sein Visum erhalten, und wenn ein solcher Antrag von einem Mann chinesischer Nationalität kommt, wird automatisch ...«

»Der Papierkram interessiert mich nicht, ich will wissen, wo er steckt!«

»Kurze Antwort: Wir wissen es nicht.«

»Wieso nicht?«

»Es war uns nicht klar, dass Sie diese Auskunft von uns erwarten könnten, Sir.«

Martz streckte ihnen genervt die geöffneten Hände entgegen. »Ich möchte, dass Sie es rausbekommen! Du liebes bisschen, Mann, ich will es wissen!«

»Ja. Wir können unsere Kontakte bei der Einwanderungsbehörde nutzen, um ...«

»Jetzt! Heute! So schnell wie möglich!«

»Wir werden alles tun, was ...«

Er wies ihnen die Tür. »Worauf warten Sie noch? Raus mit Ihnen. Ich will so schnell wie möglich eine Antwort! Noch heute!«

Sie packten ihre Ausrüstung zusammen und verabschiedeten sich, wenngleich, wie Martz nicht entging, Sims einen letzten verstohlenen Blick zurückwarf, in der Hoffnung, die bezaubernde Mrs. Martz noch einmal zu Gesicht zu bekommen.

Er stand am Fenster und dachte an den verräterischen Chen

und seine nach New York verpflanzte Schwester. Er kannte diesen Typ Geschäftsmann. Sie waren die hungrige Generation. Jede Familie, die zu Vermögen gekommen war, hatte mit einer hungrigen Generation angefangen; sie waren diejenigen, die härter arbeiteten, sich abrackerten, immer die Abkürzung nahmen und als erste den Sprung nach oben schafften. Das Martzsche Familienvermögen bildete keine Ausnahme von dieser Regel. Sein eigener Großvater hatte den Grundstein gelegt, als er und sein jüngerer Bruder sich bei einem Picknick im Central Park einen Korb mit herbem Cidre und Sandwiches schmecken ließen, während sie ihren Frauen und Kindern beim Spielen im Gras zusahen. Der jüngere Bruder, ein dreiundzwanzigjähriger technischer Zeichner, war auf dem Rasen eingeschlafen, weil er, wie seine Frau sagte, zu hart gearbeitet hatte. Worum es bei dieser Arbeit gehe, hatte, so die Familienlegende, sein Großvater seine Schwägerin gefragt. Sein Bruder, erfuhr er, war beauftragt worden, für eine Kupfermine in Chile ein Kraftwerk zu entwerfen. Das technische Planungsbüro in Manhattan beschäftigte rund um die Uhr zehn Männer mit den Zeichnungen. Ein enormer Aufwand, niemand verstand so recht, wieso. Husch-husch, psst-psst. Vertrauliche Information, noch nicht amtlich. Martz' Großvater hatte seinen Bruder geweckt und ihn nach dem Namen der Kupfermine gefragt, der hatte leicht angesäuselt etwas von »Tschaki-Moma« gemurmelt und war wieder eingeschlafen. Martz' Großvater hatte das seltsame Wort mit einem Füllfederhalter auf seine Serviette geschrieben, sich entschuldigt und war schnurstracks vom Central Park zur Bibliothek gelaufen. »Tschaki-Moma« kam »Chuquicamata« recht nahe – dem Namen der größten Kupfermine der Welt. Zwei Monate später wurde sie

von den Anaconda-Kupferwerken gekauft, allerdings erst nachdem Martz' Großvater sich, teils auf Pump, sämtliche Anaconda-Aktien ergattert hatte, die zu haben waren. Auf diese Weise entstand ein Vermögen und eine Familienlegende – und jetzt machte es dieser Chen genauso.
Martz' Gedanken wandten sich wieder Good Pharma zu. Tom Reilly, so viel stand für ihn fest, witterte, dass interne Informationen nach draußen gelangt waren. Er hatte sich vermutlich eine eigene Analyse der Transaktionsmuster vorlegen lassen. Dass Reilly dies nicht öffentlich gemacht hatte, war ein ausreichender Entlassungsgrund, und nach dem Bundesaktiengesetz konnte er sogar gerichtlich belangt werden, doch Martz war durchaus glücklich darüber, dass Reilly seinen gesetzlichen Pflichten nicht nachgekommen war; auf diese Weise gab es vielleicht noch einen unauffälligen Ausweg aus dem Schlamassel.
Dieses Chen-Gör hatte ihn beraubt – um Millionen, direkt aus seiner runzligen Hand. Martz war alt und müde, und jedes Mal, wenn er sich setzte, tat es weh, doch er war noch nicht zu klapprig, um kampflos das Feld zu räumen. Chen hatte ihm einen Haufen Gold geklaut, doch Martz war sich ziemlich sicher, dass er es sich mit Tom Reillys Hilfe zurückholen würde.

13

Das Hotel Crown Royale auf der Park Avenue oberhalb der Sixty-Ninth Street benötigte für seine Gäste eine Menge frische Laken und Bettbezüge. Und frische Kopfkissenbezüge, Handtücher, Waschlappen und Tischdecken, ganz zu schweigen von Servietten, die bretthart gestärkt sein mussten. Die Wäscherei des Hotels, ein Raum von fast vierzig Metern Länge im zweiten Untergeschoss, verbrauchte jeden Tag über hunderttausend Liter Wasser, dazu Palettenladungen an Waschpulver und Bleichmittel. Funktionierte die Wäscherei nicht, gab's Ärger im Hotel. Carlos Montoya, der Mann, der die Wäscherei des Crown Royale führte, lebte für einen Mexikaner schon sehr lange in New York. Lange genug, dass sein glänzendes schwarzes Haar grau geworden, dass sein Gesicht zu einer Maske tragischer Empfindsamkeit erschlafft und er bereits vielfacher Großvater war. Für alle, die ihn kannten, schien er ein müdes, fleißiges, gesetzestreues Mitglied der Gesellschaft zu sein, das vielleicht vierzig oder fünfzig Pfund abnehmen und sich ein bisschen öfter die Schuhe putzen lassen sollte. Als eingebürgerter US-Amerikaner zahlte er seine Steuern, hatte einen schönen neuen Wagen in seiner Einfahrt in Queens, wählte mal Republikaner, mal Demokraten und gehörte zu den mächtigsten Bossen des organisierten Verbrechens in der Stadt. Das heißt, im Vergleich zu den Italienern, Chinesen, Albanern, Vietnamesen oder Russen hielt sich seine Macht sehr in Grenzen; im Vergleich zu den Pakistanern, Haitianern, dem, was von den Iren übrig geblieben war, und den wie immer gearteten Machenschaften der

Muslime mit ihren Läden unten auf der Atlantic Avenue, in denen sie Bücher, Kleidung, Öl, Lebensmittel und wer weiß schon genau was an die Informanten des FBI verkauften, war er ganz gut aufgestellt. Nichtsdestotrotz erstreckte sich Carlos' Vertriebsnetz über alle fünf Stadtbezirke, und dank seiner Beziehungen in der Hotel- und Restaurationsbranche kontrollierte er weitestgehend den Marihuana-Kleinhandel in New York. Er hatte seine Dealer überall. Zwei von ihnen steckten in Schwierigkeiten, denn die Polizei schikanierte sie wegen des Mordes an zwei mexikanischen Mädchen, den sie nicht begangen hatten. Zwei sehr schöne Töchter Mexikos, die auf äußerst menschenverachtende Weise getötet worden waren. Einen solchen Mord hätte ein Mexikaner nie begehen können. Jedenfalls nicht in Brooklyn.

Carlos' Büro, wenn man es so nennen wollte, war ein Kabuff an einem Ende der riesigen Wäscherei. Hier saß er und grübelte über seine missliche Lage nach, während er entgegen den Hotelvorschriften eine Zigarette rauchte. (Er hatte nichts zu befürchten, er wusste, dass er unkündbar war.) Die beiden jungen Männer, muskulös und mit unverschämten Gesichtern, waren von einem gewissen Detective Blake im dreiundsechzigsten Bezirk in Brooklyn zum Verhör mit aufs Revier genommen worden. Blake hatte ihre Namen bereits einen Tag nach dem Doppelmord herausgefunden, woraus Carlos schloss, dass die Mexikaner in dem Teil von Brooklyn nicht die Klappe halten konnten oder dass seine Jungs auf der Straße eine Menge Feinde hatten oder aber – die unwahrscheinlichste Erklärung – dass Detective Blake ungewöhnlich kompetent war. Carlos konnte es nur recht sein, wenn dieser Detective hart arbeitete, um den Mord zu lösen, allerdings nicht, wenn das bedeutete, dass er fälschlicherweise Carlos' Jungs dafür hopsnahm. Die beiden hatten sich *mucho cosas* zuschulden kommen lassen, gewiss, aber die zwei anständigen, fleißigen Mädchen aus dem mittleren Mexiko, die auf der Suche nach Arbeit in die Staaten geflüchtet waren, gingen nicht auf ihr Konto. Er war zum Marine Park rausgefahren und hatte sich die Geschichte im Hinterzimmer einer Pizzeria erzählen lassen, die ihm zum Teil gehörte – dass sie über einen Unterschlupf in Texas geschleust worden waren, draußen in Brooklyn in der Avenida U gewohnt hatten, ein schlechtes Auto fuhren, ein bisschen von seinem *producto* rauchten, das ihnen ihre Freunde spendiert hatten, ihr Apartment sauber hielten. Carlos empfand so etwas wie ein väterliches Verantwortungsgefühl gegenüber den Jungs und Mädchen, die nach New York kamen. Sie brauchten den Beistand älterer Mexikaner, die ihnen sagten, wie sie in Amerika zurechtkommen konnten. Für ihn war Mexiko eine verlorene, sterbende Nation, doch er wusste auch, dass die Mexikaner ein wunderbares Volk waren, das vom Rest der Welt nicht verstanden wurde. Er hatte ein wenig über die mexikanische Geschichte gelesen und in einem teuren Manhattaner Antiquitätengeschäft eine Landkarte von Altmexiko erstanden, das sich ein gutes Stück nach Kalifornien, Arizona und Texas hinein erstreckt hatte. *Wir waren vor ihnen da*, sagte er sich immer, *und wir werden noch hier sein, wenn sie längst verschwunden sind.* Die verächtliche Art und Weise, in der die Mädchen getötet worden waren, Erstickung durch menschliche Exkremente, löste bei ihm einen brennenden Hass aus.

Zunächst aber musste er das Problem mit seinen beiden *caballos* lösen, die, wie er fürchtete, unter dem Druck der Polizeiverhöre einknicken und ein paar Namen herauswürgen würden, die sie besser für sich behielten, besonders seinen. Und da war noch etwas: Einer der Kellnerlehrlinge im Hotelrestaurant hatte einen jüngeren Bruder, der bei einem Abwasserentsorgungsunternehmen am östlichen Rand von Brooklyn arbeitete. Der Doppelmord hatte sich herumgesprochen. Der Bruder erinnerte sich, die beiden Mädchen einmal bei einem Picknick im Marine Park gesehen zu haben. Er hatte beobachtet, wie einer der Tanklaster seinen Inhalt in den Überlaufbehälter des Geländes abgelassen hatte, der groß genug war, um zwei Ladungen zu fassen; anschließend, so hatte er berichtet, sei der nunmehr leere Wagen an einen anderen angeschlossen worden, um dessen Ladung aufzunehmen. Danach sei der geleerte zweite Laster mit dem Inhalt des Überlaufbehälters vollgepumpt worden. Ein höchst seltsamer Vorgang, hatte der scharfsichtige junge Mann gedacht. Wieso verlud man eine Ladung Scheiße von einem zum anderen Tanklaster? Zumal alles zum selben Klärwerk kam? Schließlich hatte das Zeug keinen Wert. Der erste Truck war anschließend zur Abwasserbeseitigungsanlage des Bezirks gefahren und hatte seine Kloake abgepumpt. Sehr seltsam, sagte der Kleine, als ob sie mit einem Riesenhaufen *caca* Gimelblättchen spielten. In dieser Nacht, genau der Nacht, in der die Mädchen starben, hatte der zweite Truck die Anlage spät verlassen und war ans östliche Ende von Long Island hinausgefahren, zu einer öden kleinen Stadt namens Riverhead. Dabei hatte er den Long Island Expressway gemieden, wo die Polizei von Suffolk und Nassau Streife fuhr, und war stattdessen über die schlechten Landstraßen, die sich auf Long Island von Ost nach West erstreckten, hinausgeholpert. Eine Fahrt von über hundertfünfzig Kilometern, *comprende?* Der Truck hatte seinen Tank am nächsten

Morgen dort draußen in einer Anlage in Suffolk geleert und war anschließend nach Queens oder auch nach New Jersey gefahren und nie wieder in dem Entsorgungsunternehmen von Marine Park aufgetaucht. Vom Erdboden verschluckt. Der erste Truck war mit einem Hochdruckreiniger innen und außen gesäubert und dann wieder in Dienst genommen worden.

Hat der Eigentümer der Anlage von diesen Aktivitäten gewusst?, fragte Carlos. *Si, si.* Er hat uns aufgetragen, ihn zu waschen. Carlos hatte den jungen Mann zu sich bestellt und ihn glaubwürdig gefunden. Er hatte sich sogar ein paar Notizen gemacht. »Jetzt musst du das alles vergessen«, sagte er. »Vergiss, dass du mir das alles erzählt hast.« Doch dann packte er den Jungen an der Hand. »Falls du noch etwas siehst, rufst du mich an, in Ordnung?«

Detective Blake hatte den beiden Dealern von Carlos eine Menge Fragen gestellt, sie aber noch nicht verhaftet. Zur Sicherheit sollte Carlos seine beiden Jungs vielleicht trotzdem im Frachtraum eines Wäschereitransporters für eine Weile nach Kalifornien schicken, ihnen sagen, sie sollten über die Sommermonate bleiben, nach Norden weiterziehen und in Washington State bei der Apfelernte helfen. Sagt mir nicht, wo ihr seid, würde er ihnen einschärfen, ruft mich nicht an, ruft niemanden an, den ihr in Brooklyn kennt. Die Jungs würden nicht gerne gehen, doch sie hatten keine Wahl. Natürlich würde ihr Verschwinden wie ein Schuldbekenntnis wirken. Worüber er sich nicht den Kopf zerbrach, da sie Heißsporne waren, die ihn so oder so früher oder später in Schwierigkeiten bringen würden.

Zwar hatte er jetzt ein Problem, doch auch eine Chance. Er nahm den Lastenaufzug bis zum neunzehnten Stock, redete kurz mit der mexikanischen Reinigungskraft, die diese luxuriösen kleinen Shampoofläschchen und parfümierten Seifenstücke verteilte, welche die Hotelgäste mit vollen Händen in ihre Koffer warfen; dann betrat er mit Hilfe seines Generalschlüssels das Zimmer eines leitenden Angestellten der British Airways, der gerade am JFK International Airport geschäftlich zu tun hatte. Carlos rührte nichts an, weder die Minibar noch die guten Kleider auf den Bügeln oder das dicke Bündel Pfund- und Dollarnoten auf der Frisierkommode. *Wenn du nichts berührst, berührt dich auch nichts.* Stattdessen nahm er den Hörer vom Telefon; die Kosten würden irgendwo auf der Rechnung des Mannes verschwinden und nach einem Anruf am Flughafen aussehen. Das Hotel verfügte über fast dreitausend Telefone, die über vierhundert Leitungen per Computer in eine Warteschleife gelenkt wurden. Der Anruf wurde mit einer Leernummer versehen, so dass der Empfänger auf seinem Display nicht die tatsächliche Telefonnummer im Hotel sah und dort direkt anrufen konnte. Wählte man eine Leernummer, bekam man die Auskunft »Kein Anschluss unter dieser Nummer«. Ziemlich ausgeschlafen, diese indischen Telefonjungs, die Mexikaner sollten von ihnen lernen. Carlos hatte sich die Sache gründlich durch den Kopf gehen lassen. Die Nummer, welche das Zimmertelefon mit der Amtsleitung verband, wurde von einem Dienstleister in Bangalore geführt. Ohne gerichtliche Verfügung war nicht an das konkrete Zimmer zu kommen, aus dem der Anruf erfolgt war, und auch das nur nach wochenlanger Suche. Bis dahin war der Gast, der in diesem Zimmer geschlafen hatte, längst weg, und man müsste ihn ausfindig machen, um ihn zu dem Anruf zu befragen, den er nicht gemacht hatte. Bis dahin wäre das Zimmer etwa fünfzig Mal gründlich gesaugt und gereinigt worden. Keine

Fingerabdrücke! Die Zimmermädchen hatten Order, jeden Apparat täglich abzuwischen, um zu vermeiden, dass Bakterien sich vermehrten und zum Ausbruch von Krankheiten im Hotel führten – der Alptraum eines jeden Hotelmanagers.
Er wählte die Nummer der Abwasserbeseitigungsfirma.
»Ich würde gerne mit dem Eigentümer sprechen.« Wenn er wollte, hörte man nicht die Spur eines Akzents. Dazu hatte er sich oft genug Lou Dobbs auf CNN angesehen.
Eine Minute verging.
»Ja? Wer ist da?«
»Ich bin jemand, der Sie kennt«, sagte Carlos.
»Wer?«
»Ich weiß ganz genau über Ihr Geschäft Bescheid«, sagte er.
»Ach ja?«
»Ich weiß, was Sie in Ihren Überlauftank gepumpt haben. Was Sie reingepumpt und was Sie rausgepumpt haben.«
»Was wollen Sie?«
»Ich denke, das ist nicht schwer zu erraten.«
»Leck mich.« Die Leitung war tot.
Carlos rief wieder an. Der Mann meldete sich.
»Wieso legen Sie einfach auf, wenn jemand höflich mit Ihnen spricht?«, fragte Carlos in bestem CNN-Englisch.
»Wenn Sie noch mal anrufen, komme ich Ihnen auf die Spur und bringe Sie um«, fauchte die Stimme. »Danach vergewaltige ich Ihre Frau und Ihre Kinder.«
Diesmal legte Carlos auf. Ich glaube, ich habe einen netten, kleinen Plan, sagte er sich und kostete einen Moment die Schadenfreude aus. Ja, ich werde mit einem weißen Mann, der mexikanische Mädchen tötet, ein Spielchen spielen.

14

Na schön, ich bin in Panik geraten, dachte Jin Li, während sie auf die Fähre wartete. Für den Fall, dass an der Anlegestelle Überwachungskameras installiert waren, trug sie eine große Sonnenbrille und eine Yankees-Kappe, die sie sich tief ins Gesicht gezogen hatte. Nun ja, sie hatte wirklich Angst gehabt. Dabei hätte sie lieber gleich tun sollen, was sie gestern Abend getan hatte, nämlich in Harlem bei einer alten schwarzen Frau namens Norma Powell, der Eigentümerin eines fünfstöckigen Sandsteinhauses, das sie in eine Pension umgebaut hatte, ein Zimmer mit Bad mieten. In Jin Lis Zimmer passte gerade mal ein Bett, eine Kommode und ein Wandspiegel. Die Farbe blätterte ab, und über die Decke erstreckte sich ein Schimmelfleck mit den Umrissen Australiens. Dafür hatte das Zimmer eine gute Tür aus massivem Holz und ein Riegelschloss aus Messing. Noch besser war der Umstand, dass Norma Powells Sohn, ein Mann in mittleren Jahren, den ganzen Tag im Zimmer zur Straße saß und fernsah. Er schien dort tatsächlich zu wohnen. Er wog vielleicht zweihundert Kilo, davon mehr als die Hälfte Fett, doch gegenüber seiner Mutter legte er eine Art elefantösen Beschützerinstinkt an den Tag, den Jin Li beruhigend fand. Wer in dieses Haus einbrach, der musste an ihm vorbei oder über ihn hinweg. Andererseits mochte Jin Li Harlem im Grunde nicht – womit sie sich eingestand, dass sie sich in einer schwarzen Wohngegend unwohl fühlte, doch das war gerade der Vorteil. Man würde ein chinesisches Mädchen nicht in Harlem vermuten.

Jin Li hatte erzählt, sie sei eine koreanische Austauschstudentin an der Columbia University, eine Erklärung, die Witwe Powell nicht mehr interessierte, sobald sie Jin Lis Scheine zählte: dreihundert Dollar die Woche, zahlbar jeden Montagmorgen, stecken Sie es im Umschlag in meinen Briefkasten, Honey, und kein Herrenbesuch nach neunzehn Uhr, oder Sie können Ihre Sachen packen. Allerdings wollte Norma Powell die Telefonnummer des letzten Vermieters haben, um sich bestätigen zu lassen, dass Jin Li eine ordentliche Mieterin gewesen war. *Tu, was du nicht lassen kannst*, mochte ein amerikanischer Teenager dazu sagen. Und so hielt sich das Gefühl, ein wenig hinterhältig zu sein, in Grenzen, als sie Norma Powell ihre eigene Nummer im CorpServe-Büro in Red Hook gab. Falls sie sich wirklich die Mühe machen sollte, dort anzurufen, würde Norma feststellen, dass die Nummer nichts taugte, da keine Ansage abgespult und der Anruf nach drei Klingelzeichen automatisch auf das Faxgerät weitergeleitet wurde; sie hatte es so eingerichtet, damit Chen ihr Faxnachrichten schicken konnte, ohne das Internet zu benutzen. Sie hatte ihren echten Namen angegeben, da er ihren Ausweispapieren entsprach, doch als Heimatstadt hatte sie Seoul in Südkorea genannt, wo ihr Vater in einem Kia-Motorwerk arbeitete. Es war zugleich amüsant und ein wenig abstoßend, sich als Koreanerin auszugeben, zumal ihr Name nicht besonders koreanisch klang, doch das wusste Norma Powell nicht. Jedenfalls gab es für das Ganze einen amerikanischen Satz, den sie mochte: *Ya do what ya gotta do*. Das passt zu mir, dachte Jin Li: Ich tue einfach, was ich tun muss. Sie hatte ihre bescheidenen Habseligkeiten aus dem Koffer gepackt und in Gegenwart dreier Kakerlaken ein wunderbar ausgiebiges, heißes Bad genommen. Die Tierchen machten ihr nichts aus, in Shanghai hatten sie eine wahre Plage asiatischer Wasserwanzen gehabt, die waren um einiges schlimmer. Sie hatte sich das Gesicht geschrubbt, die Nägel manikürt und sich danach viel zuversichtlicher gefühlt. Vielleicht hatte die Polizei die Mörder der Mexikanerinnen ja schon geschnappt. Oder sie selbst würde – nicht von ihrem Handy – anonym bei der Polizei anrufen und beschreiben, was passiert war.

Vielleicht, aber noch war es dafür zu früh, denn sie hatte einen Plan. Schließlich war sie am Harbin Institute of Technology nicht umsonst von den Professoren in Logik, System- und Wahrscheinlichkeitsanalyse sowie in Datenverwaltung ausgebildet worden. In der Nacht des Mordanschlags auf Jin Li waren eine ganze Reihe CorpServe-Kolonnen von der Arbeit gekommen, doch sie hatten sich diejenige mit Jin Li herausgepickt. Wieso? Der einzige plausible Grund war, dass allein sie wusste, welche Büros nach Informationen geplündert wurden. Die Reaktion der Angreifer beziehungsweise derer, die sie angeheuert hatten, war primitiv, ja, dumm. Es wären viele andere Maßnahmen denkbar gewesen. Sie hätten etwas an den Zugängen zum Firmenbereich verändern können. Sie hätten CorpServe feuern können. Sie hätten die Polizei oder einen Privatdetektiv zu Rate ziehen können. Sie hätten Jin Li persönlich zur Rede stellen und ihr telefonisch oder schriftlich mit juristischen Schritten drohen können. Solche Schritte wären moralisch wie rechtlich vertretbar gewesen, hätten ihnen belastende Unterlagen in die Hand gegeben, und die Firmenleitung hätte die Ereignisse unter Kontrolle gehabt. Wenn dagegen zwei Typen nachts in Brooklyn Scheiße in einen Wagen pumpten, dann wohl kaum unter der Aufsicht eines leitenden Mitarbeiters. Diese Tat entsprach vermutlich nicht seinen Anweisungen und seinen Erwartungen, und die Täter konnten nicht damit rechnen, dass er so etwas guthieß, wenn er überhaupt davon unterrichtet wurde. In diesem vorliegenden Fall hatte der Manager offenbar keine Kontrolle. Dabei wusste sie aus den Tausenden Seiten Firmenkorrespondenz, die sie gesichtet hatte, dass Führungskräfte nach Kontrolle lechzten, weil sie in ihren Augen der Inbegriff von Macht war. Der Anschlag von Brooklyn war aus Unternehmenssicht heller Wahnsinn und grenzte an beruflichen Selbstmord. Er sorgte für negative Schlagzeilen und zog Ereignisse nach sich, die weit über das Unternehmen hinausgehen würden.

Es war die Tat von jemandem, der in Panik geraten war.

Wer? Bei dieser Frage war sie entschieden im Vorteil. Derjenige, der diesen Anschlag befohlen hatte, konnte nicht wissen, welche sechs Firmen CorpServe ausspionierte. Bei dreien war der Aktienkurs kürzlich nach oben gegangen und hatte ihrem Bruder und seinen Kumpanen enormen Reichtum beschert. Bei zwei anderen war er seit mehreren Monaten in einer Seitwärtsbewegung verharrt, weil die Anleger die Entwicklung abwarteten. Der sechste war ein relativ kleiner Pharmakonzern, dessen Aktienkurs in den letzten Wochen einen beträchtlichen Verfall an der Börse erlitten hatte, so um die dreißig Prozent. Sie hatte Chen über die schlechten Ergebnisse bei der Entwicklung synthetischer Haut informiert, die kurz vor der Zulassung gestanden hatte. Der erwartete Markt für das Produkt war enorm; nicht nur Brandopfer brauchten neue Haut …

… bei diesem Gedanken musste sie an Rays Bauch denken, die Hautverpflanzungen und Narben, die an ihm eine Art geheimnisvoller, erotischer Kalligrafie bildeten, ein unbeabsichtigtes Tattoo, das sie liebgewonnen hatte …

... nicht nur Brandopfer, nein, sondern auch alte Menschen mit runzliger, sonnenverbrannter Haut, die dünn geworden war und wie Seidenpapier riss. Das Produkt diente nicht der Eitelkeit, sondern der Gesundheit. Sowie die geburtenstarken Jahrgänge alterten, würden sich die Alten- und Pflegeheime mit Menschen füllen, die ans Bett gefesselt waren, bei denen wundgelegene Stellen an der Tagesordnung waren. Diese Stellen bestanden einfach aus nekrotischem Gewebe – Haut, die unter dem ständigen Druck unzureichend mit Blut versorgt wurde und abstarb. Die gängigen Techniken, um das Wundliegen zu vermeiden, vor allem häufiges Umlagern des Patienten, konnten den Dekubitus nicht wirklich verhindern. Das synthetische Hautprodukt, das noch keinen eingetragenen Handelsnamen besaß, sollte auf die brüchige, dünne Haut gepflanzt werden, um bei minimaler Abstoßungsgefahr eine zusätzliche Schutzschicht zu gewähren. Doch bei den klinischen Versuchsreihen überzeugte das Produkt noch nicht, was Jin Li Chen berichtet hatte.

Ihr Bruder, der den Rachen nicht vollkriegen konnte, verstand Amerika im Grunde nicht. Jetzt, da er hier war, darüber machte Jin Li sich keine Illusionen, würde er sich wie der Elefant im Porzellanladen aufführen, Mitarbeiter von CorpServe einschüchtern und tolpatschige Nachforschungen anstellen. Es würde ihm zu Kopfe steigen, in Amerika zu sein, und er würde sich wichtigtun. Und eine Menge Geld verprassen. Nur weil man in Shanghai jemand war, hieß das noch lange nicht, dass einem in New York die Türen offen standen. Die Bewohner von New York lebten mit dem Gefühl, der Mittelpunkt des bekannten Universums zu sein. Im Allgemeinen liebten sie die anderen großen Städte der Welt, besonders London, Paris und Berlin, doch was New York betraf, so stand die Überlegenheit der Metropole für sie außer Frage. Sie hatten begriffen, dass man sich in New York behaupten, dass man sich als würdig erweisen musste. Clevere Leute kamen aus allen Teilen Amerikas nach New York und wetteiferten miteinander um die Reichtümer und Annehmlichkeiten der Stadt. So machten es die Amerikaner. Chen verstand das möglicherweise nicht. Sosehr sie diese Verantwortung auch hasste, brauchte er wahrscheinlich ihre Hilfe.

Jetzt öffnete sich die Schranke, und sie konnte die Fähre nach Staten Island betreten. Sie fuhr zum ersten Mal damit, doch sie erschien ihr, alt, wie sie war, mit ihren Holzsitzen und den offenen Seiten vertraut – gar nicht so anders als die romantischen, knarrenden Fähren, die zwischen Kowloon und der Insel Hongkong verkehrten. Sie war mit ihrem Vater da gewesen, als er nach Investoren für eines seiner Projekte suchte.

Es war kurz vor fünf, ein frischer, kühler Nachmittag im Spätfrühling, der Jahreszeit, in der sich die Stadt regenerierte. Sie sah den ersten Pendlern zu, wie sie ihre Lieblingsplätze fanden und ihre Zeitungen aufschlugen oder Palmtops zückten. Die Überfahrt war gewiss so lang, dass sie ihren Plan umsetzen und dann die Rückfähre nach Manhattan nehmen konnte.

Über den Lautsprecher ertönte die Ansage, eine Glocke läutete, und die Fähre setzte sich in Bewegung. Von ihrem Sitz aus sah sie vor sich die Skyline von Lower Manhattan allmählich zusammenschrumpfen. Wo hatte das World Trade Center gestanden? Sie wusste es nicht genau, sondern hatte nur eine vage Vorstellung von den beiden kastenförmigen Türmen. Das schien jetzt so lange her. Die ersten Nachrichten hatte sie sich damals auf den Fernsehmonito-

ren in der Uni-Mensa angesehen, und einige der anderen Studenten, die dort zusammengeströmt waren, hatten beim Anblick der verbrennenden Amerikaner gejubelt.
Als die Fähre das Hafenbecken zur Hälfte überquert hatte, zog sie ihr Handy heraus, um es zum ersten Mal seit dem Morgen vor dem Anschlag einzuschalten. War das klug? Ihr zitterten die Hände. Sie wusste, dass das Signal ihres Mobiltelefons im selben Moment die nächsten Handymasten erreichen würde und dass die Polizei diesen Standort auch im Nachhinein noch ausfindig machen konnte; deshalb wollte sie ihre Nachrichten mitten im New Yorker Hafen abhören. Sollte sie es wagen? Vielleicht doch nicht. Andererseits fühlte sie sich so abgeschnitten, so allein. Sie drückte auf den Einschaltknopf, und das Handy startete. Sie hatte drei Nachrichten. Die erste war von ihrem Bruder, der ihr auf Kantonesisch sagte: »Jin Li, du musst mich anrufen, damit ich weiß, dass es dir gutgeht. Mutter und Vater haben nach dir gefragt, und ich hab gesagt, es geht dir gut, aber sie wissen, dass ich ihnen nicht viel erzähle. Außerdem müssen wir natürlich zusehen, dass die Geschäfte weiterlaufen, und ich möchte mit dir darüber reden. Ich bezahle deinen Freund, Mr. Ray, damit er mir hilft, dich zu finden. Er ist nur am Geld interessiert, er hat so viel verlangt. Ich musste ihm die doppelte Summe bezahlen. Ich bin in der neuen Wohnung im Time-Warner-Gebäude. Ruf mich an, Jin Li.«
Bevor sie Gelegenheit hatte, abzuschätzen, wie viele Lügen ihr Bruder ihr aufgetischt hatte, kam die nächste Nachricht: »Jin Li, hier spricht Ray, der Kerl, der mal dein Freund war. Ich rufe nicht an, um darüber zu reden, was zwischen uns gewesen ist. Ich mache mir nur Sorgen um dich, okay? Dein Bruder ist in New York und hat mich

gefunden. Er hat einen Haufen Typen dabei und sucht nach dir …« Sie hörte den Rest der Nachricht ab, sie solle ihn bei seinem Vater zu Hause anrufen. Vom Klang seiner Stimme verstört, schaltete sie das Handy aus und kämpfte mit den Tränen. Ich vermisse dich, Ray, dachte sie, ich möchte bei dir sein. Wieso hatte sie auf ihren Bruder gehört und mit Ray Schluss gemacht? In der Nacht des Anschlags wäre sie wahrscheinlich bei Ray gewesen statt in dem kleinen Wagen mit den beiden Mädchen. Ray führte sie aus, sie aßen irgendwo in der Stadt, sie gingen im Central Park spazieren. Er bedrängte sie nie, fragte nicht, wieso sie so hart für CorpServe arbeitete. Er wollte sie nicht besitzen, wurde ihr klar. Das gefiel ihr. Er nahm ihr auch nie irgendwelche Versprechen ab. Sie schliefen immer in ihrer Wohnung miteinander. Sie spürte eine Woge traurigen Verlangens. Es gefiel ihr, wenn er sie auf den Bauch drehte, ihre Hüften anhob und sie mit seinen großen Händen hielt und manchmal gleichzeitig mit dem Finger ihr Rückgrat hinauf- und hinunterstrich. Eines Nachts hatte sie ihn gefragt, ob er mitzählte, wie oft er in sie stieß? Und er lachte und sagte, wieso fragst du? Na ja, es geht lange, foppte sie ihn. Ja, räumte er ein, manchmal zähle ich tatsächlich mit, nur um mal zu sehen. Ich hab's gewusst, sagte sie. Wie oft diesmal? Sag du's mir, antwortete er und fing wieder an. Nein, du, beharrte sie und fing an zu stöhnen. Gut, sagte er, Hunderte Male, mehr sag ich nicht. Sie ließ den Kopf ins Kissen fallen, fühlte sich ein bisschen beschwipst und ein bisschen verrückt, als hätte sie halb vergessen, wer sie war. Kein schlechtes Gefühl. Vielleicht flüsterte sie auch, *schön langsam*. Oder auch nicht.

Jin Li seufzte und wand sich ein wenig auf ihrem harten Holzsitz. Was hatte sie sich nur gedacht? Jetzt wohnte sie in einem Zimmer in Harlem und hatte Angst, sich bei der Arbeit oder in ihrer Wohnung blicken zu lassen. Es war noch eine Nachricht auf ihrem Handy, fiel ihr ein, vielleicht war die auch von Ray.

Eine kräftige Männerstimme, nicht Rays: »Hallo, hier spricht Detective Peter Blake von der Mordkommission, Kripo Brooklyn. Ich suche nach Jin Li, und ich glaube, das hier ist ihre Telefonnummer. Jin Li, Sie werden in Verbindung mit einem Fall gesucht, bei dem es um die Ermordung von zwei Mexikanerinnen geht. Wir wissen, dass Sie die Vorgesetzte dieser Frauen waren und sie kurz vor ihrem Tod gesehen haben könnten. Ich wäre Ihnen für Ihren Rückruf persönlich sehr verbunden; bitte melden Sie sich so bald wie möglich unter der folgenden Nummer.« Er gab die Nummer durch, bevor er hinzufügte: »Es wäre in Ihrem eigenen Interesse, wenn Sie mich aufsuchen würden, bevor ich Sie finde. Vielen Dank.«

Die Polizei? Entsetzt ließ sie das Handy zuschnappen und warf einen Blick in alle Richtungen, als könnte die Polizei sie sehen. Wie waren sie an ihren Namen gekommen? Chen würde sich bestimmt nicht bei der Polizei melden; er wollte sie vorher finden. Andererseits hatten er und Ray miteinander gesprochen, beide hatten den anderen erwähnt. Chen hatte Ray erzählt, was im Auto passiert war.

Und Ray – Ray hatte es der Polizei gesagt. Sie konnte es nicht fassen, aber es war die Wahrheit. Er hatte sie verraten.

15

Er erinnerte sich an ihren Fuß, ihren Knöchel, ihre Schenkel. Er stellte den kleinen gelben Turnschuh auf das Armaturenbrett seines Pick-ups und fühlte sich plötzlich hundeelend. O Gott, wie ich Jin Li vermisse, dachte Ray, jeden Teil von ihr. Sein Wagen stand auf dem Parkplatz einer Scheckeinlösungsstelle gegenüber von Vic's Victorious Abwasserentsorgung. Der Betrieb war nicht mehr als ein seltsam geformtes, schmutziges Grundstück, das mit einem sechs Meter hohen, von Stacheldraht bekrönten Zaun geschützt wurde – und das alles für einen ramponierten Wohnwagen im hinteren Teil des Platzes und zehn riesige, fast identische Abwassertankwagen, die in einer unordentlichen Reihe abgestellt waren, einschließlich desjenigen, den Richie zwanzig Minuten zuvor hergefahren hatte. Hinter dem Wohnwagen erhob sich ein klobiger Zementbau, doch es war nicht erkennbar, ob er zum Betrieb gehörte. Es war kurz nach sechs, Feierabend, und die Zeit wurde knapp. Überall, dachte er, tickten die Uhren – eine für Jin Li, eine andere für seinen Vater und eine dritte stoppte die Zeit, die Richie brauchen würde, um paranoid zu werden.

Ein kleiner Mexikaner – eigentlich noch ein Junge – stand mit einem roten Schlauch auf einem der Trucks und ließ einen Strahl dampfend heißes Wasser in ein Ventil laufen. Aus einem anderen an der Unterseite lief eine trübe Brühe. Richie kam aus dem Wohnwagen und lief zu einem Pick-up; sein federnder Gang ließ vermuten, dass er Pläne hatte. Er rangierte vom Platz … und Ray folgte ihm. An der Ampel fuhr Ray dicht genug auf, um sich das Kennzeichen zu notieren. In dem Moment sah er, wie Richie in den Rückspiegel blickte. Ray klappte seine Sonnenblende herunter. Er wollte Richie nach Hause folgen.

Die Ampel stand immer noch auf Rot, doch jetzt schoss Richie über die Kreuzung und verfehlte nur knapp drei junge Mädchen, die mit dem Handy am Ohr den Zebrastreifen überquerten. An der nächsten Ecke bog Richie ab. Ray war wütend auf sich. Als die Ampel auf Grün schaltete, gab er Gas, doch als er um die Ecke bog und nach Richies Pick-up Ausschau hielt, war der verschwunden.

Sein Vater öffnete müde die Augen. »Der Bericht, wenn ich bitten darf.«

Ray gab ihm die Kurzversion.

»Ich dachte, du wüsstest, wie man jemandem unauffällig an den Fersen bleibt.«

»Wenigstens hab ich das Kennzeichen.«

»Reich mir das Telefon. Nein, zuerst gib mir ein bisschen illegalen Kaffee.«

Wenige Minuten später hatte sein Vater die alte Halbmondbrille auf, die er seit einem Monat nicht mehr getragen hatte, und zeigte mit einem knöchernen Finger auf eine Telefonnummer, die sein Sohn wählen sollte. Er hielt sich das Telefon ein Stück vom Ohr weg, schloss die Augen und bot eine Stimme auf, die Ray schon lange nicht mehr bei ihm gehört hatte. »Ellen, Ray Grant am Apparat ... nein, nein, alles bestens, danke.« Der Kaffee schärft ihm schnell den Verstand, dachte Ray. »Eine kleine Chemo und das war's, aber danke der Nachfrage. Hör zu, ich arbeite da privat an einem Fall und könnte ein bisschen Hilfe ... wir haben ein Kennzeichen und brauchen die Anschrift dazu.

Sicher, sicher, was denkst du denn von mir.« Er las ihr das Kennzeichen vor und wartete. »Ich kenne sie seit dreißig Jahren«, sagte er zu Ray. Er wandte sich wieder dem Telefon zu. »Sixth Street zwei? South Jamesport? So weit draußen?« Er nickte. »Großartig. Grüß alle schön.«

Sein Vater ließ das Telefon fallen und japste. »Der Kerl wohnt in der Pampa, am östlichen Ende von Long Island!«

»Dann fahr ich hin.«

Er sah Ray vorwurfsvoll an. »Diese Chinesen suchen die Schwester und nicht so einen beschissenen Tanklastfahrer!«

Was war auf einmal los? »Dad, Dad, ich breche morgen früh in ihre Wohnung ein.«

»Wie kommst du denn auf *die* brillante Idee?« Doch sein Vater wartete keine Antwort ab. »Jedenfalls reicht das nicht! Wird Zeit, dass du rauskriegst, was das Mädchen *denkt.*« Er zeigte mit dem Finger auf den eigenen Kopf und wackelte damit, als wäre er eine geladene Waffe, während er Ray, ohne mit der Wimper zu zucken und mit gebleckten Zähnen, anfunkelte. »Wenn du's nicht tust, tut's jemand anders! Ich will dir mal was sagen: Fakt, du musst dich wie der Teufel beeilen, du musst ab jetzt vielleicht zwanzig oder einundzwanzig Stunden *am Stück* arbeiten, trink Kaffee, gewinne einen Vorsprung, es ist ... dieses Vic's geht mir nicht mehr aus dem Kopf! Ich versteh's nicht, irgendwas ...« Sein Vater sah sich wild um, als wären noch andere Menschen im Raum, Schatten an der Tür. »Hey! Hey! Raus hier!« Er schaute Ray wieder an und winkte ihn zu sich, während er verschwörerisch flüsterte: »Ich hab das Gefühl, dass wir beide zusammen, du und ich, also, wir können ...» Sein Blick schweifte über Rays Schultern hinweg, und seine Augen waren entsetzt. »Nein, nein,

ich kann nicht«, brüllte er, »noch nicht! Ich hab meine Waffe dabei!« Er klatschte in Panik mit den Händen auf die Decke. »Ray, Ray! Schnapp sie dir!«
Doch Ray hatte nach dem Dilaudid-Gerät gegriffen und pumpte seinem Vater jetzt zwei Boli hinein. Binnen ein, zwei Minuten sah sein Vater ihn passiv an und teilte ihm mit stummen Lippenbewegungen seine letzten Spekulationen mit, bevor er die Augen verdrehte und mit offenem Mund und röchelndem Atem, dem Gestank des nahen Todes, ins Kissen sackte.

Neunzig Meilen verregnete Straße. Long Island, die größte Insel in Nordamerika, die sich am Ende gabelte. Die südliche Abzweigung führte zu den Hamptons, dem Teil der feinen Leute, die weiße Kleider zu teuren Sommerpartys trugen, die nördliche Gabelung hingegen gehörte traditionell der Arbeiterklasse, hier waren Farmer, Ladenbesitzer, pensionierte Polizisten und Feuerwehrleute aus New York beheimatet. South Jamesport war eine der ersten Städte auf der nördlichen Landzunge, wenn man nach Osten fuhr. Ray fand das Haus, einen kleinen Bungalow im Ranchstil an einer Straßenecke, mit Richies Pick-up in der Einfahrt. Wahnsinnsfahrt jeden Tag in die Stadt. Andererseits waren Typen wie Richie in ihren Trucks daheim.
Ray stellte seinen Wagen an einem Waldrand ab und lief auf der dunklen Straße zum Haus zurück. Was genau hatte er eigentlich vor? Er war sich nicht sicher. Er hatte eine kurze Brechstange in der Jacke, in erster Linie als Waffe. Außerdem hatte er einen batteriebetriebenen Elektrobohrer mit einem Sägeaufsatz mitgenommen. Fünf-Zentimeter-Hartmetallblatt, geht überall durch, bis es stumpf wird. Es war eine ruhige Wohngegend, das heißt, jeder lebte für

sich. Ray schlich sich hinter das Haus und fand ein Fenster. Richie saß in sauberen Sachen und mit nassen Haaren vor seinem Fernsehapparat. Auf der Armlehne seines Sessels stand ein Bier und eine Schüssel Haferflocken.

Kann man erkennen, ob ein Mann ein Mörder ist, nur indem man ihn beobachtet? Natürlich nicht, würde sein Vater sagen. Wenn du noch hundert andere Dinge über ihn weißt, dann vielleicht.

Das Telefon klingelte. Richie stellte den Ton des Fernsehers ab, schaute aber weiter auf den Bildschirm. »Ja«, sagte er. »Ungefähr zehn Minuten.«

Ray ging vorsichtig um das Haus herum. Eine Minute später kam Richie heraus, verströmte Aftershave-Geruch, stieg in den Truck und fuhr weg. Auf dem Weg zu seinem großen Date.

Jetzt oder nie, dachte Ray. Er überlegte, ob er in ein Fenster einsteigen sollte, doch ein Nachbar oder auch nur jemand in einem vorbeifahrenden Auto hätte ihn leicht sehen können. Dasselbe galt für die Haustür. Stattdessen kauerte er sich zwischen ein paar ungepflegte Buchsbäume und überlegte, wie er durch die Metallschiebetür in den Keller einbrechen konnte. Man schnitt ein Viereck von zehn Zentimetern aus, griff hinein und zog den Schieberiegel zurück. Die Hartmetallsäge leistete hervorragende Arbeit. Ein bisschen laut. Dreißig Sekunden lang. War nicht zu ändern. Das Stahlviereck fiel zu Boden, und Ray wartete, bis die Kanten abgekühlt waren, griff dann hinein und öffnete die Tür. Er schlüpfte hinein und ließ die Tür geräuschlos zufallen. Er fand einen Lichtschalter. Der Keller war mit Kartons, modrigen Kleidern, kaputten Möbeln, Sportausrüstung und leeren Bierflaschen vollgestopft. In einer Ecke stand ein Hometrainer zum Gewichteheben.

Ray knipste das Licht aus und huschte an einer Waschmaschine und einem Wäschetrockner vorbei, auf denen sich Kleiderberge türmten – die unverkennbar einen Kloakengeruch ausdünsteten –, und eine Treppe hinauf, die zu dem kleinen Wohnzimmer mit dem Breitbildfernseher führte. Sämtliche Lampen waren an. Das machte ihm Angst. Er ging weiter. Das kleine Schlafzimmer wurde von einem großen Bett eingenommen. Noch mehr schmutzige Wäsche. Ein paar Golfschläger auf dem Boden. In der Nachttischschublade fand er vier schmutzige Pistolen und mehrere Schachteln Munition. Er rührte sie nicht an.

Er steckte den Kopf in den Schlafzimmerschrank, aus dem ihm ein starker Geruch nach Schuhen entgegenschlug. Was mache ich hier eigentlich?, fragte er sich, wonach suche ich? Selbst wenn er annahm, dass Richie der Kerl war, der die mexikanischen Mädchen getötet hatte – pure Spekulation –, blieb die Frage, was diesen Fleischkloß in seinem billigen Schweinestall mit Jin Li, einer hochgebildeten, eleganten Chinesin verband, die neunzig Meilen westlich in Midtown Manhattan arbeitete.

Ich muss etwas finden, murmelte Ray. In der Küche öffnete er Richies Kühlschrank: Bier, Milch, Orangensaft, Batterien, ein Frischhaltebeutel mit nicht gekennzeichneten Tabletten, mehrere Packungen Muskelpulver, im Tiefkühlfach gute Steaks im Wert von vielleicht zweihundert Dollar und etwas, das wie eine riesige Ratte aussah, in einem Plastikbeutel.

Ein Geräusch? Nein. Doch! Ein Truck war mit dröhnenden Lautsprechern in die Einfahrt eingebogen. Ray war sich nicht sicher, ob er es noch bis zur Kellertreppe schaffen würde. Blindlings wich er zurück; ihm blieb die Wahl zwischen Richies Bade- und Schlafzimmer.

»… hätte saubermachen sollen«, hörte er Richie auf dem Weg ins Haus sagen.
»Mir gefällt's«, meldete sich eine Mädchenstimme. »Ist irgendwie gemütlich.«
Er entschied sich fürs Schlafzimmer und stolperte beinahe über einen Golfschläger. Wohin in einem so kleinen Zimmer? In den Schrank. Er öffnete ihn und tappte über einen Haufen Golfschuhe und Bälle. Er zog die Tür zu. Die Brechstange hatte er in der Jacke stecken. Sie war eine gute Waffe, aber nicht in einem Schrank.
Minuten vergingen, und Ray merkte, wie ihm die Glieder steif wurden. Vielleicht hätte er doch versuchen sollen, bis zur Kellertreppe zu kommen. Er hörte leises Gemurmel, ein wenig Musik. Das Licht im Schlafzimmer, merkte er, war an. Hatte er es angemacht? Er konnte sich nicht erinnern.
»… warten wir noch?«, hörte er Richie sagen, als er ins Schlafzimmer trat und offenbar das Licht ausknipste.
Es folgte ein Mädchen.
»Ich hab deinen grässlichen Drink noch mal neu gemacht.« Sie kicherte.
»Tatsächlich?«
»Ja, und zwar viel besser.«
»War ja auch nie auf der Barmixerschule. Komm her.«
»Gleich«, flötete sie. »Mir gefällt dieses Bett. Warte, lass mich nur eine rauchen. Der Zug fuhr im Schneckentempo, dabei war mir die ganze Zeit nach einer Zigarette. Trink du dein Glas, und ich rauche eine.«
»Ich dachte, die ist für hinterher.«
»Bringt mich in Stimmung. Dass ihr Kerle es auch immer so eilig habt.«
Ray roch die Zigarette. Er spürte einen Golfball unter den Füßen und schob ihn geräuschlos in einen Schuh.

»Wie lange wohnst du schon hier?«
»Seit vier Jahren.«
»Zur Miete oder Eigentum?«
»Miete. Hätte vor ein paar Jahren kaufen sollen.«
»Erzähl mal.«
»Aber du weißt doch, ich verdien ganz gut Knete und mit kleinen Jobs immer noch was nebenher.«
»Du hast mir nicht gesagt, ob du den Drink magst.«
»Sicher, ist gut.«
»Will ich dir geraten haben, sonst wäre ich beleidigt.«
»Also, das ist schon gut«, machte Richie einen Vorstoß.
»Das ist nicht zu eilig, oder?«
»Das fühlt sich gut an«, kam die Stimme wenig später.
»Willst du dich da umdrehen?«
»Du scheinst ja ganz schön entspannt zu sein«, sagte sie.
»Ich meine, das meiste von dir ist entspannt. Gibt Kerle, weißt du, die werden nervös ...wenn sie ihn zum ersten Mal aus dem Stall holen.«
»Sicher, mag schon sein.« Der begnadete Liebhaber, der angesichts seiner großen Verführungskünste demütig die Schultern zuckte. »Außerdem hab ich Heimvorteil.«
»Das ist wohl wahr. Willst du dich nicht auf den Rücken legen, und ich entspann dich?«
»Nix dagegen.«
»Zuerst musst du den leckeren Drink austrinken, den ich dir gemacht hab. War nebenbei gesagt ein ziemliches Stück Arbeit.«
»So gut?«
»Ja, brav. Und jetzt leg dich zurück ... gut ... hol tief Luft ... wohnst du schon lange hier?«
»Vier Jahre, schon vergessen? Na, komm schon, lass mal 'n bisschen Action sehen.«

»Behalt die Hose an, Junge, immer mit der Ruhe.«
»Dachte, du willst, dass ich die Hose ausziehe.«
»Sicher, auf jeden Fall.«
»Ich zieh sie aus.«
»Dann mal ran, Junge.«
Geräusche von Kleidern, einer Gürtelschnalle.
»Wie lange, sagtest du noch, wohnst du hier?
»So isses besser.«
»Gut.«
»Das machst du gut.«
»Entspann dich einfach, Richie.«
»Tu ich, sehr.«
»Gut, gut.«
»Und du?«
»Da bin ich.«
»Irgendwie müde.«
»Schon in Ordnung, es gefällt mir, hier mit dir zu liegen.«
Es war still im Raum. Eine Minute verging.
»Du …«, meldete sich Richie.
»Scht, schon gut.«
»Warte, warte … verdammt müde.«
»Scht, mach dir nix draus.«
»Hast du …? Ich bin sehr …«
Ray hörte Richies Atem. Er wurde langsamer, tiefer, und dann mischte sich ein rasselndes Schnarchen hinein. Von dem Mädchen hörte er nichts. Vielleicht war auch sie eingeschlafen.
Dann kam ein Triller von einem Handy. Das Geräusch erschreckte ihn, und er musste sich beherrschen, um nicht zu reagieren. Sie ging nach dem ersten Läuten an den Apparat.
»Hey, er schläft … du schuldest mir was. Ich musste seinen Schwanz anfassen! So was von ekelhaft. Was? Nein, die

Tür ist offen. Ich rühr mich nicht vom Fleck, für den Fall, dass er aufwacht. Komm einfach so schnell wie möglich her, okay?«

Sie legte auf. Mehr Zigarettenrauch.

Das Schnarchen war in ein tiefes sägendes Keuchen übergegangen, das auftankte und sich wieder entlud.

Ray versuchte, seinen eigenen Atem zu verlangsamen, und konzentrierte sich darauf, sich nicht zu rühren. Jemand würde ins Haus kommen, und das machte ihn nervös. Falls das Mädchen das Zimmer verließe, könnte er vielleicht zusehen, dass er wegkam. Das Zimmer hatte ein Fenster. Vielleicht ließ es sich leicht öffnen, vielleicht auch nicht. Er merkte, wie ihm ein Fuß wegrutschte, und zog ihn zurück. Hörte das Mädchen erst auf, den betäubten Mann auf dem Bett zu beobachten, würde sie sich umschauen und Ray entdecken. Selbst wenn sie ihn nicht bewusst hörte, konnte sie ihn spüren. Das war erwiesenermaßen so. Man konnte tibetische Mönche mit verstopften Ohren und einer Seidenschärpe vor den Augen in einen dunklen Raum führen, sie ein paarmal im Kreis drehen, während sie tief einatmeten, und sie konnten einem sagen, in welcher Zimmerecke vollkommen reglos ein anderer Mönch saß. Wenn man das einmal gesehen hatte, vergaß man es nicht.

Das Mädchen blieb im Dunkeln sitzen. Dann hörte er, wie sie eine Schublade aufzog.

»Waffen!«, flüsterte sie laut.

Schließlich öffnete sich die Tür zur Küche. Ray hörte die schweren Schritte durch die Wände.

»Hey, Sharon?«, sagte eine Männerstimme leise.

»Hier!«, flüsterte sie laut. »Hier drinnen!«

Die Schritte näherten sich der Tür. »Er ist wirklich hinüber?«

»Glaub schon.«
»Warte im Wagen.«
»Ich muss mir erst die Schuhe anziehen.«
»Hast du dich von ihm vögeln lassen?«
»Nein.«
»Ich glaube, doch.«
»Nicht im Traum, er ist widerlich.«
»Du hast seinen Schwanz berührt, Sharon.«
»Er hat mich dazu gebracht. Ich hab's für *dich* getan.«
»Ihm einen geblasen?«
»Nein, ich schwöre.«
»Du lügst, verdammt noch mal.«
»Nein, nein …«
»Jetzt geh schon und warte im Wagen.«
Sie verließ das Zimmer.
Ray hörte den bewusstlosen Mann laut atmen. Er glaubte, etwas wie Zimt zu riechen.
»Mieses Schwein.«
»Komm schon«, rief das Mädchen aus dem Flur, »was machst du da? Übrigens sind da Knarren in der Schublade, du eifersüchtiger Motherfucker.«
»Hast du sie angefasst?«
»Nein.«
»Steig endlich ins Auto!«
Sie ging. Ray hörte, wie die Gartentür sich öffnete und wieder schloss. Das Licht ging an. Zwischen den Schranktüren erschien ein schmaler heller Streifen. Er hörte, wie die Schublade aufgezogen wurde und wie die Waffen beim Herausholen aneinanderschlugen, dann das Klappern der Schachteln mit Munition.
»Hey, hey, du Arsch«, sagte die Stimme. »Sieh dich an, Richie, versuchst, mein Mädchen zu vögeln. Außerdem hast

du Scheiße gebaut, und jetzt hab ich die Schnauze gestrichen voll von dir.«

Aus dem Bett kam ein ganz leises grunzendes Geräusch, als hätte Richie diese Anschuldigung gehört und versuchte zu antworten.

Es folgte unheilvolle Stille. Dann kam ein peitschender Schlag.

Richie stieß einen irren, unartikulierten Laut aus. Der Golfschläger, dachte Ray. Noch ein Schlag, diesmal nasser, schrecklicher.

»Arschloch, hast sie deinen …!« Dann folgten zwei, drei, vier, sechs, acht Schläge in schneller, brutaler Folge, die jedes Mal wieder dieses nasse, klatschende Geräusch verursachten; der Angreifer atmete schnell, keuchte in seiner Raserei, ächzte von der Anstrengung. Die Schläge dauerten höchstens zwanzig Sekunden; Richie war längst nicht mehr in der Lage zu reagieren.

»Arrhh, du Arsch, du hast Scheiße gebaut«, keuchte die Stimme. »Ich hab's dir verdammt noch mal gesagt, Richie. Jemand ruft bei mir an, und dann is 'n Typ hinter dir her. Du hast absolut Mist gebaut, verfluchte Scheiße!«

Keine Reaktion.

Es schien eine bedachte Pause einzutreten – als wöge der Angreifer ab, was er als Nächstes tun wollte beziehungsweise tun musste. Dann prasselten die Schläge nieder, noch eine brutale Serie, nass-nass-nass, und Ray erkannte am Takt, dass der Schläger so schnell hochgerissen wurde, wie er niederging, zehn-fünfzehn-zwanzig Mal oder öfter, während der Täter sich ächzend und stöhnend in einen wütenden Rausch hineinsteigerte und immer wieder lustvoll zuschlug. Dann hörten die peitschenden Geräusche ebenso schnell auf, und der Schläger flog mit einem Knall an die Wand. Schritte entfernten sich durch die Tür, durch die Küche und aus der Haustür. Ray hörte einen Wagen anfahren und verschwinden.

Stille.

Er roch Blut.

Warte nur noch eine Minute, sagte er sich. Geh auf Nummer sicher. Schließlich drückte er die Schranktür auf und stolperte mit tauben Beinen auf den Boden hinaus, wobei er auch Golfbälle und Schuhe mitriss. Auf dem Bett lag Richie, das Gesicht war nur noch eine blutige Masse – keine Nase, keine Wangen, ein Loch, das einmal ein Mund gewesen war. Sein glattrasiertes Kinn hatte sich in die Luftröhre gedrückt, und die längliche, runde Form seines Kopfes war insgesamt flach geschlagen. Fast jeder Schlag hatte Richies Gesicht getroffen und seinen Schädel ausgehöhlt. Die wenigen Hiebe, die ihn verfehlt hatten, waren auf das nasse Kissen geprallt und hatten dort Abdrücke hinterlassen. In dem kurzen Zeitraum, in dem Richies Gehirn noch Informationen an sein Herz hatte liefern können, hatte die linke Herzkammer durch die Aorta Blut nach oben gepumpt, das durch das zertrümmerte Gesicht ausgetreten war und jetzt der Spur jeder kleinen Falte und jedes Abdrucks auf der Bettdecke folgte. Wenn der Herzschlag aussetzte, flossen die Körperflüssigkeiten von oben nach unten, was bedeutete, dass noch eine Weile Blut und andere Flüssigkeiten aus Richies zerschlagenem Kopf sickern würden. Seine zertrümmerte Stirn war schon jetzt zu einer Mischung aus Violett und Weiß verblasst, wo das Fleisch bereits ausgetrocknet war. Aus den hervorquellenden Augen traten blinde Tränen einer zähen Substanz.

Richie hatte nicht die geringste Chance gehabt, seine entblößte Leiche lag immer noch in einer Tiefschlafhaltung auf der Decke ausgebreitet – die Hände ausgebreitet, die Schuhe abgestreift, die Boxershorts schief unter dem weichen Bauch, ein Blitzstrahl auf dem Hüftknochen eintätowiert. Die Nachttischschublade neben ihm war aufgerissen. Auf dem Boden lag der blutige Golfschläger, der jetzt in der Mitte verbogen war. Das Blut war an Wände und Decke gespritzt. Die Polizei würde keine Mühe haben, den Tathergang zu rekonstruieren.

Die Polizei. Die Detectives vom Suffolk County wussten, was sie taten, und es würde nicht lange dauern, bis ein Trupp am Haus einträfe. Zweifellos hatten Richies Mörder und das Mädchen überall Spuren hinterlassen – ihre Abdrücke am Glas und so weiter –, doch vielleicht würden sie dafür eine Erklärung finden; sie hätten Richie am frühen Abend besucht. Ray war der Fremdkörper in Richies Leben. Also machte er sich jetzt daran, im Keller einen Chlorreiniger zu finden, einen Lumpen damit nass zu machen und die Oberflächen abzuwischen, die er angefasst hatte. Chlorreiniger vernichtete DNA. Eine nervenaufreibende Angelegenheit; er musste sich jeden einzelnen Schritt im Haus ins Gedächtnis rufen. Er merkte, wie ihm der Schweiß in den Achseln stand. Natürlich hatte er Haut- und Haarpartikel zurückgelassen, besonders im Schrank. Die Cops würden Hunderte Wischproben von den verschiedensten Flächen nehmen. Außerdem war irgendwo seine DNA gespeichert; die Zentrale benötigte sie für den Fall, dass sie seine sterblichen Überreste identifizieren mussten.

Er zwang sich, einen Staubsauger zu suchen, und saugte den Schrank aus, dann jeden Ball und jeden Schuh, bevor er sie wieder hineinwarf. Das Problem war, dass feine Blutspritzer und -flecken überall auf dem Boden waren und er darüberlief. Blut an meinen Schuhen, das in die feinsten

Kratzer und Risse an den Sohlen sickert, dachte er, ich muss sie loswerden. War auch nicht gerade hilfreich, den toten Richie im Rücken zu haben, der irgendwie zuzusehen schien. Er knipste das Licht im Schlafzimmer aus, damit nicht ein Nachbar hereinschaute und die gesichtslose Leiche auf dem Bett liegen sah. Er zog den Staubsaugerbeutel heraus und warf ihn zusammen mit dem Chlorreiniger und dem Lumpen in einen Müllsack, den er durch den Keller und die Eisentür mit nach draußen nahm.

Er ließ die Tür leise zufallen und war sich bewusst, dass er die anderen Lichter im Haus nicht ausgeknipst und auch nicht überprüft hatte, ob die Haustür abgeschlossen war. War das gut? Er konnte es nicht sagen. Doch die Tatsache, dass er in die Kellertür eingebrochen war, beunruhigte ihn. Das würde suggerieren, dass Richies Mörder über den Keller hereingekommen war. Die Polizei würde die Kanten, an denen das Metall herausgesägt worden war, genauestens untersuchen und keinerlei Verwitterung erkennen. Ray hatte, ohne es zu wollen, eine falsche Fährte gelegt – die zu ihm führen konnte. Er wusste, dass die Farbe an dem Harteisenblatt zu der an der Metallschiebetür passen würde. Noch etwas, das er loswerden musste, schärfte er sich ein. Schuhe und Sägeblatt. Und die Säge selbst. Der Farbstaub musste auch in den Motor eingedrungen sein; das hätten sie mit Hilfe ihrer Tests in fünf Minuten raus. Warte mal! Auch an seinen Kleidern hatte er zweifellos die passenden Farbstaubpartikel. Schuhe, Beutel, Säge, sämtliche Klamotten, weg damit.

Er kehrte an den Waldrand zurück und rechnete irgendwie damit, dass jeden Moment die ersten Streifenwagen kämen. Die Zikaden zirpten unaufhörlich, es lag eine warme, sanfte Brise in der Luft. Er klatschte auf einen Moskito. Ein

Wagen fuhr vorbei. Er hatte Richies Mörder nicht gesehen. Vielleicht hätte ich aus dem Schrank springen und ihn aufhalten sollen, dachte Ray. Doch der Kerl schwang voller Mordlust einen Golfschläger. Diese Entschuldigung stellte Ray nicht ganz zufrieden. Er hätte das Überraschungsmoment auf seiner Seite gehabt. Es hätte zumindest die Möglichkeit bestanden, Richie zu retten. Und was dann? Er hätte mit dem Kerl kämpfen müssen. Er meinte sich zu erinnern, dass der Mann die Waffen aus der Schublade genommen hatte, so hatte es geklungen. Ja, das Mädchen hatte ihm von den Knarren erzählt, und er hatte nichts Eiligeres zu tun gehabt, als die Schublade zu öffnen. Waren die Waffen geladen? Falls ja und Ray wäre aus dem Schrank gesprungen, hätte der Mann herumwirbeln und ihm ins Gesicht schießen können.
Vielleicht war es tatsächlich besser gewesen, im Schrank zu bleiben.
Als er seinen Truck erreichte, zog er die Stiefel aus, damit kein Blut an die Pedale und die Fußmatte kam. Ich bin umsichtig, dachte Ray, aber irgendwas macht mir zu schaffen, etwas, das ich übersehen habe. Er warf die Schuhe und die Säge zusammen mit seiner Jacke in den großen Plastiksack und band ihn zu, bevor er ihn auf die Ladefläche seines Trucks warf. Er hätte den Beutel hier entsorgen können, doch er wollte eine andere Stelle suchen und vielleicht sogar den Inhalt einzeln loswerden.
Ich denke wie ein Krimineller, dachte Ray. Er saß in seinem Truck und zwang sich, tief einzuatmen. Ich hätte dazwischengehen können, gestand er sich ein. Er konnte der Polizei nicht viel über den Mord erzählen. Ich kenne seinen Namen nicht, ich hab nie sein Gesicht gesehen. Doch das Mädchen hieß Sharon. Sie konnten Sharon und dann den

Mörder finden. Doch Sharon konnte einfach sagen, sie sei die ganze Nacht, zusammen mit dem Mörder, woanders gewesen. Ray war derjenige ohne Alibi. Selbst wenn die Cops ihm glaubten, würde er ihnen alles erzählen müssen, bis hin zu den Chinesen und wie er in den Abwasserrohren herumgekrochen war. Sie würden ihn wahrscheinlich verhaften, da er in diesem Fall auch noch mit dem Mord an den Mexikanerinnen in Verbindung stand. Je seltsamer die Geschichte, desto wahrscheinlicher, dass die Polizei die Handschellen zuschnappen ließ, um den Spinner von der Straße zu bekommen. Er überlegte, ob er seinem Vater von Richie erzählen sollte. Der Vorteil wäre, dass sein Vater dann besser verstehen würde, wie gefährlich die Lage war. Doch er würde sich vielleicht auch Sorgen machen. Er würde vielleicht zu dem Schluss kommen, die ganze Sache an seine alten Kollegen bei der Kripo New York abzugeben, um den Ärger los zu sein. Und dann würden sie Ray verhaften, egal, wer sein Vater war.

Nein, nein, dachte er, ich kann Dad nicht davon erzählen. Der Mann kann nicht mit dem Bewusstsein auf dem Sterbebett liegen, dass sein Sohn des Mordes verdächtigt wird. Er machte den Motor an und wendete auf der dunklen Straße; er konnte der Versuchung nicht widerstehen, auf dem Weg zum Highway noch einmal am Haus vorbeizufahren. Seit er aus dem Schrank getaumelt war, war – wie viel? – eine Stunde oder mehr vergangen. Er näherte sich dem Haus und wunderte sich, dass er es nicht sehen konnte.

Dann sah er es doch. Die Lichter waren aus, alle.

Erschrocken trat Ray aufs Gas und sauste davon. Die Lichter. Er hatte sämtliche Lichter angelassen, doch jetzt waren sie aus. Nein, warte – im Schlafzimmer hatte er es ausgemacht. Falls der Mörder zum Haus zurückgekehrt war, um das Licht auszumachen, hatte er diese Veränderung bemerkt? Oder das Chlor gerochen? Die Blutspuren auf dem Teppich gesehen? Vielleicht sogar das Loch in der Kellertür?

Ich weiß von ihm, dachte Ray, aber er jetzt auch von mir.

Die Rückfahrt in die Stadt hatte ihn erschöpft, und er hatte Angst – was bei ihm selten war. Richie tot und derart zugerichtet zu sehen, hatte ihn fertiggemacht und einiges von den alten Dingen wachgerüttelt, von denen er geglaubt hatte, sie schlummerten fest verschnürt und sicher im hintersten Winkel seines Bewusstseins. Der alte verdammte Mist in seinem Kopf. Das üble Zeug. Er musste es schnell wieder zur Ruhe bringen und hinter einem Nebel verschwinden lassen. Dazu brauchte er mehr als ein Bier. In Pakistan hatte er ein paarmal Opium geraucht, war jedoch nie danach süchtig geworden. Um Mitternacht, fiel ihm ein, reinigte Gloria die Dilaudid-Pumpe.

Also wartete er am Bett seines schlafenden Vaters. Gloria ging in die Küche, um alles vorzubereiten, und in dem Moment zog Ray schnell den Shunt aus dem intravenösen Tropf im Arm seines Vaters, steckte ihn in den Nadelschlauch, den er aus dem Arzneimittelbehälter der Schwester gestohlen hatte, und stach ihn sich ins eigene Handgelenk. Dann drückte er auf den Bolusknopf. Die Maschine gab ihm die letzte verfügbare Extradosis des Vierundzwanzig-Stunden-Zyklus ab. Das Gerät zeichnete auf, wie oft der Patient auf den Knopf drückte; falls die Schwester das überprüft hatte, fand sie es vielleicht heraus.

Als die Droge seinen Blutkreislauf erreichte, spürte er einen warmen Druck. Er zog den Shunt heraus und steckte ihn wieder in die Kanüle seines Vaters. Weder für ihn noch für seinen Vater bestand eine Infektionsgefahr, da der Schlauch nur das sterile Plastik berührte. Dann zog er behutsam die Kanüle aus dem eigenen Arm und steckte sie sich in die Gesäßtasche. Gloria kam zurück, warf einen kurzen Blick auf ihn, schaltete das Gerät ab, trennte es von dem Schlauch im Arm von Rays Vater und nahm den Apparat mit in die Küche.

Ray sank schwer in den tiefen Sessel neben dem Bett. Wie von ferne kam ihm der Gedanke, dass sein Vater sich in den Wochen, seit er Dilaudid bekam, daran gewöhnt hatte, während er selbst über keinen solchen Schutzmechanismus verfügte ... egal ... das Zeug zeigte allmählich Wirkung ... warme Wogen tauchten ihn in einen dumpfen Freudentaumel ...

Welche Phantasmagorien geisterten einem Mann in einem Morphiumtraum durch den Kopf? Sah er etwas, das nie geschehen war? Oder durchlebte er noch einmal, was er vergessen wollte? Gaukelte einem das Bewusstsein in den glühendsten Farben die lieblichsten Szenen vor oder entfesselte es die schlimmsten Schreckensvisionen? Knüpften die jüngsten Eindrücke (der tote Richie) und Gedanken (ich hätte ihn retten können) sowie Gerüche (Blut) an vorangegangene Erinnerungen an? Löste ein Alptraum den nächsten aus? Möglicherweise ... Kamen die Geräusche zurück ... das Dröhnen über ihnen, als sie im Kellergeschoss nach Menschen suchten, die hinter verklemmten Feuerschutztüren eingeschlossen waren? Wickham, der Funker, Ray, der mit der Taschenlampe die dunklen Flure absuchte, nachdem überall der Strom ausgefallen war. Sie hatten ihre Uniformen aufgeknöpft und liefen in ihren

schweren Stiefeln und Helmen durch den Keller ... dieses Geräusch ihrer Schritte hallte ewig in ihm nach, die letzten Schritte bevor ... bevor Wickham stehen geblieben war und den Kopf schiefgelegt hatte ...
Hörst du das?
Nein. Warte. Doch.
Ein unheilvolles Grollen.
Raus hier.
Wickham nickte. Er richtete die Taschenlampe auf einen langen Flur voller Versorgungsleitungen. Da lang.
Das Grollen wurde lauter. Die Betondecke riss.
Sie stürzt ein!
Sie rannten so schnell es in ihrer schweren, klirrenden Ausrüstung möglich war, so dass die Strahlen ihrer Taschenlampen auf- und niederhüpften. Die horizontalen Rohre in der Decke zerbrachen wie Stöcke, und das Wasser schoss aus ihnen hervor. Von hinten holte sie eine Staubwolke ein, dann kam Rauch. Sie zogen sich die Masken vors Gesicht. Ray folgte Wickham. Sie bogen um eine Ecke. Dort blockierten Betonbrocken den Weg.
Wickham hinter seiner Maske.
Die Sammelleitung zerbarst.
Sie blieben stehen. Ray stellte sein Funkgerät an.
Löschzug zehn, Trupp Alpha, wir sind unten im Versorgungsgang, westlicher Teil des Untergeschosses, eingeschlossen.
Keine Antwort.
Jetzt blies ihnen eine nicht endende Wolke Staub und Schutt entgegen. Irgendwo über ihnen war ein gewaltiger Druck entstanden.
Wickham sagte etwas in den Lärm hinein ... Wickham zog ihn eng an sich heran und brüllte ihm etwas ins Ohr.

Unter einen T-Stoß. *Stahlbeton.*
Ray nickte. Sie leuchteten die Decke ab. Der Staub war so dicht, dass sie beide Lampen brauchten. Ray packte Wickham, und sie hielten sich fest, bis sie im Korridor einen T-Stoß gefunden hatten. Sie hockten sich darunter. Ray schaltete sein Funkgerät ein. Alles, was er hören konnte, war ein gewaltiges Dröhnen. Keine Stimmen. Nur irgendwo ein Mikrofon, das auf Empfang stand.
In zehn Metern Entfernung stürzte die Decke ein – genau an der Stelle, an der sie eben gestanden hatten. Sie fiel platt wie ein Pfannekuchen auf den Boden. Dann krachte ein weiterer Teil fünf Meter von ihnen entfernt herunter und traf mit solcher Wucht auf, dass ihnen Betonsplitter wie Schrapnells um die Ohren flogen. Sie lagen flach unter dem Eisenträger.
Es geht los!
Sie hörten das Dröhnen über sich, fühlten, wie der Boden bebte. Dann brach er unter ihnen ein, Ray packte Wickham, und aneinandergeklammert stürzten sie kreiselnd durch die dröhnende Dunkelheit. Ray schlug auf etwas Heißem auf, das sich durch seinen Schutzanzug und das T-Shirt brannte. Das heiße Ding glitt an seinen Bauchmuskeln entlang und verkohlte ihm augenblicklich das Fleisch. In fassungsloser Qual stöhnte er auf, ebenso wie Wickham, und sie fielen von diesem heißen Ding aus noch einmal zwei Meter tief. Ray landete auf dem Rücken, Wickham mit dem Gesicht nach unten auf ihm – so schwer, dass er ihn zu erdrücken drohte. Ray konnte sich nicht rühren; er hatte den Gestank von brennendem Gummi und brennendem Fleisch in der Nase, sein Bauch war eine einzige Qual, als ob sich tausend Messer auf einmal in ihn bohrten.
Über ihm wand sich Wickham. Oh! Nein! Nein!

Ein Zischen.
Ein Stöhnen. Schnappen nach Luft. Wimmern. Nein. Nein, bitte nicht.
Wicks …
Rays linker Arm war unter seinem Rücken eingeklemmt; Wickham lastete auf ihm.
Etwas, das in der Dunkelheit brannte und zischte.
Brennendes Fleisch.
O Gott, bitte, bitte … Nicht mehr, bitte, Gott, Mutter Gottes … ich flehe dich an! … Nein, nein … Molly, es – es tut mir leid … oh … oh.
Wickham lag mit dem Kopf auf Rays Brust, sein Körper zuckte. Ray tastete mit der rechten Hand zu Wickhams Kopf, fühlte den Helm, das Visier der Schutzmaske, und glitt mit der Hand weiter den Nacken hinunter, ertastete die Schulter, dann den Arm hinab seine Hand und drückte sie.
Molly!
Ich sag's ihr, versprochen. Keine Sorge.
Er ließ Wickhams Hand los und versuchte zu fühlen, was sie beide niederdrückte. Ihm taten die Rippen weh. Er tastete mit dem Handschuh Wickhams Rücken hinunter, bis er auf das Eisenrohr stieß, das Wickham das Rückgrat gebrochen hatte. Es war so heiß, dass es sich bei der geringsten Berührung durch Rays feuerfesten Handschuh fraß, und er riss die Hand zurück, als seine Fingerspitzen angesengt wurden. Er führte die Hand wieder zum Rumpf zurück und fand die Taschenlampe, die unter ihm eingeklemmt war. Er schaltete sie an und starrte auf einen Betonträger zehn Zentimeter über seinem Gesicht. Wenn er das Kinn auf die Brust drückte, sah er von oben auf Wickhams Helm und Schulter und dahinter das Rohr, das gar kein Rohr war, sondern ein Starkstromkabel, bei dem die

Isolierung durchgeschmort war und das sich immer noch tiefer in Wickhams Rücken hineinbrannte, wo es auf seinem Weg Knochen und Fleisch zerkochte.
Jede Bewegung war die reine Hölle, am Rücken, den Rippen, im Bauch, doch am Ende drückte Ray noch einmal Wickhams Hand.
Keine Reaktion.
Oh, Wicks, was soll ich nur Molly sagen?
Er merkte, dass seine Schutzbrille verstaubt war, und wischte sie ab. Er fand die Taschenlampe wieder und hob den Kopf weit genug an, um zu sehen, dass er und Wickham zwischen zwei riesigen gerissenen Betonblöcken eingeklemmt waren, die sich übereinandergeschoben hatten. Als er den Lichtstrahl hin und her schwenkte, sah er eine unfassbare Landschaft aus Schutt, der sich wie Packeis ineinanderschob: etwas, das wie ein Autoteil aussah, Stromkabel und Blechplatten, aufgeplatzte und zerdrückte Zylinder mit unbekanntem Inhalt, tropfende Wasserrohre – alles dicht zusammengepresst in dem zerklüfteten, sechzig Zentimeter hohen Hohlraum zwischen den Betonblöcken. Alles, was größer gewesen war, hatte die Wucht des Einsturzes auf dieses Maß zusammengedrückt. Sechzig Zentimeter boten, wenn man es recht bedachte, so gerade eben Platz für zwei Männer, die aufeinanderlagen.
Mit Hilfe der Taschenlampe fand er sein Funkgerät und schaltete es ein.
Löschzug zehn, Trupp Alpha.
Keine Antwort. Er knipste es aus. Was ist noch von meinem Bauch übrig?, fragte er sich. Er schloss die Augen. Die Enge in seiner Lunge. Die Schmerzen in den Rippen. Die schlechte Luft, die sich immer mehr mit Staub füllte. Er wackelte mit dem rechten, dann mit dem linken Fuß. Er

spürte seinen linken Arm nicht mehr, der unter seinem Rücken klemmte, auch wenn ihm der Schmerz in der Schulter sagte, dass das Gelenk stark überdehnt war. Der Druck von Wickham … er konnte nicht tief einatmen. Er merkte, wie ihm eiskalt wurde, der eintretende Schock. Möglicherweise hatte er innere Verletzungen abbekommen, die er noch nicht spürte.

War er ohnmächtig geworden?

Offenbar ja. Es fühlte sich nass zwischen den Beinen an. Er hatte uriniert, während er bewusstlos war.

Wickham schmiegte sich über ihm jetzt weich an seinen Körper. Ray tastete nach dem heißen Kabel und berührte es mit dem Handschuh. Es hatte sich abgekühlt.

Er versuchte, sich unter Wickham herauszuwinden, doch das war unmöglich. Es war zu eng. Er bekam nicht genug Luft. Er konnte seine Brust nicht ganz ausdehnen; er konnte seine Lunge nicht ausschöpfen. Falls sich der Schutt über ihnen auch nur wenige Zentimeter setzte, würde ihn Wickham erdrücken. Sein Fleisch würde aufplatzen. Vielleicht war es schon so weit. Jetzt stieg in ihm eine klaustrophobische Wut auf Wickham hoch, der verzweifelte Überlebenswille. Das andere Problem bestand darin, dass in seinem linken Arm die Blutzirkulation beeinträchtigt war; früher oder später würde das Schwellungen auslösen und das Gewebe würde absterben.

Offensichtlich hatte dieses Flugzeug, das hineingeflogen war, einen Teil des Turms zum Einsturz gebracht, was ihn verwunderte; das Gebäude war so konstruiert, dass es einen direkten Aufprall vertragen konnte. Der Löschzug war in neun Minuten da gewesen und hatte den Tausenden von Menschen, die vor Panik wie benommen waren, die Feuertreppen hinuntergeholfen.

Das schien jetzt lange her.

Es würde viele Stunden, wenn nicht Tage dauern, bis sie ihn hier herausholten, wenn überhaupt.

Er merkte, dass er dehydriert war. In der Tasche seiner Uniformjacke befand sich eine Wasserflasche, doch die war unter ihm eingeklemmt. Noch ein Grund, weshalb er unter Wickham weg musste. Mit aller Macht zog er seinen linken Arm heraus, umklammerte Wickham dann wie eine Tanzpartnerin, der plötzlich die Beine versagen, nahm alle Kraft zusammen und zog ihn gegen den Widerstand des Zementträgers über ihnen Zentimeter für Zentimeter beiseite, was mehrere Minuten dauerte. Dann endlich konnte er den schweren, fast in zwei Hälften gespaltenen Rumpf von sich abwälzen, so dass genügend Raum blieb, um ihn knapp einen Meter weit wegzuschieben. Im Strahl der Taschenlampe sah er Wickhams offene, von Staub bedeckte, stumpfe Augen.

Er fühlte, wie der Druck von seiner Brust und seinem Bauch wich. Ein gewaltiger Unterschied.

Er konnte jetzt richtig atmen. Er keuchte mit geschlossenen Augen. Seine Rippen taten weh. Als ihm das Blut wieder ins Gehirn schoss, pochte ihm der Kopf. Vielleicht konnte er jetzt auch die Beine bewegen. Er zog eins nach dem anderen an, um festzustellen, ob ihnen etwas fehlte. Sie waren in Ordnung, oder? Nein, eins tat weh. Ihm tat, um genau zu sein, eine Menge weh, besonders da, wo ihm die Vorderseite seines Bauchs weggebrannt war.

Der Schmerz fuhr ihm nach oben und nach unten und mitten durch ihn hindurch, und er musste sich zwingen, nicht aufzugeben, was er aber trotzdem tat; er spürte, dass er kurz davor war, das Bewusstsein zu verlieren. Ihm wurde klar, dass er dringend Wasser brauchte. Wasser würde ihn retten, falls es Rettung für ihn gab. Unbeholfen zog er Wickhams Feuerschutzjacke auf und fand die Wasserflasche darin, einen vollen Liter. Die Hälfte davon trank er. Er tastete noch einmal die Tasche ab und fand zwei Päckchen Erdnussbutterkekse. Das war Wickham, allzeit bereit. Er aß die Kekse langsam und spülte sie mit dem restlichen Wasser herunter.

Dann untersuchte er, indem er die Taschenlampe darauf richtete, seine Verbrennungen. Das Fleisch war bis in den Muskel hinein versengt und sonderte Blut sowie Lymphe ab, die sich wiederum mit den Flüssigkeiten von Wickham und dem Staub vermischt hatten, der auf allem lag. Keine Ahnung, was ich da machen soll, dachte Ray. Er fand seine eigene Wasserflasche und überlegte, ob er die Wunde ausspülen sollte. Andererseits brauchte er das Wasser vielleicht. Außerdem konnte es passieren, dass er die Wunde reinigte und sie sich trotzdem infizierte. Bei Brandopfern, so viel wusste er, hing das Überleben vom Prozentsatz der gesamten Hautoberfläche ab, die betroffen war. Seine Verbrennungen waren tief, aber nicht groß. Er beschloss, das Wasser aufzusparen.

Dann schaltete er den Funk ein. Trupp zehn, Trupp zehn, bitte kommen.

Keine Antwort.

Gab es überhaupt keinen Funkkontakt mehr?

Offenbar.

Er horchte auf entfernte Stimmen über ihm, auf schwache Sirenen, irgendwas. Nichts.

Er spähte zu Wickham hinüber. Wäre Ray oben gewesen, wäre er jetzt tot.

So einfach war das. Da er unter Wicks gelandet war, hatte er überlebt.

Was für ein Glück ich hatte, dachte Ray. Mehr Glück kann man gar nicht haben.

Der fast leblose Feuerwehrmann, den die Rettungstrupps sechzehn Stunden später aus den Trümmern bargen, wurde mit Polizeieskorte bei Höchstgeschwindigkeit ins St. Vincent's Hospital gefahren, nachdem man ihm an beiden Hand- und Fußgelenken intravenöse Kanülen mit Salzlösung gelegt hatte. Seine Nasenhöhlen und die Speiseröhre waren vom Zementstaub verstopft. Sein Herz schlug nur noch schwach, ein Mal alle zwei Sekunden. Neben seinen schweren Verbrennungen dritten Grades und der Sepsis, die sich schnell eingestellt hatte, wurden ein kollabierter Lungenflügel, Frakturen am Schienbein, an neun Rippen, einem Rückenwirbel und einem Finger der linken Hand, Knorpelverletzungen an der linken Schulter und eine gerissene Milz diagnostiziert. Als er zwei Tage später erwachte, saßen seine Mutter und sein Vater neben ihm. Der Präsident würde Afghanistan angreifen, erzählten sie ihm, der Krieg gegen den Terror hätte begonnen.
Eine Stunde später erschien der stellvertretende Rechtsbeauftragte der Feuerwehr in seinem Zimmer und schloss die Tür hinter sich. Der kleine, dicke Mann mit dem weißen Haar zog sich nahe an Rays Kopf einen Stuhl heran. Wir müssen uns ein wenig unterhalten, Feuerwehrmann Grant. Ich entschuldige mich dafür, Sie, kaum dass Sie bei Bewusstsein sind, damit zu behelligen. Aber wir müssen eine wichtige Sache klären. Ray nickte vage, was hätte er auch sonst tun sollen. Wir sehen keinen Grund, weshalb seine Frau Molly erfahren sollte, wie schrecklich Feuerwehrmann Wickham leiden musste. Sie hat den Leichnam größtenteils gesehen. Das war schlimm genug. Wir haben ihn von un-

seren eigenen Leuten herrichten lassen, bevor das Bestattungsunternehmen kam. Wir haben ihr gesagt, dass er schon tot war, bevor er so furchtbar verbrannte. Wir mussten ihr irgendetwas erzählen, aber wir wollen nicht, dass irgendjemand die Einzelheiten erfährt. Die Einsatzzentrale hat über dreihundert Mann verloren, Feuerwehrmann Grant. Wir werden noch wochenlang Leichen bergen. Als Mitglied der Bruderschaft der Feuerwehrleute erteile ich Ihnen die Order und als Ehrenmann bitte ich Sie, niemals über das Leiden von Feuerwehrmann Wickham und seine Verletzungen zu reden. Die Männer, die Sie und Wickham fanden, wurden alle zum Schweigen verpflichtet. Sie brauchen also nicht zu fürchten, dass andere darüber sprechen, und falls doch, so wird die Feuerwehr nie etwas anderes dazu sagen, als dass Feuerwehrmann Wickham in heroischer Pflichterfüllung gestorben ist. Niemand braucht zu erfahren, dass er von einem heißen Kabel fast in zwei Hälften gebrannt wurde. Das würde die Angehörigen verstören und außerdem, angesichts von so viel Leid, die Moral der Männer untergraben. Zusätzlich zu Ihren eigenen Verletzungen und Ihrem Trauma wird dies also eine große Bürde für Sie sein. Das ist mir bewusst, das ist der Leitstelle bewusst. Außerdem bitte ich Sie, es niemals Ihrem Vater zu sagen, nicht weil er Ihr Vater ist und nach allem, was ich höre, ein sehr ehrenwerter Mann, sondern weil er Polizist ist, und Sie kennen ja das recht schwierige Verhältnis zwischen Polizei und Feuerwehr in dieser Stadt. Sie sollten auch wissen, dass ein Zeitungsreporter in der Nähe war, als Feuerwehrmann Wickhams Leiche geborgen wurde, und er stellte eine Frage, aber wir haben uns kurz mit ihm unterhalten. Ich gehe davon aus, dass der wahre Sachverhalt dereinst mit Ihnen sterben wird, dass Sie niemals gegenüber irgendjemandem darüber

sprechen werden. Schon gar nicht mit den Medien. Sind wir uns einig, Feuerwehrmann Grant?
Ja.
Feuerwehrmann Wickhams Leiden war ein heiliges Opfer, das man nicht durch die öffentliche Diskussion beschmutzen oder herabsetzen sollte. Ist das zwischen uns geklärt?
Ja.
Sind Sie sicher? Einschließlich Ihres Vaters?
Ja.
Sie schüttelten sich die Hand.
Er blieb sechs Wochen im Krankenhaus und konnte nicht zu Wickhams Beerdigung, bei der sein mit Flaggen drapierter Sarg, wie es Tradition war, auf einem Tanklöschzug stand, während die Reihen seiner Brüder in ihren blauen Festuniformen nachfolgten.
Hatte er die ganze Nacht in dem Sessel verbracht? Er schlug die Augen auf und spürte die steifen Glieder. Bin ich vorher schon mal aufgewacht?, fragte sich Ray. Ich hatte das Gefühl. Er war benommen. Er brauchte Kaffee, Zucker, irgendetwas.
»Haben Sie Ihren kleinen Trip genossen?«, fragte Gloria, die gerade am Aufbrechen war.
»Meinen Trip?«
»Ihren kleinen Drogentrip.«
Er schüttelte den Kopf und blinzelte. »Das haben Sie gewusst?«
»Natürlich.«
»Aber nichts gesagt?«
Sie weckte seinen Vater und hielt ihm das Frühstück auf einem Tablett hin. »Was war da noch zu sagen, als das Zeug erst mal in Ihrem Arm war, nur, dass ich Sie melden werde, wenn Sie das noch einmal machen.«

Ray richtete sich auf.
»Außerdem hatte ich das Gefühl, dass Sie mich nicht ohne Grund ausgetrickst haben.«
Er streckte sich noch ein wenig. Sein Kopf schien mit Sand gefüllt.
»Höchst bedauerlich«, krächzte sein Vater, der die Augen geöffnet hatte.
»Was, wieso?«, fragte Ray.
»Dieses Haus verfügt im Obergeschoss über viele bequeme Betten, für die ich hart arbeiten musste«, erwiderte sein Vater. »Ich hätte mir gewünscht, dass du in einem davon schläfst.«
»Mir geht's gut.«
»Na ja, während du geschlafen hast, habe ich für dich gearbeitet.«
»Tatsächlich?«
»Sicher.«
»Und?«
»Du hast gesagt, du wolltest in ihre Wohnung gehen?«
»Ja.«
»Bekommt sie dort Post?«
Ray überlegte. Er erinnerte sich an verschlossene Briefkästen im Eingangsfoyer des Hauses.
»Ja.«
»Hatte sie da normales Telefon, einen Festnetzanschluss?«
»Ja. Vor allem für internationale Telefonate mit ihrer Mutter.«
»Und ein Handy? Sie ruft sicher nicht per Handy in China an.«
»Ja.«
»Zwei Telefonanschlüsse«, bemerkte sein Vater, »mit einem Abrechnungszeitraum von dreißig Tagen. Zwei Rech-

nungen in dreißig Tagen. Handy- und Festnetzrechnungen kommen gewöhnlich getrennt, jedenfalls bei mir.«

»Sie ist seit ungefähr fünf Tagen verschwunden.«

»Falls die Rechnungen mit einem perfekten Abstand von fünfzehn Tagen zugestellt werden, dann stehen die Chancen eins zu drei, dass in ihrem Briefkasten eine neue Rechnung steckt, auf der zu sehen ist, wen sie angerufen hat. Das könnte sich als sehr nützliche Information erweisen. Die einzige andere Methode, daran zu kommen, ist eine gerichtliche Vorladung.«

»Eins zu drei ist keine schlechte Chance.«

»Könnte besser, aber auch schlechter sein.«

»Vielleicht lässt sie sich die Post nachsenden.«

»Nein.« Sein Vater verzog das Gesicht. »Leute, die um ihr Leben rennen, machen das nicht. Außerdem erfordert das eine Fahrt zum örtlichen Postamt. Man muss eine neue Adresse angeben. Sie hatte keine neue Adresse.«

»Vielleicht hat sie ihre Briefe auf postlagernd umgestellt.«

»Nein!«

»Ich versuche nur, an alle Eventualitäten ...«

»Nein! Der Anschlag war nachts. Sie ist geflohen. Die Post öffnet erst um acht Uhr morgens. Da war sie längst über alle Berge.«

Vielleicht, dachte Ray. Aber eins zu drei war ziemlich gut.

»Dann breche ich also in ihr Wohnhaus ein. Ich hab noch meine alten Feuerwehrschlüssel.«

»Und brich vor allem in ihren Briefkasten ein.«

»Einfach so.«

»Ja«, bekräftigte sein Vater und winkte Gloria mit dem Frühstück heran. »Verflucht, Mann, möglicherweise steht das Leben dieses Mädchens auf dem Spiel.«

16

Was genau ist der Marine Park Athletic & Social Club of Brooklyn, New York? Rechtlich gesehen eine gemeinnützige Organisation, der zufällig das Grundstück wie auch der Wohnwagen von Victorious Hauling & Septic gehört, Vorläuferfirma der Victorious Septic Services, Vorläufer der noch nicht in Konkurs gegangenen Firma Vic's Victorious Sewerage, die sich für dreißig Jahre einen Pachtzins von hundert Dollar pro Jahr gesichert hat. Klare Sache, sollte man meinen. Auf dem Stadtplan erscheint der Marine Park Athletic & Social Club als unregelmäßig geformtes Grundstück auf einem Deponiegelände in der Nähe des Dead-Horse-Meeresarms in der Jamaica Bay. Das Baseballfeld, die Spielerbänke und ein kleines Clubhaus werden von den Sommerliga-Teams intensiv genutzt, von denen die meisten mit den umliegenden katholischen Schulen verbunden sind. Als gemeinnützige Organisation zahlt der Club nur eine reduzierte Grundsteuer. Zu einem guten Drittel wird das Grundstück von der Abwasserfirma genutzt, ein schlammiges Gelände mit Tanklastern, einem als Büro genutzten Wohnwagen und einem riesigen, zweistöckigen Betonblock, der ursprünglich die Bestände eines überregionalen Farbenherstellers lagerte. Nach einem Gutachten, wonach dieses Grundstück durch Tausende undichte Farbtöpfe eine hohe Umweltbelastung darstellt, wurde es in den sechziger Jahren des letzten Jahrhunderts für einen Dollar verkauft mit der Auflage, dass der neue Eigentümer für künftige Schäden und Risiken die vollständige Haftung übernimmt. Der Präsident des Marine Park

Athletic & Social Club, ein gewisser Victor Rigetti jr., ist auch der Haupteigentümer von Vic's Victorious Sewerage. Bekanntermaßen engagiert sich die Firma auch in kommerziellen Bereichen, die mit ihrer staatlichen Lizenz herzlich wenig zu tun haben, wie etwa dem Ankauf von steuerfreiem Heizöl bei mehreren Lieferanten, der Bereitstellung von Parkplätzen für die Tankwagen besagter Lieferanten, sowie von Lagerfläche für »Discount«-Textilhändler, die ihre Bestände für einen befristeten Zeitraum unterbringen wollen, und so weiter. Zu dem riesigen Lagerhaus gehören drei nebeneinanderliegende Lkw-Garagen sowie eine Reihe fensterlose Räume an der Rückseite. Eines der Kabuffs dient der Unterbringung von Gerätschaften und eingeschränkt verwendbaren Chemikalien wie starken Lösungs- und Reinigungsmitteln und diversen anderen Substanzen, die im Abwasserbeseitigungsgeschäft Verwendung finden. Das zweite ist mit zwei Hochbetten, einer Toilette, einem Waschbecken, einem Kühlschrank sowie einem illegalen Ofen ohne Entlüftung ausgestattet. Das dritte scheint als Lagerraum für Reifen und Motorersatzteile zu dienen, doch wenn man weiß, wo man suchen muss, was so gut wie niemand tut, dann findet man hinter Stapeln von Lkw-Reifen eine einen Meter zwanzig große, quadratische Bodenklappe, unter der sich eine modrige Treppe verbirgt. Diese führt tief hinunter in einen kleinen, schlecht beleuchteten Raum, in dem sich eine Badewanne, ein Stuhl, eine angefressene Matratze, ein Stapel Ketten und ein Schlauch befinden.

Man könnte ihn als einen nie benutzten Atombunker bezeichnen, der in der Atomkriegsparanoia der fünfziger Jahre entstanden ist, oder auch als ein sporadisch genutztes Verlies – ganz nach Belieben, beides wäre richtig. Ist die Bodenklappe erst wieder zu, gerät jeder, der auch nur ansatzweise an Klaustrophobie leidet, in diesem fensterlosen, unterirdischen Raum in größte Panik, weil offensichtlich wird, wie klein er ist. Trotzdem gibt es dort Licht (eine nackte Glühbirne, die mit einer Kette angeknipst wird) und Strom, und der Raum verfügt über fließendes Wasser. In der Mitte befindet sich ein Bodenablauf, der in einen illegalen Abwassertank unter dem Verlies mündet. Der Belüftungsschacht dieses Raums wurde mit Bedacht nicht in die Lagerhalle darübergeführt, sondern durch die Wände direkt zum Dach. Auf diese Weise gelangen etwaige übelriechende Ausdünstungen aus diesem Raum in eine sichere Höhe über den Menschen, wo sie sich sofort mit den Dieselabgasen der Lastwagen vermischen, die das Grundstück frequentieren. Bei der Badewanne handelt es sich übrigens um ein elegantes, altmodisches Modell aus Emaille, das sich durch seine Unempfindlichkeit gegenüber Säuren und Lösungsmitteln empfiehlt. Kurz unterhalb des oberen Wannenrands wurde ein Loch gebohrt, durch das ein Rohr in die Wanne führt, das sich bei näherem Hinsehen als Kupferleitung erweist, inzwischen grün oxidiert ist und am anderen Ende in den Bodenabfluss mündet. Bei der weiteren Inspektion dieses Raums stellt man fest, dass die Wasserleitung aus der Wand dreierlei unterschiedlichen Zwecken dient: An einem handelsüblichen Zapfhahn ist ein Schlauch befestigt, der ordentlich in der Ecke aufgerollt liegt; zum Zweiten wird ein Schlauch mit kleinerem Durchmesser direkt in den Bodenabfluss geleitet, und ein dritter, ähnlich dünner hängt direkt in die Badewanne. Die Absperrhähne, die das Hauptrohr mit den kleineren Schläuchen verbinden, sind so verschweißt, dass ihr Anschlag fixiert ist: Man kann nur eine begrenzte Menge Wasser durch die Schläuche führen.

Hat man das Rohr- und Schlauchsystem durchschaut, ist einem klar, dass die Wanne langsam mit Hilfe der Wasserleitung aufgefüllt wird. Im gleichen Maße wird der Inhalt über das Rohr am oberen Wannenrand durch das Kupferrohr in den Abfluss geleert und diese Flüssigkeit zusätzlich über den zweiten Wasserschlauch verdünnt, der in den Boden führt.

Die Wanne, sei bemerkt, ist voll, mit einer dunklen rötlich braunen Suppe. Der Wasserzufluss tröpfelt vielleicht vier, fünf Liter pro Stunde hinein, und dieselbe Menge der bräunlichen Suppe verlässt die Wanne über den Abfluss, um dort über den zweiten Schlauch mit Wasser verdünnt zu werden.

Neben der Wanne stehen rund ein Dutzend Kanister mit diversen Lösungsmitteln, Säuren und ätzenden Schmieren, einige leer, andere halb voll, der Rest noch ungeöffnet. Zu jedem dieser Kanister gehört spezifisches Zubehör: ein Messbecher aus Glas, ein Blechschäufelchen für trockenes Pulver, eine Stahlschöpfkelle für die Schmiere. Die saubere Anordnung der Kanister und der Utensilien lässt auf Gewohnheit und eine planmäßige, umsichtige Vorgehensweise schließen.

Steht man zu nah an der Wanne, verursacht dies tränende Augen und wenig später einen keuchenden Husten sowie Benommenheit. Der Chemiegestank, der aus der Wanne steigt, ist schlimm genug, um einen davon abzuhalten, selbst mit Gummihandschuhen in die trübe Brühe zu greifen, doch wenn man es täte, stellte man nicht nur fest, dass es aufgrund der wärmeproduzierenden Eigenschaften der chemischen Prozesse heiß ist, sondern man stieße auch auf zwei Dutzend Metallösen, wie man sie üblicherweise an den Arbeitsstiefeln von Männern findet, außerdem auf ein

Paar weiche Einlegesohlen, eine Reihe Zahnplomben, ein Stück Kiefer, ein paar glitschige, chemisch veränderte Hautfetzen, darunter vielleicht auch einen mit einem Blitz-Tattoo darauf, eine Handvoll Wirbel, deren vorstehende Spitzen und Flügel von den Chemikalien bereits abgerundet sind, zwei Schulterblätter, ihrer Größe nach männlich, sowie ein vollständiges Becken, das ebenfalls von einem großen, kräftigen Mann stammt und nach wenigen Stunden im Chemiebad aussieht, als hätte es zehn Jahre an einem Strand gelegen. Binnen weniger Tage werden sämtliche Knochen und die gesamte Haut verschwunden sein, so dass am Ende nur die Gummisohlen, die Zahnfüllungen und ein undefinierbares, sandiges Granulat übrig bleiben. Dieser Bodensatz, darf angenommen werden, wird mit einem Papiertuch weggewischt und in einer eigens zu diesem Zweck bereitliegenden McDonald's-Tüte bei einer örtlichen Filiale der Restaurantkette entsorgt. Das Wasser wird noch viele Stunden lang in die Wanne träufeln und nach und nach sämtliche Spuren beseitigen. Anschließend werden fünfzehn Liter Bleiche ins Wasser gegossen, die ihrerseits langsam abfließen wird.

Bilden das von Vic's Victorious Sewerage benutzte Gebäude und Gelände die greifbaren Vermögenswerte des Marine Park Athletic & Social Club of Brooklyn, New York, dann liegt ohne Zweifel im Baseballfeld mit seinen Zuschauerbänken entlang der Third-Base-Linie der größte nicht bezifferbare Wert des Clubs. Nicht zu beziffern wegen des Ansehens und des Spielvergnügens. Jeden Sommer wacht Victor Rigetti über seine Mannschaft, die Vic's Marine Park Angels, die sich auf dem Feld mit ihren Gegnern messen. Seine Jungs sind eine bunte Mischung, voller Außenseiter, Straffälliger, Dumpfbacken und Schwabbelbäuchen, doch in den meisten Jahren gewinnen sie zwei Drittel der Spiele, wobei sie gewöhnlich von einem Pitcher Unterstützung bekommen, der von einer Elitemannschaft eingekauft oder gestohlen wurde. Die Väter der Jungen sind oftmals die Eigentümer lokaler Firmen und auch anderweitig miteinander bekannt, und so ist es unmöglich, die Gespräche zu belauschen, wenn man nicht selbst auf jenen Aluminiumbänken sitzt.

Victor Rigetti allerdings kennt jeden, der dort seinen Platz hat, und sollte sich einmal der Vater eines Spielers aus dem gegnerischen Team in der irrigen Annahme, die Bänke seien für jeden da, dorthin verirren, dann zeigen ihm eisige Blicke und entsprechendes Schweigen, wo er hingehört. Victor ist ein großer, gutaussehender Mann mit vollem schwarzem Drahthaar, mit breiten Schultern und kräftiger Brust. Bei der Arbeit trägt er im Allgemeinen eine Carhartt-Jacke und dunkelblaue Arbeitshosen zu Timberland-Stiefeln, die er drei Mal im Jahr gegen neue tauscht. Sauber, stets sauber. Fingernägel, Haar, Zähne, Uhr, Auto, Haus, alles sauber. Rührt die Scheiße nicht mehr an, nein danke. Das war einmal. Das ist Sache der Fahrer und ihrer Helfer. Er führt das Geschäft. Es hat seine Höhen und Tiefen, meistens Tiefen, doch er erweitert seinen Geschäftsbereich, möchte die Tankstelle an der Kreuzung Avenue J und Flatbush kaufen, muss sich nur noch etwas einfallen lassen, wie er den türkischen Eigentümer so verschrecken kann, dass er ihm den Laden verkauft. Der Kerl macht einen riesigen Reibach, ohne was dafür zu tun. Auch der angrenzende Mini-Markt ist eine Goldmine. Die Leute tanken nicht nur Benzin, sondern auch jede Menge billigen Fraß. Die Kinder schreien nach Süßigkeiten. Vic hat dagestanden und zugesehen, wie es Dollar regnete. Die Benzinpreise werden weiter steigen, besonders wegen der Chinesen. Bauen da drüben wie die Wahnsinnigen Autos. Wer in Brooklyn eine Tankstelle hat, ist ein gemachter Mann. Und eine amerikanische Tankstelle sollte einem Amerikaner gehören und keinem Scheißtürken. Eine Menge von diesen Außenseitern stehlen Leuten wie ihm in Brooklyn die Butter vom Brot – Leuten, deren Familien seit Generationen geschuftet haben. Plötzlich stürzen sich diese anderen dunklen Menschen aus aller Herren Länder wie Aasgeier auf respektable Firmen. Bei ihm haben die nichts gut, und er passt genau auf, was passiert. Er vergisst nie. In Marine Park kommst du dir vor wie in Südamerika. Die Mexikaner, na schön, die taugen als Malocher, zum Beispiel am Bau. Auch wenn er festgestellt hat, dass sie sich in den Steinhandel drängen. Die amerikanischen Schwarzen spielen in Brooklyn kaum noch eine Rolle, von den Ausländern vertrieben, so wie's aussieht. Kann ihn nicht abschrecken. Er arbeitet hart und hat einen Plan. Stellt was dar, das weiß er. Steht da wie 'ne Eins, beantwortet Fragen, weiß eine Menge. Kennt einen Haufen Leute unterschiedlichster Art. Weiß, was zu tun ist, und macht es, ohne zu murren, wenn es nötig ist. Ist er ein gesetzestreuer Bürger? Von welchen Gesetzen reden wir? Die Männer fürchten ihn im Allgemeinen. Die Frauen sind unentschieden. Das Basisangebot finden sie attraktiv – die Größe, das männliche Gesicht, das volle Haar –, doch sie spüren etwas an ihm, das ihnen nicht geheuer ist. Sie machen sich aus dem Staub. Er hat nie geheiratet, war auch nie interessiert, hatte es nie nötig. Er hat immer eine Muschi auf Abruf, gewöhnlich eine jüngere Frau, eine Fickmaschine, wie er sie nennt, die noch nicht viel weiß und es aufregend findet, mit einem älteren Typen abzuhängen. In den Bars von Brooklyn ist der Nachschub an Fickmaschinen unerschöpflich. Italienerinnen, Irinnen, Polinnen, Puertoricanerinnen und so weiter. Haben sie auch noch eine schlechte Beziehung zu ihren Vätern, sind sie besonders leicht rumzukriegen.

Natürlich läuft da auch noch die Sache mit Violet, das ist eine ganz und gar andere Geschichte, und er versteht sie selber nicht.

Als Präsident des Marine Park Athletic & Social Club bestimmt Vic, wer auf den Baseballplatz darf und wer nicht, wer von März bis Oktober sechs Tage die Woche spielen darf. Und da kommen aus der ganzen Gegend einige zusammen. Auf diese Weise ist das Spielfeld eine ganz natürliche Kulisse für Gespräche. Man trifft sich, unterhält sich, über Wichtiges oder auch nicht. Man kann solche Gespräche führen, während man augenscheinlich nur da ist, um die Mannschaft anzufeuern, und solche wichtigen Gespräche kann man in ein halbes Dutzend belanglose Plaudereien einfließen lassen, die den Spielverlauf, die Qualität der Schiedsrichter, die Reflexe der Infielder und vieles mehr betreffen mögen. Im Verlauf eines solchen Gesprächs hatte Victor sich vor ein paar Wochen eine Offerte von Jimmie »Ears« Molissano angehört. Ears rückte nicht damit heraus, wer sich seinerseits an ihn gewandt hatte. Es gab ein Problem, eine Lösung musste her. Auch wenn das Problem allenfalls in Andeutungen umrissen werden konnte, musste man über die Lösung sprechen, und Ears sagte, er hoffe, dass Victor und einer seiner besten Leute, jemand wie Richie, bereit sein würden, einem gewissen Auto mit gewissen Angestellten einer gewissen Firma zu folgen und ihnen Bescheid zu stoßen. Er würde ihnen noch die Einzelheiten mitteilen, wie sie den Wagen in Midtown finden würden, der fast jede Nacht zum Strand kurz hinter dem Belt Parkway fuhr, besonders bei schönem Wetter. Es sei kein schwieriger Job, sagte Ears, und gewisse Leute würden sich erkenntlich zeigen.

»Ich weiß solche Dankbarkeit zu schätzen«, hatte Vic gesagt, »aber was ich wirklich brauche, sind ein paar Freunde, die mir dabei helfen, die Tankstelle zu bekommen.«

»Genau dabei können meine Freunde dir helfen.«

»Jemand muss mit diesem Türken an der Flatbush reden.«

»Die können mit ihm reden, die können ihn beeinflussen.«

»Vage Versprechungen bringen mir wenig. Du weißt, dass ich seit bald fünf Jahren ein Auge auf die Tankstelle habe. Das Ding hat vier Zapfinseln. Der Kerl kann sechzehn Wagen gleichzeitig abfertigen. Die Leute tanken da auf, bevor sie nach Jersey rausfahren oder an die Küste oder sonst wohin. Will mir einfach nicht in den Kopf, wie sie sich so eine Goldmine unter den Nagel reißen können, kaum dass sie hier gelandet sind. Macht mich stocksauer, geht mir mächtig auf den Geist.«

»Verstehe.«

»Nein, nein, Ears, du verstehst nicht. Du verstehst nicht, wie der Türke das gemacht hat, und du verstehst nicht meinen Frust. Du hast den Holzplatz von deinem Vater übernommen, du hast leichtes Spiel. Ich, also, ich verlang ja nicht viel. Wenn ein paar von deinen Jungs mit ihm Tacheles reden und er bereit ist, an mich zu verkaufen, dann bin ich vollauf zufrieden. Er verkauft, ich kaufe.«

»Vielleicht gehen wir mal zu ihm, auf ein Wort unter Freunden.«

»Das Abwassergeschäft hat seine Grenzen, verstehst du? Ich bin bereit, in eine andere Branche einzusteigen.«

»Ich möchte noch mal auf die andere Sache zurückkommen. Wenn es anständig gemacht wird, dann reden wir von

zwanzig Mille«, hatte Ears gesagt, wie sie da zusammen auf den Alubänken saßen. »Wenn es richtig läuft.«
»Zwanzigtausend ist ein Schuhputzerlohn. Wie viel fällt für dich ab?«
»Hey, Vic, halt an dich.«
»Sag's mir.«
»Der Job ist fünfunddreißig wert. Ich nehm mir weniger als die Hälfte.«
»Fünfundzwanzig.«
»Shit.«
»Fünfundzwanzig, und ich lad dich in einen Club in der City ein und spendier dir ein paar Tänzchen, wie wär's? *Und* – du steckst dem Türken, wie der Hase läuft.«
Ears sagte nichts, sondern schlug ein. »Richie löhnst du selber?«
Victor nickte. »Also gut, lass mehr hören.«
»Leichtes Spiel«, hatte Ears gesagt. »Ihr hängt euch in Midtown, Nähe Rockefeller Center an einen Wagen. Ein kleiner Toyota mit Kennzeichen aus Georgia. Es werden ein paar Angestellte einer Schredderfirma drin sitzen.«
»In die Branche sollte ich einsteigen«, unterbrach ihn Victor.
»Das ist kniffliger, als du denkst«, antwortete Ears. »Die Schreddermobile sind teuer und brauchen eine Menge Wartung. Jedenfalls folgt ihr diesem Wagen. Er fährt nach Brooklyn. Sehr oft bis zum Strand. Jedes Mal auf denselben Parkplatz. Fast jede Nacht. Die Insassen machen ein bisschen Party, rauchen einen Joint, so was in der Art. Dann taucht ihr auf.«
»Und machen was?«
»Stoßt ihnen Bescheid.«
»Und worin besteht der Bescheid?«

»Ihr sagt nichts. Ihr terrorisiert sie.«
»Wer sitzt in dem Wagen? Haben die Knarren?«
»Nein, nein, zwei, drei Mexikaner. Keine Knarren.«
»Ich terrorisiere Mexikaner?«
»Wir wollen ihnen eine Heidenangst einjagen. Wir wollen, dass sie nie wieder zur Arbeit gehen. Wir wollen ihnen stecken, dass sie von dem, was sie gemacht haben, ab sofort die Finger lassen.«
»Aber ihr wollt nicht, dass ich mit ihnen rede?«
»Nein, die eigentliche Nachricht kommt auf andere Weise. Ihr müsst ihnen nur ordentlich Angst einjagen.«
»Irgendwelche besonderen Wünsche, wie ich das mache?«
»Nein.«
»Soll ich kreativ werden?«
»Mir scheißegal, wie du es machst, Hauptsache, am Schluss ist keiner mehr da, der plaudern kann.«
»Ihr wollt, dass hinterher nichts geredet wird?«
»Ja. Wir wollen, dass lange Ruhe herrscht. Eine Ewigkeit sozusagen. Aber keine Ballerei. Keine Knarren.«
»Aber ihr wollt diese Leute tot sehen.«
»Wir wollen sie für immer zum Schweigen bringen.«
»Scheiß auf deine Geheimniskrämerei. Ich möchte für immer volle Kassen an der Tankstelle sehen, dass wir uns da richtig verstehen. Und wo wir schon beim Stichwort Terrorisieren sind, ihr seid sicher, dass das keine islamistischen Motherfucker sind? Mit der Scheiße will ich nämlich nichts zu tun haben, wir haben inzwischen alle möglichen abgefahrenen kleinen Moscheen in Brooklyn, man weiß nie, wo die Brüder stecken. Hab gehört, die bauen Bomben.«
»Nee, nur ein paar Mexikaner in Dienstuniformen. Brauchst nichts zu sagen, musst sie nur zu Tode erschrecken. Ihrer ganzen Organisation einen Denkzettel verpassen.«

Und das tat er. Er steckte Richie in einen alten, ramponierten Tanklaster mit gestohlenen Nummernschildern, an dem die Firmenbeschriftung abgeschabt war. Das Ding fuhr kaum noch, und er musste es sowieso verschrotten. Sie hatten eine Abwassertankladung aus Queens ausgetauscht. Er hatte seinen eigenen Pick-up Ecke Sixth Avenue, Fourty-Eighth in Manhattan geparkt, einen Anruf bekommen, dass der blaue Toyota mit einem Kennzeichen aus Georgia, das mit H7M anfing, sich die Fifth Avenue hinunter in Bewegung gesetzt hatte. Victor war langsam zur Fifth gefahren und hatte links in die breite Straße gespäht. Außer Frontscheinwerfern war nichts zu erkennen gewesen, doch zu so später Stunde gab es auf der Avenue nicht viel Verkehr. Er hatte keinen hinter sich, und so blieb er bei Grün stehen und wartete, bis der Verkehr auf der Fifth Richtung Downtown bei Rot zum Stehen kam. Es dauerte nicht lang, und er hatte den zweitürigen Toyota entdeckt. Kinderspiel. Kaum war er vorbei, fuhr er bei Rot über die Ampel. Er folgte ihm nach Süden, dann in die Canal Street, dann weiter östlich über die Manhattan Bridge, von dort aus auf dem Brooklyn-Queens-Expressway und dem Belt Parkway Richtung Bay Ridge, Bath Beach, Gravesend. Der Wagen blieb auf der rechten Spur, fuhr zugleich vorsichtig und ungeübt, bei wechselndem Tempo. Die meiste Zeit hielt Victor einen sicheren Abstand, dann fegte er vorbei, um sich die Insassen anzusehen. Das Auto hatte getönte Scheiben, man sah nicht viel. Er glaubte, zwei, vielleicht auch drei Gestalten zu erkennen, und fing einen Fetzen Musik aus dem Fensterspalt auf. Er drosselte das Tempo, ließ den Wagen vorbei, einen weiteren überholen und hängte sich dann wieder daran, während er zum Handy griff und Richie anrief. Richie wartete mit dem Truck und wusste, wie er zu dem Parkplatz kam. Und dann – nun ja, Victor erinnerte sich nur zu gut, was als Nächstes kam. Die Gestalten im Wagen schlugen wie wild gegen die Scheiben. Zu blöd, dass es Mädchen waren. Damit hatte er nicht gerechnet. Das hätte Ears ihm sagen müssen, doch er war klug genug gewesen, es zu verschweigen. Denn dann hätte Vic den Job nicht übernommen. Doch die Sache war nicht mehr zu ändern, er musste es zu Ende bringen. Sie hatten den alten Tanklaster in derselben Nacht nach Riverhead rausgefahren und am Morgen die Ladung abgelassen; dann waren sie nach Queens gefahren, hatten die Nummernschilder abmontiert und das Ding für vierhundert Dollar an einen Schrotthändler verhökert. Verdammt billig, da stellt man keine Fragen. Der Kerl war nur an dem Tank interessiert, der Rest kam auf den Schrottplatz. Der Laster war weg, für immer, zu Granulat zerkleinert auf einem Schüttgutwaggon nach Pennsylvania zum Recyceln gegangen.

Doch Victor hatte kein gutes Gefühl. Dieser seltsame Anruf, der ihm sagte, dass Unbekannte wussten, was er getan hatte. Der ebenso merkwürdige Anruf von Richies »Cousin«. Richie hatte nie einen Cousin erwähnt. Und wie Richie sich benommen hatte … als wüsste er, dass etwas im Busch war. Und wie ein paar von den mexikanischen Arbeitern zu Vic rüberschielten. Das gefiel ihm nicht. Er roch, dass es ein Problem gab.

Doch das Schlimmste war gestern Nacht das gelöschte Licht im Schlafzimmer gewesen. Auch da hatte er richtiggelegen. Jemand war im Haus gewesen. Hatte mit Chlorreiniger saubergemacht, war mit dem Staubsauger durchgegangen. Nachdem er mit Sharon gegangen und bevor er zurückgekommen war. Es roch nach Chlor. Bevor er Richie in den Sack steckte, hatte er das ganze Haus inspiziert. Ein Loch in der Kellertür gefunden, das war der entscheidende Punkt. Jemand war dagewesen. Um Richie auszuspionieren, hatte nichts Gutes im Sinn, wusste, was passiert war.

Und darüber wollte er jetzt mit Ears reden, grundsätzlich. Die Bänke am Spielfeld waren wie immer der beste Ort dafür. Im Freien. Sicher, zwanglos. Also hatte er an diesem Morgen angerufen, und jetzt erschien Ears am Rand des Rasens, hielt sich die Hand über die Augen und kam langsam zu den Bänken geschlendert. Ein großer Mann mit großen Ohren, Händen und Knien. Mit einem zum Platzen dicken Bauch. Fettwanst, du hast 'ne mächtige Wampe. Da schwabbelten die Krakauer Würste und die Nudeln und das Bier und die Steaks und die Muscheln à la Marinara herum, als wäre sein Bauch eine Waschmaschine mit einem kleinen Bullaugenfenster. Einmal hatte er als Kind eine Katze in Mutters Waschmaschine gesteckt, hatte ihr, als sie tot war, den Kopf abgeschnitten und einem der anderen Kinder in die Lunchbox gepackt. Nett. Du warst ein netter Junge, hatte seine Mutter gesagt, dabei wussten sie beide, dass sie log. Ich war niemals nett, sinnierte Victor, ich hatte nie eine Chance.

Jetzt kam Ears die Treppe zu den Bänken hoch.

»Hey.«

»Verfluchte Knie«, sagte Ears, während er sich setzte. »Seit wann komme ich zu dir?«

»Seit ich dich darum gebeten habe.«

»Sagen wir, wir sind uns zufällig über den Weg gelaufen.«

»Du kannst sagen, was du willst.«

»Was ist los? Was soll die Tour? Ich weiß, dass heute Abend Zahltag ist.«

»Jemand ist hinter mir her, Ears.«
»Wer?«
»Keine Ahnung. Einer von deinen Leuten?«, fragte Victor.
»Keiner von meinen Leuten, sonst wärst du schon tot.«
»Vielen herzlichen Dank.«
»Diese Mädchen sind tatsächlich gestorben.«
»Allerdings«, sagte Victor.
»Aber nur zwei Mexikanerinnen.«
»Hast du Richie irgendwo gesehen?«, fragte Victor. »Er war heute nicht auf der Arbeit.«
»Nee.«
»Ich glaube jedenfalls, dass derjenige, der das angeleiert hat, irgendwie nervös wird. Angst hat, dass es auf ihn zurückfällt.«
Ears zuckte die Achseln. »Meinst du? Wie kommst du darauf?«
»Wie gesagt, jemand weiß was.«
»Und was hat das mit deinem lieben alten Freund Ears zu tun?«
»Du sollst mir sagen, von wem der Auftrag kommt.«
»Ursprünglich? Keine Ahnung. Kam aus heiterem Himmel, vom Mond, von den Sternen.«
Victor starrte ihn an. »Von wem hast du es, Ears?«
»Du weißt, dass ich das nicht beantworten muss.«
»Ich hab da so 'ne Theorie.«
Ears zuckte die Achseln.
»Jemand ist hinter mir her. Wie hat er mich gefunden? Jemand will mich reinlegen. Vielleicht ist er auf meine Tankstelle scharf, verstehst du?«
»Komm schon, Victor, das klingt, ja, wie? Ein bisschen durchgeknallt, findest du nicht?«
Victor rührte sich nicht, antwortete nicht. Vielleicht wuss-

te Ears etwas, vielleicht auch nicht. Jemand schnüffelte herum. Kein Cop, sondern jemand anders. Jemand, der für jemanden arbeitete. Jemand, von dem du noch nie gehört hast, Victor, genau das, wovor du schon immer Angst hattest. Schien sich auszukennen. Das gefiel Victor nicht. Außerdem hatte er das Gefühl, dass Ears genau wusste, was los war. Victor fertigmachen, um sich die Tankstelle selber unter den Nagel zu reißen. Mit dem Mörder dann ab die Post nach Florida, auf Nimmerwiedersehen. Unlösbare Sache, jetzt, wo Richie aus dem Weg war.

»Weißt du was?«, sagte Victor.

»Ja?«

»Du hast recht, ich bin ein bisschen durchgeknallt. Paranoid.«

»Sag ich doch.« Ears nickte. »Ich sag doch, mach dir keine Gedanken.«

»Jedenfalls haben wir heute Nacht ein kleines Rendezvous.«

»Ich werd das Geld dabeihaben. Ein paar nette Mädchen auch.«

»Wann? Zehn, elf?«

»Verflucht, bei mir darf's heute spät werden. Frau und Kinder sind bei ihrer Mutter.«

»Mitternacht?«

Ears stand auf, um zu gehen. »Man sieht sich.«

Victor schüttelte ihm die Hand. Fest, keine halben Sachen. Und nickte dazu. Unerschütterlich. Die Vertrauensbasis stärken. Das ist das allerletzte Mal, dachte er.

17

New York gefällt mir, dachte Chen, als er an den Pferdedroschken vorbeikam, die an der Ecke des Central Park auf Touristen warteten. Jetzt kann ich verstehen, weshalb die Leute gern hierherkommen, sogar aus China. Natürlich konnte New York sich nicht mit Shanghai vergleichen, das war klar. New York war alt, wurde kraftlos, und bald wäre Shanghai die größte Stadt der Welt. Beweise? New York hatte nicht mal das World Trade Center wiederaufgebaut, dabei war es schon viele Jahre her, seit es zerstört worden war. In Shanghai hätte die Regierung diese Gebäude in einem Jahr neu hochgezogen, und zwar größer. Doch das war nicht anders zu erwarten, denn Chinas Wirtschaft wuchs drei Mal schneller als die in jedem anderen Land und würde binnen zehn, fünfzehn Jahren die führende Macht der Erde sein. Besonders seit Amerika sich im Irak verschliss. Er wusste, dass manche glaubten, Russland würde ein Comeback erleben, weil es Öl hatte und weil der Klimawandel seiner Landwirtschaft zugute käme, doch er war in Moskau und St. Petersburg gewesen und hatte den Eindruck gewonnen, dass die Russen schwächelten und zu viel tranken. Außerdem hatten sie Probleme mit Drogen. Er war auch schon in Städten wie Paris, London, Berlin oder Rom gewesen und war aus eigener Anschauung zu der Überzeugung gelangt, dass diese Städte einen langsamen Tod starben und sich mit Shanghai nicht messen konnten. Aber der wahre Grund war natürlich, dass die Asiaten intelligenter waren als die Weißen. Alle Tests belegten das, das wussten auch die Amerikaner, weshalb sie

asiatische Immigranten ins Land holen wollten. Um den Durchschnitt anzuheben. Um sich mit China zu messen!
Chen lief am Südrand des Parks entlang in Richtung des Time-Warner-Gebäudes. Später würde er bei Saks ein bisschen shoppen. Er hatte drei Freundinnen, alle mit derselben Kleidergröße, und er hatte beschlossen, alles dreifach zu kaufen und es unter ihnen aufzuteilen. Natürlich bekam man alles, was man in New York kaufen konnte, auch in China, doch sie würden es aufregend finden, die Verpackung von Saks zu sehen.
Chen blieb vor einer Parkbank stehen und zog sein Handy heraus, das auch in Amerika funktionierte. Man bekam so etwas, man musste nur tiefer in die Tasche greifen. Er wählte die Festnetznummer von Ray Grant, und es meldete sich eine Frau.
»Ray Grant bitte.«
»Ray Grant senior kann nicht ans Telefon kommen«, sagte sie, »ich nehme daher an, Sie meinen den Junior.«
»Ja, das ist richtig«, sagte er, auf seine Aussprache bedacht.
»Es dauert nicht lang.«
»Hallo?«, meldete sich eine Männerstimme.
»Ray Grant?«
»Ja?«
»Hier spricht Chen.«
»Nun ja, hallo, Chen. Ich kann mich nicht erinnern, Ihnen diese Nummer gegeben zu haben.«
»Ich rufe an, um von Ihnen zu hören, wie Sie Jin Li finden.«
»Ich arbeite dran«, sagte Ray.
»Ich erwarte, dass Sie sie finden. Ich warte jetzt.«
»Ich sagte Ihnen bereits, ich arbeite dran.«
»Wann denken Sie, dass sie finden?«

»Bald.«
»Das ist gut. Ich brauche sie für meine Business.«
»Ich bin sicher, dass sie die Arbeit für Sie sehr vermisst.«
»Meine Männer hatten sie fast gefunden. Sie hatte sich in ein Gebäude voll mit Papier und alten Zeug versteckt.«
»Offenbar kommen Sie ganz gut ohne mich zurecht.«
»Nein, nein, ich will, Sie Jin Li zu finden.«
»Ich will sie auch finden.«
»Vielleicht kommen meine Männer und helfen Ihnen, Jin Li zu finden.«
»Die brauche ich nicht.«
»Sie hassen Sie, und wenn ich ihnen sage, kommen sie und holen Sie oder tun was Ihren Vater.«
»Das würde ich ihnen nicht raten.«
Chen erinnerte sich an die Verletzungen seiner Männer. Seine Leute hatten Angst vor Ray Grant, so viel war klar.
»Ich rufe Sie in zwei Tagen an. Bis dahin will ich, dass Sie ein erfolgreicher Finder für meine Schwester sind. Verstehen Sie? In zwei Tage rufe ich an.«
Ray Grant legte auf.

Als Chen seine Wohnung im Time-Warner-Gebäude betrat, saßen seine Leute im Wohnzimmer und sahen fern. Sie standen sofort auf, als er hereinkam.
»Boss, es ist ein Paket für Sie abgegeben worden, während Sie draußen waren«, sagte einer der Männer.
»Was denn?«
Der Mann zuckte die Achseln. »Die Leute von der Gebäudeverwaltung haben gesagt, wir müssten ihnen ein sehr gutes Trinkgeld geben. Das haben wir getan. Einhundert Dollar für jeden.«
»Holt es.«

Die Männer schoben eine riesige Kiste auf Rädern herein. Sie war aus gutem Holz geschreinert, fast vier Meter fünfzig lang und einen Meter achtzig hoch; daran waren kunstvolle Kennzeichnungen angebracht, denen sowohl auf Englisch als auch auf Chinesisch zu entnehmen war, wie man die Kiste auseinandernahm, und sogar die dafür benötigten Werkzeuge hingen an der Kiste. Diese Verpackung war ein Stück solide Handwerkskunst. Die Männer machten sich an die Arbeit, und wenige Minuten später fielen die Seitenwände, so dass ein prächtiger Bulle zum Vorschein kam, mit Hörnern, wilden Augen und geblähten Nüstern, einen Huf in der Luft, den langen Schwanz angriffslustig hochgereckt.

Der Bulle war feuervergoldet. So ein Ding musste – ja, was? – Hunderttausende von Dollars kosten.

Um den Hals hing dem Bullen ein Troddelband mit einem eleganten Seidenbeutel.

»Bringt mir diesen Beutel«, befahl Chen.

Das Ding wurde vom Halsband gelöst und ihm ausgehändigt. Er entließ alle und schnürte dann den Beutel auf. Darin steckte eine Nachricht in fließender chinesischer Kalligraphie auf elegantem gelbem Briefpapier mit blauem Rand. Die Schriftzüge waren äußerst kunstfertig ausgeführt. Darunter stand eine New Yorker Adresse sowie Telefonnummer.

Die Nachricht lautete:

Mr. Chen,
Sie können sich nicht vorstellen, wie sehr ich mich gefreut habe, als ich hörte, dass Sie in New York sind. Ich habe Ihre jüngsten Erfolge in China bewundert, mich aber nicht getraut, es Ihnen zu sagen. Bitte nehmen

Sie dieses bescheidene Geschenk als einen kleinen Willkommensgruß in New York entgegen, wo wir oft auf einen »Bullenmarkt« hoffen. Vielleicht ist Ihnen dieser Begriff nicht ganz geläufig. Wir wollen damit sagen, dass wir im Aktienhandel und bei den Geschäften auf Optimismus hoffen. Natürlich genießt China heute seinen eigenen Bullenmarkt. Ich bin sicher, dass Sie sehr stolz auf Ihr Land sind. Ich würde mich überaus geehrt fühlen, Sie zum Essen bei mir zu empfangen, um zu unser beider Wohl zu sondieren, wie wir geschäftlich zusammenarbeiten könnten.

Hochachtungsvoll,
Ihr William Martz

Chen strich mit der Hand über die markante Wirbelsäule der Skulptur. Er war, musste er gestehen, beeindruckt, dass ein New Yorker Geschäftsmann ihn hier gefunden hatte, noch dazu so schnell. So sollten internationale Geschäfte laufen, mit Respekt und ausgesuchter Höflichkeit. Er musste herausfinden, wer dieser Martz war und ob es sich lohnte, ihm seine kostbare Zeit zu widmen – nach dem Bullengeschenk zu urteilen, durchaus.

18

Jede Stadt hat ihre miesen Gegenden, dachte Ray, als er auf das Gelände von Victorious Sewerage fuhr und ihm der Gestank von Exkrementen und Dieselqualm ins Fenster zog. Er sprang aus dem Truck und ging zu dem Bauwagen am hinteren Ende. VORSICHT HUND, stand auf dem Schild. Er zog die Tür auf. Eine Sekretärin in mittleren Jahren sah auf. Sie trug eine dicke Schicht Make-up, wenn man bedachte, wo sie arbeitete.

»Hallo, ich bin auf der Suche nach Richie«, sagte er.

»Hab ihn noch nicht zu Gesicht bekommen.«

»Aber er arbeitet doch hier.«

»Ich weiß nicht, wo er steckt. Ich ruf mal an.« Sie nahm das Telefon. »Victor, da ist ein Mann … sucht Richie.« Sie nickte, legte auf. »Wie heißen Sie?«

Ray antwortete nicht.

Das gefiel der Sekretärin nicht, das war ihm klar. Sie griff erneut zum Telefon. »Victor, vielleicht sollten Sie mal hier rauskommen, verstehen Sie?«

Die Tür hinter dem Schreibtisch flog auf, und ein Mann trat herein, der größer und älter war als Ray, muskulös und schlank, einen Daumen lässig in den Gürtel eingehakt. Er hatte kräftiges schwarzes Haar und kaute ein Zimtkaugummi. »Ja?«, sagte er zu Ray.

»Ich bin auf der Suche nach Richie.«

»Er ist nicht da.« Er hörte auf zu kauen und runzelte die Stirn. »Haben Sie schon mal angerufen?«

Wir erkennen uns, dachte Ray. Genau das passiert hier gerade. »Nein. Wo ist er?«

»Keine Ahnung. Er hätte längst zur Arbeit kommen müssen.«
»Kennen Sie ein Mädchen namens Sharon?«, wagte Ray sich vor.
Die Sekretärin beobachtete besorgt Victors Gesicht.
»Mister, wir haben hier zu tun, und es wäre besser, wenn Sie gingen.« Victor kam einen Schritt näher. »Wie hießen Sie noch gleich?«
Ray schüttelte den Kopf. »Tut mir leid. Aber ich kann Ihnen verraten, dass Sharon sagt, sie und Richie hätten sich kürzlich nachts toll amüsiert. Geile Nacht, richtig geil.«
Victors Mund erstarrte. Er zuckte nicht mit der Wimper, während er Ray musterte, seinen Körper, seine Haltung.
»Wie meinen Sie das?«
»Fragen Sie Richie, er kann es Ihnen sagen.«
Victor verdrehte den Kopf, als sähe er einen schlechten Fernsehfilm. Ray beobachtete, wie seine Brust sich schneller hob und senkte, wie sich seine Pupillen ein wenig weiteten, während sein Gehirn ihn für einen Kampf bereitmachte.
»Ach so«, sagte Ray, »eins hätte ich fast vergessen, wenn Sie nichts dagegen haben.«
»Ja?«
»Sagen Sie Sharons Freund, dass er sein Golfspiel verbessern sollte.«
Victor nickte kalt. »Verstehe.«
»Richten Sie ihm das nur aus.«
Ray schenkte der Sekretärin ein höfliches Lächeln und verließ augenblicklich das Büro, horchte auf das geringste Geräusch hinter sich und öffnete seinen Truck. Im Rückspiegel sah er Victor am Fenster des Wohnwagens stehen und in ein Walkie-Talkie sprechen. Fast im selben Moment trat

ein Mann aus einem Schuppen in der Nähe und sprang in einen der riesigen Tanklaster. Beim Starten schoss eine Dieselwolke aus dem Auspuff. Doch Ray war zu schnell für ihn; er hatte seinen Pick-up bereits im dritten Gang und bretterte damit quer über den Schotter, donnerte über die Reifenfurchen Richtung Straße. Der grüne Laster sauste hinterher, doch Ray war als Erster am Tor, wenngleich die Stoßstange des Trucks die Heckverkleidung des roten Pick-ups rammte und ihn zur Seite schleuderte. Ray wurde durch die Lücke im Zaun auf die Straße geschoben, so dass er beinahe mit einem Eiskremwagen zusammenstieß, von dem eine blecherne Erkennungsmelodie ertönte, und war Sekunden später verschwunden, wenn auch sicher nicht vergessen.

Er ließ den Pick-up bei seinem Vater stehen und ging mit seiner alten Feuerwehrausrüstungstasche zu Fuß zur U-Bahn. Mit dem Zug kam er um diese Tageszeit am schnellsten ans östliche Ende von Manhattan. Während der Waggon schaukelnd von Station zu Station fuhr, studierte Ray den U-Bahn-Plan, und sein Blick wurde magisch von der Stelle angezogen, an der einmal das World Trade Center gestanden hatte. Er hatte jedes Mal ein komisches Gefühl, wenn er so nah an den Ort kam, an dem es passiert war. Er war nie wieder hingegangen, hatte sich nie an den leeren Krater gestellt und nachdenklich Erinnerungen wachgerufen. Etwas an den Zeremonien und politischen Reden hatte Unbehagen in ihm ausgelöst. Der Trümmerhaufen hatte noch hundert Tage geschwelt. Viele der Feuerwehrleute und Bauarbeiter, die dort Dienst getan hatten, wurden jetzt krank, weil sie alle möglichen schrecklichen Partikel eingeatmet hatten, von Plastikteilchen über Knochengewebe und chemische Verbindungen, von denen niemand je zuvor etwas gehört hatte. Ich glaube nicht, dass ich mich der ganzen Sache gestellt habe, dachte Ray. Vielleicht bin ich einfach nur weggelaufen. Vielleicht hatte ich wegen Wickham Schuldgefühle. Nach seiner Entlassung aus dem Krankenhaus wurden die Dinge ein wenig nebulös. Er konnte sich nicht einmal lückenlos erinnern. Er hatte abgenommen, ein paar von den Hautverpflanzungen mussten erneuert werden, und sein Bein tat immer noch weh. Er hatte sich von der Feuerwehr beurlauben lassen. Ging außerdem zu sechsundvierzig Beerdigungen, zu einigen davon zusammen mit seinem Vater. Er hatte Schuldgefühle, weil er nicht zur Arbeit ging; die Leitstelle versicherte ihm, es würde für ihn immer eine Stelle geben. Die Seelenklempner der Feuerwehr ließen ihn sechs Mal antanzen und händigten ihm eine Menge Papierkram aus. Seine persönliche Psychologin war eine Frau Mitte fünfzig mit müden Augen. Sie trug kein Make-up. »Ehrlich gesagt, möchte ich mich einfach nur treiben lassen, einfach nur weg«, hatte Ray ihr irgendwann gesagt.

»Wieso tun Sie es dann nicht?«, hatte sie gefragt.

»Na ja, die Jungs ...«

»Die Jungs werden das verstehen, und falls nicht, wen interessiert das schon?«

Er saß schweigend da.

»Ich will Ihnen was sagen, Ray Grant. Ich hab natürlich Ihre ganze Akte gelesen. Ihre Dienststelle will Sie derzeit nicht zurück, nicht so. Sie sind zutiefst traumatisiert. Vom 11. September selbst, davon, verschüttet gewesen zu sein, und schließlich davon, dass Ihr Partner auf Ihnen liegend gestorben ist. Ja, davon weiß ich auch. Wir können nicht sagen, ob Sie als Feuerwehrmann erledigt sind. Wir können nicht vorhersagen, was Sie machen würden, wenn es drauf ankommt. Und wissen Sie was? Sie auch nicht. Im Moment wissen Sie nicht viel. Ich würde Ihnen daher raten, sich auf unbestimmte Zeit vom Dienst suspendieren zu lassen. Sie sind nicht erwerbsunfähig, aber wir könnten sicher eine Ausnahmeregelung wegen Ihrer psychischen Verfassung erwirken, was ich allerdings nicht empfehlen möchte. Sie sollten sich beurlauben lassen, und wenn Sie das Gefühl haben, Sie sind so weit, dann können Sie sich erneut ärztlich untersuchen lassen, das Training machen, noch mal eine Prüfung absolvieren und sich einem Löschzug zuteilen lassen. Die Gewerkschaft wird dafür sorgen, dass es klappt. Aber Sie müssen sich erst einmal treiben lassen, wie Sie sich ausgedrückt haben.«

Er nickte unsicher. »Haben Sie eine Menge Leute wie mich gesehen?«

Sie zuckte die Achseln. »Die Menschen sind verschieden.«

»Sicher, ich meine nur, denen was Ähnliches passiert ist – Verbrennungen, Stürze, Unfälle, Verschüttete … viele Leute?«

Die Psychologin nickte. »Ein paar hundert.«

Er wusste nicht, wie er reagieren sollte.

»Hören Sie. Dieser Job bei der Feuerwehr ist ein Macho-Ding. Opfer, Heldentum, das ganze Programm. Sehr männlich. Aber er lässt keine emotionalen Nuancen zu, keine Unklarheiten. Sie hat's übel erwischt. Vielleicht sollten Sie das akzeptieren und sich nicht dagegen wehren. Lassen Sie sich von Ihrem Schicksalsschlag die Richtung weisen. Schon mal überlegt?«

»Mein Dad hat mir immer gesagt, ich soll zur Polizei.«

»Meiner Meinung nach hat er nicht recht.«

»Wieso?«

»Reizt Sie die Macht?«

»Eigentlich nicht.«
»Geht es Ihnen um Gerechtigkeit?«
»Schon schwieriger.«
»Etwas Grundlegenderes? Elementareres?«
»Sicher, Leben und Tod.«
»Dann gehen Sie und suchen Sie es. Mit dem Tod haben Sie schon Bekanntschaft geschlossen, jetzt suchen Sie das Leben.«
Sie stand auf. Sie waren fertig. Sie sah ihn mit einem festen Blick an wie eine Mutter ihren Sohn, eine Frau einen Mann. Mit großer menschlicher Autorität. Er konnte sich gut daran erinnern. Sie hatte recht gehabt. Gehen Sie und suchen Sie das Leben.
Binnen einer Woche war er – mit nichts als einem Rucksack – am anderen Ende der Welt gewesen. In einem Kaff in Indonesien. Er hatte sich ausgeklinkt. Kein Handy, kein Internet, keine Zeitungen, kein CNN. Er lernte ein dünnes Mädchen aus Deutschland kennen, und sie reisten wochenlang gemeinsam durch das Land. Sie war hübsch, doch sie war auf harten Drogen. Er wollte keinen Sex mit ihr. Er hatte einmal in Harlem zwei Aids-Patienten im fortgeschrittenen Stadium aus einem brennenden Mietshaus kommen sehen – lebende Skelette. Außerdem hatte er nicht das WTC überlebt, um sich auf so dämliche Art zu ruinieren. Seine Weigerung, sie zu vögeln, brachte das Mädchen dazu, noch mehr zu spritzen. Doch er wusste, dass er, wenn er mit ihr zusammenbliebe, irgendwann doch mit ihr schlafen und sich vielleicht selbst etwas von dem Heroin spritzen würde, das sie dabeihatte. Er eröffnete ihr, er würde sie verlassen, und sie stimmte unter Tränen zu, es sei wohl besser so. Er bezahlte einen Mann mit einem Pick-up dafür, dass er ihn zur nächsten Stadt mitnahm. Wenige Tage

später war er auf den Philippinen. In einem Straßenrestaurant entdeckte er ein paar kräftige blonde Kerle, die wie sonnengebräunte Surfer aus Kalifornien aussahen. Waren sie aber nicht. Aussies. Arbeiteten für Hilfsorganisationen. Lungerten in ihren Stiefeln und Sonnenbrillen herum. Er setzte sich dazu und trank mit ihnen ein Bier. Sie fragten ihn, woher er sei. New York, eh? Weit weg von daheim. Sie waren gerade erst mit dem Flieger angekommen und warteten. Ein Taifun fegte über die östlichen Inseln hinweg. Sie würden sich mit einer C5-Militärtransportmaschine dort absetzen lassen, sobald die letzten Ausläufer den Küstenstreifen verlassen hatten. Sie waren die Vorhut mit Satellitenhandys, Zelten, Wasser. Er fragte sie, ob er mitkommen, aushelfen könnte. Nein, sagten sie, wir nehmen keine Touristen. Der Tonfall änderte sich, die Unterhaltung wurde verkrampft. Er ließ es dabei bewenden. Als die Flaschen fast geleert waren, fragte ihn einer der Männer, wie es ihn auf die Philippinen verschlagen hätte. Ich lass mich treiben, sagte Ray. Was machst du drüben in New York, Kumpel? Ray nahm einen letzten Schluck Bier. War bei der Feuerwehr.

»Bei der Feuerwehr New York?«, fragte der Aussie in lebhafterem Ton. »In welcher Gegend?«

»Feuerwache 10, Lower Manhattan.«

»Abschluss in Erster Hilfe?«

»Ja.«

»Ausbildung am Seil, das volle Programm?«

»Klar. Sprungtuch, Rettung bei Einsturzgefahr.«

»Bauanalyse? Bei Holzhäusern und gemauerten Gebäuden?«

»Ich sehe, ob es einstürzen wird«, sagte Ray.

»Du kannst einen Laster fahren?«

»Ich hab einen Löschwagen und den Leiterwagen gefahren. Vierundzwanzig Gänge.«
Der Australier nickte. »Warte einen Moment.« Er stand auf und trat zu den anderen. Sie drehten sich um und sahen Ray an.
Zwei Tage später hing er in T-Shirt und kurzer Hose in der Krone eines Mangrovenbaums und versuchte, ein verängstigtes, achtjähriges Mädchen zu retten, das sich an einen Ast klammerte. Sie hatte zwei Tage in den kahlen Ästen des Baums ausgeharrt, nachdem der Wasserpegel gesunken war. Ihre Mutter stand unten und wartete. Als er das Mädchen erreichte, klammerte sie sich so heftig an ihn, dass er ihr Herz an seiner Brust hämmern hörte. Die Arme hatte sie ihm mit aller Kraft eng um den Hals geschlungen. Das beste Gefühl, das er je erlebt hatte. Der glücklichste Moment seines Lebens. *Ich werde das nie vergessen, bis ich sterbe.* Als die Mutter zu ihrem Kind rannte, kämpfte er die Tränen herunter. Der Trupp verbrachte drei Tage damit, Leichen aus dem Schlamm zu graben. Sie dirigierten Flugzeugabwürfe von Wasserflaschen und Lebensmitteln und verteilten sie an Tausende hungrige und durstige Hände. Sie sahen, wie Hunderte an Ruhr zugrunde gingen. Drei Wochen später wurde ihr Trupp abgelöst, und sie wurden medizinisch untersucht. Seine Parasiten waren nichts Besonderes, doch er hatte zwanzig Pfund abgenommen. Die Narbe an seinem Bauch war dabei, einzufallen. Sie hatten ihm einen Job angeboten. Von da an verbrachte er jeweils sechs Monate im Einsatz, zwei Wochen hatte er frei. Auf der ganzen Welt. Er las nicht viel Zeitung, er lebte einfach nur – im Hier und Jetzt, mit den Menschen.
Fand er dabei das Leben? Nicht ganz. Das heißt, schon, inmitten von ziemlich viel Tod. Von Zeit zu Zeit rettete er

wieder jemanden. Nicht, dass andere das nicht auch getan hätten, doch Ray war zufällig zur Stelle, mit dem Seil, der Sauerstoffflasche, einer kräftigen Hand. Diese Momente blieben in seinem Gedächtnis haften, er versuchte – vergeblich – sie zu begreifen. Eigentlich verstand er immer weniger. Keine Kontinuität. Er lebte in einer Kette von Augenblicken. Rauchte ein paarmal Opium, trank meistens Bier, um zu entspannen. Er las die Bibel, dann den Koran. Dann ein paar von den Hindu-Texten. Die meisten größeren Städte hatten einen Buchladen, in dem man englische Bücher kaufen konnte. Er verfolgte die Nachrichten über den Krieg im Irak, den Krieg in Somalia, die kleinen Kriege überall. Er sah, wie UNO-Mitarbeiter stapelweise Reifen an lokale Zwischenhändler verkauften. Er sah, wie ein Mann mit einer Kneifzange über ein Feld voller Leichen lief, alle von Fliegen übersät, und nach Toten suchte, deren Mund weit genug geöffnet war, um die Zähne mit Goldfüllungen herauszuziehen. Nach der Plünderung seines Lkws in Somalia drückten sie ihm eine AK-47 in die Hand und wiesen ihn an, Diebe daran zu hindern, noch mehr Hilfsgüter zu stehlen. Die Waffe fühlte sich seltsam in seinen Händen an, so leicht. Unwillkürlich führte sie die Arbeit auch in Kriegsgebiete. Ein paar Mal wurden sie mit angelegtem Gewehr gezwungen anzuhalten und ihrer Barschaft beraubt. Manchmal mussten lokale Banden geschmiert und Warlords mit Medikamentengeschenken beschwichtigt werden. Ihm drängte sich das Gefühl auf, dass alles, was er tat, irgendwie vergebens war. Je mehr Entwicklungshilfe man leistete, desto offensichtlicher wurde, wie viel mehr getan werden musste. Einige der Helfer wurden krank oder brachen einfach zusammen; andere kniffen, traten ihre Flüge nicht an, reichten ihre Kündigung ein. Die meisten machten weiter, vielleicht auch, weil sie nicht wussten, was sie sonst tun sollten. Den Rest der Welt schien das alles nicht zu interessieren.

Ich hatte hier eine schöne Zeit, dachte Ray, als er vor dem Mietshaus in einer der östlichen Neunziger Straßen stand und zu Jin Lis Wohnung hochsah. Er hatte ein Bund mit Feuerwehrdietrichen dabei, darunter die wichtigsten Schlüsselformen der großen Hersteller, und außerdem einige, die ihre technische Abteilung ausgetüftelt hatte. Manchmal war eine Tür schneller mit dem Schlüssel offen, als wenn man sie einschlug, besonders, wenn sie aus Metall und mit Riegelschloss versehen war. Wenn man den Dienst quittierte, musste man die Schlüssel eigentlich abgeben, doch das machte niemand.

Er zog seine alten Feuerwehrhosenträger und Stiefel an und wappnete sich mit seiner Bereitschaftstasche sowie dem Wasserdruckmesser, heftete sich sein altes Ausweisschild ans Hemd und fand, das musste genügen. Sein Vater besaß noch ein altes Polizeifunkgerät, das nicht besonders gut funktionierte, dafür aber überzeugend knisterte und krächzte; also hielt er das in der anderen Hand.

An der Eingangstür begegnete er einer kleinen, alten Frau, die ihr Haar gefärbt, ihre Augenbrauen jedoch vergessen hatte.

»Ma'am, ich folge Ihnen ins Haus.«

Sie drehte sich erschrocken um. »Tatsächlich?«

»Ja.«

»Wer sind Sie?«

»Feuerwehr.«

»Wo ist das Feuer?«

»Kein Feuer. Überprüfen nur was.«

»Was denn?«, wollte sie wissen. »Warum sprechen Sie nicht mit dem Hausmeister?«
»Bleibt das unter uns?« Er beugte sich zu ihr vor. »Ich bin Inspekteur. Wir haben einen vertraulichen Hinweis in Bezug auf die automatische Sprinkleranlage in diesem Gebäude bekommen, und es wäre möglicherweise nicht von Vorteil für die Bewohner des Hauses, den Hausmeister zu unterrichten, dass ich komme.«
Die Frau nickte eifrig, um ihr Verständnis für diese Strategie zu bekunden, und kniff verschwörerisch die Augen zusammen. »Aha! Verraten Sie mir nur ein kleines bisschen mehr, damit ich es verstehe.«
»Gerne, Ma'am. Wir schreiben vor, dass die Sprinkleranlagen ihr eigenes Rohrsystem haben, damit ein konstanter regulativer Druck gewährleistet ist und das Abdrehen des Wassers bei Reparaturarbeiten nicht die Brandschutzanlage beeinträchtigt. Andererseits ist es teurer, zwei Leitungssysteme zu unterhalten, und …«
»Ja!«, rief die Frau. »Dieses Gebäude ist so billig, dass man es nicht fassen kann!« Sie öffnete die Tür und schob ihn förmlich in den Flur, schnurstracks an den Briefkästen vorbei, die er aufbrechen sollte, um eine Telefonrechnung zu finden. »Kommen Sie leise rein«, verlangte die Frau. »Ich sag's keinem weiter, bis alles rauskommt. Wir erwarten einen ausführlichen Bericht an den Mieterbund. In welchem Stockwerk werden Sie arbeiten?«
Jin Li wohnte im obersten Stock. »Das Gebäude hat fünf Geschosse, wir müssen mit dem obersten beginnen und den Druck dort als Erstes messen.«
»Ja, ja, beeilen Sie sich bitte. Ich wohne im dritten Stock. Ich warte da auf Sie.«
Er folgte ihr die Treppe hinauf und trug für sie eine Ein-

kaufstüte mit Lebensmitteln. »Wie lange werden Sie brauchen, bis Sie zu uns runterkommen?«, fragte sie.
Er zeigte ihr den Wasserdruckmesser, als erklärte das alles.
Sie nickte eifrig. »Vielleicht in einer Stunde, okay?«
»Ja, danke.«
Er ging zum fünften Stock hinauf; auch hier entsprach der Flur der L-Form des Gebäudes. Jin Lis Wohnung lag am Ende des Korridors. Er probierte seine raffinierten Dietriche nacheinander aus und fand drei, die hineinpassten, aber keinen, der funktionierte. Weshalb er froh war, dass er auch die benzinbetriebene Allzwecksäge mitgebracht hatte. Fünfzehn Sekunden lang würde er eine Menge Lärm machen. Nicht zu ändern. Er schaltete die Säge ein, schob das passende Blatt in den Türspalt und führte es nach unten, so dass er in ungefähr zehn Sekunden zwei Messing-Riegelschlösser durchtrennt hatte. Ein scheußliches Gekreische, Metall auf Metall, wobei blitzender Messingstaub auf den Teppich sprühte. Das weckt Tote auf, verflucht, dachte er.
Er wartete darauf, dass irgendwo im Flur eine Tür aufginge und jemand den Kopf hinausstreckte, doch nichts geschah.
Die Leute waren bei der Arbeit, vielleicht lag es daran.
Er drehte den Knauf und schob die Tür auf. Die Wohnung war dunkel, und er schloss die Tür hinter sich, bevor er das Licht anmachte.
»Rufen wir uns ein paar Dinge ins Gedächtnis«, hatte sein Vater ihn instruiert. »Die Menschen haben unterschiedliche Lebensgewohnheiten. Junge Leute sind häufig ziemlich schlampig, aber es gibt immer auch Bereiche, in denen Ordnung herrscht. Ihre Musiksammlung, ihre Gewürze, diese Dinge. Die Bettwäsche, die auf dem Boden liegt, hat nichts zu besagen. Frauen sind nicht unbedingt reinlicher als Männer, nur unterscheiden sie sich darin, *wo* sie ordent-

lich oder schlampig sind. Viele behaupten, Schwule seien am ordentlichsten, aber das kann ich nicht bestätigen. Alleinstehende Blinde sind am ordentlichsten. Müssen sie auch sein. Jedenfalls suchst du, aus meiner Sicht, nach drei Dingen. Du findest heraus, ob sie in Eile aufgebrochen ist, du schaust, ob ihre Wohnung von jemand anderem durchwühlt worden ist, und du suchst nach Hinweisen darauf, in welcher Art von Klemme sie steckt. Je plötzlicher ihr Aufbruch, desto mehr Hinweise.«

Zuerst sah er im Kühlschrank nach, der eingeschaltet war. Er öffnete die Tür. Kein Schimmel oder so. Etwas chinesisches Gemüse. Er schnupperte an der Packung Magermilch – nicht sauer. Aber das hieß nicht viel. Er brauchte einen Datumsstempel. Sie war seit mindestens fünf Tagen weg. Im Müll fand er eine Quittung aus dem Supermarkt, auf der auch ein halber Liter Milch stand. Die Rechnung war vom Tag vor dem Mord an den Mexikanerinnen.

Er sah sich im Schlafzimmer um. Das Bett war nicht gemacht. Was fehlte? Er entdeckte keinen Computer, keine Brieftasche, kein Bargeld. Er ging ins Bad; ihr Zahnputzzeug war weg. Er öffnete den Spiegelschrank. Ihre Antibabypillen waren da; das ließ tatsächlich auf einen hastigen Aufbruch schließen. Sie hatte gesagt, dass sie niemals, unter keinen Umständen, eine Pille ausließ. Im Schrank hingen säuberlich ihre Kleider, viele noch im Zellophanbeutel der Reinigung. Er erkannte einige wieder, hatte schon mit der Hand darüber und darunter gestrichen.

War jemand anders hier gewesen? Schwer zu sagen. Die Wohnung war weder chaotisch noch besonders ordentlich, genau so, wie er sie in Erinnerung hatte. Er sah in den Schubladen in der Küche, im Esszimmertisch und in der Kommode nach. Er starrte auf das Telefon und drückte die

Play-Taste. Nichts. Das passte zu ihr. Er versuchte, die eingehenden und ausgehenden Anrufe nachzulesen; alle Nummern waren gelöscht. Komm schon, komm schon, murmelte Ray. Ich hab noch nicht, was ich brauche. Er ging noch einmal zur Kommode und zog das Schubfach mit der Unterwäsche auf. In einer kleinen Seidenschachtel fand er ein paar Jade-Ohrringe und ein passendes Armband. Er hatte in Malaysia den Preis für Jade erfahren, und sogar für sein ungeübtes Auge sah dieser Schmuck hier teuer aus. Bescheidene Ausbeute, dachte er. Er lief noch einmal die Wohnung ab, sah in den Dielenschrank und unters Bett, fand jedoch nichts. Er schlich sich aus der Tür und zog sie enttäuscht hinter sich zu.

»Ich hoffe, Sie hatten einen verdammt triftigen Grund, da drin zu sein«, sagte eine Stimme.

Ray drehte sich um.

Ein Mann um die fünfzig stand mit einem roten Schlagstock da und beobachtete ihn. Er hatte ein tragbares Telefon bei sich.

»Hi«, sagte Ray.

»Haben Sie mich gehört?« Er zeigte mit dem Stock auf Ray.

»Ja.«

»Also, was ist los? Ich brauche nur die 911 hier zu wählen, und die Cops sind da.«

Ray stellte seine Werkzeugtasche ab. »Ich bin gerade in ihre Wohnung eingebrochen«, gab er zu.

»Das hab ich schon kapiert. Was haben Sie gestohlen?«

»Nichts.«

»So.«

Ray zog nacheinander seine Taschen heraus. Dann öffnete er den Werkzeugkasten und zeigte ihn dem Mann, der mit dem Stock darin herumstocherte.

»Ich bin ihr Ex-Freund. Sie ist in Schwierigkeiten. Ich versuche, sie zu finden.«

Der Mann lächelte. »Sehr romantisch.«

»Es stimmt. Es wundert mich, dass wir uns noch nicht über den Weg gelaufen sind.«

»Sie waren schon mal hier?«

»Schon oft. Über Nacht.«

Der Mann nickte angewidert. »Ich *arbeite* nachts. Ich bin am Empire State Building für die Beleuchtung zuständig.«

Schmeichle dem Mann, dachte Ray. »All die bunten Lichter, die roten und die grünen?«

»Genau. Wie heißen Sie?«

»Ray Grant.«

Der Mann nickte misstrauisch, als sei dies eine offensichtliche Lüge. »Sie sehen wie ein falscher Feuerwehrmann aus oder so.«

»Ich war ein echter Feuerwehrmann.«

»Waren? Können Sie das beweisen?«

»Ich hab hier mein altes Dienstschild.«

»Ach, kommen Sie schon«, knurrte der Mann, »so 'n Blödsinn. Kriegt man wahrscheinlich übers Internet, bei eBay oder so.« Er hielt drohend sein Telefon hoch. »Okay, Arschloch, wenn Sie mich nicht sonst wie überzeugen können, ruf ich jetzt …«

»Das Empire State Building ist mit zwanzig Zentimetern Kalkstein aus Indiana ummantelt«, verkündete Ray. »Es ist höchst unwahrscheinlich, dass es bei einem Brand einstürzen würde, weil das Stahlgerüst mit einem hohen Anteil Gussbeton verstärkt ist und weil jedes Stockwerk ein eigenes Ventilationssystem hat, so dass das Feuer sich nicht von einem Stock zum nächsten fressen kann … Die Stahlpfeiler und Träger stecken unter einer fünf Zentimeter dicken Ziegel- und Betonschicht statt einer aufgespritzten Mineralfaserdämmung, wie sie heute üblich ist und zunehmend in die Kritik gerät. Außerdem sind nach meiner Erinnerung die Fahrstuhl- und Versorgungsschächte mit Mauerwerk ummantelt. Das Gebäude verfügt über ein eigenes, rauchsicheres Treppenhaus mit unabhängigen Lüftungsschächten, eine Sicherheitsmaßnahme, die in den Bauvorschriften von 1968 entfernt worden ist, und zwar aus Gewichts- und Kostengründen.«

Der Mann nickte, ließ sich sogar zu einem Lächeln herab. »Das stimmt.« Er steckte das Telefon in die Tasche und lehnte sich auf seinen roten Stock. »Also gut, Ray Soundso. Sie haben mich überzeugt.«

»Haben Sie eine Ahnung, wo Jin Li steckt?«

»Nee.«

»Sie ist hier raus, in Eile.«

»Angst?«

»Glaub schon.«

»Wie wär's, wenn Sie sie anrufen?«

»Hab ich. Sie meldet sich nicht.«

»Und bei der Arbeit?«

Ray schüttelte den Kopf. Da hatte es Chen als Erstes versucht.

»Das Mädchen arbeitet hart. Viele, viele Überstunden.«

»Sie wissen von der Büroreinigungsfirma?«

Der Mann zögerte. »Also, manchmal erzählt sie was von 'ner Arbeit, die sie abends macht, an verschiedenen Stellen in Midtown, aber dann muss sie wohl jeden Morgen nach Red Hook raus, um alles zu managen.«

»Red Hook?« Industriegebiet in Brooklyn oder am Hafen.

»Klar, da, wo der Betrieb seine Lastwagen stehen hat. Ziemlich schwierig, in Manhattan einen Fuhrpark mit großen Schreddermobilen unterzubringen, Red Hook eignet sich dafür ziemlich gut.«

Daran hatte Ray nie gedacht; das leuchtete ein. Er nahm seine Werkzeugtasche. »Haben Sie die Adresse?«

»Nö. Aber fahren Sie einfach durch die Gegend, diese Trucks können Sie nicht übersehen.«

19

Ja, in New York gibt es unendlich viele tolle Restaurants, in denen man gut essen kann – die Steakhäuser, die heiligen Hallen der Starköche, die Läden, in denen man sieht und gesehen wird (bei Michael's: »Da sitzt Henry Kissinger! Guck mal, Penelope Cruz!«); die stickigen Lokale im Theaterviertel mit Tischreservierung, die Nouvelle Crossover Cuisine, die aus italienischen, französischen, vietnamesischen, indischen Gerichten neue Geschmacksnoten kreiert; die Kneipen und Clubs und Snackbars und Saloons und Bistros und Cafés und Sushi-Tempel, die knochendürre Frauen frequentieren; die Coffee Shops und Buchladen-Cafés, in denen es von Genies und Depressiven wimmelt, die Bodegas und Pizzerien und Espresso Bars und Fastfoodläden, die Fischmarktlokale und Teesalons und Thai-Nudel-Häuser, jede kulinarische Vorliebe wird hier bedient, ganz zu schweigen von der Oyster Bar, wo die Geschäftsleute sich seit Jahrzehnten einen hinter die Binde kippen, bevor sie die U-Bahn nach Hause nehmen – und deren sämige New-England-Muschelsuppe darf man sich auf keinen Fall entgehen lassen. Außerdem darf man den Primeburger nicht vergessen, der an der Nordseite der Fifty-First Street, Ecke Fifth Avenue liegt. Kein Spitzenlokal, aber auch kein schlechtes, vielmehr eine Manhattaner Imbissstube aus der guten alten Zeit. Seit 1938 werden dort Hamburger serviert. 1965 das letzte Mal gründlich renoviert. Man gelangt rechts an eine lange Theke, Einzelplätze mit seinerzeit futuristischen schwenkbaren Tabletts, ein paar gut besetzte Tische weiter hinten. Thunfisch-Sandwich, Schoko-Eis-Törtchen. Götterspeise mit Schlagsahne. Pflaumensaft, wenn man darauf steht. Sämtliche Kellner sind ältere Semester in weißen Jacken und Schlips, deren Namen auf der Jacke eingestickt sind. Die Speisen sind nicht teuer. Ein gewöhnlicher Burger kostet $4,25. Ganz recht: $4,25, in Midtown Manhattan. Grauhaarige Geschäftsleute wissen das Lokal zu schätzen, einige davon reiche Typen, die die Welt vor zwanzig, dreißig Jahren vergessen hat. Aber sie kommen immer noch und merken gar nicht, dass man sie vergessen hat; sie kommen jeden Tag um acht ins Büro, machen ein paar Telefonate, sehen sich auf einem Bildschirm den Kurs von Schweinebäuchen oder Rohöl an, den brasilianischen Ernteertrag. Sie haben sich noch nicht auf das Altenteil zurückgezogen, sondern treten nur kürzer. Sie leiten nichts mehr, führen keine Titel mehr, haben keinen Druck. Sie machen ihr Geld und kommen mit einem frühen Zug nach Hause. Gewohnheitsmenschen, die nicht nur jeden Tag um die gleiche Zeit im selben Restaurant essen, sondern meistens auch dasselbe Gericht, und so rattern die Kellner des Primeburger bei ihrer Ankunft leise in einer Art Steno die immer gleiche Bestellung herunter. *»Ham chee, Swiss'nrye, Co-no-ice?«*, und prompt steht das vertraute Sandwich mit Schinken und Schweizer Käse neben der Cola ohne Eiswürfel auf dem Tisch.

Manchmal treffen sich diese alten Männer im Primeburger, und wenn man sich taub stellt und nie zu ihnen hinübersieht, kann man ihre Gespräche verfolgen. *Er hat einen guten Preis für das Grundstück an der Sechsundfünfzigsten Straße bekommen ... Die waren mal 'ne tolle Firma ... Hab was läuten gehört, das Gemälde käme für einen Privatkunden auf den Markt ... Die Gewinnspanne ist viel zu gering, der muss Aktien auf den Markt werfen ...*

Auf diese Weise wechseln zwischen Sandwiches mit Thunfisch, Krautsalat und Backäpfeln Millionen den Besitzer.
Dorthin trieb es Martz. Der letzte Stuhl an der Theke. Er ließ sich langsam auf einem Drehstuhl nieder. Ein alter, schwarzer Kellner schlenderte herüber und fragte ihn, ohne mit der Wimper zu zucken: »Karte?«
Martz winkte ab. »Truthahn-Sandwich, Orangensaft, Apfeltörtchen.«
Das Sandwich war in weniger als zwei Minuten da.
»Kennen Sie mich noch?«, fragte ihn Martz.
»Kommt drauf an, wer fragt«, sagte der Kellner.
»Ich.«
»Dann ja, ich kenne Sie noch.«
»Dachte ich mir. Elliot in letzter Zeit mal da gewesen?«
»Müsste so in 'ner halben Stunde zum Mittagessen hier sein.«
Martz nickte. Natürlich wusste er das, auch wenn er Elliot seit Jahren nicht mehr gesehen hatte. Einer der tröstlichen Aspekte des Alters: Deine Freunde änderten ihre Gewohnheiten nicht. Sie starben, aber sie änderten sich nicht.
Als er mit dem Essen fertig war, nahm er ein Tütchen Süßstoff, riss die Ecke ab, leerte das weiße Pulver auf seinen Teller und nahm dann einen Bleistift, mit dem er in dem Wort NUTRASWEET fünf Buchstaben unterstrich: das T, das R, das S und die beiden Es; dann zog er einen Pfeil vom S bis zum Ende des Wortes. Was kam dabei heraus? TREES.
Er reichte das leere Tütchen dem Kellner. »Sie täten mir einen großen Gefallen, wenn Sie das Elliot geben würden.«
»Ja, Sir.« Der Kellner ließ sich nicht anmerken, dass er den Gegenstand, den er weitergeben sollte, merkwürdig fand, sondern steckte das Tütchen in die Tasche seiner Jacke.

»Sehr verbunden«, sagte Martz. Er aß sein Apfeltörtchen auf und schob dann einen Fünfzig-Dollar-Schein unter seinen leeren Teller. Er musterte das Gesicht des Kellners, doch der schrieb gerade die Rechnung und legte sie auf die Theke, von der der Teller mitsamt dem großen Schein schon verschwunden war.

Genau wie Martz, der wenig später mit einem Zahnstocher im Mund die Fifty-First entlangschlurfte; er biss die Zähne zusammen und hasste jeden, besonders sich selbst.

20

Sack schnell dein Geld ein. Gegenüber dem Hof der Abwasserentsorgungsfirma befand sich eine Scheckeinlösestelle, die freitagabends Hochbetrieb hatte. Da hier zweimal die Woche in einem Panzerwagen Geldtransporte eintrafen und weil die Arbeiter mit Geldbündeln aus der Tür traten, waren an der Außenseite des Gebäudes drei Überwachungskameras angebracht. In den Fenstern hingen jede Menge Werbeplakate für kontenlose Überweisungsdienste mit Schwerpunkt auf Lateinamerika, Afrika und Asien. Für all die Immigranten, die Geld nach Hause schickten. An diesem Nachmittag standen die Kunden, meist Latinos in Arbeitskleidung und Baseballkappen, in einer ordentlichen Reihe, eingeschüchtert von dem Raum, der karg wie eine Amtsstube war. Die Wände waren mit halbamtlichen Verlautbarungen zu Löhnen, Wechselkursen und Identitätsbetrug gepflastert – ganz zu schweigen von den abschreckenden Schildern, die auf die Kameraüberwachung rund um die Uhr sowie auf die gepanzerten Geldtransporter und die ausdrückliche Befugnis der Fahrer hinwies, Handfeuerwaffen bei sich zu tragen und zu gebrauchen. Victor schob sich mit einer Papiertüte aus der Spirituosenhandlung unterm Arm durch die Menschenmenge. Der Nigerianer hinter der Glasscheibe nickte ihm wie unter guten alten Bekannten zu; die Hälfte von Victors Arbeitern löste hier die Gehaltsschecks ein.

»Violet da?«

»Oben.«

»Sag ihr Bescheid.«

Der Mann griff zum Telefon, sprach mit jemandem, nickte Victor dann zu. »Sie sagt, in fünf Minuten.«
Er nickte. Lehnte sich zurück und wartete. Aus reiner Gewohnheit nahm er die Schlange der wartenden Männer und Frauen in Augenschein. Man wusste allein vom Äußeren eine Menge über diese Leute, dachte er, besonders bei den Männern. Die männliche Spezies, so hatte er im Lauf seines Lebens erkannt, ließ sich in vier Kategorien einteilen, wenn sie erst mal über vierzig waren. Es gab die Kerle, die es geschafft hatten (Hausaufgaben gemacht, alles gelaufen), da sie auf dem einen oder anderen Gebiet Profis waren oder bei großen Unternehmen arbeiteten oder etwas so Großes und Fantastisches besaßen, mit dem sie so viel Geld verdienten, dass sie überall das Sagen hatten. Sie hatten Geld an Stellen gehortet, von denen andere nicht einmal träumten. Sie hatten Frau und Kind, in erster oder zweiter Ehe. Wenn ein neues Auto fällig war, machte ihnen das keine Probleme; sie kauften es ganz einfach. Nach Victors Einschätzung gehörten allerhöchstens fünf Prozent zu dieser Kategorie. Man sah sie in der U-Bahn mit ihren Laptops, ihren guten Büroschuhen, ihren zarten Händen. Sie waren fast alle ans College gegangen. Zweifellos konnte man diese kleine Schar noch weiter unterteilen, doch ihm genügten die fünf Prozent. Victor hasste diese Typen. Als Nächstes kamen die Fleißigen, Gewitzten, die alles Erdenkliche ausprobierten, Männer mit Dachdeckerfirmen, die dreißig Mitarbeiter beschäftigten und nebenher ein bisschen in Immobilien machten. Das waren Leute, die möglicherweise an allen Ecken und Enden sparten, die aber gut mit Menschen konnten und nach jedem Auftrag griffen, der sich ihnen bot: der Rechtsanwalt, der nicht gerade wählerisch bei seinen Geschäften war, der Buchhalter mit

einer kreativen Ader und so weiter. Eine Menge Restaurantbesitzer fielen in diese Kategorie. Victor selbst gehörte in diese Rubrik, auch wenn sich für ihn, hatte er sich erst seine Tankstelle unter den Nagel gerissen, die Situation bald ändern würde. Die Männer aus dieser Kategorie arbeiteten, streng genommen, zu hart. Sie konnten es in die Liga der ersten fünf Prozent schaffen, allerdings erst nach zehn Jahren und ohne sich je bequem zurückzulehnen. Ein paar von diesen Jungs im zweiten Glied waren glücklich verheiratet, viele von ihnen nicht. Viele trieben sich mit Frauen rum und verloren so ihren Schwung. Verausgabten sich. Sie tranken und rauchten zu viel, verloren viele Morgenstunden. Wie er selbst, klar, diesen Schuh musste er sich anziehen; andererseits hatte er von Natur aus so viel Widerstandskraft und Durchhaltevermögen, dass die anderen Weicheier davon nur träumen konnten. In die dritte Gruppe gehörten die Brüder, die's nicht schaffen würden. Statt dass ihnen die Dachdeckerbetriebe gehörten, kraxelten sie immer noch selbst auf den Dächern herum, was mit vierzig keine so gute Idee war – die Kälte und Hitze und Maloche machten einen kaputt, ruinierten einem die Gelenke. Das waren die Jungs, für die der Zug abgefahren war oder die in ihrem Leben schon so oft von vorn angefangen hatten, dass nichts mehr laufen würde. Zu viele Frauen, zu viele Jobs, zu viele Wohnungen, zu viele Nächte, in denen was schiefging. Immer verloren sie etwas, sie verloren Geld und Freunde und Jobs, ihre Autoschlüssel, ihre Handys, sie verloren alles, was sie brauchten. Sie waren auf dem absteigenden Ast; vielleicht wussten sie es, eher aber nicht, noch nicht zumindest. Richie war einer davon gewesen, zwei Wochenlöhne vor dem Aus. Versuchte, was nebenher zu verdienen, aber ohne großen Erfolg. Kam nicht richtig in

Schwung. Frauen waren ziemlich gut darin, solche Typen zu durchschauen. Männer mit alten Pick-ups, Männer, die kastenweise billiges Bier einkauften, Männer, die sich nicht erinnern konnten, wer der Vizepräsident von Amerika war. Oft hatten sie von der Arbeit kräftige Muskeln, ruinierten sich dann aber mit Zigaretten. Hatten diese Nikotin-Gestalt, schlaksig dünn, schon fast ein wenig kränklich. Fingerspitzen immer gelb verfärbt. Tanzten auf zu vielen Hochzeiten. Ohne Bonität, Zukunftsaussichten düster. Ein einziger Sturz vom Dach, ein einziger Totalschaden am Auto, eine einzige Schlägerei in einer Bar, und sie gingen auf dem Zahnfleisch.

Und dann gab es natürlich noch die vierte Kategorie. Die reinen Versager, die sich nur noch bei irgendjemandem aufs Sofa plumpsen ließen oder in ihrem Truck hausten oder aus der Wohnung zogen, bevor die nächste Miete fällig war; die einer Frau auf der Tasche lagen, entweder der Mutter (um die sie sich angeblich kümmerten) oder eher einer geschiedenen Frau, die einen Kerl brauchte, der an ihrer Stelle die Gören anschrie; oder im schlimmsten Fall einer dieser vielen Frauen, die irgendeine Macke hatten und die im Leben immer die schlechten Karten zogen. Die meisten dieser Typen waren Säufer oder Schläger, Kinderschänder, Spinner! Verfluchte Tiere.

Vic dagegen hatte Träume und Selbstdisziplin. Er machte Pläne und hielt sich dran. Peilte ein Ziel an, wie jetzt mit Ears. Er musste zielstrebig handeln, durfte niemandem trauen, schon gar nicht den Leuten, die sagten, sie wären seine Freunde. Richie war eigentlich so was wie ein Freund gewesen, doch Vic hatte ihn umgelegt, weil er einen Fehler gemacht hatte und aufgefallen war. Für Vic sah es ganz danach aus, als hätten Ears und sein Auftraggeber jemandem ziemlich weit oben einen Gefallen getan, zugleich aber ihre Chance gesehen, denjenigen ein bisschen zu erpressen. Das hätte Vic jedenfalls getan. Jemand ziemlich weit oben in einer Firma hatte angeordnet, diesen Mexikanerinnen ordentlich einzuheizen, und Ears und seine Kumpel wollten die Goldmine nicht teilen. Glaubten, sie könnten Vic mit lausigen fünfundzwanzig Mille abspeisen, um hinzugehen und dem Typen mehrere hunderttausend aus der Tasche zu ziehen. Aber irgendwo hatten sie einen Fehler gemacht oder Richie hatte irgendwo geplaudert, und jetzt gab es ein Problem, diesen Typen, der bei ihm auf dem Gelände rumschnüffelte. Dieses Arschloch hatte sich zu weit aus dem Fenster gelehnt, und wenn Vic ihn das nächste Mal vor die Flinte bekam, war er fällig. Vic ließ sich nun mal nicht verpfeifen, tut mir leid. Im Grunde hatte er Richie einen Gefallen getan. Der Kerl hatte gar nichts mehr gemerkt. Hätte Ears ihn sich zur Brust genommen, hätte er gelitten. Doch jetzt musste Vic sich schützen und den anderen im Spiel ein paar Züge voraus sein.

»Violet sagt, kannst raufkommen.«

Die Tür summte, und er schob sie auf. Er ging an dem kleinen Fenster des Tresorraums vorbei; drinnen wirbelte in einer Geldzählmaschine eine Wolke aus Dollarscheinen, während ein elektronisches Lesegerät auf einer Anzeige addierte. Menge Geld für so 'ne kleine Bude, Menge Geld in dieser Gegend, Menge Geld in Brooklyn, Junge. Das checkten die Manhattaner Hurensöhne mit den Vogeleiern einfach nicht. Wir haben in diesem Teil der Stadt durchaus ein Wörtchen mitzureden. Die beschissenen Spaghettifresser haben sie Ziegel für Ziegel aufgebaut. Na schön, die Iren auch. Inzwischen waren natürlich die meisten Italiener fett und faul geworden, und die neuen Jungs aus dem

Ausland schufteten sich den Arsch ab. Kein Wunder, dass sie sich die Goldgruben unter den Nagel rissen. Er ging die Treppe hoch und horchte auf seine schweren Schritte, ein vertrautes Geräusch.

Die Wohnung im Obergeschoss gehörte Violet Abruzzi, die er schon sein ganzes Leben kannte. Sie waren zwei Häuserblocks voneinander entfernt an der Bay Ninth Street aufgewachsen, und in der dritten Klasse hatte er sie auf die Lippen geküsst. Möglicherweise hatte sein Vater ihre Mutter gebumst, doch sicher wusste das niemand. Was sie aus seiner Sicht fast zu so etwas wie Cousin und Cousine machte. Er hatte in derselben katholischen Baseballmannschaft wie Violets älterer Bruder Anthony gespielt, ein langer Lulatsch, der einen perfekten Curveball zuwege brachte. Menge Spaß gehabt in den guten alten Zeiten. Den Sommer darauf wurden er und Anthony von zwei Neuankömmlingen aus Russland zusammengeschlagen; Anthony lebte seitdem in einem staatlichen Heim und musste eine Halskrause tragen, damit ihm der Kopf nicht nach hinten fiel. Einer der Russen hatte Victor beide Arme gebrochen und so oft auf ihn eingeschlagen, dass sie dachten, er wäre tot. Die Detectives vom Revier hatten Victor gefragt, was passiert sei; er sagte, er könne sich nicht erinnern. Natürlich glaubten sie ihm nicht. Sie wussten, wie der Hase lief. Ein paar Monate gingen ins Land, die Leute vergaßen die Sache allmählich. Victor nicht. Er machte seine Pläne, erzählte keinem davon. Was von dem ersten Russen übrig blieb, fanden sie unter der Uferpromenade auf Coney Island. Wer immer das getan hatte – ein richtiger Perverser – hatte dem Kerl mit dem Fischmesser die Augäpfel herausgeschnitten und sie ihm in die Hände gelegt. Und dafür seine Nüsse in die Augenhöhlen gesteckt. Botschaft: Pass auf deine Eier auf, du Arschloch. Der andere Russe zog am nächsten Tag weg. Die Cops kamen wieder, durchsuchten jedes Zimmer im Haus seines Vaters, jeden Quadratmeter auf dem Grundstück. Filzten die Geschäftsunterlagen, das Lager, fanden nichts. Doch die Leute im Viertel glaubten, es war Vic. Er war klug genug, nichts zu sagen. Violet war von da an sehr freundlich zu ihm. Sie hatten, voller Angst, in der örtlichen katholischen Kirche ein paar Mal Sex, indem sie sich auf die Kissen der Bänke legten und sich ganz still verhielten. An allen möglichen Orten schliefen sie miteinander. Sie war schwanger geworden, doch er wollte sie nicht heiraten. Also ließ sie's wegmachen, damals eine große Erleichterung. Danach hatte sie ein paarmal geheiratet. Jedes Mal, wenn sie verheiratet war, nahm sie wieder zehn Kilo zu. Keine Kinder, was vermutlich in Ordnung ging, wenn man Violet heute kannte. Das Scheckeinlösegeschäft hatte ihr verstorbener letzter und aller Voraussicht nach allerletzter Mann hinterlassen, der zwanzig Jahre älter als sie gewesen war, und es hatte sich in jeder Hinsicht als Geldmaschine erwiesen. Sie nahmen vier Prozent auf jeden Betrag. Victor wusste, dass der Panzerwagen montagmorgens 350 000 und donnerstagabends 700 000 Dollar brachte, aber wen das auf den Gedanken brachte, den Laden hochzunehmen, der war auf dem Holzweg. Natürlich hatte er sich die Sache genau angesehen. Die Firma, die die Transporte machte, war in Mafia-Hand, und Violet selbst wie auch alle ihre Angestellten hatten einen Waffenschein. Und außerdem war es Violet. Vor ein paar Jahren hatten ein paar Gangsta-Punks aus East New York sich den Laden vorgenommen, waren mit dem Schlachtruf »Überfall« hereingeplatzt und auf der Stelle erschossen worden. Es war keine Bank, wo man den Leuten höflich eine präparierte Tasche mit Scheinen überreichte, die sich nach einer Weile verfärbten, um das gestohlene Geld kenntlich zu machen. Die Polizei hatte nicht einmal die Patronenhülsen eingesammelt.

»Hey, Baby«, kam Violets Stimme.

Die Wohnung war dunkel, doch er kannte sich aus.

Sie lag, wie immer, im Bett und rauchte. »Hast du mir was mitgebracht?«

Er zog eine Flasche aus der Tasche. »Drambuie, den magst du doch.«

»Süß. Ich mag's süß. Gut, wenn man lange wach ist.«

Seit sie Teenager gewesen war, hatte Violet ein gewaltiges Schlafproblem. Jetzt griff sie mit ihrem voluminösen Arm zum Nachttisch hinüber und fand zwei Gläser. Goss in jedes ein paar Zentimeter ein.

»Hier.«

Victor trank seines in einem Zug leer. Dann zog er seine Schuhe aus, holte die Pistole aus der Socke, steckte sie in den Schuh, zog die Hose aus, faltete sie ordentlich zusammen. Er wusste nicht, wieso er das tat, wieso er sie besuchte. Na ja, schon. Die Hässlichkeit erregte ihn.

»Komm her«, sagte sie.

Er stand neben dem Bett, und sie hängte den Kopf seitlich über die Matratze. Er stellte sich über sie.

»Letzte Woche mal geduscht?«, fragte sie.

»Der Drambuie vernichtet die Bakterien.«

»Wahrscheinlich hast du recht.«

Sie nahm ihn. Sie war ziemlich gut und lutschte ihn schnell steif. Unter der Decke fing sie an, sich selbst zu befriedigen. Sie stöhnte ein bisschen. Nach einer Minute zog sie ihn aus ihrem Mund. »Gut.« Er ging auf die andere Seite des Betts. Sie drehte sich auf den Bauch und präsentierte ihm ihren riesigen Hintern. Das war der hässliche Teil, der Teil, den er mochte. Er drang von hinten in sie ein. Sie hatte nie Kinder gehabt, und so war sie, trotz Konfektionsgröße 46 oder 48 oder was immer es noch an Sondergrößen gab, innen so richtig eng. Und Violet wurde zehn oder fünfzehn Mal im Monat gefickt, also war sie da unten recht gut in Form. Er gab's ihr eine Minute oder so richtig hart, merkte, wie bei ihm Langeweile aufkam, und nahm sich vor, aus dem Fenster zu sehen und unten auf dem Boulevard den Verkehr zu beobachten.

»Komm schon, Vic«, instruierte sie ihn. »Nicht das Interesse verlieren.«

Er hämmerte los, und es fühlte sich gut an. Die heiße Woge ging auf den Höhepunkt zu. Sie presste sich genau im richtigen Moment zusammen, und er hörte, wie ihm ein Laut aus der Kehle drang, und als er seinen Schuss abgab, wurde ihm bewusst, dass er es mehr genossen hatte, Richie zu töten. Du bist vielleicht ein krankes Arschloch, dachte Victor. Guck doch, wo du bist, kann ja wohl nicht anders sein.

»So ist es gut«, sagte Violet amüsiert. »Endlich ein paar Emotionen. Du und ich. Wir könnten glatt bei Oprah auftreten.«

Er setzte sich zurück.

»Freut mich, dass du Spaß hast«, schnurrte sie.

»Hatte ich vielleicht tatsächlich, ja.«

»Und ob!«

»Schon gut, es hat mir Spaß gemacht. Dir aber auch.«

»Mein Appetit ist von enormer Kapazität.«

»Was ist Kapazität?«

»Größe, Fassungsvolumen.«

»Passt.«

»Das genügt für heute.« Sie goss sich ein Glas ein. »Du hast Glück. Deine richtigen Freundinnen würden sich nicht so abspeisen lassen.«
»Meine richtigen Freundinnen lassen sich unter der strahlenden Sonne von Brooklyn sehen und pflegen den Umgang mit der zivilisierten Gesellschaft.«
Er wischte sich mit dem Laken ab. Violet drehte sich auf den Rücken.
»Dich bedrückt was.«
»Quatsch.«
»Hey, Victor, ich bin's, okay?«
»Sicher.«
»Ich sag ja nur, du hast irgendwas.«
»Du meinst, du kennst mich?«
Sie lachte und goss sich noch ein Glas ein. »Ich sag nur, eine Frau merkt so was.«
Also gut, sagte sein Achselzucken, geb mich geschlagen. Er zog sich die Hose an und ging ins Bad.
»Außerdem beklage ich mich nie über deine Freundinnen.«
»Wie könntest du auch?«, rief er ihr über die Schulter zu.
»Ich *könnte*, aber ich tu's nicht.«
Er lächelte. Das waren nur Spielchen. »Da gibt es einen Kerl, der mir dumm kommt, Violet. Ich hab keine Ahnung, wer er ist.«
Er merkte, dass sie sich auf das Gespräch einließ und sich freute, dass er ihr persönliche Dinge anvertraute. »Inwiefern dumm?«
»Stand auf einmal auf dem Gelände, hat Fragen gestellt.«
Er öffnete das Schränkchen in ihrem Badezimmer, griff nach hinten und schnippte Violets Fläschchen Chloralhydrat auf, dieselben starken Schlaftabletten, mit denen sich

Anna Nicole Smith umgebracht hatte. In Alkohol und Wasser aufgelöst. Er hatte fünf für Richie benutzt und Sharon erklärt, wie man sie in ein Getränk mischt.

»Fragen wonach?«, kam Violets Stimme.

»Dies und das.« Er schüttete sich zehn in die Hand, wickelte sie in ein Stück Toilettenpapier und steckte sie in die Tasche.

»Hast du in letzter Zeit was in der Mache, Vic?«

Er kam zum Bett zurück. »Ich hab immer was in der Mache.«

Sie zündete sich eine Zigarette an. »Wie sieht er aus?«

»Ganz normaler Typ. Kräftig.«

»Cop?«

»Kein Angebertyp.«

»Nicht selbstbewusst?«

»Nein, nein, sehr selbstbewusst. Aber eher Einzelkämpfer. So in die Richtung.«

Violet schwieg. »Ich hab von den mexikanischen Mädchen gehört, die draußen am Strand umgekommen sind.«

Er starrte sie an, während er sich das Hemd überzog. »Tatsächlich? Ich auch.«

Sie rauchte ihre Zigarette und sah ihn nicht an. Woher wusste sie das?, dachte er. Woher *konnte* sie es wissen? »Vic, sie wurden mit einer Ladung Kloake ermordet.« Sie sah ihn mit einem vielsagenden Blick an. »Was sagt man dazu?«

»Ziemlich schwer, die Kloake zurückzuverfolgen. Das Zeug zersetzt sich schnell.«

»Aber der Truck.«

»Trucks können verschwinden. In Queens gibt's Leute, die sie als Schrott aufkaufen und in einer Stunde zerkleinern.«

»Aber du sagst, da ist dieser Kerl ...«

»Wie gesagt, kein Cop. Jemand, der mir blöd kommt.«
»Kann mich mal umhören«, sagte sie.
Er fand seine Schuhe. »Nicht fragen. Nur die Ohren aufsperren.«
Unten klopfte er an die Scheibe. Der Nigerianer sah von seiner komischen afrikanischen Zeitung auf.
»Hey, beinah hätt ich's vergessen, vielleicht zufällig Richie gesehen?«
»War vor 'n paar Tagen da, Boss.«
»Seinen Scheck eingelöst?«
Der Nigerianer schüttelte den Kopf. »Hat uns nur einen Besuch abgestattet, Mr. Vic.« Verfluchter Richie, kam der auch einmal die Woche und vögelte Violet? Hatte *er* Violet von den Mädchen erzählt? Durchaus möglich.
Victor tastete in der Hosentasche nach den Pillen, dann sah er auf die Uhr. Er hatte einen Tagesplan. Ein Ziel. Und um das Ziel zu erreichen, musste er ein paar Chemikalien mixen.

21

Sie wartete im Schatten gegenüber der Good-Pharma-Lkw-Bucht an der Fifty-First Street. Sie trug die CorpServe-Uniform, die sie zuletzt am Abend des Anschlags angehabt hatte, nur dass sie jetzt gewaschen und gebügelt war und alle Spuren dieses Abends beseitigt waren. Sie griff in die Tasche und heftete sich die CorpServe-Dienstmarke an. Die letzten Angestellten eilten auf dem Nachhauseweg an ihr vorbei, Männer und Frauen, die ans Abendessen, an die Kinder, das Fernsehprogramm dachten. Wenige Minuten nach sieben fuhr das dreizehn Meter lange CorpServe-Schreddermobil heran, wie immer die Nummer sechs, und das Tor an der Parkbucht wurde vom Wachdienst hochgefahren. Am Steuer des Mobils saß wie immer der alte Zhao. Er hatte keinen einzigen Eintrag im Unfallregister, nicht übel für sein Alter. Er hatte auch ausgezeichnete Augen, sie hatte ihn vor einem halben Jahr zum Sehtest geschickt. Sie hatte eine Schwäche für ihn; vielleicht erinnerte er sie an ihren Großvater.

Die beiden Frauen für die Bodenreinigung mussten bereits über den Personaleingang ins Gebäude gekommen und oben bei der Arbeit sein. Der Truck parkte für den restlichen Abend an der üblichen Stelle, und Zhao hatte den Schredder eingeschaltet, der über eine Batterie und nicht über den Dieselmotor lief. Der Grund war natürlich, dass manche Laster innerhalb von geschlossenen Räumen zum Einsatz kamen, wo die Dieselabgase für den Mann, der die Maschine bediente, und für andere Menschen in der Nähe eine tödliche Gefahr sein konnten.

Sie rannte über die Straße und fand Zhao. Er war erstaunt, sie zu sehen, und sie legte ihm den Finger auf die Lippen, während sie ihn aus dem Blickfeld der Überwachungskamera zog.

»Sie haben gesagt, du wärst umgekommen!«, rief er auf Kantonesisch.

»Natürlich nicht«, antwortete Jin Li.

»Sie sagen, sämtliche Arbeiten sollen weitergehen wie bisher. Anordnung vom großen Boss in China.«

Ihr Bruder natürlich. »Das ist gut.«

»Aber alle sind nervös.«

»Hör zu, wie haben die anderen mexikanischen Mädchen auf die Nachricht reagiert?«

Zhao schüttelte den Kopf. »Oh, die waren sehr traurig. Ich glaube, einige haben gekündigt.«

»Und bei dieser Kolonne hier?«, fragte sie.

»Also, sie haben ein paar von ihnen versetzt. Nur vom Reinigungspersonal, glaube ich.«

»Hat denn niemand von der Firma oben etwas wegen der Mädchen zu uns gesagt?« Jin Li konnte es kaum glauben. »Hat die Polizei Fragen gestellt?«

»Gestern Abend kam ein Detective.« Der alte Mann zog eine Visitenkarte heraus und reichte sie Jin Li. Sie strich mit den Fingern darüber, fühlte die scharfe Kante. Detective Peter Blake, stand darauf, Brooklyn, dreiundsechzigstes Revier. Der Detective, der sie angerufen hatte. Sie steckte die Karte in die Tasche ihres Overalls.

»Was hat er gesagt?«

Zhao stand stramm, bereit, seinen Bericht abzuliefern. Offensichtlich hatte er sich darum bemüht, sich das Gespräch genau einzuprägen. »Er fragt, ob wir gesehen hätten, dass jemand dem kleinen Auto mit den Mädchen gefolgt ist. Ich sage nein. Er fragt, ob Sie bei den Mädchen im Wagen waren. Ich sage, ich weiß es nicht. Er sagt, wieso wissen Sie das nicht? Ich sage, ich habe nicht gesehen, wohin Sie gegangen sind, ich fahre den Truck. Er sagt, wohin geht Jin Li an den meisten Abenden? Ich sage, ich glaube, in ihre Wohnung. Er sagt, wo ist das? Ich sage, ich weiß nicht. Er sagt, hat Jin Li einen amerikanischen Freund namens Ray Grant? Ich sage, ich weiß es nicht, aber ich glaube, möglicherweise ja. Er sagt, er glaubt, ich weiß es. Ich sage ja, ich habe von diesem amerikanischen Freund gehört, aber ich habe ihn nie gesehen. Er fragt, haben die mexikanischen Mädchen gekifft? Ich sage, ich glaube, ja, wegen des Geruchs im Wagen. Er fragt, woher kennen Sie den Geruch von Pot? Ich sage ihm, das wird in China geraucht, nur nennen wir es in meinem Dorf das Schwein, das schwebt. Er lachte. Ich mochte diesen Detective, ich weiß, dass Sie das nicht gerne hören. Ein sehr professioneller Mann. Er fragt, wo haben die Mädchen sonst noch gearbeitet? Ich sage, vor allem in diesem Gebäude, aber manchmal auch woanders. Er fragt, wieso, und ich sage, weil wir manchmal nicht überall genug Leute haben. Er sagt, waren diese Mädchen bei der Arbeit in irgendwelche Schwierigkeiten geraten? Ich sage nein, nicht dass ich wüsste. Sehr gute Arbeiterinnen. Er sagt, was ist mit ihren Freunden? Verkaufen sie Pot an die Leute in der Firma? Ich sage, nein, Jin Li würde jeden feuern, der im Betrieb Pot kauft. Er fragt, ob ich gut Englisch lesen kann. Ich sage, nein, nur Verkehrsschilder und Bierflaschen. Das gefällt ihm. Er sagt, er liest auch Bierflaschen. Er fragt, wieso jemand meiner Meinung nach ein paar mexikanische Mädchen tötet. Ich sage, ich weiß nicht. Er sagt, vielleicht hat Jin Li die mexikanischen Mädchen getötet und dann ist sie weggelaufen. Ich sage, das glaube ich nicht.

Er fragt, wieso. Ich sage, Sie sind nett zu den Mädchen. Alle finden, Sie sind der beste Boss, den sie je hatten. Er sagt, er glaubt, die mexikanischen Mädchen verkaufen Drogen an alle möglichen Leute, vielleicht Drogen von ihren Boyfriends. Er sagt, die Mexikaner sind in New York im Drogenhandel stark, auch wenn die meisten glauben, es wären andere Leute. Ich sage, ich glaube nicht. Er sagt, er will mich und meinen Truck von einem Hund abschnüffeln lassen. Ich sage, okay. Sie bringen den Hund, und der riecht kein Pot. Er hat mich beschnüffelt und den Wagen. Ich mochte diesen Hund. Ein sehr guter Hund. Er sagt, er glaubt, Jin Li weiß, wieso diese mexikanischen Mädchen gestorben sind. Ich sage, ich halte Sie für einen guten Menschen und so. Er fragt, wieso ich mich nicht um Jin Li sorge. Ich sage, ich glaube, es geht ihr gut, sie ist schlau. Er …«

»In Ordnung«, unterbrach Jin Li ihn. »Wenn du wieder so etwas hörst, ruf mich an. Alles, was ich deiner Meinung nach wissen sollte. Du hast meine Nummer. Falls ich mich nicht melde, sprich eine Nachricht auf Chinesisch auf Band, ja?«

»Wie Sie wollen.«

»Jetzt möchte ich, dass du mich mit nach oben nimmst.«

»Aber Sie können doch auch so nach oben.«

»Nein, ich glaube nicht. Ich will nicht, dass mich die Überwachungskamera im Lift sieht. Steck mich einfach in den rollbaren Abfallbehälter und wirf einen leeren Beutel auf mich.«

Das gefiel Zhao nicht, doch er ließ sie in die Tonne steigen. Er warf ein paar leere Abfallbeutel über sie, dann nahm er den Lastenaufzug. Sie hörte, wie er eine der CorpServe-Arbeiterinnen über Funk anrief. Einen Moment später

kam der Fahrstuhl herunter, und er rollte die Mülltonne hinein.
»Zehnter Stock«, sagte er und entfernte sich.
Sie hörte, wie die Türen zugingen.
»Missadschin?«, hörte sie eins der mexikanischen Mädchen fragen.
»Nicht mit mir reden«, antwortete sie. »Die Kamera ist auf uns gerichtet. Nicht in die Tonne sehen, nur auf die Tür, okay?«
»Cha, chokay.«
»Rollen Sie das Ding einfach durch die Lobby, dann durch die Haupttür und stellen Sie es in die kleine Küche.«
Und so geschah es. Jin Li stieg in der Küche heraus, wo es keine Kamera gab. Sie kannte diese Küche gut, hatte oft die Kaffeemaschine benutzt. Die CorpServe-Arbeiterin wartete auf Instruktionen. Jin Li wusste, dass der Mann vom Wachdienst von Stockwerk zu Stockwerk lief und alle halbe Stunde auf dem Geschoss auftauchte.
»Ich möchte, dass Sie in zehn Minuten mit fünf, sechs vollen Säcken hier sind. Die packen Sie auf mich drauf und fahren mich nach unten, in Ordnung?«
»Cha.«
»Lassen Sie den Rollwagen hier.«
Jin Li kannte sich hier aus, war Dutzende Male die Gänge entlanggelaufen, kannte den Grundriss, wusste, wer wo arbeitete und welches die besten Informationsquellen waren. Das Büro umfasste vier Abteilungen: Geschäftsführung, Rechts-, Finanz- und Forschungsabteilung. Die besten Informationen kamen gewöhnlich aus der Forschung und den Finanzen, doch sie schätzte, dass sie bei der Firmenleitung am ehesten fündig würde. Sie suchte nach einem Hinweis darauf, ob jemand bei Good Pharma die Spiona-

geaktivitäten von CorpServe Sorgen witterte. Dann könnte sie Chen bitten, das rückgängig zu machen, womit er ihr Misstrauen erregt hatte, oder, falls möglich, seine Spuren zu verwischen.

Doch wo genau sollte sie suchen? Der CEO der Firma war ein großer, eleganter Mann namens Lewis Henry, der nie da zu sein schien. In Wirklichkeit wurde die Firma offenbar vom Vorsitzenden geführt, einem Mann namens Reilly; dann die Rechnungsprüferin, eine Frau namens Moritz; und der Forschungsdirektor, der Brenner hieß. Sie sah zuerst in Moritz' Büro nach, nicht in ihrem Papierkorb, sondern auf ihrem Schreibtisch. Nichts weiter da als lange Ausdrucke der Produktionskosten einer Fabrik in Puerto Rico. Wonach suche ich eigentlich?, überlegte sie. Eine Notiz? Ein Bericht? Es war unwahrscheinlich, dass sie so etwas finden würde.

Sie betrat Brenners Büro. Auf seinem Schreibtisch stapelten sich ordentliche, spiralgeheftete Forschungsberichte. Einen schlug sie auf. Er hatte etwas mit der »Steigerung sexueller Empfindungen bei Frauen« zu tun. Es war an vierhundertsechs Frauen zwischen zweiundzwanzig und sechzig Jahren getestet worden, das Altersmittel lag bei einundvierzig, und die Ergebnisse zeigten, dass einundsiebzig Prozent eine verstärkte ... Das ist nicht, wonach ich suche, dachte Jin Li, schlag hier keine Wurzeln. Sie ging die Papiere durch, die der Mann auf der Fensterbank liegen hatte. Er litt offenbar an Sammelwut. Die Berichte waren nach Datum der klinischen Versuchsreihen und nach Forschungsprodukt geordnet. Ich könnte ein Jahr lang hier weiterlesen, erkannte sie. Sie zog sich aus dem Büro zurück und sah auf die Uhr. Vier Minuten.

Als Nächstes kam Reillys Eckbüro, ein großer Raum mit

einem Konferenztisch auf einer Seite sowie Sessel und eine passende Sitzecke auf der anderen. Vier Fenster. Eigene Toilette. Gerahmte Fotos und Artikel an den Wänden. Aus den Papieren der Firma, die sie bisher gesehen hatte, war klar ersichtlich, dass er das öffentliche Gesicht der Firma war, hinter vielen Geschäftsanbahnungen steckte und für die Kommunikation mit den Investoren zuständig war. Er wurde in der Zeitung zitiert. Sie sah sich das Foto auf seinem Schreibtisch an. Eine lächelnde, attraktive Frau blickte ihr entgegen. Vermutlich war sie die Highschool-Cheerleaderin gewesen, dachte Jin Li abschätzig. Sie zog seine Schreibtischschubladen auf. Nichts von Interesse. Wie in den anderen Büros summte auf einer Seite des Schreibtischs auch hier der Computer leise vor sich hin. Sie nahm an, dass sämtliche PCs automatisch auf Standby geschaltet wurden, doch für alle Fälle drückte sie mit dem Knöchel auf eine Taste. Der Computer piepste und ein Fenster mit der Abfrage des Benutzernamens sowie des Passworts erschien. Vergiss es, sagte sie sich.

Nicht viel auf dem Schreibtisch. Ausdrucke von Verkaufszahlen, aufgeschlüsselt nach Regionen; Zusammenfassungen von Forschungsergebnissen, die Kopie eines Gerichtsvergleichs in einem Produkthaftungsfall, eine dünne Mappe mit sämtlichen Artikeln, in denen die Firma an diesem Tag in den großen Printmedien erwähnt worden war, und so weiter. Außerdem eine Telefonliste auf Firmenpapier, zweifellos von der Assistentin zusammengestellt. Neben jedem mit Namen und Uhrzeit notierten Anruf waren mehrere freie Zeilen, um den Kern des Gesprächs festzuhalten. Sie überflog die Namen.

Erkannte einen. James Tonelli. Der Mann von der Hausverwaltung, der CorpServe ursprünglich angeheuert hatte.

Neben seinem Namen die Nachricht: *Weiß, dass du ihn dringend sprechen wolltest.* Reilly versuchte, Tonelli zu erreichen? Wieso? Auf der Liste standen noch andere interessante Namen. Eine Bemerkung lautete: *Wir haben eine Anfrage vom NYPD wegen des Todes von zwei Mexikanerinnen bei unserem Reinigungsservice CorpServe.*
Sie faltete die Liste zu einem kleinen Quadrat, öffnete den Reißverschluss des Overalls und steckte den Zettel in ihre Tasche.
Die CorpServe-Reinigungsfrau war wahrscheinlich schon mit der Mülltonne und den Säcken in der Küche und fragte sich, wo Jin Li blieb.
Ich habe nichts Nützliches gefunden, zog sie das Fazit. Sie stahl sich in das kleine Bad. Knipste das Licht an. Geflieste Dusche. Klo, ein kleiner Schrank mit einem frischen Anzug, mehreren Paar Schuhen sowie einer kleinen Auswahl gebügelter Hemden und Krawatten. Nettes Leben, dachte sie. Sie öffnete den kleinen Medizinschrank. Ein Pillendöschen. Betablocker. Schalteten die Angst bei öffentlichen Auftritten aus. Wahrscheinlich nahm die Hälfte von New Yorks Managern das Zeug.
Sie hörte ein Geräusch und löschte das Licht im Büro. Steckte den Kopf zur Tür hinaus. Sie sah den Wachmann mit dem Rücken zu ihr den Flur abschreiten. Die Firmenräume waren so geschnitten, dass die Lobby und die Fahrstühle in der Mitte lagen, während sich die inneren und äußeren Büros ringförmig darum gruppierten. Die Küche lag auf der anderen Seite des Stockwerks, in der Richtung, in die der Wachmann ging. Doch er überprüfte hier und da die Büros, und Jin Li wusste, wie sie ihn umschiffen konnte. Sie rannte so schnell sie konnte in die entgegengesetzte Richtung, bog nach links ab, den Flur entlang, dann wieder

nach links und auf der anderen Seite des Gebäudes weiter, um vor dem Wachmann in der Küche zu sein. Ein letztes Mal huschte sie links um eine Ecke und sah die CorpServe-Arbeiterin mit ängstlicher Miene warten.
»Schnell!«, befahl Jin Li.
Sie zog fünf große Papiersäcke heraus, dann sprang sie selbst in die Tonne.
»Packen Sie sie auf mich, beeilen Sie sich!«
»Cha.«
Das Mädchen tat es.
»Rollen Sie mich zum Lastenaufzug.«
Sie tat es. Jin Li hörte, wie sie den Etagenknopf drückte.
»Hallo«, sagte die Arbeiterin zu jemandem.
»Abend«, kam eine männliche Stimme, entspannt, aber fest.
»Runter?«
»Ja.«
»Wir bekommen eine Übergangsregelung«, sagte die Stimme des Wachmanns. »Morgen erklären wir Ihnen alles.«
»Chokay.«
Die Fahrstuhltüren öffneten sich.
»Dann gute Nacht.«
Die Tür ging zu. Jin Li wartete. Als der Lift das Erdgeschoss erreichte, rollte die Arbeiterin die Tonne zum Schreddermobil.
Jin Li schlängelte sich zwischen den Säcken hindurch nach oben und sprang heraus. War das auf den Überwachungskameras? Wahrscheinlich. Bei dem Getöse des Schredders konnte man sich kaum konzentrieren.
»Er sagt, sie führen eine neue Regelung ein?«, fragte Jin Li die Frau.
»Cha.«
Die Mexikanerin wagte kaum, sie anzusehen. Ich mache

ihr Angst, wurde Jin Li bewusst. Sie weiß von den beiden toten Mädchen.

»Wissen Sie etwas darüber?«

»Cha. Gestern sie sagen uns.«

»Was haben sie gesagt?«

»Sie sagen, wir nicht mehr machen dieses Gebäude. Sie nicht uns mehr wollen. So was, ich glaube.«

Jin Li musterte die Frau. Sie hatte keine Ahnung. Sie tat einfach, was man ihr sagte, und dachte nicht darüber nach, wieso Good Pharma CorpServe an die Luft setzte. Doch Jin Li wusste es. Und jetzt musste sie Chen warnen, falls die Firma nicht längst von ihm Wind bekommen hatte.

22

Sie hatte eine Engelsgeduld bewiesen. Sie hatte ein paar Tage gewartet, bevor sie mit Tom darüber sprach, was auf der Party bei Martz passiert war. Natürlich war ihr der Vorfall mit Martz immer wieder durch den Kopf gegangen, und sie hatte zu verstehen versucht, was die Sache für Tom zu bedeuten hatte. In dem Moment, als der alte Mann Anns kotverschmierte Finger vor ihrem Gesicht geschüttelt hatte, waren ihr sämtliche Gefühle zu Eis gefroren – ihre Gefühle gegenüber Tom, ganz zu schweigen von Martz, den sie nicht für würdig erachtete, ihre medizinische Meinung zu hören. Tatsächlich hatte er persönlich auch keine zu hören bekommen. Er hatte einfach ihre Hand losgelassen und sich die Hose hochgezogen.

»Ich weiß, dass ich ein verfluchtes Prostataproblem habe«, hatte er gemault.

Sie hatte ihre Handschuhe auf links gezogen und in den Abfalleimer geworfen.

»Los«, hatte sie ihn angefaucht. »Drehen Sie sich um, sehen Sie mich an. Sehen Sie mir ins Gesicht!«

Und das tat er. Er war zu Ann herumgewirbelt. »Ihr Mann steckt bis zum Hals in der Scheiße, Lady. Kümmern Sie sich lieber um ihn.« Er räusperte sich. »Und, so nebenbei, was ist Ihre medizinische Meinung?«

Was für ein Arschloch, dachte sie. Und ich hab gerade meine Finger reingesteckt. »Meiner Meinung nach sollten Sie das Chaos fürchten, und zwar in all seinen Formen – zellular, psychologisch, zwischenmenschlich und existentiell.«

Martz, der alte Krieger, lächelte gequält und angewidert. »War's das?«
»Mehr habe ich Ihnen nicht zu sagen.«
Er stöhnte und schien von sich selbst ebenso angewidert wie von ihr, verließ das Zimmer und ließ die Tür hinter sich offen stehen. Sie hörte das Klirren von Tafelsilber und das Partygemurmel. Sie blieb sitzen, um sich zu sammeln, und blickte aus dem Eckfenster. Eine prächtige Aussicht – im Süden die Lichter von Manhattan und Jersey im Westen. Aus dieser Höhe konnte sie sämtliche Brücken und die Freiheitsstatue sehen. Wer das nötige Kleingeld hatte, bekam eine Menge Himmel geboten.
Connie Martz kam eilig herein. »Er sagt, Sie hätten ihm nichts verraten?«
Ann sah Connie an. Wie viel wusste diese Frau über ihren Mann? Wie viel wussten andere Frauen über ihre Männer? Und wie viel weiß ich über Tom?
»Er hatte es offenbar eilig, zur Party zurückzukommen«, sagte sie diplomatisch, während sich angesichts von Connies Sorge ihr Ärger allmählich legte. »Eigentlich muss ich es ihm persönlich sagen, aber ich sage es Ihnen.«
»Bitte.«
»Wenn ich das, was ich von Ihnen weiß, und das, was ich ertastet habe, zusammennehme, muss er sich unverzüglich einer Nadelbiopsie unterziehen, außerdem einem PSA-Test. Bei seinem Alter dürfte es nicht der erste sein. Die Prostatalappen sind klumpig, unregelmäßig und weisen eine ungleichmäßige Konsistenz auf – mal hart, mal weich. Nicht gut. Das ist typisch für Prostatakrebs, wenn auch kein Beweis. Nur eine Biopsie bringt eine sichere Diagnose. Die würde ich allerdings morgen machen lassen.«
»Er soll morgen den Krebstest machen lassen?«

»Breitet sich der Krebs über die Drüse hinaus aus, ist die Behandlung sehr viel schwieriger. Der Krebs bildet Metastasen. Dann kann er nicht mehr am Organ selbst, sondern nur noch systemisch behandelt werden. Wir sprechen von fortgeschrittenem Prostatakrebs, wenn auch nur eine Zelle wandert. Bekommt man ihn aber in den Griff, bevor die erste …«

»Ja, ja! Ich hab verstanden!« Connies schöne blaue Augen füllten sich mit Tränen, dann nickte sie entschlossen. »Danke, Frau Doktor.«

Ann hatte sich zu den übrigen Gästen begeben und Tom gefragt, ob sie gehen könnten. Er schien erleichtert, doch sie brauchten eine Viertelstunde, bis sie sich mit Anstand und Würde losgeeist hatten. Connie bemerkte ihr Verschwinden, ihr Ehemann nicht. Im Fahrstuhl fragte Tom sie, wo sie gesteckt hatte.

»Ich hab deinem Freund Martz die Prostata untersucht.«

»Was? Auf einer Cocktailparty?«

»Seine Frau war sehr beharrlich.«

»Und?«

»Er muss weitere Untersuchungen machen lassen«, sagte sie ausweichend, da dies wohl kaum der richtige Moment war, die ärztliche Schweigepflicht zu verletzen.

»Aber er stirbt nicht oder so?«

»Nein«, sagte sie kurz angebunden.

Das war vor zwei Tagen gewesen, und seither hatte sie Tom im Auge behalten.

Kurz vor dem Schlafengehen sagte sie jetzt: »Dieser Martz hat mir neulich Abend ein paar Dinge erzählt.«

»Was für Dinge?«, fragte Tom ruhig zurück.

Ann stand neben dem Bett und wartete darauf, dass sie seine volle Aufmerksamkeit hatte. »Er hat gesagt, du steckst in gewaltigen Schwierigkeiten, Tom. Es ginge um das Geld anderer Leute, um riesige Summen. Er sagt, du müsstest ihm die Fakten geben. Du hättest ihn belogen! Er ist ein ziemlich bedrohlicher Mann, selbst wenn er Probleme mit der Prostata hat. Vielleicht gerade deswegen.«

»Er hat dich bedroht?«

»Nein, er droht *dir*, Tom. Ich bin nur eine Ärztin, die anderen Leuten den Finger hinten reinsteckt. Du bist die große Nummer, du schmeißt mit Hunderten von Millionen Dollar um dich.«

»Schon gut, ich hab verstanden.«

Sie sah zu, wie er sich den Pyjama anzog. Zu üppig um die Taille; führt zu Organverfettung. Wir sind jetzt im mittleren Alter, dachte sie. Und haben keine Kinder. Aus biologischer Sicht haben wir versagt.

Tom schluckte wie jeden Abend sein Schlafmittel. »Du sagst, er ist vielleicht *wegen* seiner Prostataprobleme so bedrohlich?«

Ann seufzte. Das war typisch Tom; er versuchte, ihr Informationen zu entlocken, während er sich überlegte, was er als Nächstes sagen sollte. »Es gibt eine Theorie«, fing sie an, »nur eine Theorie, aber keine dumme, wonach Prostatakrebs, wenn seine Ausbreitung einen kritischen Punkt erreicht, sich auf den endokrinen Zyklus des Mannes auswirkt. Ihn beeinträchtigt. Prostatakrebszellen lieben Testosteron, sie leben davon. Deshalb wird im fortgeschrittenen Stadium eine Orchidektomie, eine Kastration vorgenommen, oder man erreicht dasselbe mit der Verabreichung von Lupron. Jedenfalls können die Prostatakrebszellen den Testosteronspiegel eines Mannes durcheinanderbringen. Schon die Krankheit als solche bereitet ihm Stress, schon das Bewusstsein, dass er krank ist – wir wissen, davon bin ich wirklich überzeugt, dass wir krank sind, bevor wir uns so richtig krank fühlen oder bevor wir es gesagt bekommen –, auf jeden Fall schwankt der Testosteronspiegel im Blut erheblich. Das System ist sozusagen kurz davor, durchzudrehen. Das kann eine gewisse Verwirrung, Depressionen und Reizbarkeit auslösen. Oder auch zuweilen unangemessene Aggression, so wie ich sie bei ihm erlebt habe. Auch der Blutzuckerspiegel ist im Alter unbeständiger, und man hat es dann mit einer interessanten Mischung aus Blutzucker- und Hormonschwankungen zu tun. Wahrscheinlich hatte er auch ein bisschen getrunken, was vorübergehend den Testosteronspiegel anhebt und natürlich die Hemmschwelle senkt. Aber ich möchte wetten, dass die anderen Faktoren auch hineinspielten. Es gibt dazu eine Menge Forschungsarbeit. Die Entscheidungen, die ein Mensch trifft, können davon beeinflusst werden. Das ist eine subtile Angelegenheit, besonders da ab einem Alter von fünfzig Jahren die Entscheidungen in ziemlich festgelegten Bahnen verlaufen. Die Menschen denken weitgehend so, wie sie es immer getan haben, es sei denn, die Hirntätigkeit degeneriert, was gewöhnlich durch dendritische Plaque-Ablagerungen und Minischlaganfälle passiert.«

Tom hörte jetzt genau zu. Als hinge sein Leben davon ab.

»Warte, kommen wir auf Martz zurück.«

»Wie du willst. Ich glaube, du steckst in Schwierigkeiten, Tom, und du hast mir nichts davon erzählt!«

Er schwieg.

»Und aufgrund meiner klinischen Erfahrung sowie einer kurzen Begegnung würde ich sagen, du solltest dich nicht darauf verlassen, dass der Mann, mit dem du Schwierigkeiten hast, sich besonders rational verhalten wird! Oder freundlich oder mit Anstand! Mir ist egal, wie viel Geld er hat! Er ist ein Tier unter Stress, er hat einen hohen Cortisolspiegel, erhöhten Blutdruck, wer weiß, was noch. Außerdem ist er offensichtlich – man denke an das Vermögen, das er angehäuft hat – ein Aggressor. Die extreme Anhäufung von Reichtum ist übrigens, nach Auffassung einiger Leute, ein Anzeichen für eine pathologische Obsession, Persönlichkeitsstörung, für das sogenannte Aggressionssyndrom, Großspurigkeit und andere nette Dinge dieser Art.«

»Und was schlägst du vor, Dr. Ehefrau?«

»Ich schlage vor, dass du ganz schnell aus den Schwierigkeiten rauskommst, in denen du steckst! Komm schon, Tom. Was erwartest du von mir?«

Er war kurz davor, es ihr zu sagen, das konnte sie sehen.

»Tom, was ist los? Kannst du es mir nicht sagen?«

Er machte eine unwirsche Bewegung. »Es ist was Geschäftliches.«

»Du willst es mir nicht sagen? Du willst es mir wahrhaftig nicht sagen?«

»Es ist ... ich mag nur nicht darüber reden, okay?«

Er sah sie – schwermütig, wie sie fand – an. Er schien so tief in den Strukturen von Good Pharma zu stecken, dass er sich nicht daraus lösen konnte. Sie knipste das Licht aus und machte es sich im Bett bequem, doch sie war trotz eines langen Arbeitstages hellwach. Tom, das wusste sie, war die Firma, die Firma war er. Er war nicht der Tom Reilly, den sie geheiratet hatte. *Der* Mann war vor mindestens zehn Jahren verschwunden. *Der* Mann war gut im Bett gewesen, es hatte Spaß gemacht, mit ihm zusammen zu sein. Gott, vergib mir den Gedanken, doch es war einfach nicht zu leugnen, dass Tom, ja was, eine Art menschlicher Prozessor innerhalb der Informationsstruktur seines Unternehmens war. Good Pharma stellte Pillen und andere medizinische Produkte her, doch diese standen am Ende des Prozesses. Dabei stellte das Unternehmen die Pillen streng genommen nicht einmal selbst her. Der Auftrag wurde an ein Subunternehmen vergeben, meist in Puerto Rico oder Indien, zunehmend auch mit Lizenzverträgen. Die Firma war ein riesiges Gebilde aus menschlichen Informationsprozessoren, welche die entsprechende Technologie sowohl steuerten als auch von ihr gesteuert wurden. Die Abstraktionsstufen eines solchen Gebildes erforderten Menschen wie Tom. Nur ein superintelligenter menschlicher Prozessor wie er konnte die verschiedenen Bereiche von der chemischen Zusammensetzung der Pillen selbst über die Forschungsprotokolle, die Organisation sämtlicher Abteilungen bis hin zum Management des Unternehmens, sein Auftreten im Gesundheitsbusiness einerseits und gegenüber staatlicher Regulierung andererseits und nicht zu vergessen im Geflecht der Finanzmärkte zusammenhalten. Er war zu enormen Abstraktionsleistungen imstande, konnte die unterschiedlichsten Bereiche verknüpfen, die jeweils benötigten Informationen einspeisen und umgekehrt die richtigen Informationen für sich gewinnen. Man musste ein Meister im Schubfachdenken sein und zugleich die Inhalte jedes Teilbereichs auf nützliche Erkenntnisse für die anderen abklopfen können. Tom war ein solcher Mensch und hatte sich in den Jahren, seit sie ihn kannte, immer mehr in diese Richtung entwickelt: Die Gesamtfunktion seines Gehirns hatte sich genau so spezialisiert, wie es die Firma brauchte. Klassisches Beispiel für die Wechselwirkung zwischen Anlage und Sozialisationseinflüssen. In Prozessen, welche die Forschung gerade erst zu verstehen begann, schaltete die Umwelt in Echtzeit Gene ein und aus. Beweis? Höchst subjektiv, gab sie zu. Aber immerhin war sie seine *Frau*. Das Spielerische in seinem Wesen war auf der Strecke geblieben. Sein Humor war weniger subtil, eher brutal und düster. Er las schneller; sie sah es morgens bei der Zeitung. Bestimmte geistige Funktionen waren stärker entwickelt. Er konnte sich gut Zahlen merken, vielleicht, weil sie eine tiefere Bedeutung für ihn hatten. Bei geselligen Anlässen konnte er sich besser artikulieren. Überhaupt füllte er die gesellschaftliche Rolle, die ihm sein Job abverlangte, sehr gut aus, indem er potenzielle Investoren mit überschwenglicher Herzlichkeit empfing, ihnen ein gutes Unterhaltungsprogramm bot und zu Verhandlungen überging, wenn die Zeit gekommen war. Sie hatte ihn zu Hause am Telefon erlebt, seinen Tonfall gehört und gestaunt, wie schnell er von einer leutseligen Plauderei zur sonoren, gediegenen Analyse übergehen konnte – je nachdem, was die Situation verlangte. Doch diese Reaktionen waren nicht authentisch, hatte sie erkennen müssen. Sie waren aufgesetzt – nein, das war nicht das richtige Wort –, sie waren *algorithmisch*. Die meisten Menschen, mit denen Tom verkehrte, kamen aus einem vertrauten Umfeld. Er wusste mehr oder weniger, was sie wollten und wieso sie mit ihm redeten. Unter diesen Umständen war ein berechenbares Interaktionsschema nützlich. Sicher, es fanden Unterhaltungen statt, doch kein wirklicher spontaner menschlicher Kontakt, der Entdeckungen und Nähe zuließ. Ann verstand dies nur zu gut, denn so verfuhr sie auch mit Patienten. Hatte man hundert Menschen gesagt, dass sie zu hohen Blutdruck haben, dann verfiel man früher oder später in ein Schema. Das konnte sie also nachvollziehen. Doch in Toms Gesprächen drehte sich alles mehr oder weniger um Abstraktionen, die mit Abstraktionen beantwortet wurden. Auch seine Partner fungierten im Rahmen eines Algorithmus. Somit führte Tom wenig echte Gespräche. Er redete jeden Tag mit Dutzenden von Leuten, doch stets in seiner Rolle als Firmenchef und innerhalb seines gewohnten Schemas. Er saß in der Falle. Der Mann, der er einmal gewesen war, war entweder unter den eingeschliffenen Verhaltensmustern tief verschüttet oder sogar ganz verschwunden. Unwiederbringlich verschwunden. Wir verändern uns nur in eine Richtung. Wir entwickeln uns nicht wieder zurück. Sie liebte Tom vermutlich noch immer, zumindest aus Gewohnheit; natürlich war auch sie in ihren Algorithmen gefangen.

Doch in die allgemeinen Überlegungen hinsichtlich ihres Mannes, der sich gerade im Bad die Zähne putzte, schlich sich noch ein anderer Gedanke. Tom war ein großer Irrtum unterlaufen. Ein großer menschlicher Irrtum. Er hatte einen Menschen falsch eingeschätzt, vielleicht Martz, vielleicht auch jemand anderen. Es musste sich um etwas Ernstes handeln, mit großem persönlichem und beruflichem Risiko. Das führte sie zu einer weiteren Erkenntnis.

Tom spielte auf Zeit, weil er für dieses Problem keinen Algorithmus hatte.

Damit war er zum ersten Mal konfrontiert.

Er wusste nicht, was er machen sollte.

23

Großes Bündel Scheine in der Tasche. Victor befühlte die dicke Rolle in der Hosentasche, während er und Ears den Club betraten, seinen Lieblingsschuppen auf dem Broadway in Midtown Manhattan, besser als alles, was er in Queens, Brooklyn, Jersey oder auf Long Island kannte, im Vergleich zu den Clubs in Manhattan schäbige Spelunken. Hier, in diesem Club, verkehrte internationales Publikum und deutlich mehr Geld. Er nickte den Rausschmeißern zu, breitschultrigen Männern im Anzug, die mit gegrätschten Beinen und verschränkten Armen dastanden, jeden Gast unter die Lupe nahmen und sichergingen, dass er es auch bemerkte. Vic machten sie keine Angst. In jungen Jahren war er selbst Türsteher in einem Club gewesen, damals in den Achtzigern. Die meisten dieser Jungs vögelten eins der Mädchen und beschafften der Kleinen vielleicht ein bisschen Speed oder Crystal Meth. Ears ging voraus, um sie herum dröhnte die Musik. Vorne war die Bühne, wo drei Mädchen an den Stangen tanzten. Der Club hatte etwa hundert Tische, die meisten davon waren besetzt, und beschäftigte vielleicht fünfundsiebzig Mädchen, die sich entweder zu den Kunden setzten, für sie tanzten oder auf der Suche nach dem nächsten Job herumgingen. Die meisten trugen nur ein Tangahöschen und hochhackige Sandalen. Jede Einzelne war natürlich schön, immerhin war das hier New York, wo es Mädchen aus aller Herren Länder gab, schwarze, weiße, Latinas, Asiatinnen, große, kleine, gut bestückte, dünne und für Kerle, die darauf standen, sogar ein paar richtig dralle.

Er und Ears nahmen Platz. Die Kellnerin kam an ihren Tisch. Sie sah selbst nicht übel aus, aber nichts im Vergleich zu den Tänzerinnen.

»Was darf's denn sein?«

»Wodka on the rocks«, sagte Ears.

»Dasselbe für mich.«

»Also, hör zu, Vic, ich hatte heute Nachmittag ein Gespräch«, sagte Ears, »über dich und dein Problem mit der Tankstelle. Die Jungs, also, die haben Verständnis, sie schlagen vor, sich zusammenzusetzen und drüber zu reden.«

Victor nickte. »Gut, gut, weiß ich zu schätzen«, sagte er. Vic glaubte kein Wort. Im besten Fall hatte Ears mit niemandem gesprochen. Im schlimmsten Falle wussten sie jetzt, dass es ein Problem gab, und würden sich Vic irgendwie vom Halse schaffen wollen. Wofür hielten die ihn? Für einen Dummkopf? Nein. Er war ihnen voraus. Er hatte einen Plan. Und jetzt sah er sie, so eine, wie er sie brauchte, genau Ears' Typ – er winkte sie herüber, eine zierliche Blondine mit großen Augen und noch größerer Brust. Auch tolle Nippel – klein und fest wie Gummibonbons. Unter dem Make-up schätzte er sie auf neunzehn. Sie lächelte ihn an, doch er zeigte auf Ears. Das Timing war von entscheidender Bedeutung. Sie schwang beim Gehen die Hüften.

»Hi, Jungs.« Sie legte Victor die Hand in den Nacken und fing wie nebenbei an, ihn zu massieren, als sei sie seine feste Freundin und hätte das schon hundertmal getan. Er roch ihr Parfüm.

Victor zog sein Bündel Scheine heraus, so dass sie es nicht übersehen konnte, und vermittelte ihr den Eindruck, als säße es ihm sehr locker. »Miss«, sagte er. »Ich spendier meinem Freund hier ein paar Tänze.« Damit zückte er zwei

Hunderter und reichte sie ihr. »Drei Tänzchen, um den Abend in Schwung zu bringen.«
»Also, da sind Sie aber richtig nett zu Ihrem Freund.«
Das Mädchen warf die blonde Mähne zurück, eine Art mentale Reset-Taste, nahm Ears an der Hand und führte ihn zur Rückseite des Clubraums, wo die Mädchen ihre Tänze vollführten, während die Kerle sich mit dem Rücken zur Wand hinsetzten. Auf diese Weise konnten sie zur Sache kommen und fummeln, bis sie den Kunden so weit bearbeitet hatten, dass sie ihn mit in ihr Zimmer nehmen und ein paar Flaschen Champagner für neunhundert Dollar das Stück an den Mann bringen konnten.
Victor sah ihnen hinterher. Ein guter Anfang, dachte er. Er wusste, dass Ears zwanzig Riesen in der Tasche hatte, und sosehr es ihn schmerzte, musste er auf das Geld verzichten. Eine Stiftung. Eine kleine Lebensversicherungspolice. Er sah, dass die Kellnerin die beiden Wodkas brachte. »Hey, toll. Danke, Süße.« Er steckte ihr für ihre Mühen einen Zwanziger zu. Er nippte an seinem Drink, aber nicht zu viel, und ging seinen Plan noch einmal durch. An einem Ort wie diesem wimmelte es von Überwachungskameras, mindestens einem Dutzend. Alles, was er hier am Tisch machte, wurde auf Film gebannt. Aber auch das hatte er bedacht, o ja. Immerhin haben wir es hier mit Big Vic zu tun, aber hallo, und nicht mit irgendeinem ahnungslosen Deppen. Er stand mit seinem Glas auf und schlenderte bedächtig zur Herrentoilette; die Rausschmeißer beachteten ihn nicht weiter. Der Klomann, ein winziger Inder im Smoking, der so billig aussah, als sei er aus Gummi, lächelte und legte seine Kollektion an Süßigkeiten, Kaugummi und Pfefferminzbonbons für frischen Atem zurecht. Victor trat ans Urinal. Die Regel besagte, dass man keinem beim Pissen zusah.

Schon gar nicht in einem Striptease-Club. Und es war der einzige Ort, auf den sich keine Kameras richteten, denn wenn je herauskäme, dass eine Kamera Hunderten von Kerlen – darunter mächtige Firmenbosse, berühmte Sportler, Leute vom Fernsehen, was auch immer – dabei zusah, wie sie ihren Schwanz aus dem Stall holten, dann bekäme der Club schlicht und ergreifend gewaltigen Ärger. Und zu Recht. Dagegen vermutete Vic, dass die Kameras durchaus auf die Kabinen gerichtet waren, um zu verhindern, dass die Typen sich da gegenseitig vögelten, einen Schuss verpassten, dealten oder sonst was trieben.

Aber in den Urinalen? Das war gut. Er stellte seinen Drink auf den oberen Beckenrand und öffnete mit der Linken seinen Reißverschluss. Mit der Rechten griff er in seine Hosentasche und zog das kleine Glasfläschchen heraus, das er eingesteckt hatte. Die Mischung war perfekt, da war er sicher, ein altbewährtes Rezept, das Leute, die sich auf die Kunst verstanden, im Lauf der letzten zwanzig, dreißig Jahre weiter vervollkommnet hatten. Man nehme zehn von Violets Chloralhydrattabletten, dazu sechs Tylenol, zwei Xanax, das Ganze mit Dimethylformamid, Karbolsäure und Methyläthylketon abgeschmeckt. Dreißig Gramm von diesem heißen Zeug brachten ein Pferd um. In Alkohol aufgelöst fast geruchsneutral. Das Tylenol betäubte die Schmerzen, und das Chloralhydrat haute den Kerl um, bevor er irgendjemandem sagen konnte, wie er sich fühlte.

Vic drückte mit dem Daumennagel den Plastikpfropfen hoch und setzte alles daran, keinen Tropfen zu verschütten. Der Inder hatte ihm den Rücken gekehrt, so wie es sich gehörte. Vic hielt die Phiole in der hohlen Hand, leerte den Inhalt ins Glas und stellte es daraufhin wieder auf den Beckenrand. Jetzt sah das Glas so aus, als wäre es ein voller Drink. Er stöpselte das Fläschchen zu und steckte es wieder in die Tasche. Dann zog er sich den Reißverschluss zu und spülte, was den Inder veranlasste, im Waschbecken den Hahn aufzudrehen.

»Haben Sie ein Pfefferminzbonbon?«, fragte Vic den Bediensteten, der ihm ein Handtuch hinhielt.

»Ja, Sir.«

Victor wusch sich die Hände, nahm das Handtuch, trocknete sich ab, schnappte sich ein Minzbonbon und sagte, »Ach so, Moment«, bevor er vom Beckenrand des Urinals sein Wodkaglas holte. Er reichte dem Mann einen Fünf-Dollar-Schein.

Er kehrte an seinen Tisch zurück, wo Ears' Drink wartete, und stellte sein eigenes Glas direkt daneben. Er sah, wie Ears mit dem Mädchen zum Ende kam. Sie beugte sich vor und berührte mit ihren Brüsten fast seine Nase. Sie würden noch ein bisschen plaudern, dann käme Ears zurück. Victor nahm Ears' Drink, schob seinen eigenen ein paar Zentimeter zur Seite und trank in einem einzigen langen Zug lässig Ears' Glas zur Hälfte leer; dann stellte er es vor sich hin, so dass es aussah, als hätte er sein eigenes Glas nach und nach geleert, während Vics ursprünglicher Drink, nunmehr aus der Phiole aufgefüllt, aussah wie Ears' unberührter Wodka on the rocks. Vic zog sein Handy heraus, schaltete es ein, horchte auf nichts, nickte ein paarmal und klappte es gerade in dem Moment zu, als Ears mit dem Mädchen kam.

»Was ist los?«, fragte Ears.

»Violet hat oben bei sich aus dem Fenster geschaut und jemanden im Hof gesehen«, sagte Victor. »Typ war innerhalb des Tors.«

Ears setzte sich und beäugte hungrig das Mädchen.

»Du bist von Geburt an paranoid.«
»Muss der Sache zumindest nachgehen. Nicht scharf drauf, dass die Cops kommen und bei mir rumschnüffeln. Scheiß-Stümper.«
Ears nickte. Er hatte dem Mädchen schon Andeutungen gemacht, wie reich er war, da hegte Victor keine Zweifel, als ob die Mädchen hier es nicht von sich aus drauf anlegten, das rauszufinden. Victor stand auf und schlug seine Faust leicht gegen die von Ears. »Ich weiß, du hältst mich für verrückt.«
»Ja, tu ich auch, bist schon als Irrer auf die Welt gekommen.«
»Die Sache mit dem Geld regeln wir später ...«
»Hab's aber dabei, hier, Mann«, sagte Ears und klopfte sich auf die Brusttasche.
»Ah, amüsier dich erst mal mit der netten jungen Dame hier«, sagte Victor großherzig. »Müssen uns ja nicht mit Geschäften aufhalten, lass uns das morgen erledigen, was meinst du?«
»Wie du willst, Vic. Dann drück mal die Daumen, dass ich es nicht heute Nacht ausgebe. Könnte in Atlantic City landen, was weiß ich.«
»Aber ich werde meinen Teil des Deals nicht vergessen.« Vic wandte sich an das Mädchen. »Er ist ein guter Mann«, erklärte er ihr. »Der Kerl ist ein alter Freund von mir, okay?« Er goss sich den Rest Wodka herunter und leerte das Glas mit Eis und allem Drum und Dran. Dann zog er seine Rolle mit Hunderterscheinen heraus und gab ihr zehn. »Also, hör zu, ich spendier ihm einen richtig schönen Abend, okay?«
»Oh, wow«, murmelte sie.
»Yo, Vic, hier ruft mehr als die Pflicht«, sagte Ears aufge-

regt und nahm von seinem eigenen Drink einen kräftigen Schluck.
»Gern geschehen.« Zum Abschied knuffte er Ears' Handrücken noch einmal mit der Faust und ging.
An der Tür winkte er einem der Rausschmeißer, der herbeischlenderte.
»Ich bin mit meinem Freund hergekommen«, sagte Victor und zog einen Hundert-Dollar-Schein heraus. »Aber ich muss gehen.«
Er reichte dem Mann den Geldschein, der ihn entgegennahm, als sei die Bezahlung nur recht und billig, und den Schein dann auch noch musterte, als könnte es Falschgeld sein. »Wo liegt das Problem?«
»Mein Freund nimmt diese ... er trinkt zu viel, Leberschaden, und er nimmt diese Medizin, von der man sich übergeben muss, sobald man zu viel Alkohol trinkt. Davon wird einem ziemlich schnell übel.«
»Er wird sich übergeben?«
»Vielleicht, vielleicht auch nicht«, sagte Victor. »Falls ja, dann möchte ich, dass Sie ihn hier rausholen, in ein Taxi setzen und ihn Downtown ins SoHo Grand Hotel schicken.«
»Für hundert?«
»Nein, das war nur für die Unterhaltung.« Victor lächelte und zückte noch einen Hunderter, den der Mann sich sofort schnappte. »Welches Hotel?«
»SoHo Grand. Cooles Hotel, Mann. Schwer was los.«
»Stimmt.«
»Cool.«
Draußen lief Victor um die Ecke, zog das Fläschchen aus der Tasche und schnippte es auf die Straße, wo es zersprang. Bis zum nächsten Morgen wären die Splitter von Tausenden Autos zu Pulver zermahlen. Er hatte gesehen, wie Ears

mindestens dreißig Milliliter von seinem Drink getrunken hatte, also etwa fünfzehn Milliliter von dem Spezialcocktail. Wenn er noch einen einzigen großen Schluck tat, hätte er dreißig Milliliter intus. Das Methyläthylketon ging sofort ins Blut. Das Gebräu war auf dreifache Weise tödlich. Vielleicht hätte er Richie damit alle machen sollen. Allerdings hätte dann die Gefahr bestanden, dass Sharon die Sache vermasselte und sich selbst statt Richie ins Jenseits beförderte. Auch wenn es Vic eine Menge Ärger erspart hätte, wie das Saubermachen und Fortschaffen von Richies Leiche. Aber nein, das war sein Glück gewesen, denn erst beim Saubermachen hatte er bemerkt, dass jemand da gewesen war. Das hab ich erst durch den Chlorgeruch geschnallt und weil im Schlafzimmer das Licht aus war. Er ging weiter. Die Nacht fühlte sich gut an, er würde sich an die Bar des Plaza Hotels setzen, ein bisschen mit dem Barkeeper plaudern oder mit einer einsamen Frau, falls gerade eine da war, so dass er auf fünf verschiedenen Überwachungskameras erschien und, für den Fall, dass später jemand fragte, beweisen konnte, wo er gewesen war. Vor allem aber würde er sich etwas ausdenken, um den Kerl, der hinter ihm her war, in eine Falle zu locken.
Wenn ich mir den geschnappt habe, ist alles erledigt.

Im Striptease-Club leerte Ears mit einem weiteren großen Schluck seinen Drink. Er fühlte sich so gut wie schon lange nicht mehr, entspannt und froh, dass Victor mit seiner irren Paranoia gegangen war. Nicht, dass Victor mit seiner Verfolgungsangst falschlag, denn es war gewissen Leuten nicht verborgen geblieben, wie seltsam er sich benommen hatte, und sie waren darüber nicht glücklich. Sie würden ihn mit der Tankstellen-Geschichte ein Weilchen hinhalten und zur Tat schreiten, wenn er sich etwas beruhigt hatte. Ears hatte nicht vor, sich den Spaß verderben zu lassen. Ihm gefiel dieses Mädchen mit den harten kleinen Nippeln, und er würde sie definitiv in eins der Hinterzimmer nehmen und aus ihr rausholen, was Victors Geld wert war.

»Find's toll hier«, sagte Ears und beglückwünschte sich mit einem Nicken. »Und du, Baby, bist einsame Klasse.«

»Wir könnten nach hinten in die Champagner Lounge gehen«, schlug das Mädchen vor, das sich Barbi nannte, während sie darauf achtete, die Hand nicht von seinem Schenkel zu nehmen und mit dem rosa lackierten Fingernagel durch den Stoff über seinem Penis zu kratzen. »Uns eine Flasche besorgen und Show-and-tell spielen.«

»Show-and-tell?«, fragte Ears.

»Ja«, sagte das Mädchen verführerisch. »Ich zeig dir was, und du sagst mir, ob's dir gefällt.«

»Hey, hey, das klingt wirklich …«

Ears sah sie seltsam an, als verstünde er sie nicht.

»Alles in Ordnung, Mister?«

»Ja, ja, ich hab nur dieses …« Er sank lallend auf ein Knie. Sein Glas fiel auf den Teppich. Barbi erkannte auf der Stelle, dass aus ihm kein Geld mehr herauszuholen war, also stand sie auf, machte auf dem Absatz kehrt und steuerte die Damentoilette an. Schließlich bekamen die Rausschmeißer von den Mädchen was zugesteckt, damit sie sich um die Schnapsleichen kümmerten.

Die Türsteher sahen, wie ein Mann zu Boden ging, nickten einander zu, packten Ears an den Ellenbogen und richteten ihn auf. Er war nicht leicht.

»Okay, Kumpel.«

Sie schleiften ihn zur Eingangstür, während eine Mexikanerin die Glasscherben aufsaugte. Draußen wartete ein

Taxi. An dieser Tür stand immer ein Taxi. Ears lallte und warf den Kopf hin und her.

»SoHo Grand«, sagte der Rausschmeißer, während er Ears hineinschubste und die Tür hinter ihm zuschlug. Er gab dem Fahrer einen Fünfziger, mehr als genug, damit der das Maul hielt, und beglückwünschte sich, wie leicht er das Geld gemacht hatte. Der große Kerl war auf dem Sitz zusammengesackt.

»Kommt der alleine raus?«, fragte der Fahrer besorgt.

»Der Portier packt mit an.«

Der Fahrer hob die geöffneten Hände. »Ist das irgendein Scheiß oder was?«

»Na schön.« Der Türsteher blätterte noch einen Zwanziger hin. Siebzig Dollar für eine Fünfzehn-Dollar-Fahrt. Der Mann nickte angewidert, nahm den Schein und drückte den Fuß aufs Gas. Dreißig Häuserblöcke weiter südlich bog er in eine der Nebenstraßen ein. Das SoHo Grand war ein feiner Schuppen, wo es von Filmstars und reichen Europäern wimmelte. Die Portiers würden diesen Kerl nicht reinlassen. Außerdem gefiel dem Fahrer nicht, wie ruhig es da hinten war. Gewöhnlich rollten die Besoffenen ein bisschen hin und her, fingen an zu schnarchen. Er schaltete das Tachometer aus. Falls jemand ihn fragen sollte, was nicht passieren würde, konnte er sagen, der Fahrgast hätte sich nicht wohl gefühlt und hätte ein Stück zu Fuß gehen wollen, um frische Luft zu schnappen. Er machte Licht und Motor aus und saß einfach nur da.

Nichts. Die Straße war leer. Er bemerkte einen Geruch in seinem Wagen, einen schlechten Geruch.

Dafür, dass der Kerl ihm gerade das Taxi vollschiss, wollte er ihn aus dem Auto zerren und in die Gosse schmeißen, doch dann beschloss er, zuerst nachzusehen, ob er Geld dabeihatte. Ein kurzer Blick in die Innentasche des Jacketts förderte einen Umschlag mit über zwanzigtausend Dollar zutage.

Ich könnte mir einen neuen Wagen kaufen, dachte der Fahrer.

Er ohrfeigte Ears, um dessen Reaktion zu prüfen.

Nichts. Er hatte den Kopf zurückgeworfen, japste und starrte mit leerem Blick geradeaus.

In den nächsten drei Stunden nahm Ears neun Mal das Taxi. Die Fenster des Wagens waren heruntergelassen. Es waren plausible Fahrten, mal nach Norden, dann nach Süden, quer durch die Stadt, zu und von den üblichen Lokalen. Jede Tour trug der Mann sorgfältig ins Fahrtenbuch ein, riss dann die Quittung ab und warf sie weg. Zwischendurch legte er für ein paar Minuten Leerfahrten ein, als suche er nach neuen Gästen. Schließlich steuerte er gegen Ende seiner Schicht eine dunkle Ausfahrt des Franklin-D.-Roosevelt-Drive an und hielt an einer Stelle, an der die langen, die Fahrbahn begrenzenden Betonschutzwände parallel zueinander verliefen, mit einem Zwischenraum von einem Meter. Es war Schwerstarbeit, doch es gelang ihm, den Mann über die Verkehrsbarriere zu hieven, wo er – noch am Leben, aber nicht mehr lange – mit seinem ganzen Gewicht zusammensackte. Er gab rasselnde Geräusche von sich. Konnte Wochen dauern, bis ihn jemand fand. Vierzig Häuserblocks weiter südlich warf der Fahrer die Brieftasche des Mannes aus dem Fenster, und eine Stunde später fuhr er in seine Einfahrt in Sunnyside, Queens, wo man ihn dabei beobachten konnte, wie er, nicht anders als sonst, den Fahrgastsitz mit Duftdesinfektionsmittel abwischte, damit sein Taxi für den nächsten Tag frisch und sauber roch.

24

Bitte, Gott, mach mich reich, ist ein Gebet der Armen. Die Reichen können es sich natürlich leisten, um andere Dinge zu beten.

Dabei ist kaum bekannt, dass die Menschen, wenn sie sehr reich werden, ab einem Eigenkapital von sagen wir hundert Millionen Dollar, aufhören, ihren Gott an einem der üblichen Orte anzurufen. Zwar kann es sein, dass sie weiterhin in die Kirche oder Synagoge oder Moschee gehen, doch wenn sie es tun, wird die Qualität ihrer Andacht verwässert oder gar zunichtegemacht, weil sie, ob sie wollen oder nicht, die Aufmerksamkeit anderer auf sich lenken. Sie wissen, dass die Leute sie beobachten und nach Anzeichen von Glück oder Leid, von Krankheit oder Gesundheit, von Größe oder Großzügigkeit, wovon auch immer, bei ihnen suchen. Unter solchen Umständen fällt echte Andacht schwer. Die Alternative bestünde darin, ein Gotteshaus zu besuchen, in dem sie niemand kennt, doch wohlhabende Männer ziehen es vor, gekannt zu werden, denn wer als reich bekannt ist, erhält Absicherungen und Vergünstigungen und ganz allgemein ein Image, von dem andere nur träumen können. Natürlich kommt es vor, dass solche Männer überhaupt nicht zum Gottesdienst gehen, und für viele trifft das zu – besonders für die Jüngeren, die noch nicht von Krankheit und Trauer oder Unglück heimgesucht worden sind. Doch wenn sehr reiche Männer in die Jahre kommen, setzen sie sich mit den großen Fragen am liebsten an Orten der Stille auseinander. Am besten eignen sich dafür Orte, an denen sie allein sein

können oder wo man ihnen nicht ansieht, dass sie Andacht üben.
East Hampton, New York, weltweit eines der teuersten Dörfer am Meer, wimmelt von Männern, die zu alt und zu wohlhabend sind, um noch die Gotteshäuser aufzusuchen. An den Wochenenden zieht es sie, wie zu erwarten, im Allgemeinen auf einen Tennis- oder Golfplatz. Aber eine nicht unerhebliche Zahl von ihnen tummelt sich in Gooseman's Baumschule ein paar Meilen außerhalb des Ortes. Sehr oft finden sie sich dort ein, ohne einen Besuch geplant zu haben und ohne vorher jemandem Bescheid zu geben, wohin sie wollten. Sie werden magisch angezogen. Sie parken ihren Mercedes oder Landrover oder was auch immer sie an diesem Tag gerade fahren und unternehmen still einen kleinen Ausflug. Die Baumschule schmückt sich auf rund fünfunddreißig Hektar Land mit den schönsten Exemplaren von Zierbäumen, die man sich nur denken kann und die aus aller Welt herbeitransportiert und eingeflogen werden, um das sich ständig wandelnde Gesicht der Hamptons zu schmücken. Wo sonst könnte man in einen Hain wunderbar ebenmäßiger Kwanzan-Kirschbäume laufen, dann weiter durch ein Miniaturwäldchen von blauen Atlaszedern wandeln, um zwischen einer fast endlosen Vielfalt an japanischen Ahornbäumen, die von Rot über Gelb und Orange eine breite Farbpalette bilden, auf einem gewundenen Pfad zu Trauerbirken und immer und immer weiter durch eine endlose Reihe schöner Bäume zu spazieren? Sumpfeichen, amerikanische Papierbirken, Alaskafichten, Platanen, Zwergbirnen, Stechpalmen, österreichische Schwarzkiefern, Goldlärchen, Trauerweiden … alles, was das Herz begehrt. Ein Mann, der durch Gooseman's Baumschule lustwandelt, trifft auf eine göttliche Vielfalt, auf

unendlich viele Formen, die spektakuläre Verheißung von Wachsen und Gedeihen; dabei ist die Baumschule intimer als ein Park, doch geordneter als ein Wald. Die Vergänglichkeit der Zeit führt hier den Besuchern ein jeder zarter Baum vor Augen. Denn es ist nun mal so, dass die Menschen nur kleine Bäume pflanzen und transportieren können. Ein richtig großer Baum, sagen wir, von achtzehn Metern, lässt sich nicht bewegen. Der Anblick kleiner Bäume weckt daher Gedanken an die Zukunft, denn wie jedes Kind weiß, können Bäume viel länger leben als jeder Mensch. Ein wohlhabender Mann zwischen sechzig und siebzig, der etwa auf den weichen Nadeln von zwei Meter hohen Kiefern spaziert, weiß, dass diese Bäume noch jung sein werden, wenn er richtig alt ist, und dass sie ihn lange überleben werden. Der Anblick von Bäumen lenkt den Blick auf die Zeit und den Tod.

Martz liebte Gooseman's. Er kam mehrmals im Jahr hierher, während Connie nicht einmal von der Existenz der Baumschule wusste. Nur seine erste Frau hatte sie gekannt, weil sie dort ein paar Zierpflanzen ausgesucht hatten. Jahre her, viele Häuser zurück. Dieses erste Wochenendhaus hatten sie plattgewalzt, um darauf eine tausend Quadratmeter-Monstrosität zu bauen, die ihrerseits einer zweieinhalbtausend Quadratmeter großen toskanischen Villa Platz machen musste. Er dachte nicht gern daran, sondern genoss einen Spaziergang vor allem durch die Zedern und Fichten, das Sitzen auf einer Lieblingsbank, um sich auszuruhen. Was er auch jetzt tat, während er den Schweiß vom Laufen in der Sonne genoss, den Geruch der Bäume einsog.

Er sah auf die Uhr. Es war Zeit.

»Ich hab die falsche Reihe erwischt«, krächzte jemand.

Ein Mann in karierter kurzer Hose und weißem Tennishemd trat zwischen den Kiefern hervor. Er schlurfte ein wenig und achtete darauf, im Sand nicht zu stolpern. Seine dünnen Beine waren mit einem Gespinst von Krampfadern überzogen.

»Setz dich her«, sagte Martz, der sich nicht die Mühe gab, aufzustehen, sondern nur die Hand hob, um sie Elliot Sassoon zu schütteln.

»Wie geht's dir, Bill?«

»Schlimmer als je in meinem Leben.«

Elliot lachte, während er sich niederließ. »Das sagst du jedes Mal.«

Martz nickte. »Hey, danke, dass du extra hergekommen bist.«

Elliot zuckte die Achseln. »Für dich, mein Freund, tu ich doch alles. Is 'ne Weile her.«

»Paar Jährchen – fünf.«

»Immer noch mit Connie zusammen? Wenn nicht, gib mir ihre Telefonnummer.«

»Noch mit ihr zusammen.«

»Vermute mal, wenn sie dich nimmt, könnte ich auch noch bei ihr landen.«

»Wahrscheinlich auch noch ein paar andere Kerle, und ich kann's ihr gar nicht mal verübeln. Und was gibt's bei dir Neues?«

»Ich bin inzwischen Diabetiker, das ist meine tolle Neuigkeit. Nehm nur Pillen. Zucker ist verboten.«

»Du siehst dünner aus.«

Elliot zuckte die Achseln. »Wir sind jetzt alte Knacker, Bill.«

»Ich kenne Leute, die Wachstumshormone nehmen, schwören drauf.«

Elliot zog nur die Schultern hoch. Der Tod lauerte jedem auf. »Also, was machen wir heute?«
Martz' Blick schien auf einmal milde, als er ihn nach innen, in die hintersten Winkel seiner Vorstellungskraft richtete. Hier schlummerte so manches – monströse Begierden, verschlungene Zukunftspläne, versteinerte Erinnerungen.
»Ich plane in Kürze einen Lift, und ich brauche ein bisschen Hilfe.«
»Wann?«
»Bald. Ich dachte daran, Montagabend anzufangen.«
»Das ist allerdings bald. Was wird gespielt?«
»Geht um Good Pharma. Bin mit 'nem großen Aktienpaket eingestiegen, bei rund dreihundert Millionen ging's bergab.«
»Stolzer Einsatz.«
»Ist mächtig abgestürzt, dreißig Prozent.«
»Ganz schönes Loch. Ich dachte, das wär 'ne tolle Sache, die arbeiteten an vielversprechenden Produkten.«
»Tun sie auch, bisher jedenfalls. Es gibt eine undichte Stelle, und ein paar Chinesen haben für die Talfahrt gesorgt. Mit Leerverkäufen mächtig abgesahnt. Ich bin jedenfalls fett drin und muss sehen, dass der Kurs wieder hochgeht.«
Elliot nickte.
»Das muss ich noch hinbiegen, Elliot, dann ziehe ich mich zurück. Ich hab Connie, ich hab gesundheitliche Probleme, ich möchte nur dieses kleine Übel aus der Welt schaffen, ich will ganz oben aussteigen und an die jungen Cowboys übergeben.«
»Kann ich bestens nachvollziehen. Um wie viel geht's?«
»Etwa dreißig Milliarden.«
Elliot summte beeindruckt.

»Ich glaube, mit vierhundert Millionen können wir Bewegung reinbringen«, sagte Martz.

»So viel hab ich nicht frei. Könnte morgen früh 'n paar Posten abstoßen.«

»Es muss schnell gehen.«

»Gib mir ein paar Zahlen, bin da nicht auf dem Laufenden.«

»Hat sich bei ungefähr einunddreißig eingependelt. Ich will sie auf fünfundvierzig hochkriegen, mit dreiundvierzig wär ich auch schon zufrieden. Ich wüsste es zu schätzen, wenn du so bei vierunddreißig einsteigen und ungefähr bei achtunddreißig aussteigen würdest.«

»Ich würde lieber bei zweiunddreißig rein und bei fünf- oder sechsunddreißig raus.«

Martz grinste. »Ich wusste, dass du das sagen würdest.«

»Ich wusste, dass du es wusstest.«

»Also gut, sehr schön. Zweiunddreißig am einen Ende, sechsunddreißig am anderen.«

»Was sollte ich sonst noch wissen?«

»Halte dein Geld bereit, stell dich auf ein Nachtgeschäft ein. Wir treten gegen ein paar Chinesen an, die erst zu ihrer normalen Handelszeit spitzkriegen werden, was los ist.«

»Geht es um die Menge oder das Tempo?«

»Ich geb dir Bescheid, wie wir's am besten machen. Muss die Details noch ausarbeiten.«

»Tust du aber hoffentlich? Weil ich nämlich wirklich das Kleingeld flüssigmachen werde und nicht vorhabe, bis zum nächsten Treffen zu warten …«

»Ich krieg das schon alles auf die Reihe, keine Sorge.«

»Ich bin zu alt, um mir Sorgen zu machen. Ich betreibe die meiste Zeit so etwas wie geistiges Mastizieren.«

»Masturbieren?«

»Das wäre ein wesentlich befriedigenderer Zeitvertreib. Ich hab gesagt, mastizieren, du weißt schon, etwas wiederkäuen, sich im Kreise drehen.«

Die beiden Männer standen auf und schlenderten den Sandpfad zwischen den Reihen mannshoher Kiefern entlang. Als sie in den Teil der Baumschule kamen, in dem sich mehr Besucher tummelten, drehte sich Elliot zu Bill um und schüttelte ihm die Hand. »Okay, Big Guy.«

Bill sah Elliot hinterher, wie er langsam davonschlurfte. Er wartete eine Weile, um sicherzugehen, dass Elliot fort war. Connie glaubte, Martz sei nur rausgegangen, um die Zeitung zu holen. Er mochte keine Lifts, hatte es im Lauf der letzten fünfzehn Jahre nur vier Mal gemacht, jedes Mal mit Elliot. Immer war es um ein kleineres Unternehmen auf dem Weg nach oben gegangen, bei dem etwas Unvorhergesehenes den Aktienkurs nach unten gedrückt und den Verlauf abrupt unterbrochen hatte. Lifts waren riskant: Es floss eine Menge Geld, und alles konnte danebengehen. Es war möglich, dass sich der Aktienkurs nicht erholte oder nur wenig, weil angesichts der künstlich losgetretenen Kaufwelle zu viele Anleger verkauften. Er konnte sogar runtergehen. Solche Beispiele waren bekannt; das Volumen stieg, doch der Preis gab nach, wenn Aktionäre einigermaßen unbeschadet große Positionen loswerden wollten. Ein Lift war schließlich auch deshalb riskant, weil die Börsenaufsicht einen erwischen konnte. Elliot kannte sich auf dem Gebiet wie kein anderer aus, doch das machte ihn nicht unverwundbar.

Ich ziehe das wirklich durch, dachte Martz bedrückt. Ich bin achtundsechzig Jahre alt und mache immer noch so einen Scheiß. Er fand seinen Wagen und klemmte sich hinters Lenkrad. Er brauchte Tom Reilly in der Hinterhand, und er brauchte Chen. Das heißt, Chen hatte er bereits in der Tasche. Der Mann hatte ihn nur wenige Stunden, nachdem der Bulle bei ihm eingetroffen war, angerufen. Sie waren für morgen Abend verabredet. Als er sich mit einem kräftigen Tritt aufs Gaspedal in den Verkehr einfädelte, überkam ihn eine Woge der Aggression. Gesetzeswidrig klappte er beim Fahren das Handy auf und rief seinen Chefassistenten an, obwohl es Samstagmorgen war. »Ruf Kepler in China an und stell mich durch«, ordnete er an. Die Verbindung brauchte eine Weile.

»Bill?«

»Was hast du über Chen rausgekriegt?«

»So einiges. Gute Beziehungen zu den größten Fischen. Banken, Schwerindustrie. Hält sich für den Nabel der Welt. Er ist in New York, um nach seiner Schwester zu suchen. Das haben wir von seinem persönlichen Assistenten.«

So viel wusste er natürlich schon, doch vor dem gemeinsamen Abendessen musste er mehr in Erfahrung bringen.

»Er ist Hauptinvestor in der Dwai-Gruppe, die derzeit ganz groß rauskommt. Viele ihrer Mitglieder haben einen Sitz in der Börse von Shanghai oder zumindest gute Kontakte. Sie sind eiskalte Investoren. Aus dem Bauch heraus würde ich sagen, wenn der ein paar wichtige Kumpel anruft und für einen größeren Schachzug auf dem amerikanischen Aktienmarkt grünes Licht gibt, dann tun sie, was er ihnen sagt. Er hat einigen Leuten viel Geld eingebracht. Wenn er in den Staaten ist, dann gehen die davon aus, dass er da mit Leuten von deinem Kaliber redet, wem auch immer, und sie würden höchstwahrscheinlich mitziehen, das Risiko wagen. Aber er ist diesen Leuten gegenüber sehr loyal, Bill, den dreht man nicht mal eben so um.«

»Er braucht die nötige Motivation.«

»Tun wir das nicht alle?«

Ja, dachte Martz, nachdem er aufgelegt hatte. Das ist im Moment noch der springende Punkt. Ich bin ein alter Mann mit einer kranken Prostata und einer Frau mit schönen falschen Titten, und mein Glück hängt davon ab, einem jungen Trickbetrüger, der aus der Gosse von Shanghai gekrochen ist, auf die Schliche zu kommen. Ganz und gar lächerlich, wenn auch von bestechender Logik.

25

Violet hatte ihn angerufen, was höchst ungewöhnlich war. Er wartete auf den Türsummer, dann stieg er die Treppe hoch. Sie lag bei geschlossenen Rollläden im Bett und rauchte; auf der Bettdecke waren Stapel von Zeitschriften ausgebreitet.

»Du liebe Güte, Violet, wieso reißt du dich, na ja, ein bisschen zusammen?«

Sie verschob ihren großen Leib ein wenig unter der Decke.

»Kann nicht, Baby.«

»Wieso nicht?«

»Hab, was ich brauche, mehr oder weniger.«

»Also, worum geht's?«

»Ich hab was gehört, das dich brennend interessieren dürfte.«

»Was?«

»Gieß mir nur erst einen ein, ja?«

Er ging zur Kommode. Die Flasche, die er ihr am Vortag mitgebracht hatte, stand noch da, halb leer.

»Also, hör zu, Victor, ich hab mich umgehört und was über diese Mädchen erfahren, die sie draußen am Strand gefunden haben …«

»Und was hat das mit mir zu tun?«

»Vielleicht nichts, in Ordnung?«

Er brachte ihr das Getränk und setzte sich neben sie. Sie nippte am Glas.

»Ich dachte nur, du solltest Bescheid wissen«, sagte Violet mit besorgtem Blick. So hatte er sie lange nicht gesehen.

»Also gut. Und?«

»Es war noch ein drittes Mädchen in dem Wagen.«

»Was?« Aber natürlich leuchtete das ein. Als er auf dem Belt Parkway dem Toyota gefolgt war, hatte er geglaubt, drei Gestalten zu sehen, und später angenommen, er hätte sich getäuscht.

»Ja, sie kam aus dem Gebüsch in der Nähe dieses kleinen Parkplatzes, den sie da draußen haben. Mrs. Polanzis Cousine hat da ein Haus, sie schläft nicht viel, weil ihr Mann am Sauerstoffgerät hängt. Sie hat gesehen, wie dort eine hübsche Chinesin die Straße langgelaufen ist. Es hat geregnet, schlechte Sicht. Sie hat sich nichts dabei gedacht. Erst hinterher. Am nächsten Tag hat sie es der Polizei am Tatort erzählt, und sie sagten so was wie, danke für die Information, aber das sei ihnen nicht neu. Ein paar Tage später dann beobachtete sie eine große weiße Limousine da draußen auf dem Parkplatz, mit ein paar Chinesen in teuren Anzügen. *Das* hatte sie noch nie gesehen. Es erinnerte sie an das chinesische Mädchen. Als der Wagen wieder vorbeifuhr, hat sie sich den Namen der Leihwagenfirma notiert. Den hat sie ihrem Cousin Frank gegeben, und Frank hat ihn mir gesagt und …«

»Spielt Frank auch ›die Salami verstecken‹ mit dir?«

Sie knuffte ihm in die Rippen. »Was geht dich das an?«

»Reine Neugier.«

»Willst du es wirklich wissen?«, forderte sie ihn heraus. »Soll ich dir alles sagen?«

Er stand auf.

»Hör zu, Vic. Ich versuche, dir zu *helfen*. Mein Freund Ronnie, der mit der Autowerkstatt drüben in Bay Ridge, also, ich hab ihn gebeten, für mich bei der Leihwagenfirma anzurufen, und obwohl die in Manhattan ist, hat er dort ein paar Kontakte, weißt du, und er ist bis zum Manager vorgedrungen, und der Typ sagt ihm, in diesem Wagen hätten echte Chinesen gesessen, ich meine, aus China, und die Rechnung sei an irgendeine chinesische Bank gegangen. Er sagt, er hat ihnen dreimal so viel berechnet wie normal, nur um zu sehen, was sie machen, und sie sagten, gut, geht klar, schicken Sie die Rechnung an die Firma, und er hat seinen Fahrer, der kein Chinese ist, gefragt, wo sie hin sind und so, und im Wesentlichen hat der Fahrer gesagt, er hätte nichts verstanden, außer dass sie nach diesem Mädchen suchen, das in dem Wagen war.« Violet spielte mit dem Saum ihres Nachthemds. »Vic, sie ist irgendwie eine wichtige Chinesin, und ein anderer Chinese mit einer Menge Geld sucht nach ihr, okay?«

Er saß auf dem Bett und dachte darüber nach, wobei er beiläufig über ihre große, weiche Brust strich. Es war ihm egal, dass Violet aus seinem Schweigen schließen konnte, dass diese Information wichtig für ihn war. Der Fahrer wusste sicher mehr, als er zugab, zum Beispiel, wohin sie damit gefahren waren und wer noch im Auto gewesen war. Vic beugte sich zu ihr hinunter und küsste Violet auf die Wange. »Was würde ich nur ohne dich machen?«, sagte er.

»Ach, Vic.« Sie nahm seine Hand und küsste ihm die Finger. »Ich hab mir einfach nur ein bisschen Sorgen gemacht.«

Er streichelte ihr mit der anderen Hand den Hinterkopf. Es gefiel ihr, das war offensichtlich. Ach, die Geschichte mit Violet. Zwischen ihnen lief etwas, das war nicht zu leugnen. Traurig, aber wahr. Sie war vielleicht der einzige Mensch, der ihn gernhatte. Und wie's aussah, hatte sie ihm vielleicht gerade das Leben gerettet. Ich bin jetzt im Vorteil, sagte sich Victor, ich krieg den Kerl.

26

Sein Vater schlief. Ray betrachtete ihn und merkte, wie sich in seinem Innern Ruhe ausbreitete. Er kannte dieses Gefühl, er hatte es erlebt, als er an einem steilen Hang in Kaschmir die Leiche eines siebenjährigen Jungen zu seinem Vater getragen hatte. Der Junge war zwar schon seit einem Tag tot, doch es herrschte Kälte, und die Leiche war starr und roch nach dem Steingeröll, in dem sie begraben gewesen war. Ray hatte zugesehen, wie der Vater aus Verzweiflung das Bewusstsein verloren hatte und zu Boden gesunken war, und während jemand anders losrannte, um Decken und Wasser zu holen, hatte Ray den Jungen in seinen Armen betrachtet, dessen schöne schwarze Haare im Wind flatterten. Es war eine Ehre für einen Mann, den Leichnam seines so sehr geliebten Jungen zu halten; er hatte sich demütig gefühlt und gewusst, dass er das Kind so lange halten würde wie nötig. In solchen Momenten hatte er erkannt, dass alles, was er sich je gewünscht hatte oder sich je wünschen würde, vollkommen belanglos war und dass das bisschen Frieden, das man sich erhoffen konnte, darin bestand, so wenig wie möglich für sich selbst und so viel wie möglich für andere zu wünschen, besonders für jene, die keinem anderen Böses wollten. In solchen Momenten und anderen, die ähnlich waren – zum Beispiel, als er sechsundvierzig Tage am Stück die Tsunami-Toten geborgen oder in den türkischen Bergen eine Zeltstadt gebaut hatte –, da spürte er, wie alte Wesensmerkmale von ihm abfielen. Seine religiöse Erziehung als Junge, die er halbherzig hingenommen hatte, war ihm endgültig abhandengekommen. Und als er eines Nachts mit einer jungen italienischen Krankenschwester schlief, einem wunderbaren Mädchen, das sich mit seinem lebhaften, geradlinigen Temperament von der trostlosen Arbeit am Tage nicht unterkriegen ließ, da hatte er verstanden, dass er letztlich eine Leiche vögelte und sie auch. Würmer und Staub und Fäulnis, alles Dinge, die man sich nicht gerne eingestand. Verstärkte der Verwesungsgeruch seine Lust? Er wusste es nicht. Er wusste sowieso nicht mehr viel. Zum Beispiel wusste er nicht mehr, ob er Amerikaner war. Natürlich sahen andere ihn als solchen, und während er Amerika trotz aller Missstände und Übel liebte, war es für ihn eine traurige Liebe, vielleicht sogar eine unausweichliche Last. Die Amerikaner wussten so wenig über den Rest der Welt. Die ausgewanderten Landsleute, denen er begegnet war und die schon seit Jahren fern der Heimat lebten, gaben zu, dass ihr amerikanisches Wesen zu bröckeln begann, ob sie es wollten oder nicht. So war es auch bei Ray. Vielleicht war er deshalb heimgekommen. Er war nach Hause gekommen, um bei seinem Vater zu sein, aber auch, um herauszufinden, ob Amerika immer noch sein Zuhause war. Oder es wieder werden konnte.

Sein Vater stöhnte im Schlaf, hob das Kinn, sackte wieder sanft zurück: Vor ihm lag der clevere Junge aus Brooklyn, der bullenstarke Detective, der vor niemandem in die Knie ging, halbtot, ein Schatten seiner selbst, der auf die Erlösung wartete. Quäl dich nicht, mahnte sich Ray. Er wollte trauern, wagte es aber nicht, denn wenn er erst anfing, hörte er vielleicht nicht mehr auf. Weinte man um einen, weinte man um alle.

Er sollte sich besser auf die Socken machen und nach diesen Trucks in Red Hook Ausschau halten. Er sauste auf den Belt Parkway, dann auf den Brooklyn-Queens-Expressway und bog in die Hamilton Avenue ein. Red Hook, früher einmal von seinen langen Holzdocks und Backsteinlagerhäusern geprägt, war mehr oder weniger sich selbst und dem Zahn der Zeit überlassen worden. Es gab immer noch den einen oder anderen Holzbau in den übrig gebliebenen Kopfsteinpflasterstraßen, in dem Seeleute oder Dockarbeiter gewohnt hatten, zweistöckige Bauten, deren Dächer über die Jahre ein Dutzend Mal neu gedeckt worden waren.

Bis jetzt hatten es die Heerscharen der städtischen Abenteurer verschont, denn es gab keine U-Bahn, keine Parks und keine Schulen. Nach Red Hook ging man, wenn man nicht mittendrin sein wollte, nicht einmal in Brooklyn. Eine der Motorradgangs hatte da unten ein Haus, doch ansonsten war es ruhig, sehr ruhig.

Er fuhr mit seinem Pick-up gemächlich durch die Straßen, suchte sämtliche größeren Plätze ab, bis er an einen Hof kam, der von einem sechs Meter hohen Zaun aus verzinktem Eisenblech umgeben war, der am oberen Ende noch einmal von drei Meter hohem Stacheldraht überragt wurde. Er hatte derartige Drahtzäune schon in jedem Land gesehen, in dem er gewesen war, um Militärstützpunkte, Kontrollpunkte der Polizei, Schiffswerften, Flughäfen, Flüchtlingslager abzuschotten. Übles Zeug. Auf dem Platz standen sieben Schreddermobile, jeder mit der Aufschrift CorpServe und über zwölf Meter lang. Große, neue, gepflegte Lkw. Eine Viertelmillion Dollar das Stück, und mit dieser Erkenntnis kam die zweite, dass CorpServe ein größeres Unternehmen war, als er angenommen und als

Jin Li je zu verstehen gegeben hatte. »Nur eine Büroreinigungsfirma«, hatte sie gesagt. »Nichts Besonderes.«
Doch der Ankauf und die Wartung solcher Spezialfahrzeuge, die Versicherung und die Grundstücksmiete verschlangen zweifellos ein paar Millionen. Am hinteren Ende des Grundstücks sah er einen baufälligen, niedrigen Klinkerbau. Es stand etwas an der Tür. Er zog sein Fernglas heraus. Es waren chinesische Schriftzeichen.
Das reichte ihm. Er stellte den Truck ab und suchte das Eingangstor. Es war mit einem guten Vorhängeschloss gesichert, das einen industriellen Bolzenschneider erfordern würde oder aber eine leistungsstarke Benzinmotorsäge, die er nicht bei sich hatte. Er lief einmal rund um das Gelände, um eine Stelle zu finden, an der er leichter hineinkäme. Es gab keine. Ein zerbröselnder alter Wasserturm stand knapp einen halben Meter vom Zaun entfernt außerhalb des Geländes. Er kehrte zu seinem Pick-up zurück, holte ein vierundzwanzig Meter langes Nylonseil heraus, dann eine lange Brechstange und einen Sicherungskarabiner. Er hängte sich das Seil um den Hals und schnallte die Brechstange am Gürtel fest.
Der Wasserturm war vermutlich aufgegeben worden; die Wartungsleiter auf der einen Seite war wackelig und verrostet, doch sie brauchte ihn ja nur einen kurzen Moment zu tragen. Er hangelte sich an dem Eisenständer unter der Leiter hoch, packte die unterste Sprosse der Leiter, zog sich daran hinauf und kletterte etwa sechs Meter nach oben. Die Laufplanke rund um den Turm war morsch, und er sprang über die Löcher. Wenn man da hindurchfiel, brach man sich glatt beide Beine. Auf der gegenüberliegenden Seite reichte die Planke knapp über den Stacheldraht, und so brachte er dort an einem einigermaßen solide aus-

sehenden Eisenstück einen Haken an und ließ sich bis zu dem Stacheldraht hinunter, den er mit den Füßen wegtrat, um sich weiter abzuseilen. Das Seil reichte bis zum Boden, und er ließ es dort hängen, denn das war sein Rückweg nach draußen.

Langsam lief er am Zaun entlang bis zu dem Backsteingebäude. Die Tür war verschlossen, hier wollte er nicht hinein. Er überprüfte die Fenster nach einer Alarmanlage, fand jedoch keine. In die Scheiben selbst war Maschendraht eingelassen. Nicht unmöglich, da durchzukommen, mühselig allemal. An der Außenseite des Gebäudes fand er den Stromzähler. Er zeigte eine Kapazität von sechshundert Ampere an, für einen so kleinen Bau eine beachtliche Größenordnung. Vielleicht war hier einmal eine kleinere Fabrik gewesen. Das Zählerrädchen drehte sich nur langsam. Dem Stromverbrauch nach tat sich da drinnen wenig. Die Fenster an der Rückseite waren vergittert und die Hintertür von außen mit einem Vorhängeschloss versehen, was, wie er wusste, gegen die New Yorker Brandschutzvorschriften verstieß.

Er nahm die lange Brechstange und hebelte die Schlosshalterung langsam aus der Metalltür. Er drückte dagegen. Auch von innen verrammelt. Doch mit der langen Stange konnte er die Tür weit genug aufstemmen, um hineinzuschlüpfen. Nicht die feine Art, dachte er.

Das Gebäude war dunkel. Er zog seine Taschenlampe heraus und stieß auf eine Mülltonne voller Papier. Er fand einen Lichtschalter. Das Gebäude war, wie sich zeigte, mit geschreddertem Papier vollgestopft, zum Teil in Mülltonnen, zum Teil in riesigen 300-Liter-Müllsäcken. Auf den blauen Säcken befanden sich Aufkleber, die Beschriftung war auf Chinesisch. Auf der anderen Seite des Raums stand

unter einer großen Wanduhr ein Schreibtisch mit Lampen, und er sah einen Plan mit chinesischen Einträgen.
Offenbar hatte der Bau vor CorpServe einem anderen Betrieb gedient: Auf dem Boden waren gelbe Linien, aus denen er schloss, dass diese Fabrik in den guten alten Zeiten, als Amerika noch Dinge produzierte, die Menschen anderswo auf der Welt brauchen konnten, eine Fließbandproduktion besaß, deren Erzeugnisse an der Rückwand des Gebäudes ankamen, wo die Laderampe war.
An der Wand hing unter starken Lampen eine große weiße Tafel mit etwa dreißig Adressen in Midtown Manhattan. In einer Tabelle waren nach Datum die Fahrzeuge, das Personal, die Zeiten für Arbeitsbeginn und -ende, die Namen der Vorgesetzten sowie das Nettogewicht an Schredderware eingetragen. Eine andere Tabelle verzeichnete die Mobile nach Datum, Ladegewicht, Fahrer, Abfahrt und Ankunft, Wartungsstand sowie Kilometerständen vor und nach dem Einsatz.
Er bemerkte eine verschlossene Tür, vermutlich zu einem Büro. Vielleicht war dies das Nervenzentrum. Er nahm seine Brechstange und machte kurzen Prozess. Ein großer Schreibtisch und riesige Aktenschränke. Jeder für eine andere Firma in Midtown. Da war eine Menge vertraulicher Informationen zusammengekommen, wie er auf Anhieb sah, Verkaufsberichte, interne Büromitteilungen, alles Mögliche. Was hatte das hier zu suchen?
Er blätterte weiter die Papiere auf dem Schreibtisch durch, ein kurzer Blick auf jedes Dokument. Nichts Besonderes – außer, warte, ein gefaxter Formbrief mit einer Anfrage von einer Norma Powell.
»Ihre ehemalige Mieterin, NAME Jin Li, hat sich als Mieterin in meinem Wohnhaus beworben und Sie als ihren

vorherigen Vermieter angegeben. Bitte seien Sie so freundlich und bestätigen Sie …«

Er sah sich das Datum an. Erst zwei Tage alt. Eine Adresse? Ja, in Harlem. Eine Nebenstraße des Adam Clayton Powell Boulevard. Jin Li war in Harlem? Okay, sagte er sich, ich komme. Er nahm das Blatt an sich, damit es kein anderer fand, und rannte durch das Gebäude, ohne die Lichter auszuknipsen. Durch die aufgebrochene Hintertür wand er sich ins Freie.

Er zog sich am Seil zum Wasserturm hoch, trat erneut den Stacheldraht weg, erreichte die Laufplanke, warf Seil und Geräte auf den Boden, kletterte auf der anderen Seite die Leiter hinunter und sprang auf die Erde.

Im nächsten Moment war er in seinem Pick-up und raste Richtung Harlem, wobei er nur ganz flüchtig den alten Chinesen auf dem Fahrrad wahrnahm, der Rays imponierendes Eindringen in das Firmengelände beobachtet hatte. Der Mann hatte auch ein paar Minuten darauf verwandt, sich den Pick-up anzuschauen. Als er sah, wie eilig Ray es hatte, überlegte er, ob er sein Handy zücken sollte. Jin Li hatte ihm aufgetragen, sie anzurufen, also würde er es tun.

27

Ach, das richtige Timing ist wirklich alles. Martz wartete noch einen Moment, sah sich zu Phelps um, der nickte. Phelps hatte organisiert, dass sie in dieses Hotel hier im Osten Manhattans hineinkamen, er kannte den Mann vom Wachdienst. Das Hotel war ganz reizend, doch Martz war erstaunt, dass Tom Reilly nicht etwa das Pierre oder das Peninsula bevorzugt hatte. Oder das Ritz Carlton. Vor einer Ewigkeit hatte er sich selbst ein paarmal dort eingemietet. Den Damen gefiel's, sie liebten die Atmosphäre.

Martz klopfte an die lackierte weiße Tür.

Keine Antwort.

Er klopfte noch einmal höflich.

Die Tür ging einen Spaltbreit auf, und das Gesicht einer schönen jungen Frau erschien.

»Ja?«

Martz schob sich hinein.

»Hey!«

Phelps huschte hinter ihm hinein und schloss die Tür, während er der jungen Frau zu erklären begann, wieso sie sich schnell ankleiden und verschwinden sollte.

Das große Bett war leer. Martz sah den Dampf aus der Tür an der Rückwand kommen und hörte die Dusche laufen. Er trat ins Badezimmer und sah, wie Reilly sich in der gläsernen Duschkabine hingebungsvoll den Schwanz einseifte.

»Nicht schlecht«, sagte Martz.

»Was? Hallo?«, schrie Reilly beim Klang der männlichen Stimme.

Martz zog die Kabinentür auf. »Sehen Sie, wozu Sie mich zwingen?«

»Machen Sie verdammt noch mal, dass Sie hier rauskommen!«, brüllte Reilly.

Phelps trat in die Badezimmertür.

Martz griff mit der Hand in die Dusche und drehte das Wasser ab, so dass er sich den Ärmel nass machte. »Ich habe alles versucht, mit Ihnen zu reden, Tom. Ich hab x-mal angerufen. Ich hab Ihnen jemanden ins Yankee-Stadion hinterhergeschickt. Ich hab Sie zu mir nach Hause eingeladen. Was irgendwie darin endete, dass Ihre Frau mir ihre Finger in den Hintern steckte. Sie und ich haben ein bisschen geplaudert, bestimmt hat sie Ihnen davon erzählt. Ja, ich hab einiges getan, um Ihre Aufmerksamkeit zu erringen. Aber wissen Sie was?«

»Was?«, sagte Reilly in seinem nackten Elend.

Martz starrte auf Reillys Genitalien. »Wie's scheint, haben Sie etwas von Ihrem Enthusiasmus eingebüßt. Was? Kann ich Sie nicht erregen, Tom? Nach all der Mühe, die ich auf mich genommen habe? Bereitet Ihnen mein Anblick nicht rasendes Herzklopfen?«

»Was haben Sie zu meiner Freundin gesagt? Wo ist sie?«

»Gegangen«, sagte Phelps. »Hat sich angezogen und ist gegangen.«

»Was wollen Sie, Martz?«

Martz sah sich zu Phelps um. »Sie können jetzt die Tür zumachen.«

Was er auch tat. Martz lehnte sich in die Duschkabine. »Das ist höchst einfach, Tom«, sagte er ruhig. »Sie wissen, dass es bei Good Pharma ein ernstes Sicherheitsleck gegeben hat.« Er trat mit seinen Achthundert-Dollar-Schuhen auf den nassen Boden der Dusche, so dass sich Tom gezwungen sah, linkisch zurückzutreten, dann fuhr er im Flüsterton fort. »Das hat sich auf den Aktienkurs ausgewirkt. Aber Sie haben es niemandem gesagt. Das war sehr *illegal.*«

Reilly musterte Martz' sonnenverbranntes Gesicht, die heimtückischen Augen und die Tränensäcke.

»Die Jungs von der Börsenaufsicht in Washington würden Sie mit Vergnügen zum Frühstück verspeisen, Tom«, fuhr Martz fort. »Glauben Sie mir, ich bin schon lange genug auf der Welt, wär nicht das erste Mal. So wie Sie sich verhalten haben, dürfte nicht viel dazu gehören, ihren Appetit zu wecken. Die schmieren Sie sich auf den Toast und verspeisen Sie dann in vielen kleinen Häppchen. Aber das sind nur die Regierungsanwälte, Tom. Denken Sie an die Investoren, was die sich erst für Anwälte leisten können!«, fauchte er. »Denken Sie daran, was die Anwälte kosten würden, die *Sie* anheuern müssten! Diese reizende junge Frau, die gerade gegangen ist? Irgendein Klägeranwalt wird sie unter Eid aussagen lassen. Um zu sehen, was es im Hotelzimmer für Bettgeflüster gegeben hat. Was für Firmengeheimnisse in den pikanteren Gesprächsstoff eingeflossen sind! Kommen Sie, Mann, wir sind hier in New York! Wo das Blut zu Geld gerinnt! Stellen Sie sich die Artikel im *Wall Street Journal* vor! Denken Sie an Ihre Frau! Was für ein Schlag für ihre Reputation und ihre Praxis. Die verstohlenen Blicke von ihren Patienten. Ich meine, der Multiplikationseffekt nimmt einfach kein Ende und ...«

Reilly nickte zaghaft, langsam mit dem nassen Haar, während er Martz weiter unverwandt ins Auge blickte.

»Aber was ich eigentlich sagen wollte – auch wenn es illegal war, den vielen gutgläubigen Investoren, denen dreißig

Millionen des Good-Pharma-Kapitals gehören, nichts davon zu sagen, war es andererseits clever von Ihnen.«
»Wieso sagen Sie das?«, fragte Tom erstaunt.
»Weil Sie einen guten Freund haben, der Ihnen bei Ihrem kleinen Problem helfen kann, wenn Sie nur … wenn Sie nur mit ihm reden würden.«
»Wen, Sie?«
Martz nickte. »Mich.«
Tom atmete durch die Nase aus und musterte Martz aufmerksam.
»Ist ganz einfach«, fuhr Martz fort. »Sie und ich kehren zu unseren entwicklungsgeschichtlichen Ursprüngen zurück. Entweder machen wir zusammen Jagd auf große Beute oder wir jagen uns gegenseitig, bis einer von uns gewinnt.«
»Sie jagen mich doch jetzt schon.«
»Nee, bis jetzt bin ich nur Ihrer Spur gefolgt.« Martz schenkte ihm ein breites Lächeln mit strahlenden Augen und blitzenden Zähnen. »Wenn die Jagd eröffnet ist, kommt es zum tödlichen Schuss.«

28

Einst schön, jetzt faulig, irgendwann einmal wieder schön? Der Gowanus Canal in Süd-Brooklyn ist eine grüne Sickerader, topografisches Überbleibsel eines vormals plätschernden Baches, und die Fabrikgebäude, die im neunzehnten Jahrhundert an beiden Ufern errichtet wurden, sind nunmehr eine Quelle endloser Spekulationen lokaler Investoren, die davon träumen, dass der Kanal bald zur nächsten heißbegehrten Gegend auf New Yorks Grundstücksmarkt wird. Kein Geringerer als das große amerikanische Schlitzohr Donald Trump, so munkelt man, soll hier heimlich große Flächen Land gekauft haben. Die Nachbarviertel ziehen inzwischen tatsächlich Leute mit trendigen Sonnenbrillen und Laptops an, doch für den Kanal hat bisher noch niemand die Frage überzeugend beantwortet, wer hier ausbaggern wird, um Tausende von Tonnen toxischen Schlicks, eine mit Schwermetallen, PCB und so ziemlich allen anderen krebserregenden Chemikalien kontaminierte zähe Masse, abzutragen.

Weshalb die Gegend immer noch in erster Linie Autowerkstätten, Zimmereien, die eine oder andere Sargschreinerei und andere, nicht näher spezifizierte Geschäftsunternehmen beherbergt, ob legal oder nicht. Ein perfekter Ort für eine kleine Unterhaltung mit dem Fahrer einer weißen Limousine, die gewisse Chinesen herumkutschiert hatte.

Es handelte sich um einen kleinen Mann namens DiLetti, mit dicker Taille und dünnen Armen sowie einem Grübchen im Kinn. Er saß auf einem Holzstuhl in einem fast leeren Raum.

»Wir wissen, dass Sie nervös sind«, sagte Victor, der auf den verzogenen Dielenbrettern stand. »Das ist nur natürlich.«
»Sie, Sie haben mich einfach geschnappt und mitgenommen.« Er sah Victor fassungslos an. »Was, was hab ich denn getan?«
»Sie fahren eine Limousine, richtig?«
»Ja, aber das wissen Sie doch schon.«
»Wir brauchen ein paar Informationen.«
»Was?«
»Wohin sind Sie vor drei, vier Tagen gefahren? Wir wissen, dass Sie in Brooklyn unterwegs waren.«
»Ich hab das Fahrtenbuch nicht bei mir.«
»Ich schon.« Victor hielt ihm das Blatt hin. Es hatte ihn genau hundert Dollar gekostet. »Sie haben ein paar Chinesen am Time Warner Building aufgegabelt und sie dann rumgefahren. Ich will wissen, wo genau Sie waren.«
Die zögerliche Reaktion des Fahrers sagte ihm, dass er die Antwort auf die Frage sehr wohl wusste. Es musste ein einprägsamer Abend gewesen sein für einen mickrigen kleinen Manhattaner Limoservice, eine Klientel, die man nicht alle Tage hatte. Keine Rap-Mogule, die sich bei einem Nuttenservice Blowjobs bestellen, und auch keine Teenagerinnen von einer Privatschule auf der East Side in Jeans und schicken Schuhen auf dem Weg zur Geburtstagsfeier einer Freundin. Vielmehr etwas außer der Reihe, das man sich leicht merkt. »Na ja, also, haben Sie das mit Lem besprochen?«
Der Eigentümer der Leihwagenfirma.
»Dreimal dürfen Sie raten, woher ich dieses Blatt hab«, sagte Victor ruhig. Das Spielchen mit DiLetti kam langsam in Gang, die Verhandlung wurde spannend. »Lem hat uns grünes Licht gegeben.«

»Sind Sie Bullen?«

Das war eine interessante Frage. Weil sie Victor eine Gelegenheit zuspielte. »Sagen wir mal so«, antwortete er. »Wir sind zu dem, was wir tun, befugt.«

Der Fahrer schien über die Ambiguität der Antwort erleichtert.

»Okay«, sagte er und nickte, als wüsste er genau, was Victor meinte. »Abgeholt habe ich sie am Time Warner, wie Sie richtig sagen. Es waren eigentlich vier Männer. Nur ein oder zwei sprachen überhaupt Englisch. Einer von ihnen hat übersetzt. Also hole ich sie ab, und sie sagen mir, ich soll sie zu einer Adresse in Bay Ridge fahren. Die meiste Zeit hatten sie die Trennscheibe geschlossen.«

»Bay Ridge.«

»Ja, drei von denen sind da ausgestiegen.«

»Erzähl mir von den dreien.«

»Groß, kräftig. Für Chinesen wirklich sehr groß, schätze, über eins achtzig.«

»Und dann?«

»Dann gehen sie ins Haus«, sagte DiLetti.

»Adresse?«

»Kann mich an die Adresse nicht erinnern. Drittes oder viertes Haus links an der Seventy-Eighth Street, Ecke Ridge Boulevard. Grüne Tür. Eingangsterrasse ist auch grün.«

»Das finden wir.« Victor zeigte auf seinen Freund Jimmy, der, wie früher Richie, als Gorilla fungierte. »Ruf Violet an, sag ihr, sie soll diese Anschrift rauskriegen. Sie hat innerhalb von fünf, zehn Minuten jemanden da drüben, sag ihr also, sie soll das mal überprüfen.« Er nickte dem Fahrer zu. »Okay, ich höre.«

»Also gehen die Männer ins Haus, und dann kommen zwei

von ihnen ein paar Minuten später mit etwas in einem Karton wieder raus. Einer bleibt drinnen. Die Übrigen steigen wieder ein, also sitzen jetzt drei Chinesen im Wagen. Sie diskutieren mächtig viel auf Chinesisch, kann ich Ihnen sagen. Hat mich interessiert, ich hab in meinen Spiegel geguckt, aber ich konnte sie nicht richtig sehen. Dann fahren wir zu einer anderen Adresse, nur ein paar Minuten weg. Da steht ein roter Pick-up in der Einfahrt …«

»Alter – roter Ford F-150?«

»Alt ja, Ford, hab ich nicht gesehen. Kenn mich mit Pickups nicht aus.«

»Und dann?«

»Dann gehen die drei in eins der Häuser und kommen eine Minute später mit leeren Händen wieder raus, und dann gehen sie nach nebenan, wo Licht brennt, und kurz darauf schleifen sie einen Kerl da raus und setzen ihn ins Auto.« Der Fahrer schwieg einen Moment. »Das war ein Weißer, er sprach Englisch, das hab ich mitbekommen.«

»Der Kerl war Anfang dreißig, dunkles Haar, kräftig gebaut?«

»Ja.« Der Fahrer schwieg.

»Würden Sie sagen, er war ziemlich taff?«

»Ja, könnte man sagen.«

Vic merkte, wie die Wut in ihm hochstieg. »Weiter.«

»Ja, ja, schon gut. Ich frag mich nur irgendwie, wieso das alles, na ja, scheint Ihnen ziemlich wichtig zu sein, das Ganze.«

»Das fragen Sie sich also«, erwiderte Victor.

Der Fahrer grinste nervös und schien, während er sich auf seinem Stuhl umsetzte, zu überlegen, was er sagen sollte. »Ja, wissen Sie, diese Informationen haben offenbar, ehm, ihren *Wert*.«

»Für uns.«
»Ja, das meinte ich.«
»Sie wollen, dass wir Sie dafür bezahlen?«
»Na ja, also, immerhin …«
Victor nickte verständnisvoll. »Was sind Sie denn Ihrer Meinung nach wert?«
»Na ja, weiß nicht, ein paar tausend sicher schon.«
»Was?«
»Ich hab gesagt, ein paar …«
»Nein, nein, ich hab Sie schon verstanden, ich bin nur anderer Meinung.«
»Dann …«
»Das ist nicht der richtige Betrag«, sagte Victor.
»Na ja, dann vielleicht tausendsiebenhundertfünfzig?«
Victor schüttelte den Kopf. »Immer noch nicht richtig.«
»Ich glaube …«
»Ich glaube, Sie verkaufen sich hier unter Preis«, erklärte Victor und nickte zur Bekräftigung seiner Erkenntnis energisch mit dem Kopf. »Ich meine, wir wollen fair sein, wir wollen die Sache vernünftig regeln.«
»Tatsächlich?«, fragte DiLetti, der sein Glück nicht fassen konnte.
»Sicher. Ehrlich, diese Information ist uns einiges mehr wert als ein paar Tausender.«
»Wirklich?«, fragte der Fahrer hoffnungsvoll in die Leere des Raums, so dass es von den Wänden widerhallte.
»Na klar. Sie ist – na ja, streng genommen vielleicht eine Million.«
»Im *Ernst?*«
»Wenn Sie sie uns präzise geben können.«
»Also, ich kann mich an jede Einzelheit erinnern, da machen Sie sich mal keine Sorgen!«

Victor zeigte auf Jimmy, der sich ein Grinsen kaum verkneifen konnte, auch wenn der Fahrer es nicht sah. »Hol Mr. Dick-Leety eine Million in bar.« Er deutete mit der Hand auf den Raum nebenan, wo die Decke eingefallen war und der wilde Wein über den Boden rankte. »In meinem Safe da drüben. In kleinen Scheinen, Jimmy.«
»Alles klar, Boss.«
Der Fahrer sah sich ängstlich um. »Warten Sie, ich hab's eigentlich …«
»Also, dann erzählen Sie weiter, okay? Wir entschädigen Sie schon noch für Ihre Mühe.«
Jetzt geriet der Fahrer in helle Panik. »Also, wir haben diesen Kerl eingeladen …«
»Wird's bald mit den Millionen, Jimmy?«
Eine Stimme aus dem Hintergrund. Kaum zu verstehen.
»Kann's nicht finden, Boss!«
»Was? Der verfluchte Jimmy kriegt aber auch nix auf die Reihe«, murmelte Victor.
»Warten Sie, warten Sie, wir sind also in die Stadt gefahren …«
»Jimmy, wo zum Teufel sind die Millionen? Wir wollen Mr. Dick-Beetle nicht warten lassen!«
»Ich such doch schon, Boss!«
»Und was hast du gefunden?«
»So was wie 'nen Gartenschlauch und einen Beutel mit alter Holzkohle.«
»Kohle, Jimmy, Kohle! Sagte ich nicht was von einer Million?«
Victor riss seine Pistole heraus und feuerte über den Kopf des Fahrers hinweg scheinbar auf Jimmy, der auf der Seite stand und eine Zigarette rauchte. »Rück endlich mit der Knete für Beetlenick raus, sonst rückt er nicht mit seiner

Geschichte raus!« Er fuchtelte wild mit der Waffe herum und schoss noch einmal, nach oben. Aus der Decke löste sich ein Stück Gips.
Der Fahrer ging weinend auf den Boden und hielt sich die Arme über den Kopf. Er erzählte ihnen alles, zuerst von der Unterhaltung mit dem Kerl namens Ray über ein chinesisches Mädchen, offenbar seine Freundin; wie sie sein Handy aus dem Fenster warfen, wie sie wieder am Time Warner ankamen, wo er eine Stunde warten musste, bis sie sich erneut in den Wagen zwängten und ein zweites Mal zu dem Haus in Bay Ridge fuhren, wo die beiden chinesischen Schläger zusammen mit Ray und diesem Apparat in einer Tasche ins Haus gingen, bis der erste Chinese kaum eine Minute später herausgestürzt kam und sich die Nase hielt, dann der zweite, der die Hand auf ein blutendes Ohr drückte, und schließlich der dritte, der Farbe in den Augen hatte und nichts sehen konnte. Wie sie stöhnend und fluchend nach Chinatown zu einer Arztpraxis rasten, während sie den ganzen Rücksitz der Limousine mit Blut verschmierten. Victor war fasziniert, begeistert. Das war *gut*. Er hatte einen Volltreffer gelandet! Das war der Kerl! Der Kerl, den er umbringen würde!
Als sie mit dem Fahrer fertig waren, zerrten sie ihn auf die Füße, ignorierten den Gestank aus seiner Hose und zwangen ihn mit vorgehaltener Pistole, fünf Gläschen Whisky zu trinken, aber so, als gäbe es einen Grund zum Feiern, mit einem anerkennenden Schulterklopfen. Du hast es überstanden, Kumpel, niemand hat dich angerührt, okay? Dir wurde kein einziges Haar gekrümmt! Zuerst zögerte der Fahrer, doch beim dritten Schluck Whisky war er schon wieder bei Laune und verzog das Gesicht sogar zu einem Grinsen.

»Wir fahren dich nach Hause«, erklärte ihm Jimmy und führte den Mann nach draußen zum Wagen. Victor sah das nicht zum ersten Mal: Die blanke Angst des Mannes wurde wirkungsvoll im Alkohol ertränkt, dann setzte man ihn nicht weit von seinem Haus an die Luft, und wenn er mit irgendjemandem sprechen sollte, würde niemand ein Wort begreifen. Er würde einschlafen, und wenn er erwachte, würde er sich seltsam fühlen und wäre stark verkatert, aber mit Erleichterung feststellen, dass ihm sonst nichts fehlte; gewöhnlich kam er dann zu dem Schluss, dass er seine Begegnung am besten für sich behielt.

Victors Handy klingelte. Es war Violet.

»Ich hab diese Adresse drüben an der Seventy-Eighth Street. Gehört einem gewissen Raymond E. Grant.«

»Kennt den jemand?«

»Kannst du laut sagen. Steht in jedem Telefonbuch, und für jemanden wie dich dürfte es interessant sein, mit wem wir es zu tun haben.«

»Mit wem?«

»Einem Detective im Ruhestand, hat ungefähr siebenundzwanzig Dienstjahre hinter sich. Der rote Pick-up ist auf seinen Namen registriert.«

Er sagte nichts.

»Victor? Das sind die Dinge, die mir Angst machen, weißt du?«

Ein Detective. Der jüngere Mann hieß Ray, musste sein Sohn sein. Er würde es bald in Erfahrung bringen.

29

Er ist ein sehr tapferer, sehr starker Mann.« Zhao zeigte energisch mit dem Finger in die Luft, als spräche er mit Jin Li Auge in Auge und nicht nur am Handy. »Er ist dieses Seil ganz weit runtergeklettert und dann wieder rauf, nur mit den Armen.«

Ray, dachte Jin Li. Es gab nur wenige Männer, die so stark waren. »Welche Farbe hatte sein Pick-up?«

»Der war rot«, antwortete Zhao. »Guter Truck, nur ein bisschen alt. Hab ihn mir angesehen. Da war ein komischer gelber Schuh auf dem Armaturenbrett.«

»Wie ein Tennisschuh, nur gelb?«

»Ja, genau.«

Es war erst einen Monat her, da war sie mit Ray zu ihm nach Hause gefahren und hatte draußen im Wagen auf ihn gewartet, während er ins Haus ging, um nach seinem Vater zu sehen. Es war ein warmer Tag gewesen, und sie hatte ihren Fuß aus dem Fenster baumeln lassen, um sich die Sonne auf die Haut scheinen zu lassen. Da hatte sie den Schuh vielleicht verloren. Sie war nie mit Ray hineingegangen, um seinen Vater kennenzulernen, vielleicht, weil sie Angst davor hatte.

»Was, meinst du, wollte er da, Zhao?«, fragte Jin Li.

»Oh, ich weiß, was er da wollte.«

»Raus damit.«

»Er hat nach dir gesucht.«

»Wie kommst du darauf?«, fragte sie, um ihn auf die Probe zu stellen.

»Weil ein Mann so was nur macht, wenn er ein großes Herz

hat, und du bist der einzige Mensch in der Firma, den er kennt, also denke ich, er macht das für dich. Er hat ein großes Herz für dich, Jin Li.«

Was machte es also, dass das Taxi von Harlem fünfzig Dollar kostete? Das war ihr egal. Doch es dauerte eine Weile, über die Brücke zu kommen, und sie starrte besorgt aus dem Fenster.

Ray hatte sie angerufen, und sie hatte nie zurückgerufen. Schrecklich. Ich glaube, ich habe einen großen Fehler gemacht, sagte sich Jin Li. Ich werde es wiedergutmachen. Er wird sehen, wie sehr ich ihn vermisst habe. Wir können mit der Polizei reden – vielleicht mit diesem Detective Blake.

Sie jagte den Taxifahrer durch das Viertel, bis sie die richtige Straße fand. Das Haus, erinnerte sie sich, hatte eine grüne Veranda an der Eingangsseite. Sie war aufgeregt, und nachdem sie ein paar Mal im Kreis gefahren waren, entdeckte sie das Haus.

»Lassen Sie die Uhr noch laufen«, sagte sie zu dem Taxifahrer. »Ich hab was vergessen.«

»Solange Sie das Geld haben, hab ich die Zeit«, sagte der Fahrer freundlich.

Sie wühlte in ihrer Handtasche und fand einen Lippenstift sowie einen Spiegel. Ihre Lippen konnten ein bisschen Farbe vertragen. Sie trug die Farbe auf und tupfte den Mund mit einem Papiertaschentuch ab. Sie bürstete sich durchs Haar, legte ein wenig Wimperntusche und einen Hauch Rouge auf. Zuletzt das Parfüm. Sie ging davon aus, dass sie Ray küssen würde, und zwar nicht zu knapp, okay?

»Lady. Darf ich was sagen?«

»Denke schon.«

»Der Kerl kann sich verdammt glücklich schätzen.«

»Danke.«

»Und das sag ich nicht wegen des Trinkgelds.«
Sie bezahlte den Mann und stieg aus.
Ja, das war das Haus, zwei Geschosse mit einem spitz zulaufenden Dach und Mansardenfenstern. Sie hatte sich sowohl in Shanghai als auch in New York eine Menge Immobilieninserate angesehen. Den wenigsten Menschen war bewusst, wie viel westliche Architektur es vor der Revolution in Shanghai gegeben hatte. Den Bund am Whangpoo entlang stand eine Reihe monumentaler britischer, französischer und deutscher Gebäude – Neoklassizismus und Jugendstil. Jedenfalls hatte dieses Haus eine kleine, überdachte Veranda, die frisch gestrichen schien. Der Rasen und die Büsche wirkten sehr gepflegt. Jemand kümmerte sich um das Haus, zweifellos Ray, woraus sie wohl schließen durfte, dass er noch da war, oder etwa nicht? Sie warf einen Blick um die Hausecke und sah einen verschlossenen Schuppen sowie ein frisch gestrichenes Vogelhaus. Ach, hoffentlich war er da! Sie stieg die Stufen zur Haustür hinauf und klopfte zaghaft. Es regte sich nichts. Ihr Blick fiel auf einen dekorativen Klingelknopf in der Mitte der Tür, und sie drehte daran. Drinnen ertönte eine Klingel. Wenig später sah sie eine Frau durch die unaufgeräumte Diele kommen.
»Ja, kann ich Ihnen helfen?«, fragte die Frau durch die geschlossene Tür.
»Ich wollte zu Ray«, sagte Jin Li.
Die Tür ging auf. »Er ist hier drinnen«, sagte die Frau. Sie hatte ein Stethoskop um den Hals. »Bitte.«
Das Haus war für einen Frühlingstag erstaunlich warm. Jin Li folgte der Frau ins Wohnzimmer, wo ein ausgemergelter Mann von etwa siebzig Jahren in einem Bett lag; der Oberkörper ruhte leicht erhöht auf ein paar Kissen, die Arme

lagen seitlich auf der Decke, und an beiden Handgelenken waren Schläuche befestigt.

»Oh, das tut mir leid, so leid«, beteuerte Jin Li, »ich meinte Ray junior.«

»Der müsste bald zurück sein«, sagte die Schwester.

Sie blieb stehen, um nicht aufdringlich zu sein. In China respektierte man die Privatsphäre eines Kranken. »Ich … ich wollte nicht …»

»Bitte bleiben Sie«, sagte die Krankenschwester. »Mr. Grant bekommt nicht allzu viel Besuch, und jemanden wie Sie schon gar nicht.« Die Frau lächelte. »Er wird jeden Moment aufwachen.«

»Sind Sie sicher?«

»Er ist ein Charmeur, seien Sie gewarnt.«

Also setzte sie sich aufs Sofa und versuchte, nicht wie jemand zu wirken, der wartete. Sie betrachtete Mr. Grant, sah sich im Zimmer um, warf einen Blick in die Diele. Das war also das Haus, in dem Ray aufgewachsen war. Nach amerikanischem Maßstab keineswegs luxuriös, in ihren Augen dagegen ausgesprochen schön, mit sehr hübschen Holzböden und großen, schlichten Räumen. Hier war er als Junge gewesen, musste sie denken, so ganz und gar anders als da, wo ich aufgewachsen bin.

»Ich glaube, die pumpen mir zu viele Medikamente rein«, krächzte eine Stimme – die von Mr. Grant, der jetzt die Augen geöffnet hatte und sie aufmerksam, ja ein wenig erschrocken musterte. »Wenn ich mich nicht täusche, was natürlich möglich ist, sehe ich eine außergewöhnlich schöne Chinesin vor mir, die – mit Ausnahme meiner Frau Mary natürlich – die schönste Frau sein muss, die in den letzten neununddreißig Jahren dieses Haus betreten hat, und ich sage Ihnen, das will was heißen!«

Jin Li stand auf, war sich aber nicht sicher, ob sie ans Bett treten sollte. Er sah so krank aus und roch auch ein wenig.
»Oh, hallo, bitte entschuldigen Sie, Mr. Grant. Es tut mir so leid, dass ich Sie geweckt habe. Ich hatte gehofft, Ray, Ihren Sohn, hier zu treffen. Ich heiße Jin Li, ich glaube nicht, dass Sie wissen, wer ...«
»Lady, ich weiß, dass ich auf meinem Totenbett liege, aber ich will Ihnen was sagen, ich weiß genau, wer Sie sind!«
Rays Vater warf einen verstohlenen Blick Richtung Küche. Er kniff ein wenig die Augen zusammen. »Bitte, könnten Sie vielleicht ...«, sagte er im lauten Flüsterton, »... sie ist vielleicht gerade aufs Klo gegangen. Würden Sie wohl in die Küche gehen und mir ein bisschen Kaffee holen? Er steht gewöhnlich auf der Warmhalteplatte. Belebt meine grauen Zellen. Wären Sie so nett?«
Sie stand unschlüssig da, sie konnte den Kaffee riechen.
»Das ist jetzt genau, was ich brauche. Aber schnell, schnell!«, sagte Mr. Grant. »Nur ein bisschen Milch, keinen Zucker.«
Sie ging auf Zehenspitzen in die Küche. Nach amerikanischem Standard war sie sehr altmodisch eingerichtet. Sie erinnerte Jin Li an eine Fernsehserie, die sie sich in der synchronisierten chinesischen Fassung daheim oft angesehen hatte, *Drei Mädchen und drei Jungen*, oder so ähnlich. Sie goss eine kleine Tasse Kaffee ein, gab ein wenig Milch aus dem Kühlschrank dazu und brachte sie Mr. Grant.
»Ich weiß genau, wer Sie sind«, sagte der alte Mann.
»Tatsächlich?«
»Selbstverständlich ... Sie sind das Mädchen, um das sich mein Sohn solche Sorgen macht. Schreckliche Sorgen, er tut alles, um Sie zu finden ...« Er fasste die Kaffeetasse mit beiden Händen und nahm einen Schluck. Dann noch einen.

»Gut«, erklärte er. Neben Mr. Grants Bett piepte eine Maschine, und danach war ein mechanisches Klicken zu hören. Er wandte den Kopf und leckte sich die Lippen. »Früher, als ich dachte«, bemerkte er laut. Dann nickte er zufrieden und drehte sich wieder zu Jin Li um. Nur dass er diesmal kaum mit den Augen zwinkerte. War er dabei einzuschlafen? Sie sah, dass er jeden Moment seinen Kaffee verschütten würde, und trat schnell heran, um ihm die Tasse abzunehmen. »Danke …«, sagte er in seltsamem Ton. Sie stellte den Kaffee zu ihren Füßen auf den Boden, so dass die Schwester ihn bei ihrer Rückkehr nicht gleich sah.

Plötzlich kam ihr eine Idee. »Mr. Grant? Kann ich Sie was fragen?«

»Ja, ich denke schon.«

»Was hat Ray in all den Jahren gemacht, in denen er nicht in den Staaten war?«

»Gemacht?« Die Maschine neben Mr. Grant klickte wieder, doch er schien es nicht zu hören.

»Ja. War er beim Militär, hat er irgendwo in einem Krieg gekämpft?«

Mr. Grant runzelte die Stirn. »Hat er Ihnen das gesagt?«

»Nein.«

»Hätte mich auch gewundert … er hat Ihnen gar nichts gesagt … stimmt's?«

Woher wusste er das? Sie fühlte sich gedemütigt. »Ja, das stimmt.«

»Er hat sie gerettet … geholfen … Hurrikans und Erdbeben, ich meine, richtige Beben … Hunderte von Menschen, viele Länder …« Er schloss die Augen, als könne er so besser sehen, was er ihr beschrieb, und sie beobachtete, wie sich unter seinen Lidern die Augäpfel bewegten, als suchten sie nach etwas. »Manchmal stand was in der Zeitung …

schreckliche Dinge, die er da gesehen hat, viel schlimmer als alles, was ich … je gesehen habe, zu viel, Sie können zu viel sehen!« Mr. Grant hob das Gesicht, und seine Wangen schienen noch ein wenig einzufallen, als er die Lippen öffnete. »Hat nie drüber gesprochen, hat mir das Herz gebrochen, wissen Sie, ich wünschte, er würde … es ist gut für einen Mann, Frau und Kinder … manchmal ist er runter gestiegen … ganz tief runter, wo all die Toten waren … er musste die Leute finden, die Kinder … sehr, sehr schwierig … manchmal … er … es … mein Garten, haben Sie die Rosen gesehen?«
Er wiegte leicht den Kopf und schien jetzt Visionen zu haben. »Mr. Grant, woher hat Ray die schreckliche Narbe auf dem Bauch?«
»Aaah, ha …«, er stöhnte entsetzlich.
»Mr. Grant?«
»… das war … die hat er vom lieben Gott!«
Seine Augen öffneten sich, dann verdrehten sie sich nach oben. Ein faulig stinkender Atem kam aus der Tiefe seines Körpers. Dann sackte sein Kopf zur Seite. Ein Auge war schon fast geschlossen, das andere noch geöffnet. Jin Li sah weg. Wieso musste sie an ihren Großvater denken? Ich muss ihn ansehen, dachte sie, ich muss das hier sehen, damit ich Ray verstehen kann.
So verging schweigend eine Minute. Mr. Grants magere Brust hob und senkte sich weiter, seine Züge waren erschlafft.
Die Schwester kam herein und sah auf die Uhr.
»Konnten Sie mit ihm reden?«, fragte sie fröhlich.
Jin Li merkte, dass sich ihr Atem beschleunigt hatte. »Ja.«
»Und Sie haben ein bisschen Kaffee getrunken?«
»Ja.«

»Er ist ein sehr netter Mann.« Sie hob die Decke ein wenig an, um sie aufzuschütteln, und Jin Li sah den halbvollen Urinbeutel. »Er wird jetzt eine Weile schlafen.«
»Vielleicht warte ich besser draußen auf Ray?«
»Wie Sie möchten.«
Jin Li nickte und stand auf. Sie hatte plötzlich das Bedürfnis, so schnell wie möglich hier rauszukommen, doch stattdessen beugte sie sich vor und gab Mr. Grant einen zarten Kuss auf die Stirn.
»Sie sind lieb«, sagte die Schwester. »Ich werd's ihm sagen, wenn er wach wird. Und es wird ihm gefallen.«
Jin Li schlüpfte in die Eingangsdiele, wo ihr Blick auf ein paar Familienfotos fiel. Beim Hereinkommen hatte sie sie nicht bemerkt. Da war ein Bild von Ray im Footballtrikot und ein anderes in der Uniform der New Yorker Feuerwehr; dann lag er in einem Krankenhausbett und bekam eine Medaille verliehen. Sein Vater und seine Mutter saßen links und rechts an seinem Bett. Und dann ein lächelnder glatzköpfiger Mann, den sie wiedererkannte. Bürgermeister Giuliani. »FÜR TAPFEREN EINSATZ IM DIENSTE DER STADT NEW YORK AM 11. SEPTEMBER 2001«, stand in goldenen Lettern darunter.
Oh, dachte sie, oh. *Da* war er also gewesen.
Sie trat auf die Veranda. Wieso hatte er ihr nichts davon erzählt? Wie sehr sie sich wünschte, davon gewusst zu haben, wie sehr sie Ray jetzt vermisste – wie sehr sie ihn sogar liebte. Alles – alles ergab einen Sinn.
Sie schlenderte, von der grellen Sonne ein wenig geblendet, auf den Bürgersteig und fragte sich, warum sie weinte. Vielleicht der Anblick von Mr. Grant, die Unterhaltung über Ray, die Fotos, es war alles ein bisschen viel …
Zu viel in der Tat, um den zerbeulten Van zu bemerken,

der am Bürgersteig angehalten hatte. Ein großer, kräftiger Mann in abgetragener Arbeiterkleidung verstellte ihr den Weg. Seine dunklen Augen sahen ihr eindringlich ins Gesicht.

»Was, entschuldigen Sie ...!«

Er packte sie mit einer schmutzigen Hand, riss die Tür des Lieferwagens auf und warf sie hinein. Sie traf mit dem Kopf auf den metallenen Boden. Er griff hinein und riss ihr die Tasche aus der Hand. Sie sah ein Stück Seil und einen leeren Plastikeimer. Die Tür fiel scheppernd zu und wurde von außen verriegelt, dann setzte sich der Van in Bewegung. Sie streckte die Hand aus, um in der Dunkelheit das Gleichgewicht zu finden.

Ein Gleitgeräusch. Das kleine Fenster zum Führerhaus öffnete sich. Hinter einem Maschengitter sah sie das Gesicht. »Dass du ja nicht schreist«, warnte er sie.

Sie fuhren ein paar Minuten. Jin Li tastete nach den Seiten- und Hecktüren. Abgeschlossen. Sie kroch auf Händen und Knien herum, fand jedoch nichts außer dem Seil und dem Eimer.

Der Van hielt an. Sie hörte, wie die Fahrertür auf- und wieder zuging, dann kamen seine Schritte um den Wagen herum zum Heck.

»Ich mache jetzt die Tür auf. Keine Dummheiten!«

Die Tür öffnete sich, und Licht strömte herein. Er kam herein, knipste die Lampe am Wagendach an und schloss die Tür.

»Nicht schreien, ich warne dich.« Der Mann war groß und kräftig. Er packte ihre Hand und drehte sie auf den Rücken.

Sie trat nach ihm, so fest sie konnte. Er legte ihr das Knie auf die Brust, und sie hämmerte mit den Fäusten auf ihn ein. Ihre Hiebe prallten an ihm ab. Er zog eine Rolle Klebeband heraus, riss ein Stück ab und klebte es ihr über den Mund. Sie trommelte auf ihn ein, doch er war groß und schwer, und sein Knie drückte sich ihr in die Brust. Er drehte sie auf die Seite, ohne sein Gewicht von ihr zu nehmen. Mit dem nächsten Stück Klebeband fesselte er ihr die Hände hinter dem Rücken. Dann die Füße, obwohl sie nach ihm trat. Als er fertig war, lag sie auf dem Rücken und wand sich, um sich zu befreien.

Er nahm noch ein Stück und hielt es über sie.

»Mach die Augen zu«, befahl er.

Sie gehorchte. Das Band legte sich über ihre Augen und verklebte ein paar Haarsträhnen.

Er schien es nicht eilig zu haben. Sie fühlte, wie er sich rittlings über sie hockte; er war ihr so nah, dass sie den Kaugummi roch, den er kaute, etwas wie Zimt.

»Du bist mir einmal entkommen«, sagte er. »Ein zweites Mal wirst du es nicht tun.«

Seine Hand strich ihr über die Bluse, riss sie auf. Sie hörte, wie er laut durch die Nase atmete. Die Hand befühlte ihre Brüste, drückte sie. Dann war sie zwischen ihren Beinen, zog ihren Schlüpfer herunter, und einen Moment spürte sie seinen Daumen in sich, fest, so dass es weh tat. Er tastete, drang tiefer hinein und bewegte sich, dann zog er ihn wieder heraus. Wieder hörte sie ihn durch die Nase atmen. Sie fragte sich, ob er an seinem Finger roch.

Er drehte sie um und fesselte sie mit dem Seil. Es schnürte sich fest in ihre Hände, Arme und Beine. Sie spürte, wie er die Knoten anzog.

Dann stülpte er ihr den Eimer über den Kopf und klebte den Rand an ihren Keidern fest. Ihr Atem hallte ihr in den Ohren wider. Finsternis über Finsternis. Möglicherweise hatte er etwas zu ihr gesagt, doch sie konnte es nicht verstehen. Sie erschlaffte vor Erschöpfung, fühlte die schweißnassen Kleider. Sie spürte, wie die Tür des Vans sich wieder schloss und das Fahrzeug sich in Bewegung setzte. Sie wurde über den harten Metallboden nach hinten geschleudert, hilflos in ihren Fesseln. Es gab nicht die geringste Hoffnung, dass irgendjemand wusste, wo sie war.

30

Ein Rollstuhl-Gigolo?«

»Ja, er – na ja, du weißt schon – er besorgt es Frauen im Rollstuhl.«

Connie dämpfte die Stimme. Sie wollte nicht, dass sie jemand hörte, einschließlich des Hauspersonals, das sowieso schon zu viel über sie wusste. »Alte Frauen?«

»Nein, nein. Junge, zwischen dreißig und fünfzig.«

»Und die *bezahlen* dafür?«

»Na ja, sicher. Sie bezahlen ihm sogar eine Menge, hab ich mir sagen lassen. Aber das macht ihnen nichts aus. So viel ist es eigentlich nicht, wenn man *bedenkt* …«

»Was bedenkt?«, fragte sie.

»Wenn man bedenkt, wie gut er ist! Du würdest dich wundern, wie viele Frauen mit Geld es in New York gibt, die im Rollstuhl sitzen. Du weißt schon, von einem Sturz, Rückenproblemen, multipler Sklerose … jedenfalls mehrere hundert.«

»Ich bin denen nie begegnet.«

»Die meisten verkriechen sich. Hier im Haus wohnt eine. So hab ich ja von ihm erfahren.«

»Und deine Freundin, wie oft …?«

»Einmal im Monat, ungefähr. Ihr Mann rührt sie nicht an. Seit *Jahren* nicht mehr.«

»Hat sie dir erzählt, was – Gott, warte mal einen Moment.« Connie horchte, ob die Männer vom Dach herunterkamen. Ihr Mann und dieser komische Chinese namens Chen, der gerade mit ihnen zu Abend gegessen hatte, waren mit ihren Drinks und Zigarren auf der Dachterrasse. Sie waren schon eine ganze Weile da oben. Was konnte es noch zu diskutieren geben? Die Unterhaltung beim Dinner war schrecklich gewesen – steif und bemüht, vor allem weil der Kerl so schlecht Englisch sprach, ganz zu schweigen von seinem Umgang mit der Gabel, und Bill behandelte den Kerl die ganze Zeit, als wäre er irgendein supermächtiger globaler Oberhäuptling. Aber, so leid es ihr tat, sie wusste, was von diesen Kerlen zu halten war, besonders den Milliardären aus Hongkong oder Singapur, und dieser hier war ein Fliegengewicht. Bill hatte gesagt, später würden sich vielleicht noch ein paar andere Männer hinzugesellen. Sie horchte wieder, hörte nichts.

»'tschuldige«, sagte sie, »erzähl weiter. Du sagtest gerade, ihr Mann rührt sie nicht an, und sie treibt es mit dem Gigolo und so.«

»Die Nachbarin hat die beiden eines Nachmittags gehört, hat *sie* gehört.«

»Im Ernst? Was für 'n Typ ist er denn?«

»Also, stell dir diesen großen Holzfällertyp im Flanellhemd vor, der außerhalb der Stadt lebt. Er ist vielleicht neunundzwanzig, dreißig. Kommt für eine Woche im Monat in die Stadt. Macht die Runde und fährt wieder weg.«

»Das ist … ist das nicht irgendwie *krank*? Zumindest abartig?«

»Eigentlich finde ich es reizend.«

»Immerhin kriegt er Geld dafür.«

»Sicher, aber er könnte ja was anderes machen. Ich hab gehört, es hätte alles damit angefangen, dass er im Winter Weihnachtsbäume und Brennholz in der Stadt ausgeliefert hat, ein ganz normaler Job, und wahrscheinlich hat er einmal bei einer Frau im Rollstuhl geklingelt und eins führte zum anderen.«

»Ich sag dir, er ist auf einem perversen Machttrip.«
»Hab ich auch erst gedacht. Genau das. Aber dann hab ich mich eines anderen belehren lassen. Er soll einfühlsam sein. Selbstbewusst, aber einfühlsam. Viele dieser Frauen leiden unter chronischen Schmerzen, haben steife Gelenke, alle möglichen Begleiterscheinungen, die Wirbelsäule ... ein paar Probleme kann man sich vorstellen.«
Connie merkte, dass sie irgendwie in eine gereizte Stimmung kam, und sie trommelte mit den Fingernägeln auf den Intarsientisch, den sie – wo hatte sie ihn noch gleich entdeckt? – in der Portobello Road in London oder vielleicht in der Rue Jacob in Paris erstanden hatte. »Es muss ...«
Die Gegensprechanlage im Schlafzimmer summte.
»Connie«, schnauzte ihr Mann. »Wenn die anderen kommen, schick sie aufs Dach rauf. Auf der Stelle.«
»Ja, Sir.« Sie schaltete aus und kehrte zum Telefon zurück. »Wie gesagt, ich kann's mir nicht anders denken, als dass der Kerl irgendwelche perverse Machtgelüste hat.«
»Connie, noch mal, das dachte ich auch erst.«
»Bis ...?«
»... ich ihn gesehen habe.«
»Was?«, brachte Connie atemlos heraus.
»Ich hab mich mit ihm unterhalten.«
Sie merkte, wie sie eine Woge der Eifersucht durchfuhr. »Tatsächlich?«
»Er ist nett. Sehr intelligent. Vielleicht sogar ein bisschen *schüchtern*.«
Wieso machte ihr diese Auskunft so zu schaffen? »Macht er – ich meine –, tut er es denn auch mit *normalen* Frauen?«
»Das klingt ein bisschen verzweifelt, Connie.«
»Es *ist* auch ein bisschen verzweifelt.«

»Was ist denn mit diesem Kerl, den du hattest?«

»Er war kurz davor rauszufinden, mit wem ich verheiratet bin, du weißt schon, wie viel Geld zu holen ist.«

»Und was, ich meine … was ist mit Bill?«

»Na ja, ich liebe ihn wirklich. Aber, weißt du … hab ich dir eigentlich erzählt, dass er jeden Morgen in die Badewanne pinkelt?«

»Ach du dickes Ei.«

»Solange er sich für irgendetwas interessiert, einen von seinen lächerlichen Deals oder wieso irgendeine milliardenschwere Firma krankt, ist er erträglich. Im Moment, heute Abend, hat er gerade eine beim Wickel. Ich versuche, ihn zu ermutigen, weißt du, damit er beschäftigt ist! Sonst würde ich …«

»Sonst würdest du dir auf der Stelle einen Rollstuhl kaufen!«

»Erzähl niemand anderem von diesem Kerl! Ich mein's ernst! Sonst kannst du bald einen Artikel über ihn im *New York Magazine* lesen, dann wissen es alle, und die Sache ist verpatzt.«

»Ich sag's keinem weiter, versprochen.«

»Weißt du, wie man sich mit dem Kerl treffen kann?«

»Sicher. Er kommt ja hier im Haus vorbei.«

»Wann ist er das nächste Mal fällig? Ich möchte …« Sie hörte die hausinterne Gegensprechanlage summen. »Entschuldige mich bitte, die Pflicht ruft. Bleib einen Moment dran.«

Die Dachterrasse war über einen eigenen Fahrstuhl innerhalb der Wohnung zugänglich. Sie hatte darauf bestanden, ihn einzubauen, da sie keine Lust hatte, sich jedes Mal, wenn sie zur Gymnastik oder zum Sonnenbaden raufwollte, dem Liftboy im Badeanzug zu präsentieren. Die Hausanlage summte zum zweiten Mal, sie öffnete die Wohnungstür und war überrascht, als fünf Männer in Anzug und Krawatte und Aktentasche vor ihr standen. Einer davon war dieser kleine alte Mann namens Elliot, den sie vor Jahren kennengelernt hatte.

»Muss ja 'ne tolle Party sein, die ihr Jungs da vorhabt«, bemerkte sie, als er ihr höflich die Hand schüttelte. »Aber ich nehme mal an, dass Mädchen nicht willkommen sind.«

Elliot lächelte milde amüsiert. »Ihr Gatte ist ein bemerkenswerter Mann«, sagte er. »Und ich schätze unsere Freundschaft sehr.«

»Bill ist mit einem gewissen Mr. Chen aus China auf dem Dach.«

Elliot sah ihr in die Augen. »Mrs. Martz, ich kann Ihnen versichern, dass wir über diesen Mr. Chen bestens im Bilde sind.«

Sie ließ sie in die Wohnung, führte sie durch die Diele zum zweiten Fahrstuhl, wartete, bis sie eingestiegen waren, und dann fiel es ihr wieder ein – der Rollstuhl-Gigolo. So schnell sie konnte eilte sie zurück zum Telefon.

31

Die längste Fahrt ihres Lebens. Sie waren irgendeine größere Straße in Brooklyn entlanggezuckelt – das merkte man am stockenden Verkehr, dem Gehupe und Sirenengeheul –, dann waren sie abgebogen und über holprigen Boden gefahren. Jetzt hörte sie einen Lkw-Motor und es roch nach Scheiße – eine überwältigende Woge. Als ob der Van sich gerade durch einen Berg davon fraß. Wenige Sekunden später blieben sie stehen, eine Garagentür wurde hochgeschoben, und der Van fuhr irgendwo hinein. Sie wartete ab. Sie hatte ein unangenehmes Gefühl zwischen den Beinen, wo er seinen Daumen gehabt hatte, und sie roch ihren eigenen Angstschweiß. Vom Handgemenge tat ihr der Nacken weh, doch die meisten Schmerzen bereitete ihr das Klebeband über den Augen. Es zerrte an ihren Brauen und Wimpern, und jedes Mal, wenn sie zwinkerte, spannte es an ihrer Haut. Sie atmete durch die Nase, jeder Zug strich ihr dicht übers Gesicht, hallte ihr in den Ohren. Schwer, noch etwas anderes zu hören, doch jetzt merkte sie, wie der Motor ausgeschaltet wurde, sie hörte, wie die Fahrertür auf- und zuging, dann zog jemand die Seitentür auf.

»Also«, drang seine Stimme leise, böse und bestimmt zu ihr durch. »Ich hol dich jetzt raus. Wehr dich nicht gegen mich.«

Sie wollte sich wehren, hatte aber nicht die Kraft dazu.

»Nicke einmal, damit ich weiß, dass du mich verstanden hast.«

Sie gehorchte, und der Eimer stieß ihr an die Brust.

Seine kräftigen Hände packten sie wie Frachtgut und schleiften sie über den Metallboden des Lieferwagens.
Dann hob er sie hoch und warf sie sich über die Schulter, so dass sie seine harten Muskeln im Magen spürte. Er trug sie – *nach unten*, hatte sie das Gefühl. Sie hörte ein knarrendes Geräusch. Ihr stieg ein seltsamer ätzender Geruch in die Nase, von dem ihr übel wurde.
Er legte sie auf irgendeiner Unterlage, einem Bett oder Sofa, ab.
»Du bist ziemlich leicht«, sagte er. Sie wusste nicht, was er ihr damit sagen wollte. »Jetzt halte still, ich muss was mit dir machen.«
Sie erwartete das Schlimmste und erstarrte, doch er legte ihr nur etwas Schweres, Metallisches um die Taille, das ihr auf die Hüfte fiel. Sie hörte ein Schloss zuschnappen.
»Ich nehme dir jetzt den Eimer ab.«
Sie fühlte, wie er den Klebestreifen von ihren Kleidern und Haaren zog, und als der Eimer sich löste, hörte sie sich nicht mehr durch die Nase atmen.
Als sie seine Finger auf dem Gesicht spürte, wand sie sich und fing zu weinen an.
»Hey! Ich nehme dir nur das Klebeband vom Mund!«
Sie zwang sich, still zu halten. Der Chemiegeruch machte ihr zu schaffen, und sie spürte einen dumpfen Brechreiz. Vielleicht lag es auch an ihm, daran, wie nah er ihr war. Er steckte die Fingernägel unter die Kanten des Klebebands und riss es dann erst von der linken Wange, dann von ihrem Mund und zuletzt von der rechten Wange. Sie bewegte die Gesichtsmuskeln ein wenig.
»Hier ist eine Flasche Wasser.«
Etwas berührte ihre Lippen. Sie schüttelte heftig den Kopf.

Er knuffte sie. »Trink das. Sei nicht albern.«
Sie gehorchte und öffnete blind den Mund, versuchte, sich nicht zu verschlucken. Soweit sie es schmecken konnte, war es gewöhnliches Wasser.
»Also«, fing er an. »Ich weiß, du heißt Jin Li, wie immer man das ausspricht. Aber wer bist du eigentlich?«
Sie räusperte sich. Sie wünschte sich, ihn sehen zu können. »Wieso sollte ich Ihnen das sagen?«
»Weil ich dir verdammt noch mal sage, dass du es mir sagen sollst!«
»Wer sind *Sie* denn?«
»Ich?« Er quittierte die Frage mit einem Schnauben.
Aus diesem einen Wort hörte sie eine ganze Philosophie heraus: einen kampflustigen Stolz, grenzenloses Staunen darüber, dass die Welt ihn so ignorierte, und darunter die entfesselte Wut des Selbsthasses.
»Ja, wer sind Sie?«, fragte sie unverfroren.
»Ich, ich bin ein Gewinner. Das entspricht der wörtlichen Bedeutung meines Namens.«
»Und der wäre?«
Er schlug zu, mit voller Wucht. »*Ich* stelle hier die Fragen. Vergiss das nicht.«
Ihr Kopf flog herum, sie fiel nach hinten und erwartete den nächsten Schlag. Doch sie vergaß nicht, was er gesagt hatte, nicht einen Moment.
»Na schön. Ich habe ein paar Fragen. Warst du mit den mexikanischen Mädchen in diesem Wagen?«
Ich will nicht, dass er mich noch mal schlägt, dachte Jin Li.
»Nein.«
Er schlug sie wieder. »Doch, warst du wohl. Jetzt weiß ich, dass du eine Lügnerin bist, und jetzt weißt du, dass ich es

weiß. Kapiert? Okay? Komm mir bloß nicht dumm, kapiert? Also gut – diese Limousine. Wer waren diese Chinesen, die nach dir gesucht haben?«

Oh, dachte Jin Li, er weiß Bescheid. Ich werde mir jedes Wort, das ich sage, gut überlegen müssen.

32

Noch hatte er keinen Verdacht geschöpft und glaubte, es handelte sich um einen Höflichkeitsbesuch – eine Art zivilisiertes Balzritual unter wohlhabenden Männern. Brandy und Zigarren. Na ja, Balz traf es vielleicht nicht genau, nur dass einer von ihnen bald den Schwanz einziehen würde. Und das werd nicht ich sein, dachte Martz. Sie saßen draußen auf Teakholzstühlen und blickten ringsum auf die funkelnde Skyline von Manhattan. Fifth Avenue, Rockefeller Center, das Chrysler Building, das Empire State, die Brücken nach Brooklyn, die erleuchteten Fenster nah und fern, behaglich intim und zugleich grandios. Selbst Chen mit seinem aufgeblähten Ego schien beeindruckt.

»Wie viel kostet ein solches Gebäude?«, fragte er.

Eine Frage, die für atemberaubend schlechte Manieren sprach. »Das ganze Gebäude?«, entgegnete Martz gleichmütig. »Schwer zu sagen.«

»Ich habe Wohnung in Time Warner Center.«

»Ja, wie man hört, sind die sehr gut.« Martz achtete darauf, dass es nicht spöttisch klang. »Die besten in der ganzen Stadt.«

Die Lifttüren gingen auf. Die Männer traten einer nach dem anderen heraus, jeder mit seiner Aktentasche bewaffnet.

Chen warf Martz einen fragenden Blick zu. »Wer sind diese Leute?«

»Freunde von mir.«

»Aha, verstehe.« Doch Chen witterte Ärger und erhob sich halb von seinem Sitz.

Und in diesem Moment kippte die Stimmung des Abends.

Martz beugte sich vor und schob ihn sachte wieder auf seinen Stuhl.
Chen erstarrte.
»Mein Freund«, sagte Martz, »jetzt kommen wir zu dem Teil des Abends, der mir sehr am Herzen liegt.«
Chen hatte sämtliche Antennen ausgefahren und saß reglos auf seinem Liegestuhl, dessen Armlehnen er umklammerte. Seine Bodyguards saßen in besagtem Time-Warner-Gebäude und tranken wahrscheinlich ein kühles Bier zum amerikanischen Kabelfernsehen. Er hatte zugelassen, dass Martz ihm einen Wagen schickte, und hatte seine Männer nicht mitnehmen wollen. Dass dies ein Fehler gewesen war, den ein wirklich reicher Mann in Amerika nie machen würde, schien ihm jetzt zu dämmern.
Martz wandte sich wieder seinem Gast aus China zu. »Chen, Sie sind heute Abend aus einem einzigen Grund hier. Über meine Firma bin ich einer der Hauptinvestoren eines kleinen, aber sehr vielversprechenden Pharmaunternehmens namens Good Pharma.« Er winkte seinen Übersetzer heran, einen schlanken chinesisch-amerikanischen Doktoranden von der Columbia University. Die anderen Herren nahmen an einem Tisch in der Nähe des Fahrstuhls Platz und öffneten ihre Laptops. »Von jetzt ab übersetze bitte jedes Wort, das ich sage. Es darf keine Missverständnisse geben. Ich will, dass er sich an deine Stimme gewöhnt und du dich an seine.«
Der Übersetzer begrüßte Chen mit höflicher Förmlichkeit. Chens Blick ging zwischen Martz und dem anderen Mann hin und her.
Martz fasste zusammen. »Mein Freund Hua hier arbeitet seit acht Jahren für mich. Er kennt Ihren Regionaldialekt. Er wird übersetzen. Sie haben kürzlich mit Good-Pharma-

Aktien gehandelt und mit schnellen Verkäufen den Preis nach unten getrieben. Und wenn ich sage ›Sie‹, dann meine ich Sie plus sämtliche chinesischen Investoren, die Sie beraten. Sehr beeindruckend, bis auf die Tatsache, dass Sie dafür gestohlene Informationen genutzt haben.«

Der Übersetzer gab die Erklärung weiter.

»Ich höre«, sagte Chen auf Englisch, als suche er nach einer Chance für eine gütliche Einigung.

»Heute Abend werden Sie jeden einzelnen Ihrer Mitinvestoren in China anrufen und ihnen sagen, sie sollen morgen früh um zehn, Lokalzeit Shanghai, bei Öffnung der Börse Good Pharma kaufen. Sie werden in Shanghai, in Peking, Hongkong kaufen und wo auch immer sie ihre Geschäfte tätigen.«

»Wieso sollten sie das tun?«

»Weil Sie es ihnen sagen werden.«

Chen schüttelte den Kopf. »Das würde ihnen nicht reichen.«

»Irgendetwas sagt mir, dass Sie sie mit triftigen Argumenten überzeugen werden.«

»Und wie?«

»Ganz einfach. Sie erklären ihnen, dass Sie weitere Insiderinformationen auf den Tisch bekommen haben, die ihnen einen Riesenbatzen Geld einbringen werden.«

Chen sagte nichts.

»Hua wird sicherstellen, dass Sie ihnen genau das sagen. Um mich deutlicher auszudrücken: Wir haben hier eine Vorrichtung, die bei Telefongesprächen eine Zehn-Sekunden-Verzögerung bewirkt. Entwickelt wurde das Ding ursprünglich von Radiostationen, um die Übertragung von Ausdrücken zu verhindern, die gemäß der Medienkontrollbehörde verboten sind.« Martz wies auf den Übersetzer. »Hast du das? Hat er das verstanden? Diese Technik wird außerdem von gewissenlosen Börsenhändlern benutzt, um größeren Abschlüssen zuvorzukommen, die konventionell über das Telefon abgewickelt werden. Das ist illegal, weil es so gut funktioniert. Hua wird auf jedes Ihrer Worte achten, und wenn er den Eindruck hat, dass Sie nicht genau das sagen, was wir Ihnen aufgetragen haben, dann drückt er auf einen Knopf und Ihre Stimme verstummt.

Außerdem wird Mr. Phelps, einer der Herren da drüben am Tisch, der neben dem Barbecuegrill, Ihre Stimme auf einem Stressdetektor verfolgen, und wenn sie nach seinem Ermessen so klingt, als ob Sie lügen, dann wird er die Obertöne blockieren, so dass ein Stressdetektor am anderen Ende der Leitung oder auch ein menschliches Ohr, das meiner Meinung nach genauso gut darin ist, keinerlei bedenkliche Veränderung in Ihrer Tonlage erkennen wird. Mr. Phelps blickt auf dreiundzwanzig Dienstjahre bei der CIA zurück und ist mit diesen Techniken bestens vertraut. Mr. Phelps?«, rief er.

Phelps kam und postierte sich vor Chen, indem er die Hand ausstreckte.

»Sie werden uns jetzt sämtliche Handys und anderen elektronischen Geräte überlassen, die Sie bei sich führen.«

Chen gab ihm zwei Handys und einen Funkempfänger.

»Bitte bleiben Sie ruhig sitzen«, sagte Martz. Er stand auf, um Elliot zu begrüßen, der am anderen Ende der Terrasse wartete.

»Alles klar?«

»Hi, Billy Martz. Ja, wir wären im Prinzip so weit. Ich war den ganzen Tag im Büro und hab alles vorbereitet.« Er hatte drei Computer, die er über eine der wasserdichten Steckdosen betrieb, die Connie für ihren Ellipsentrainer benutzte, auf dem sie Stunden damit zubrachte, dem Himmel oder welchen Höhen auch immer ein Stück entgegenzuklettern.

»Hast du genügend Strom? Dein ganzer Kommunikationsapparat läuft?«

»Bill, du entwickelst dich langsam zu einem alten Pingelfritzen.« Elliot grinste und klopfte ihm auf den Rücken. »Du kümmerst dich um deinen Kram und ich mich um meinen.«

Doch Martz konnte sich vom Anblick der Spezialausrüstung nicht losreißen und staunte darüber, wie klein sie war, wenn man einmal von der großen, weißen Parabolantenne auf einem drei Meter hohen Teleskopstativ absah, die sie im Verlauf des Tages heraufgeschafft und in Position gebracht hatten: Der Schlüssel zu einem erfolgreichen Lift lag heutzutage, wo sich so gut wie alles elektronisch zurückverfolgen ließ, in einem Übertragungsweg, der nicht nur von einem Ort zum anderen, von einer Gerichtshoheit zur anderen reichte, sondern auch die Grenzen unterschiedlicher Technologiesysteme überschritt. Je mehr von diesen Grenzen sie überwanden, desto schwerer machten sie es interessierten Behörden, den Weg illegaler Kommunikation zurückzuverfolgen. Soweit Martz wusste, würden Elliots Männer an diesem Abend direkt mit einem Boot kommunizieren, das etwa dreißig Meter vor der Küste im New Yorker Hafen lag. Dies geschah über einen digital komprimierten und verschlüsselten Mikrowellenstrahl, der nur per Richtfunkübertragung funktionierte und eine Reichweite von wenigen Meilen hatte. Machte die Erdkrümmung nicht mit. Konnte auch nicht an nebligen oder regnerischen Tagen verwendet werden. Man schoss den Strahl, der einen halben Zentimeter Durchmesser hatte, auf einen Empfänger von der Größe eines Regenschirms. Der Vorteil dieser Übertragung lag darin, dass sie absolut nicht aufzuspüren war. Sie war so gut, dass die Citibank sie benutzte, um Daten aus dem berühmten Lipstick Building, ihrer Firmenzentrale an der Lexington Avenue, zu ihrer Nebenstelle in Queens zu schicken, die zu diesem Zweck auf Sichtweite am anderen Ufer des East River errichtet worden war. Martz sah den Männern bei der Arbeit zu. Sie hatten Stunden damit zugebracht, den Übertragungsvektor immer wieder zu überprüfen. Das Boot, das unter liberianischer Flagge lief, verfügte über eine Telefonanbindung an ein privat betriebenes holländisches Satellitennetzwerk, das nur von Reedereien genutzt wurde, und die Datenpakete wurden wiederum an eine griechische Schiffswerft weitergeleitet, die keinem Geringeren als Elliot gehörte. Während auf dem Werftgelände verrostete, überholungsbedürftige Tanker lagen, waren die darunter und um sie herum verlegten faseroptischen Kabel auf dem allerneuesten Stand der Technik. Mit Hilfe dieser Einrichtung konnte Elliot mehr oder weniger ungestört mit jedem Ort der Welt telefonieren. Zwar beeinträchtigten die zahlreichen Etappen der Übertragung die Tonqualität und brachten eine gewisse Verzögerung mit sich, aber nicht sehr viel, kaum mehr als vier Sekunden.

Doch das war nicht alles, was Elliot zu bieten hatte, nein, keineswegs. Schließlich konnte jeder, der ein paar Millionen Dollar auf der Kante und eine asoziale Ader hatte, einen nicht aufzuspürenden Technikmix, einen globalen ComLink, arrangieren. Zum Beispiel Mr. Bin Laden, um nur einen von vielen Schurken zu nennen. Elliots wahrer Wert und der eigentliche Grund, weshalb er für die Arbeit von vielleicht sieben, acht Stunden Millionen von Dollar einkassierte, lag darin, dass er Dinge wahrmachte, die ohne ihn nicht möglich waren. Er stellte das nötige Kapital zur Verfügung und besaß die nötige Intelligenz, es mit optimaler illegaler Wirkung zum Einsatz zu bringen. Zusammen mit seiner handverlesenen Renegatenschar hatte er mehrere Tausend Kurssteigerungsmuster untersucht und mit akribischer Gründlichkeit ein Programm entwickelt, das mit Hilfe eines Best-Fit-Verfahrens aus einer beliebigen Menge von Datenpunkten einen natürlichen Verlauf für diesen Kursanstieg ermittelte. Dann fing er an, die fraglichen Aktien aufzukaufen und natürlich den Kurs in die Höhe zu treiben. Doch seine Kunst ging noch viel weiter: Elliot spielte auf höchstem Niveau; stieg er erst einmal ein, dann begnügte er sich nicht damit, eine solche Kurve sklavisch nachzuahmen, indem er Aktien erwarb und bei Gelegenheit wieder verkaufte. Vielmehr entwickelte er ein organisches Muster, dem er zur Geburt verhalf, indem er mehrere Tausend vernetzte Handelsplattformen benutzte, die er mit Chooser-Optionsscheinen beliebiger Losgröße ausstattete und ihnen freien Lauf ließ. In diese Plattformen speiste er einen Kauftrend ein, ließ sie aber auch in Realtime und differenziert auf spontane Marktinformationen reagieren. Im Klartext hieß das, er gestand einigen seiner Handelsplattformen »schlechte« Entscheidungen zu, so wie sie auch von Händlern aus Fleisch und Blut zu erwarten waren, wenn sie etwa zu spät in einen Aufwärtstrend einstiegen oder ihre Positionen verfrüht abstießen. Darüber hinaus mischte er Muster darunter, die für Tageshändler, Einzelhandelsmakler, Vermögensmanager, Investmentbanker und große institutionelle Player wie etwa Rentenfondshändler und Investmentfondsfirmen typisch waren. Seine Plattformen traten nicht nur gegen sämtliche legitime

Händler auf dem Markt an, sondern auch blind gegeneinander. Das Ergebnis war nicht etwa die Simulation eines echten Kursanstiegs, sondern ein lebensechter Anstieg in Realtime, der aus statistischer Sicht ganz und gar legitim war.

Der Trick bestand darin, eine große Zahl anderer Händler zum Kauf zu bewegen, und zwar in einem Tempo und einem Volumen, dass Elliots eigene Deals im allgemeinen Trend der Aktie untergingen. Er entfachte ein kleines Feuer, hoffte, dass es um sich griff, und schüttete dann ein wenig Benzin darauf. Dies bedeutete auch, dass die Börsenaufsicht bei einer Überprüfung der allgemeinen Handelsdaten kaum in der Lage war, Elliots Plattformen herauszufiltern und offenzulegen. So ausgeklügelt war das Ganze, dass die Vermutung nahelag, Elliot habe auf dem Schwarzmarkt ein kleines bisschen Software der Börsenaufsicht ergattert, ein überaus rares Handelsgut, und intensiv studiert.

Elliot genoss einen ausgezeichneten Ruf: nie mit irgendeiner Regelwidrigkeit aufgefallen, kein einziges Ermittlungsverfahren gegen ihn. Und er war äußerst wählerisch. Er hatte Martz schon mehrfach einen Korb gegeben. Im Allgemeinen bevorzugte er Unternehmen, die gerade starken Marktschwankungen unterlagen. Um pausenlos an seinem Modell zu feilen, bewegte sich Elliot unauffällig zwischen New York, London, Frankfurt, Paris, Tokio, Mailand, Shanghai, Johannesburg und Melbourne. Jede Börse hatte selbstverständlich ihre Eigentümlichkeiten, ihre spezifischen Handelsvorschriften, Feiertage, Jahreszeiten, Wahlperioden und Sportereignisse. Was war der beste Zeitpunkt für einen Lift in England? Wenn die Fußballweltmeisterschaft am selben Tag ausgetragen wurde wie die Endspiele in Wimbledon. An einem solchen Freitagmorgen Ende Juni oder Anfang Juli fiel das Handelsvolumen stets bescheiden aus. Und in Japan? Wenn während der japanischen Baseballmeisterschaften ein Taifun für Tokio vorhergesagt war. Und so weiter und so fort. Die Aktie musste eine »Geschichte« haben, die eine Kurserholung irgendwie plausibel machte. In einer sterbenden Industrie oder mitten in einer Übernahmeschlacht war das nicht möglich, denn solche Entwicklungen wurden mit Argusaugen verfolgt. Auch Waffensysteme schieden aus, für ihn eine Frage der Moral, ebenso wie die, zu vermeiden, dass er gewissen Kreisen, zu denen Rupert Murdoch und sämtliche Kumpel von Donald Rumsfeld oder George Soros zählten, zu noch mehr Reichtum verhalf. Ein paar Prinzipien hielt Elliot in Ehren. Falls nötig, konnte er ein und dieselbe Aktie über mehrere Börsen gleichzeitig handeln, mit jeweils angepassten Transaktionsmustern. Das setzte eine Computerrecherche und Programmierkunst voraus, die jedes Vorstellungsvermögen überstieg. Außerdem bedeutete es, dass Elliot zwei, drei Lifts pro Jahr durchführte und nicht mehr. Schließlich wollte er sich nicht erwischen lassen.

Obwohl er seine Dienste anderen zur Verfügung stellte, verfolgte Elliot den steigenden Aktienkurs keineswegs ohne Eigeninteresse, sondern mit dem klaren Ziel, rechtzeitig vor der Höchstmarke wieder auszusteigen. Im Wesentlichen handelte es sich bei diesem System um ein Paradox, da jede Verkaufsorder den Kurs unter Druck setzte. Das Kunststück bestand darin, den kurzfristigen Aufwärtstrend eines Kurses durch Frontrunning zu manipulieren. Zugleich weniger kaufen und mehr verkaufen. Wenn es so weit war, hatte Elliot seine Aktien natürlich längst in den von ihm selbst angeheizten Nachfragemarkt zurückgeschleust, unglaubliche schnelle Profite mitgenommen und nebenbei zur Verschleierung ein Kauf- und Verkaufsmuster eingeleitet, das nicht selten mit einem künstlich hochgehaltenen Preis schloss, der fünf bis zehn Prozentpunkte unter dem Kurshoch lag. Dieses Rückzugsgefecht führte oft zu kleineren, kurzzeitigen Verlusten, die ein wenig an den Gesamtgewinnen kratzten, dafür aber die generelle Kursbewegung einer Aktie stabilisierten. Die ganze Partie konnte zwei oder sogar drei Tage in Anspruch nehmen, doch die Spieleröffnung wäre in den kommenden fünf, sechs Stunden abgeschlossen.

Und dann kann ich mich zurücklehnen und entspannen, dachte Martz, und mich um meine Prostatabiopsie kümmern. Hatte der Kurs erst einmal wieder annähernd seine Rentabilitätsschwelle erreicht, würden seine eigenen Börsenspezialisten seine Anteile reduzieren, so dass er, wenn auch nicht mit schwarzen Zahlen, so doch mit nur wenigen Prozentpunkten Verlust aus der Chose herauskam – unter den gegebenen Umständen gut genug. Er lag bei rund einhundertsieben Millionen Dollar Verlust; wenn er davon achtzig oder fünfundachtzig zurückbekam, wäre er aus dem Schneider und würde den Rest bei anderer Gelegenheit wettmachen.

In der Theorie klang das alles schön und gut. Doch der Plan stand und fiel mit zwei Männern – Tom Reilly und Chen. Sie müssten schon bald loslegen, da auf der anderen Seite des Globus die Börsen demnächst öffneten. Er kehrte zu Chen in seinem Liegestuhl zurück.

Chen stand auf. »Ich gehe.«

Martz sagte: »Damit wären Sie schlecht beraten.«

»Wieso?«

»Weil Sie eine Anklage wegen illegaler Aktiengeschäfte am Hals hätten und verhaftet wären, bevor Sie die Vereinigten Staaten verlassen könnten.«

Chen lächelte. »Ich bin Staatsangehöriger der Volksrepublik China.«

»Und?«

»Das würde meine Regierung nicht dulden.«

»Chen«, sagte Martz und setzte sich neben ihn, »es dürfte Ihnen nicht entgangen sein, dass die chinesische Regierung jeden Tag ausländische Bürger verhaftet. Darauf verstehen die sich gut. Wir können das auch. Es gibt eine Menge Leute, die für Chinas Schurkenbenehmen wenig Verständnis aufbringen. Vor allem konservative Politiker. Ihre Verhaftung würde diesen Leuten eine persönliche Genugtuung bereiten. Ich kann dafür sorgen, dass einige davon Ihre Verhaftung im Senat der Vereinigten Staaten ausdrücklich befürworten. Und zwar schnell. Binnen ein, zwei Tagen. Ich habe sehr gute Beziehungen, Chen. Ich spende an jeden Wiederwahlausschuss.«

Der Übersetzer gab dies alles getreu wieder, schien aber selbst ein wenig erstaunt. Chen hörte zu, dann nickte er, ohne dass seine dunklen Augen irgendeine Regung zu erkennen gaben.

»Das Letzte, was Sie sich wünschen können, wäre eine Verhaftung hier in diesem Land wegen illegaler Börsengeschäfte. Das würde eine Lawine lostreten und dazu führen, dass alles, was Sie je getan haben, auf den Prüfstand käme; das wiederum würde wie eine tödliche Krankheit auch auf all die Leute übergreifen, die je von Ihnen Informationen bekommen haben. Es wäre ein enormer Gesichtsverlust. All die Geschäftsleute und Regierungsvertreter. All die Firmen im Westen, die diese netten Sonderarrangements mit Ihnen und Ihren Leuten haben. Das wissen Sie besser als ich, Chen. Sie werden zur Persona non grata. Nein, schlimmer noch. Es ist wie Krebs im Endstadium.« Er sah Hua an. »Lässt sich das übersetzen?«

»Mehr oder weniger.«

»Also«, nahm Martz den Faden wieder auf und winkte einem anderen Mann, der aus dem Fahrstuhl trat, »Sie werden jetzt Ihre Freunde anrufen und ihnen sagen, sie sollen ab sofort Good-Pharma-Aktien kaufen. Wir werden Ihnen alles Nötige erklären. Mein Freund Tom Reilly ist hier …«

»Die Nummer zwei bei Good Pharma?«, warf Chen ein.

»Ebender.«

Ein großer, kräftiger, gutaussehender Mann in gutem Anzug kam herüber und schüttelte Chen die Hand. Als ginge es um einen Geschäftsabschluss. Was in gewisser Weise auch der Fall war. Es ging einfach nur ums Geschäft.

33

Harlem hatte sich verändert, aber hallo! Inzwischen lebten dort auch Weiße! Ray klopfte bei Norma Powell auf der 146th Street an die Tür. Es war schon Abend; er konnte von Glück sagen, falls jemand öffnete. Der Verkehr auf dem Franklin-D.-Roosevelt-Drive war katastrophal gewesen; fast zwei Stunden von Red Hook ins westliche Harlem. Auf Radio 1010 WINS hatte er gehört, zwischen zwei Betonschutzwänden habe man die Leiche eines Gangsters entdeckt: Auf beiden Fahrbahnen wimmelte es von Polizei und Kriminaltechnikern. Jetzt sah Ray, wie sich hinter der Gardine etwas bewegte, und im nächsten Moment erschien ein riesiger Mann an der Tür, den ein köstlicher Duft nach italienischem Essen umwehte.

»Hier richtig bei Norma Powell?«, fragte Ray.

»Das ist meine Mutter. Was gibt's?«

»Ich suche eine junge Chinesin. Jin Li.«

»Wir sagen nicht einfach, wer hier wohnt, Mister. Schon gar nicht um acht Uhr abends.«

Ray hielt ihm das Fax hin, das er in Red Hook gefunden hatte.

Der Mann sah sich das Blatt an und gab es ihm zurück. Da gab's nicht viel zu diskutieren.

»Sind Sie von der Polizei?«

»Nein.«

»Dann war's das, gute Nacht.«

Sie war vielleicht in diesem Moment in ihrem Zimmer oder ihrer Wohnung. »Was halten Sie davon, sie für mich anzurufen, um zu sehen, ob sie mich sehen will?«

»Handy dabei?«
»Nein.«
»Wieso nicht?«
»Lange Geschichte.«
Der Mann zückte sein eigenes.
»Haben Sie ihre Nummer?«, fragte Ray.
»Halten Sie mich für einen Trottel?«
»Nein, tu ich nicht.«
Der Mann tippte die Nummer ein, horchte; ein Ausdruck geduldigen Widerwillens lag auf seinem Gesicht. »Ansage«, sagte er und klappte sein Handy zu.
»Sie hätten ihr sagen sollen, dass …«
»Mal ganz cool, Mann, ich dachte, du hättest meine Frage schon beantwortet.«
»Was?«
»Dass ich kein Trottel bin. Hattest du nicht so was gesagt? Nur weil ich sie anrufe, heißt das noch lange nicht, dass irgend so 'n weißer Irrer daherkommen und mit ihr reden kann, noch dazu für meine Kröten!«
Ray legte den Kopf zurück. Er hasst dich, dachte er. Aber er meint es nicht persönlich. Nicht reagieren. Finde eine elegante Lösung: Was jetzt? Zeit schinden. Er blickte die Hausfront hinauf. Und hatte eine Idee. »Na schön. Wiedersehen und danke. Ach übrigens, was Sie da kochen, riecht echt gut.«
Vielleicht, weil es dabei war, anzubrennen? Der Mann runzelte die Stirn und machte die Tür zu. Ray sah, wie er in die Küche rannte.
Jin Li hatte das Zimmer 5F. Fünfter Stock an der Frontseite. Er trat von der Eingangsstufe direkt auf die Feuerleiter. Norma Powell und ihr Sohn schienen sich streng an die Vorschriften zu halten. Nach den Brandschutzvorschriften

für New York musste jedes Zimmer, in dem jemand schlief, mindestens zweierlei Ausgang haben, das heißt, gewöhnlich eine Tür und ein Fenster. Er wusste, dass Jin Li niemals ein Zimmer ohne Fenster mieten würde; sie war ein bisschen klaustrophobisch.
Er kletterte die Feuerleiter zum fünften Stock hoch, wobei er mit jedem Schritt einen Sprühregen Farbsplitter lostrat. Der Leiterabsatz auf dem fünften Stock erstreckte sich über drei Fenster, und er spähte in die dahinterliegenden Zimmer. Im ersten saß ein alter schwarzer Mann in einem Sessel und sah sich im Fernsehen ein Baseballspiel an. Er hatte eine Anderthalb-Liter-Flasche Bier in der Hand. Das nächste war dunkel, Ray konnte niemanden sehen. Im letzten entdeckte er ein extrem dünnes, nur in Jeans und BH gekleidetes Mädchen, das eine Luftfiltermaske über der Nase hatte und mit einem Arm herumfuchtelte. Sie sah aus wie eine menschliche Gottesanbeterin. Was trieb sie da? Er beugte sich vor. Sie bemalte mit einer Spraydose eine riesige Leinwand. Höllisch gefährliches Zeug. Er klopfte laut an die Scheibe.
»Was? Wer sind Sie?« Sie schien weder erstaunt noch erschrocken, dass jemand draußen vor ihrem Fenster stand.
»Feuerwehrinspektion.«
Sie öffnete das Fenster einen Spaltbreit, ließ das Fliegengitter dahinter aber zu. »Was?«
»Feuerwehr. Der Gebrauch von Aerosol-Treibgas in einem Mehrparteienhaus ist gesetzeswidrig«, sagte er. »Aber ich melde Sie nicht, wenn Sie mir was versprechen.«
»Was? Tut mir leid.«
»Lassen Sie Luft in Ihr Zimmer, Miss. Halten Sie dieses Fenster offen.«
»Ja, Sir. Danke.«

»Finden in der Wohnung nebenan illegale Aktivitäten statt?«
»In dem Zimmer, meinen Sie? Nein, sie ist gerade erst eingezogen. Keine Ahnung, was sie macht.«
»Wo ist die Bewohnerin jetzt?«
»Ich meine, ich hab sie vor vielleicht zwei Stunden in ein Taxi steigen sehen. Sie kommt aus Korea oder so.«
»Danke.«
Das Mädchen schloss das Fenster, zog sich die Maske vors Gesicht und fing wieder an zu sprühen.
Vor zwei Stunden? In einem Taxi? Ray stieg die Feuerleiter hinunter und lief zu seinem Pick-up. Er hatte ein mulmiges Gefühl. Ich muss es schlauer anstellen. Er war ständig am falschen Ort. Die Tatsache, dass Jin Li im Taxi weggefahren war, hatte etwas zu bedeuten, da sie ins südliche Manhattan von Harlem aus viel leichter mit der U-Bahn kam. Ein Taxi nahm man von Harlem aus nur, wenn man in einen Stadtteil wollte, den man nicht so gut mit der U-Bahn erreichte. Wie die Flughäfen. Oder Queens. Brooklyn?

34

Die Gewinnspanne bei einer Tüte Fritten war enorm. Das ahnten die wenigsten, und hier lag, wenn man eine Tankstelle führte, der Schlüssel zum Erfolg. Man musste auch den Minimarkt dazu haben, denn die Spannen fürs Benzin waren bescheiden, vielleicht ein Cent pro Liter. Der Einzelhandel war beim Benzin heiß umkämpft und absolut transparent. Die Leute konnten den Preis ablesen und brauchten nur auf die andere Straßenseite zu sehen, um zu vergleichen, wer billiger war. Dagegen bei Kaffee, Snacks und anderen Produkten – ja, er würde auch Pornohefte verkaufen, die im Vergleich zu dem Mist, den die Kids sich im Internet anguckten, harmlos waren – lag die Spanne ungefähr fünf Mal so hoch. Der Türke an der Flatbush Avenue hatte eine Goldgrube. Genau wie vermutet. Dank eines Mannes, der dem Kerl die Steuer machte, ein Pakistani, der nichts dagegen hatte, auf Kosten seines islamischen Bruders einen Tausender nebenbei zu verdienen, indem er einfach dessen Steuererklärung für ihn kopierte, hatte er jetzt sämtliche Informationen beisammen. Der Buchhalter wusste alles. Der Türke pumpte ungefähr sechshunderttausend Liter im Monat. Seine Konzession für Dunkin Donuts, die er erst seit ein paar Monaten hatte, brachte etwa fünfzigtausend Dollar im Monat, bei täglich steigenden Bruttoeinnahmen. Der Minimarkt auf der anderen Seite des Geländes setzte dreiundzwanzigtausend im Monat um; dazu kamen die Einnahmen vom Geldautomaten, den Zigarettenständern, von der Staubsaugeranlage draußen auf dem Platz, den Prepaid-Telefonkarten für

Inlands- und Auslandsgespräche. Von einem zehnjährigen Pachtvertrag waren erst zwei Jahre um. Dann die zusätzliche Blimpie-Sandwich-Shop-Lizenz, die der Türke gerade durchbekommen hatte. Und das Beste von allem: Es war eine tolle Lotto-Annahmestelle, wo die Leute reinkamen und mit einem Schlag Scheine für bis zu hundert Dollar kauften, verdammte Mexikaner und Haitianer und Gambier und wer sonst noch, alle, außer den chassidischen Juden mit ihren Frauen in diesen idiotischen Perücken, dafür aber auch die armen italienischen Frauen, die von der Stütze lebten. Kurz gesagt, der Laden war eine Geldmaschine.

Außerdem wusste er inzwischen alles über die Branche. Die großen Ölfirmen stiegen aus dem Geschäft mit eigenen Tankstellen aus. Chevron, ConocoPhillips, Exxon Mobile, alle verkauften sie Tausende davon. Gleichzeitig drängten die großen Warenhausketten in den Markt. Wal-Mart und Costco. Aber nicht in Brooklyn, Leute. Sehr schwer, da neue Benzintanks in den Boden zu bekommen, dafür sorgten die strengen bundesstaatlichen Umweltgesetze. Es blieb also bei dem, was schon da war, und davon würde er sich die Tankstelle Flatbush, Ecke Avenue J. unter den Nagel reißen.

Seine neue beste Freundin, die süße kleine Chinesin, würde ihm dabei von Nutzen sein, von entscheidendem Nutzen sogar. Er hatte nicht damit gerechnet, sie vor dem Haus des alten Detective zu finden, aber was soll man sagen? Ab und zu hatte auch er mal Glück, und kaum war sie aus dem Haus gekommen, hatte er gewusst, dass er sie brauchte. Nicht nur, weil sie ihn möglicherweise in der Nacht gesehen hatte, als er und Richie die Mädchen im Wagen überfielen; vor allem hatte er das untrügliche Gefühl, dass derjenige, der die weiße Limousine auf die Suche nach ihrem Freund geschickt hatte, über das Geld verfügte, das Victor brauchte. Er musste nur ein paar Anrufe bei dem Kerl machen und eine Übergabe für das Lösegeld organisieren. Er würde ihr nichts tun. Ein paar schallende Ohrfeigen waren keine große Sache, das zählte nicht. Dabei gefiel ihm, wie sie aussah, er hatte Mühe, die Hände von ihr zu lassen, und der Gedanke, dass sie seine Gefangene war und er mit ihr praktisch tun und lassen konnte, was er wollte, geilte ihn auf. Es musste ein tolles Gefühl sein, ihr seine Latte reinzuschieben, besonders, wenn sie sich wehrte. Verflucht, sie konnte ihn beißen, treten, was auch immer. Früher oder später würde sie sich einfach auf den Rücken legen und es über sich ergehen lassen müssen. Totale Kontrolle. Allein schon bei dem Gedanken war sein wildes Ding da unten kaum noch zu halten.

Aber konzentrier dich bei der Sache hier auf das, was dabei rausspringt, Vic. Sei Geschäftsmann und kein Sex-Maniac. Sein Plan, wie er ihn sich auf der Rückfahrt zurechtgelegt hatte, war höchst einfach. Er besaß ein Dutzend alte geklonte Handys – heutzutage nur noch sehr schwer zu kriegen, weil die Hersteller die Sache längst spitzgekriegt hatten –, damit würde er diejenigen anrufen, von denen er für die Kleine das Geld bekam.

Er öffnete die Bodenluke und stieg wieder hinunter. Er hatte sie ein bisschen weichgekocht, und es war Zeit, die Dinge voranzutreiben. Jin Li lag auf dem Sofa zusammengerollt, das Klebeband noch immer über den Augen. Er hatte ihr auch wieder eins über den Mund gepappt.

Was für ein schlimmer kleiner Raum das ist, dachte Vic.

»Hier ist ein Eimer«, sagte er zu ihr. »Und eine Rolle Klopapier. Ich will, dass du dich sauber hältst.«

Er schnitt das Band um ihre Handgelenke durch.
Sie zeigte auf den Streifen über ihren Augen, um ihm zu signalisieren, dass sie nicht sehen konnte, was sie tat.
Das konnte nur ein Trick sein. »Du willst, dass ich das Band von deinen Augen abnehme?«
Sie nickte.
»Das heißt, dass du mich sehen kannst. Das ist vielleicht nicht so gut für dich.«
Sie zuckte die Achseln.
»Andererseits hast du mich ja schon gesehen?«
Sie nickte.
»Ich denk drüber nach.«
Sie schüttelte den Kopf. *Kämpferisch.*
Er drückte ihr den Eimer und das Toilettenpapier in die Hände. »Ich denke, dir fällt schon ein, was du damit machen kannst.«
Sie schwieg. Er beugte sich vor und strich mit der Hand über ihre Brüste. Sie zuckte erschrocken zurück.
»Angst, dass ich dich vergewaltige?«
Sie rührte sich nicht, keinen Muskel. Doch ihr Atem beschleunigte sich. »Beantworte meine Frage. Hast du Angst, dass ich dich vergewaltige?«
Sie nickte.
»Gut. Dazu hast du auch allen Grund. Die Möglichkeit ist nicht von der Hand zu weisen. Ich bin aufrichtig fasziniert von dir. Andererseits musst du für meine Zwecke seelisch gefasst sein.«
Sie blieb regungslos.
»Und jetzt rufen wir deinen Bruder an. Dir ist natürlich klar, dass niemand, und damit meine ich wirklich *niemand*, auch nur die geringste Ahnung hat, dass du hier bist oder auch nur von der Existenz dieses Raums weiß.«

Er beobachtete sie. Er sah, dass sie hinter dem Klebeband die Stirn hochzog. Sie weinte, aber ohne einen Laut von sich zu geben.
Er riss ihr mit zwei schnellen Bewegungen die Klebestreifen von Mund und Augen. »Die Nummer.«
Sie sagte sie ihm.
»Das ist eine seltsame Nummer.«
»Es ist eine internationale Rufnummer«, sagte sie und hustete. Er tippte die Nummer auf dem geklonten Handy ein. Es ertönte eine Ansage auf Chinesisch. Er sprach keine Nachricht auf.
»Er kann kein Englisch«, sagte sie. »Sie müssen mit ihm Chinesisch sprechen.«
Die Sprachbarriere. *Daran hast du nicht gedacht, Vic. Du denkst einfach, jeder kann Englisch.* Er hätte sich in den Arsch treten können oder Schlimmeres. Doch er hatte angefangen, jetzt musste er es auch zu Ende bringen. Aufgeben kam nicht in Frage. Er drückte auf die Wahlwiederholung und reichte das Handy dem Mädchen.
»Sag ihm, dass du entführt wurdest und dass er bis zehn Uhr morgen früh fünfhunderttausend Dollar auftreiben soll.«
Als der Piepton für die Nachricht kam, sagte Jin Li so schnell sie konnte auf Chinesisch: »Chen, ich brauche Hilfe. Ich werde auf irgendeiner Kläranlage in Brooklyn gefangen gehalten. Der Name des Mannes ist ein englisches Wort für Gewinner. Ich bin, glaube ich, auf einem Platz, wo die Tanklaster mit Scheiße parken. Der Kerl hier will 'ne Menge Geld.«
Er schnappte ihr das Handy weg. »Das war mehr als genug.« Er versuchte, die Nummer noch einmal zu erreichen. Niemand nahm ab. »Uns bleibt nichts anderes übrig, als zu

warten. Inzwischen werden wir andere vielversprechende Möglichkeiten ausloten.«

Das chinesische Mädchen fiel auf das Sofa zurück, das ursprünglich einmal zu sexuellen Zwecken hier heruntergeschafft worden war. Er und Violet, als sie siebzehn, achtzehn waren.

Ja, sie würde sich als äußerst nützlich erweisen. Inzwischen hatte er den gesamten Inhalt ihrer Handtasche ausgeleert und unter anderem ihre Visitenkarte gefunden. Sie war Vizepräsidentin und Managerin der amerikanischen Zweigstelle eines Unternehmens namens CorpServe. Ziemlich große Sache.

Noch interessanter allerdings war die Telefonliste, die er in ihrer Handtasche gefunden hatte. Sie stand auf dem Geschäftspapier einer Firma namens Good Pharma, mit Hauptsitz in Midtown Manhattan, nicht weit von der Stelle, an der er auf den Wagen mit den mexikanischen Mädchen gewartet hatte. Die Liste war mit einem speziellen Tabellenprogramm per Computer erstellt; oben auf der Seite stand der Empfänger der Anrufe, ein Mann namens Thomas Reilly. Die Sekretärin hatte die Namen der Anrufer und eine Nachricht eingetippt; darunter kam der Titel des Anrufers, die Telefonnummer und irgendein Identifizierungsmerkmal, wie etwa die Namen von Frau und Kindern sowie eine Anmerkung zum jeweils letzten Telefonat mit der entsprechenden Person:

NAME: James Tonelli. Entschuldigt sich, nicht früher angerufen zu haben. Weiß, dass Sie dringend mit ihm sprechen wollen.

NAME: Ann Reilly, eindeutig die Frau von Thomas Reilly. Anruf von ihrem Handy. Bill Martz hat bei

Ihnen zu Hause angerufen, bitte melden Sie sich bei ihm, sagt sie.
NAME: William Martz, Vorstandsvorsitzender und CEO von Martz New Century Partners Fund. Fünf Anrufe. Tom, er besteht darauf, dass Sie ihn zurückrufen. Hat selber angerufen, nicht über die Sekretärin. Offen gesagt, er wurde etwas ausfällig.
NAME: Christopher Paley, firmeninterner Rechtsbeistand, Good Pharma Corp. Wir haben eine Anfrage von der Kripo New York bezüglich des Todes zweier mexikanischer Mitarbeiterinnen unserer Reinigungsfirma CorpServe.
NAME: Ann Reilly. Schon wieder Martz.

Er zählte zwei und zwei zusammen. Die beiden Mexikanerinnen hatten bei CorpServe gearbeitet, wo auch Jin Li beschäftigt war, als eine Art Chefin. Die beiden Mädchen hatten bei Good Pharma geputzt. Jin Li war *gestern* im Büro von Good Pharma gewesen. Das hohe Tier bei Good Pharma, dieser Tom Reilly, war von Tonelli und einem Typen namens Martz angerufen worden. Vielleicht gab es da einen Zusammenhang, vielleicht auch nicht. Alle diese Typen, so viel war Victor klar, hatten Zugang zu einer Menge Geld, und einiges davon würde in seine Tasche fließen. Er betrachtete die zusammengekauerte Jin Li. Ich mache diese kleine chinesische Braut zu einer Tankstelle an der Flatbush Avenue. Er sah, wie sie ihn beobachtete.
»Mach den Mund auf«, sagte er.
»Wieso?«, fragte sie ängstlich.
»Mach ihn einfach auf.«
Sie tat es.
»Weiter, so weit du kannst.«

Sie gehorchte, während sie ängstlich zwinkerte.
»Mach die Augen zu«, befahl er.
Jin Li schloss die Augen.
»Streck die Zunge raus.«
Sie tat es nicht.
»Tu's!«, brüllte er.
Seine Stimme machte ihr Angst, so dass sie wieder heftig blinzelte. Doch sie befolgte seinen Befehl – die Augen zu, den Mund weit geöffnet, die Zunge heraus.
»Bewege deine Zunge, als ob du an etwas leckst.«
Sie tat es, während ihr die Tränen unter den Lidern hervorquollen.
»Gut«, sagte Victor. »Sehr, sehr gut.«

35

Nach einem langen Arbeitstag braucht ein Mann einen Drink. Besonders ich, dachte Carlos Montoya, als er durch den Vorhang aus roten Perlenschnüren am Eingang seiner Bar in Queens trat. Wie viele Wäschefuhren konnte man beaufsichtigen, ohne verrückt zu werden? Falls die Zahl erfassbar war, hatte er sie vor langer Zeit überschritten.

Er setzte sich an seinen Stammtisch. Ich bin müde und zu fett, dachte er. Was gibt es sonst noch Neues? Es war irgendwie gedämpft und ruhig in der Bar. Jemand hatte die Musik ausgemacht.

Wo blieben die Stammgäste, die Mexikaner und Guatemalteken und Ecuadorianer, die hierherkamen und ein paar von ihren hartverdienten Kröten für das eine oder andere Bier ausgaben?

Sein Kellner Manny kam gemächlich mit einem Glas und einer Flasche zu ihm herüber. »Hey, Boss.«

»Manny, was ist? Kein Mensch da!«

Manny nickte mit dem Kopf in Richtung Bar, wo ein älterer, hoch aufgeschossener und stiller Mann saß. »Boss, Sie haben einen neuen Freund.«

Der Mann rutschte ein paar Stühle weiter. Er reichte Carlos eine Visitenkarte.

»Mr. Montoya«, sagte er, »ich bin Detective Peter Blake.«

»Guten Abend, Officer.«

»Kommen wir gleich zur Sache. Die kalifornische Autobahnpolizei hat vor ein paar Stunden zwei von Ihren Jungs aufgegabelt; sie wurden aufgrund der Personenbeschrei-

bung geschnappt, die wir rausgegeben hatten, als sie die Stadt so übereilt verlassen hatten.«
»Sie haben nix getan.«
»Und wieso sind sie dann abgehauen, nachdem ich sie befragt hatte?«
»Ich hab ihnen gesagt, sie sollen mal raus, sich eine schöne Zeit machen. Sie sind ordentliche, saubere Jungs, müssen mal was vom Land zu sehen kriegen.«
Blake kaute an einem Strohhalm, während er sich offenbar entschloss, sich über solch haarsträubende Verdrehungen der Tatsachen nicht mit dem Mann zu streiten. Er ist im Dienst, wurde Carlos bewusst, darf nicht trinken.
»Ich kann dafür sorgen, dass diese Jungs mit einem erheblich leichteren Strafmaß davonkommen«, sagte Blake.
»Falls was?«
»Falls Sie mir sagen, was wirklich los ist.«
»Sie haben nichts getan. Wieso sollten sie zwei nette mexikanische Mädchen töten? Das ist doch absurd.«
»Eigentlich neige ich allmählich selbst zu dieser Auffassung.«
Carlos gefiel das Blatt nicht, das er in Händen hielt. Alle Polizisten lügen, rief er sich in Erinnerung.
»Mr. Montoya«, fuhr der Detective fort, »ich hab ein paar alte Kumpel drüben bei den Kollegen in Kalifornien, ganz zu schweigen von der Einwanderungsbehörde. Wir können die Jungs locker für ein halbes Jahr in eine Jugendstrafanstalt sperren, und kein Richter macht uns Probleme. Oder ich lasse sie hierher überstellen, und wir bieten ihnen eine interessante Kronzeugenregelung an, wenn sie uns detailliert beschreiben, wie in dieser großartigen Stadt die Kanäle im mexikanischen Drogenhandel laufen. Wenn die Informationen brauchbar sind und sie uns dabei helfen, ein

paar größere Fische zu schnappen, können wir ihnen sogar als weiteren Anreiz die sofortige amerikanische Staatsbürgerschaft anbieten, um die Zusammenarbeit zu besiegeln. Okay, Mr. Montoya? Sie haben keinen Anwalt, und diese Unterhaltung hat nie stattgefunden, aber Sie sehen, ich rede Tacheles.«

Zeit, klein beizugeben, dachte er. Dieser Cop ist knallhart.

»Nach allem, was ich so gehört habe, war es ein Kerl, dem in Marine Park ein Fuhrpark für Abwasserentsorgung gehört«, sagte er.

»Was?«

Carlos erzählte, dass sein junger »Cousin« dort gearbeitet habe und ein paar Dinge gesehen hätte, die er beunruhigend fand. Sorry, mit einem Namen konnte er nicht dienen. Und sein »Cousin« sei nach Mexiko zurückgegangen.

»Namen, ich brauche Namen«, sagte Blake.

Carlos kratzte sich am Kopf. Wahrscheinlich war hier Geld zu holen, doch er wollte es nicht. Wenn du dich zu einem bezahlten Polizeispitzel machen lässt und jeder weiß es, dann wander mal eines Tages in den Knast, und du kommst mit einer angespitzten Zahnbürste in der Kehle wieder raus.

»Der Kloakentyp heißt Victor. Hab selbst mit ihm gesprochen.«

»Tatsächlich?«

Er nippte an seinem kalten Bier. »Hab ihn angerufen. Ihm gesagt, dass ich Bescheid weiß. Und er hat mir gedroht, meine Familie umzubringen.«

Blake legte den Zeigefinger an seine Nase. »Hey, Carlos, Sie müssen uns solche Sachen erzählen, okay?«

»Ich war in allergrößter Sorge, Officer.«

Blake stand auf, um zu gehen. »Ich prüfe das auf der Stelle nach, und falls es nicht stimmt, dann …«
»Dann strafe mich Gott«, unterbrach ihn Carlos, der sich irgendwie erleichtert fühlte. »Weil diese schönen Mädchen jetzt im Himmel sind, in einem besonderen Teil, der nur für mexikanische Engel reserviert ist.«

36

Was für ein schrecklicher Ort zum Sterben. Sie sah sich in dem fensterlosen Raum von vielleicht fünf mal fünf Metern mit den kahlen Zementwänden um. Neben ihr stand eine alte Porzellanwanne mit seltsamen Rohranschlüssen. Noch seltsamer allerdings war die zähe braune Brühe in der Wanne; von dort kam der starke Chemiegeruch, der sie an den Schrottplatz in Shanghai erinnerte, wo sie einen Sommer lang im Büro gearbeitet hatte, während draußen einige Jungen, die gerade erst mit dem Zug vom Land gekommen waren, von früh bis spät die Farbe von alten Blechen abbeizten. Aus der Wanne floss über einen Schlauch ein Rinnsal in den Bodenabfluss. Über ihr befand sich eine einzige, blendend helle Glühbirne, die zu hoch hing, um sie auszuschrauben.

Sie saß auf einem alten Sofa, ihre Beine waren an den Knöcheln immer noch verklebt und mit Stricken gebunden, ihre Hände jetzt ebenfalls wieder. Eine schwere Metallkette hatte er ihr um die Taille gelegt und mit einem Schloss gesichert, während das andere Ende mit einem Stahlbolzen im Zementboden befestigt war. Die Kette war so lang, dass sie sich gerade aufsetzen konnte, jedoch nicht lang genug, um zu stehen. Dieser Kerl wird mich vergewaltigen und töten, dachte Jin Li. Das hier ist so ein Ort, an dem geistesgestörte Männer Frauen foltern und abschlachten. Es gab reichlich solcher Männer in Amerika, genauso wie es reichlich davon in China gab.

Sie hatte Hunger, vor allem aber einen schrecklichen Durst, vielleicht wegen der Chemieausdünstungen. Sie brauchte

Wasser, doch der Mann war die Treppe hochgestiegen, um irgendetwas zu tun. Er war genauso groß wie Ray, aber älter und nicht so durchtrainiert. Sie hatte Angst vor ihm, nicht nur, wenn sie daran dachte, was er ihr schon angetan hatte, sondern auch, weil er eine bösartige Kraft ausstrahlte. Er beobachtete sie genau, wie ein Safeknacker, der versucht, die Kombination herauszubekommen, und sie hatte ganz gewiss nicht seine Hände an – und in – ihrem Körper vergessen, als sie in seinem Lieferwagen gelegen hatte. Wenn er so etwas schon da getan hatte, was würde er früher oder später hier in der Sicherheit und Abgeschiedenheit dieses fensterlosen Verlieses mit ihr machen? Es war ihm anzusehen, dass er sich seine Gedanken darüber machte, die Vorstellung in seinem Kopf auskostete, so dass ihm die Spucke im Mund zusammenlief.

Victor hatte die Luke offen gelassen, doch er wusste, dass sie ihm nicht abhandenkäme.

Er musste sich jetzt konzentrieren und wählte die Handynummer von Tom Reillys Ehefrau.

Jemand nahm das Gespräch an. »Spricht da Mrs. Reilly?«

»Ja. Wer ist da?«

»Ich suche nach Ihrem Mann.«

»Das ist nicht seine Nummer.«

»Das ist mir klar«, sagte er kühl.

»Wer spricht denn da?«

»Jemand, der Ihren Mann erreichen muss.«

»Ich rede nicht mit Leuten, die mir ihren Namen nicht nennen.« Sie legte auf.

Victor wartete eine Minute. Dann rief er sie erneut an, diesmal von einem anderen geklonten Telefon aus.

»Hallo?«, kam die misstrauische Stimme.

»Mrs. Reilly, geben Sie mir die Nummer Ihres Mannes.«

»Er ist heute Abend bei einer Geschäftsbesprechung.«
»Ist mir egal.«
»Ihm nicht.« Sie legte auf.
Er meldete sich ein drittes Mal, vom ersten Handy aus.
»Hören Sie«, sagte sie, »ich melde Sie bei der Polizei.«
»Das würde ich nicht tun«, sagte Vic. »Das wäre keine so gute Idee, unter den gegebenen Umständen.«
Es trat eine Pause ein, als dächte sie über etwas nach.
»Und wen darf ich ihm bitte melden?«, fragte sie in sarkastischem Ton.
»Geben Sie die folgenden Wörter an ihn weiter.
»Wörter?«
»Ja. Hier sind sie. Schreiben Sie sie auf. Das erste Wort lautet ›CorpServe‹. C-O-R-P-S-E-R-V-E. Das zweite ›Mexikanerinnen‹, wie Mexiko, das Land. Das dritte Wort lautet ›tot‹. Nennen Sie ihm diese drei Wörter. Danach wird er es nicht abwarten können, mit mir zu sprechen. Ich rufe Sie in drei Minuten wieder an.« Er legte auf. Das hier, stellte er zufrieden fest, lief gut an.
Das hier, dachte Ann, liegt meilenweit außerhalb unseres vertrauten Terrains. Sie betrachtete das Handy in ihrer Hand. Sie hatte die drei Worte auf den Deckel einer Patientenakte geschrieben.
»Ja«, meldete sich Tom, als sie ihn anrief. »Ann?«
»Hab einen seltsamen Anruf bekommen, Tom.«
»Seltsam inwiefern?«
»Von einem Mann, der dich sprechen will. Wollte mir seinen Namen nicht sagen. Hat mir drei Wörter genannt, die ich dir ausrichten soll.«
»Was?«
»Was geht hier vor sich, Tom? Ich hab allmählich das Gefühl …«

»Sag mir, was für Wörter, Ann, über deine *Gefühle* machen wir uns verdammt noch mal zu einem besseren Zeitpunkt Gedanken!«

Diesen Ton hatte sie seit Jahren nicht von ihm gehört. »Die Wörter lauten ›CorpServe‹, ›Mexikanerinnen‹, wie das Land, und das letzte Wort ist ›tot‹.«

»Okay.«

»Okay? Tote Mexikanerinnen findest du okay?«, schrie sie.

»Ja. Noch was?«

»Er wollte deine Nummer haben, Tom.« Ihre Stimme wurde vor Sorge schriller. »Er ruft jeden Moment wieder an.«

»Gib sie ihm«, antwortete Tom. »Ich glaube, ich weiß, wer das ist.« Das Timing hätte nicht schlechter sein können. Der Kerl namens Elliot hatte mit seinen ersten Kaufaktionen begonnen und das reichliche Angebot an Good-Pharma-Aktien, die derzeit zu haben waren, ein wenig verringert, doch einen richtigen Trend konnten sie nicht in Bewegung setzen, weil Mr. Chen sich weigerte zu reden. Tom erwiderte Mr. Martz' Blick quer über die Dachterrasse, dann sah er zu Mr. Elliot. Dieser verrückte Versuch, den Aktienkurs von Good Pharma anzuheben, würde nicht funktionieren. Er sah das jetzt so deutlich, wie er die roten und grünen Lichter auf dem Empire State Building sah, das einst und nunmehr wieder das höchste Gebäude New Yorks war.

Vic wählte erneut, diesmal auf einem anderen geklonten Handy.

»Das ist seine Nummer«, sagte Tom Reillys Frau und wiederholte sie. »Darunter erreichen Sie ihn sofort.«

»Danke für Ihre Hilfe«, sagte Vic.

»Leck mich, Arschloch.« Die Leitung war tot.

Er rief Tom Reilly an.
»Ja, James?«
»Was?«, sagte Vic und fragte sich, ob er wie James Tonelli klang, einem der Namen auf der Liste.
»Wieso zum Teufel rufen Sie bei meiner Frau auf dem Handy an? Wie kommen Sie überhaupt daran?«
Ich muss dem ein Ende setzen, dachte Vic.
»James, hier spricht Tom Reilly, ich hab Sie was gefragt. Reden Sie, Mann.«
»Mexikanerinnen«, sagte Vic.
»Ich weiß, ich hab davon gehört. Noch mal, wieso rufen Sie bei meiner Frau an, James?«
»Hier spricht nicht James, Tom.«
Eine Pause. »Wer ist denn da?«
»Hier spricht jemand, der weiß, welchen Auftrag Sie James Tonelli erteilt haben.«
»Ich hab ihm überhaupt keinen Auftrag erteilt.«
»Blödsinn. Sie haben ihm gesagt, er soll ein paar Arbeiterinnen von CorpServe töten.«
»Wer spricht da?«
»Ich will Geld, Tom. So richtig Geld. Ich weiß, was Sie machen, ich weiß, wo Ihre Frau ist.«
»Hören Sie …«
»Nein, Sie hören mir zu. Ich rufe in einer Minute wieder an. Denken Sie darüber nach, wie viel ich Sie koste und was es Sie persönlich kosten würde, wenn ich weitersage, was Sie James Tonelli aufgetragen haben.«
Er wartete drei Minuten. Dann rief er wieder an.
»Zwei Millionen, Tom. Ich will sie in bar, und zwar morgen Abend.« Er legte auf.
Tom starrte auf sein Handy. Martz wunderte sich bestimmt, wie er in einem solchen Moment einen persönlichen Anruf

entgegennehmen konnte. Doch es blieb ihm nichts anderes übrig, als auf das Spiel dieses Typen einzugehen. Falls er es nicht tat, dann würde er – nun ja, dann würde er sich vor Gericht anhören, wie James Tonelli, nachdem er eine Strafminderung ausgehandelt hatte, als Zeuge der Staatsanwaltschaft aussagte, Tom Reilly habe den kaltblütigen Mord an zwei Mexikanerinnen angeordnet. War es erst einmal so weit gekommen, hätte er bereits seinen Job, seine Frau, seine ganze Welt verloren. An zwei Millionen kam er leicht genug heran; ein kurzer Anruf bei seinem persönlichen Banker genügte. Vielleicht sollte ich den Kerl hinhalten, dachte Tom. Doch dann fiel ihm ein, dass der Mann Anns Handynummer hatte, die sie normalerweise nicht weitergab. Sie diente nur Notfällen in der Praxis. Und für Gespräche mit Tom. Wenn er ihre Nummer hatte, wusste er vielleicht auch, wo sie wohnten.

»Tom?«, rief Martz von der anderen Seite des Dachs aus.

Nun gab es eine weitere Ablenkung. Phelps hielt ein Handy in die Höhe. »Unser Freund hier, Mr. Chen, hat eine Nachricht, sie kommt, glaube ich, von einem Handy aus Brooklyn.«

»Stellen Sie's laut«, schnauzte Martz. Es war eine Frau, die weinend und aufgeregt etwas auf Chinesisch sagte, und zwar in rasendem Tempo. Vielleicht fiel das Wort Brooklyn, Tom war sich nicht ganz sicher. Auf Chen hatte der Anruf eine starke Wirkung. Er war sehr aufgeregt.

»Was hat sie gesagt?«, fragte Martz Hua.

»Sie sagt, sie wurde in Brooklyn gekidnappt, und sie glaubt, sie ist an einem Ort mit einer Menge Scheiße, und der Name des Kerls bedeutet, dass er ein Gewinner ist.«

»Ja«, sagte Chen. »Das stimmt. Das ist meine Schwester!«

Wieder klingelte Chens Telefon.

»Stellen Sie's noch mal laut«, ordnete Martz an.
»Wer spricht da?«, fragte eine rauhe Männerstimme.
Martz fragte: »Wieso rufen Sie diese Nummer an?«
»Ich suche nach einem Mann namens Chen.«
»Was haben Sie ihm zu sagen?«
»Lassen Sie mich mit Chen reden.«
Martz schüttelte den Kopf. »Das kann ich nicht.«
Sie hörten eine Frau auf Chinesisch schreien, sie hörten sie kreischen, weinen.
»Jin Li!«, brüllte Chen. »Ich höre dich!«
»Halte verdammt noch mal den Mund«, schnauzte die Stimme am Telefon.
Sie hörten, wie die Chinesin geschlagen wurde.
»Chen, ich hab Ihre Schwester hier«, meldete sich die Stimme. »Ich will Geld, und zwar schnell. Sie haben ihre Nachricht bekommen. Sie wird vielleicht nicht mehr lange leben.«
Martz hielt die Hand hoch. »Wer spricht da?«, fragte er in forderndem Ton.
»Jemand, der mit Chen reden will.« Die Verbindung wurde unterbrochen.
Chen sagte: »Lassen Sie mich einen Anruf machen. Ich muss mein Handy benutzen.«
»Nein. Das werden Sie nicht tun.« Martz musste erst nachdenken. Chens Schwester arbeitete bei CorpServe, wie er sich entsann, sie überwachte die Reinigungsarbeiten in den Büros von Good Pharma. Der Lift hatte angefangen, doch sie verloren Zeit, und die Sache kam nicht in Gang.
»Ich glaube, ich weiß, wer das ist«, sagte Tom zu Martz. Er würde die Gelegenheit nutzen, um die Schuld von sich abzuwälzen. »Damit haben unsere Probleme angefangen, dank Chen.«

Wieder klingelte ein Handy. Diesmal das von Tom. »Ja?«
»Stellen Sie laut, Tom«, ordnete Martz an.
»Moment mal«, sagte Tom. »Das ist ein privater Anruf.«
»Nicht in diesem Moment!«, brüllte Martz. »Ich hab Sie jetzt an den Eiern, Tom Reilly, ich hab von dem Scheiß die Nase voll!«
Tom schaltete sein Handy laut. »Fahren Sie fort.«
»Hören Sie, hören Sie mir gut zu«, kam die männliche Stimme. »Ich werde Ihnen jetzt erklären …«
»Das ist dieselbe Stimme!«, brüllte Martz. »Dieselbe wie auf dem anderen Telefon! Der ruft Sie an!«
»Wer ist das?«, fragte die Stimme. »Sie waren in der anderen Leitung!« Man hörte Bewegung und Rauschen. »Wartet, ihr Scheißkerle, wartet nur.«
Das Handy in Phelps Hand klingelte – Chens Handy.
»Laut stellen«, sagte Martz. »Verdammt. Jetzt haben wir sie beide zugleich.«
»Mit wem spreche ich, verdammt noch mal«, meldete sich die Männerstimme aus beiden Telefonen. Ein seltsam schriller Echoeffekt beeinträchtigte seine Stimme. »Spreche ich da mit allen gleichzeitig?«
Niemand antwortete. Der Wind strich übers Dach.
»Hört zu, ihr Scheißkerle, hören Sie zu, Thomas Reilly oder William Martz oder Christopher Paley …«
»Wer ist das?«, unterbrach ihn Martz.
»Firmenanwalt«, antwortete Tom.
»Hört zu, ihr Hurenböcke, und Chen, falls er da ist, hört euch das hier genau an« – Es fielen drei Schüsse, pop-pop-pop, und dann war das Schreien der Chinesin zu hören, ein schrecklicher, klagender Laut. Hatte er sie erschossen? »Hört ihr das? Ich will sofort eine Million in bar. Ich rufe in zehn Minuten wieder an, oder die Frau ist tot.«

Beide Handys signalisierten mit einem lauten Klicken, dass der andere aufgelegt hatte.
»Wir haben es mit einem Entführer zu tun«, sagte Martz, »ich fass es nicht.«
Jetzt hatte Chen eine Frage. »Das ist gespielt? Das ist gespielt, damit ich China anrufe für Sie?«
»Nein, verdammt«, sagte Martz und sah auf die Uhr. »Nein. Mitten in der Nacht eine Million Dollar zu besorgen ist kein Pappenstiel.« Er seufzte schwer; das Geschäft wurde immer teurer. »Hören Sie, Chen, ich hab keine Ahnung, wer dieser Kerl ist, aber von einer Million Dollar lass ich mich jetzt nicht mehr aufhalten. Verstehen Sie? Für mich steht einiges mehr auf dem Spiel. Und bei Ihnen Ihre Schwester. Wir könnten die Polizei rufen …«
»Nein, keine Polizei«, sagte Chen. »Ich mag keine Polizei.«
»Ich auch nicht.«
Chen wirkte jetzt ruhig, entschlossen. »Sie lassen mich ein Anruf machen, und danach ich rufe China für Sie an. Ich rufe jeden in China für Sie an. Das hier ist meine Schwester.«
Martz blickte in die Runde. Er fragte sich, ob es eine Finte war. Tom Reilly zuckte die Achseln. »Wir müssen was unternehmen.«
Martz starrte Chen mit einem funkelnden Blick an. »Deal«, sagte er.
Sie gaben Chen sein Handy zurück. Er tippte eine Nummer.
»Wen rufen Sie an?«, fragte Martz, doch Chen konzentrierte sich darauf, die Zahlen korrekt einzugeben, und hörte nicht zu.

37

Wo war die Krankenschwester? Das Telefon klingelte. Raymond senior horchte auf das wiederholte Geräusch. Er streckte die Hand aus und fand das Telefon.

»Ja?«, flüsterte er.

»Mr. Ray Grant?«

Eine fremde Stimme, die er noch nie gehört hatte. »Ja.«

»Jin Li ist in Gefängniszimmer. In Scheißmanns Gebäude. Ich kann nicht so viel Englisch. Name ist englisches Wort bedeutet Gewinner. Sehr viele Gefahr. Sie verstehen?«

»Nein.«

»Gefängniszimmer. Scheißmann großes Gebäude. Sein Name heißt Gewinner.«

Es klickte, und die Leitung war tot.

Diesmal hatte er Schreibblock und Stift bereitliegen. Er schrieb: Gefängnis / Scheißmann Gebäude / Name bedeutet Gewinner.

Gewinner. Sieger. Eroberer. Der Siegreiche. Victor! Er starrte auf das Papier. Da war mal dieser Junge …

Das Dilaudid-Gerät klickte. Die Schwester hatte, wie er wusste, die Dosis vor kurzem erhöht. Er starrte auf das Blatt Papier. Gewinner … Victor. Er wusste, was das hieß. Ja. Doch ihm wurden die Augen schwer, und er war weit weg. Da war einmal dieser Junge namens Victor gewesen, glaubte er, der Schwester zu erzählen. Aber sagte er es tatsächlich? Er war sich nicht sicher. Nicht viel älter als mein Sohn. Ein paar junge Russen fielen über ihn und einen Freund aus seiner Baseballmannschaft her. Den anderen Jungen erwischte es übler, schlugen ihm den Schädel ein.

Ich habe im Krankenhaus mit Victor gesprochen. Auch er war böse zugerichtet. Für eine Verhaftung hatten wir nicht genug in der Hand. Wir hatten angefangen, die jungen Russen zu vernehmen. Dann finden sie eines Morgens den größeren von beiden unter der Uferpromenade von Coney Island. Jemand hatte ihm die Eier in die Augenhöhlen und die Augen in die Hände gepackt. Absolut niederträchtig. Der andere Russe verschwand daraufhin. Ich glaubte nicht, dass es Victor gewesen war. Er war so jung, gerade mal sechzehn, siebzehn. Großer, gutaussehender Junge mit dunklem Haar. Wilde Augen. Konnte sich aber gut ausdrücken, intelligent.

Ich habe ihn ein paar Monate lang im Auge behalten. Hab überlegt, ob ich ihn vorladen sollte, habe ich dann auch getan. Ich hatte nichts gegen ihn in der Hand und bekam auch nichts aus ihm raus. Vater besaß so eine riesige Sanitärtankreinigungsfirma in Marine Park. In der Nacht, als der Russe getötet wurde, war Victor mit seiner Freundin zusammen, der Schwester von dem Freund, den sie zum Krüppel geschlagen hatten. Behauptete sie jedenfalls. Ich hab persönlich mit ihr geredet. Sie sagte, dass sie und Victor in so einem geheimen Kellerraum im Geschäft seines Vaters Sex gehabt hätten. Sie haben miteinander geschlafen und sich dann betrunken. Oder andersherum. Das war sein Alibi. Von ihren Eltern bekam sie nicht viel zu sehen. Der alte Herr des Mädchens hatte wegen seines Sohnes Depressionen. Ich sah in Victor nicht den Mörder. Er war noch nicht so verhärtet. Kommt nicht alle Tage vor, dass ein Siebzehnjähriger einen vierundzwanzigjährigen Russen tötet und verstümmelt, der rund hundertzehn Kilo wiegt. Ergab einfach keinen Sinn. Ich konnte es mir nicht vorstellen.

Haben Sie das alles verstanden? Hab ich mich deutlich ausgedrückt?
Die Schwester kam ins Zimmer und hörte, wie Mr. Grant seine seltsamen Kollergeräusche machte, wie er im Schlaf redete. Sie zog die Decke zurecht und kehrte ins Fernsehzimmer zurück, um den friedvollen Abend zu genießen.

38

Er hatte sie allein zurückgelassen. Nach all den Schüssen und dem Geschrei ins Telefon. Vielleicht hatte er mit Chen gesprochen, das war nicht klar. Wieso war er gegangen? Erwartete er jemanden? Sie merkte, wie sich, seit sie wieder alleine war, eine Idee in ihrem Kopf einnistete, ein aus der Verzweiflung geborenes Hirngespinst. Sie starrte wie gebannt auf die Wanne mit dem Dunst über der braunen Brühe. Die Kanister mit den Chemikalien. Sie konnte sich an den Geruch erinnern, und dann war ihr etwas aus dem Kurs für angewandte Chemie am Harbin Institute eingefallen. Sie musste die Dichte der gallertartigen Flüssigkeit erhöhen. Kam sie da heran? Sie wand und verrenkte sich so lange, bis sie in der Hocke saß, packte ihren Eimer, stand mühselig auf, arbeitete sich bis an den Wannenrand vor und schöpfte einen Eimer von der schaumigen Mischung. Lass dir Zeit, mahnte sie sich. Sie kniete sich hin, stellte den Eimer auf dem Boden ab und hockte sich wieder auf das Bett.

Sie sah zu, wie sich die Flüssigkeit setzte, die Substanzen sich allmählich trennten und das Wasser nach oben stieg. Sie zog sich einen Schuh aus und rührte die Brühe damit um. Der Schuh fing an zu rauchen, doch das Wasser gelangte nach oben. Sie neigte den Eimer und goss das bräunliche Wasser ab, das in einem Rinnsal über den Zementboden in den Abfluss lief. Als der Schuh zu aufgeweicht war, um ihn wieder zu tragen, hatte sie die Mischung so weit konzentriert, dass der Eimer zu einem Viertel leer war. Und wesentlich stärker stank. Ihr tränten die Augen. Ja, wenn sie der Mixtur Wasser entzog, schien sie leichter zu verdampfen. Verdampfung, erinnerte sie sich, bedeutete den Übergang in einen gasförmigen Zustand. Ich weiß, was ich tun muss. Sie nahm den Absatz ihres Schuhs und tauchte ihn in die Masse. Dann schnippte sie den Absatz in Richtung Deckenleuchte. Volltreffer. Eins der fliegenden Tröpfchen spritzte gegen die Glühbirne, klebte daran fest, erhitzte sich und explodierte, als es herunterfiel, mitten in der Luft zu einer Flamme. Vom Boden stieg ein scheußlicher Rauch auf, bis die Substanz zu einem schwarzen Fleck verkohlt war.

Jin Li musste husten, dann hatte sie die Geistesgegenwart, den Eimer um die Ecke der Matratze herumzuschieben, wo er ihn nicht auf Anhieb sehen und ihr auf die Schliche kommen konnte.

39

Ich werde diesen Kerl leimen, dachte Tom, der Martz' fragenden Blick auf sich gerichtet sah. Er setzte sich neben Chen auf den Tisch. »Okay, ich habe hier ein Dokument über die Wirksamkeit von Good Pharmas synthetischer Haut. Das hier ist echt.« Er schwieg, damit der Dolmetscher nachkam. »Es beweist, dass die Haut sich bei schwersten Verbrennungen als brauchbar erwiesen hat und außerdem auch im Bereich der Geriatrie immer besser abschneidet. Wie Sie wissen, kämpfen die Industrieländer mit dem Problem der Überalterung, und wir sind zuversichtlich, dass dieses Produkt reißenden Absatz finden wird.«
Chen sagte etwas zu dem Dolmetscher, der sich dann an Tom wandte. »Er sagt, seinen Informationen zufolge hätte dieses Produkt nicht funktioniert. Frühe Versuche seien fehlgeschlagen. Er sagt, er müsse mit entsprechenden Rückfragen rechnen.«
Tom nickte. »Das ist klug, da hat er völlig recht. Bei diesen frühen Versuchen gab es methodische Probleme, aber keine Probleme mit dem Produkt an sich. Wir haben die synthetische Haut bei Patienten angewendet, die Blutverdünnungsmittel nahmen, und dann auch noch im Wulstnarbenbereich. Diese beiden Verfahrensfehler sind ausgemerzt, und unsere Erfolgsraten schießen nach oben.«
Der Übersetzer gab die Auskunft weiter.
Chen nickte.
Tom kam in Fahrt. »In ungefähr einer Stunde wird diese neue Entwicklung zu einem Chatroom durchsickern, der sich mit der Pflege von bettlägrigen Patienten befasst. Das

ist keine Investoren-Website. Doch der Inhalt dieses Forums ist mit einer Reihe von anderen Sites verlinkt, die sich mit den Problemen von Pflegepatienten und ihren Familien befassen. Nun wissen wir aus Erfahrung, dass eine solche kleine Sensation, die ein Vermögen wert ist, schnell von Investment-Bloggern und ähnlichen Leuten aufgegriffen wird, so dass sich die Neuigkeit, Good Pharma hätte da eine heiße Sache kurz vor der Zulassung, wie ein Lauffeuer im Internet verbreiten wird.«

Chen nickte wieder. Nicht schwer zu durchschauen, der Mann.

»Ich muss große Zahlen nennen«, erklärte er.

»Ja, geben wir ihm welche«, warf Martz ein.

»Bei beschleunigter Zulassung durch die Arzneimittelzulassungsbehörde kommt das Produkt in achtzehn Monaten auf den Markt. Wir rechnen für das erste Verkaufsjahr mit einem Umsatz von achthundert Millionen Dollar, eins Komma neun im zweiten Jahr und so weiter. Vergessen Sie nicht, dass die Zielgruppe in rasantem Tempo wächst. Diese Zahlen beziehen sich übrigens nur auf den Inlandsabsatz, im Export dürfte mindestens das Doppelte zu holen sein. Wenn wir, wie wir annehmen, den Markt schnell dominieren, mit einem Anteil von, sagen wir, etwa achtzig Prozent, und mit wachsender Produktion die Herstellungskosten pro Stück sinken, werden wir es in fünf Jahren voraussichtlich mit einem Reingewinn von über zwei Milliarden zu tun …«

»Warten Sie bitte«, sagte der Dolmetscher, »das war zu schnell.«

»Nein«, sagte Chen, »nein, nicht zu schnell. Ich hab verstanden. Meine Freunde in China, denen wird das gefallen.«

40

Sie hat mich im Stich gelassen. Er rief nach der Schwester, doch es kam keine Antwort. Sie sah fern, weil sie es satt hatte, ihm beim Sterben zuzusehen. Er würde sich darüber mit seinem Sohn unterhalten. Ray musste jeden Moment nach Hause kommen, doch es gab keine Zeit zu verlieren. Er sah sich seine Schläuche an. Einer für die Schmerzen, einer für die Versorgung mit Flüssigkeit, drei für die Pisse – die Nierenschläuche plus das Katheter in seinem Penis.

Er zog sie einen nach dem anderen heraus, außer dem linken Nierenschlauch. Der saß zu fest. Nicht weiter schlimm. Er zog das andere Ende aus dem Pissbeutel und würde den Schlauch einfach hinter sich herziehen.

Er schlug die Decke zurück. Verflucht, da war der lange Schnitt, der an den Kanten getrocknet und gekräuselt war; er war nicht richtig verheilt und größtenteils verbunden. Die Sache will durchdacht sein, sagte er sich. Er zog die Kissen unter dem Rücken und Kopf hervor und warf sie auf den Boden. Dann rollte er sich zur Seite und ließ sich schwer darauf fallen.

Hatte er sich verletzt? Nein. Er fragte sich, ob er auf dem Bauch kriechen konnte. Er versuchte, auf Händen und Knien zu krabbeln. Ihm schoss ein brennender Schmerz durch den Leib, und er merkte, wie die Verwachsungen und Nähte zerrten. Nein, das würde nicht funktionieren. Er drehte sich auf den Rücken und schob sich über den Boden, indem er sich mit den Füßen abstieß und zugleich mit den Händen Tischbeine und Türpfosten packte, alles, was ihm Halt bot. Ich habe noch Kraft in den Händen, stellte er fest.

Die Treppe. Er warf einen Blick hinunter. Er wusste genau, wie viele Stufen sie hatte – neunzehn. Er hatte sie angestrichen, repariert, lose Bretter festgenagelt. Langsam schwang er die Füße herum und setzte sie wie ein Junge auf einem Rodelschlitten auf. Er hatte vor, Stufe für Stufe hinunterzurutschen, Füße voran, und seinen knöchernen Hintern nachzuschieben.

Auf der ersten Stufe ging alles nach Plan, auf der zweiten und dritten ebenfalls. Doch dann rutschte er zur Seite und rollte sich zu einem Ball zusammen, der sich nicht mehr halten konnte – allzu viel von der Bauchmuskulatur war durchtrennt! Er purzelte Hals über Kopf die letzten zehn Stufen hinunter und erreichte nicht einmal die unterste, sondern rutschte seitlich unter dem Treppengeländer hindurch, so dass er auf einem Karton mit Dunstabzugshauben landete.

Da war ein Junge namens Victor …

Geht schon, keuchte er. Es tut weh, aber ich bin nicht mit dem Kopf aufgeschlagen. Seine Wunde war aufgeplatzt, und Blut sickerte in einer Linie auf der Brust in den Pyjama.

Er drehte sich zu der Wand mit den Aktenschränken um, die nach Jahrgang und innerhalb der Schubladen alphabetisch geordnet waren. Welches Jahr? In welchem Jahr hatte er mit Victor geredet? Worüber sprach ein Detective mit einem mürrischen, zusammengeschlagenen Jungen? Die Yankees. Die Mets. Es musste in den späten achtziger Jahren gewesen sein. Der Junge war ein paar Jahre älter als Ray. Sein Blick fiel auf das Schubfach für 1989. Probeweise streckte er den Arm nach oben. Zu hoch, zu schwer zu öffnen. Er erspähte einen Besen, steckte den Stock durch den Griff und zog. Die Schublade ließ sich auf den Rollen zwei, drei Zentimeter herausziehen. Gut. Aber wie konnte er die Akten durchsehen?

Er machte sich nichts vor, an Aufstehen war nicht zu denken. Er musste sich irgendwie hochhieven. Mit dem Besen zog er den Hocker auf Rädern heran, der an der Werkbank stand, und sah zu, wie er langsam über jeden winzigen Riss im Kellerboden holperte.

Unmöglich, draufzuklettern, und doch gelang es ihm irgendwie, indem er sich mit einer Hand an der Schublade des Aktenschranks festhielt und sich im richtigen Moment so mit den Füßen abstieß, dass er mit der Brust auf der Sitzfläche lag und sein Kopf seitlich herunterbaumelte. Mit der linken Hand zog er seinen Oberkörper hoch und legte den Kopf auf die Akten im geöffneten Schub. Da waren sie, in perfekter alphabetischer Reihenfolge.

Der Name. Wie würde er ihn finden? Vic, Victor. So hieß der Junge. Und wie mit Nachnamen? Der Fall war unter dem Namen des Opfers abgelegt. Anthony. Hast du mit angesehen, wie Anthony zusammengeschlagen wurde? Del-so-und-so. Depasso, DeVecchio. Del-so-und-so.

Sein Kopf lag auf den Aktenrücken, so dass er die Reiter der einen Reihe verdeckte, und so griff er sich einfach eine Akte nach der anderen und arbeitete sich durchs Alphabet – H, G, F, E, D. Er zog die Mappen unter D heraus, Delancy, Dingel. Der nächste lautete Charnoff. Kein Del-so-und-so. Hatte er sich im Namen geirrt?

Nein, wahrscheinlich im Jahr. Ein Jahr davor. Eine Schublade höher.

Ein Ding der Unmöglichkeit.

Er keuchte schwer, sein Pyjama roch nach säuerlichem

Schweiß. Seine Kräfte ließen nach. Ich komme nicht weit genug hinauf, um die Akten zu lesen, machte er sich klar. Aber er konnte die Schublade öffnen; und das tat er auch, indem er blind hinter sich griff und sie herauszog.

Er wusste, was passieren würde. Der Aktenschrank geriet, nachdem seine beiden höchsten Schubladen mit ihrem schweren Inhalt aufgezogen waren, aus dem Gleichgewicht und kippte langsam nach vorne, stürzte über ihn und verstreute seinen Inhalt quer über den Boden.

Mir fehlt nichts, dachte er. Die 1988er Akten? Depasso. Da war es. Das war sein Name gewesen. Hatte eine Schwester namens Violet. Schönes Mädchen. Schlank. Die Akte schien dick; er hatte eine Menge Arbeit in den Fall investiert und alles hier abgeheftet, einschließlich der Akte zu dem ermordeten Russen unter der Holzpromenade von Coney Island. Sämtliche Notizen zu Victor, die Kurzberichte. Über das Haus und die Abwasserentsorgungsfirma, die sein Vater führte. Victor's Victorious.

Das Gebäude stand auf einem stillgelegten Fabrikgelände. Er zog die Akte heran. Er hatte mit dem Jungen, Victor, alles durchgehechelt. Sein Alibi überprüft. Nachgesehen, ob die Leiche des anderen Russen irgendwo dort war. Dem Vater hatte es nicht gepasst, dass ein Cop bei ihm herumschnüffelte. Es gab einen versteckten Raum, eine Art Bunker. Alles in seinen Notizen beschrieben, die Lage im Gebäude, alles.

Mühsam kroch er unter den Akten und dem Schrank hervor. Der linke Nierenschlauch hing hinter ihm fest, doch er kroch weiter und merkte, wie der Schlauch ganz tief in seinen Eingeweiden ruckte und herausgerissen wurde. Er schob sich mit den Füßen auf dem kühlen Kellerboden weiter voran, Zentimeter um Zentimeter.

In seiner unbeschädigten Hand hielt er die Akte.
Die Treppe. Er sah hinauf – neunzehn Stufen. Eine Bergwand. Er schob die Akte so weit wie möglich hinauf, zwei oder drei Stufen. Rief. Brüllte. Kreischte. Doch es kam kein Laut heraus.

Nicht in seinem Bett? Sie sah die baumelnden Schläuche, die Kissen auf dem Boden. Ihr erster Gedanke war, dass er irgendwie das Haus verlassen hatte.
Dann sah sie die offene Kellertür. Mr. Grant lag auf den untersten Treppenstufen und hielt eine Mappe mit Papieren in der Hand.
»Mr. Grant!«
Er hörte sie, sagte aber nichts. Stattdessen hob er die Hand mit den Papieren und wedelte damit, um ihr zu zeigen, dass sie wichtig waren.

41

Er hatte jede Nummer. Sie waren auf seinem Handy gespeichert, eine Liste mit den Privatnummern von Dutzenden der großen Global Player in China. Elliots Männer speisten die Nummern in ihre Kommunikationsapparaturen ein, damit die Anrufe nicht zurückverfolgt werden konnten, und nach einiger Beratung legten sie fest, dass diejenigen zuerst an die Reihe kamen, die am leichtesten zu überzeugen waren. Sie setzten Chen Kopfhörer auf, schlossen ihn an das Gerät mit der Verzögerungstechnik an; der Dolmetscher hörte mit und lieferte Martz eine Simultanübersetzung auf Englisch.

»Es tut mir unendlich leid, Sie zu behelligen, mein Herr, ja, ich weiß, dass das alles ein bisschen plötzlich kommt. Aber ich bin derzeit in New York und habe einen ausgezeichneten Tipp zu dem Pharmahersteller bekommen, den wir vor einem Monat abgestoßen haben. Good Pharma, genau. Haben Sie das auf Ihrem Monitor? Ich habe soeben von einer bahnbrechenden Marktbewegung erfahren, die unmittelbar bevorsteht. Ein großes Forschungsprojekt, kurz vor der Veröffentlichung, erschließt völlig neue Märkte. Sie sind der Erste, den ich anrufe. Möglicherweise ist der Kurs schon in Bewegung geraten. Tatsächlich? Gut. Ich glaube, das ist erst der ganz bescheidene Anfang. Sie sehen, ich weiß, wovon ich rede. Wie viel? Mit allem, was Sie lockermachen können – volle Ladung. An Ihrer Stelle würde ich den üblichen Einsatz verdoppeln, vielleicht sogar verdreifachen. Ja, ja, ich sehe auch, wie er sich bewegt. Und nebenbei gesagt, vielleicht wollen Sie auch Ihren Freunden bei der Sache unter die Arme greifen, gönnen Sie denen auch ein Stück vom Kuchen.«

Chen horchte angestrengt ins Telefon, während er den Bericht in Händen hielt, den Tom Reilly ihm gegeben hatte.

Hua, der ruhig übersetzte, warf Martz einen Seitenblick zu. »Der Kerl ist gut«, sagte er.

Doch das war Martz nicht neu. Elliot saß an dem anderen Tisch und nippte an seinem Kaffee, während er auf die Computerbildschirme starrte. Es gab schon jetzt einen deutlichen Aufwärtstrend beim Kurs von Good Pharma. Bereits vier Punkte, und die Entwicklung beschleunigte sich, die Kurve wurde steiler, als die Frühaufsteher unter den Händlern in Europa erwachten.

Das Problem mit der Million Dollar und Chens Schwester, wo immer sie gerade steckte, schien in weite Ferne gerückt. Phelps hatte Chens und Tom Reillys Handys an sich genommen – diejenigen, auf denen der Erpresser angerufen hatte – und sie ausgeschaltet. Chen hatte auch nicht bei Martz nachgefragt, wie er auf die Lösegeldforderung reagieren wollte. Umso besser. Sie würden sich später darum kümmern. Oder, wenn man bedachte, wie rasant die Good-Pharma-Aktie in die Höhe schnellte, vielleicht auch nie.

42

Das Gewicht eines Vaters. Schrecklich leicht in seinen Armen; er hatte schon Kinder getragen, die schwerer waren.

»Gott sei Dank, dass Sie zurück sind«, sagte Wendy.

»Ist er verletzt?« Ray achtete auf jeden seiner Schritte und drehte sich seitwärts, als er zur Tür kam. Ließ ihn auf das Pflegebett nieder. Die Schwester schloss zuerst die Schläuche zur intravenösen Flüssigkeitsversorgung an. Dann das Dilaudid. Er keuchte und war kaum noch bei Bewusstsein.

Sie tastete die Knochen seines Vaters ab, nahm seinen Puls.

»Was ist mit den Blutungen im Brustbereich?«

»Das ist größtenteils Wundwasser. Ich kann keine ernsten Blutungen erkennen. Natürlich ist er sehr ausgetrocknet.«

»Und die Nephrotomieschläuche?«

»Den einen hab ich gleich wieder drin. Der andere macht ein bisschen mehr Arbeit.«

»Was wollte er da unten?«

»Haben Sie das nicht gesehen?«, fragte sie Ray.

»Nein.«

»Er hat die Aktenschränke durchgewühlt, all die Papiere.«

»Welche Papiere?«

»Seine alten Akten von der Arbeit, denke ich. Eine hatte er in der Hand, als ich ihn fand.«

»Welche?«

Sie zeigte auf eine grüne Mappe auf dem Tisch. »Die da.«

Ray hatte bereits die Notiz gefunden, die sein Vater in seiner krakeligen Schrift gemacht hatte: *Gefängnis / Scheißmann Gebäude / Name bedeutet Gewinner*. Jetzt nahm er den Schnellhefter zur Hand. Er überflog die Akte. Victor's Victorious Abwasserentsorgung in Marine Park. Mit einer Skizze des Gebäudes am hinteren Ende des Geländes.

»Dabei war er nach dem Besuch von Ihrer Freundin so gut gelaunt.«

»Freundin? Was für eine Freundin?«

»Diese umwerfend schöne Chinesin. Sagen Sie nicht, Sie wüssten nicht, wen ich meine?«

»Doch ...«

»Na ja, sie war hier, hatte gehofft, Sie anzutreffen, aber sie hat nur ihn vorgefunden.«

»Wann ist sie gegangen?«

»Das ist Stunden her! Sie hat gesagt, sie geht noch mal raus und kommt dann wieder, vielleicht hab ich das aber auch falsch in Erinnerung. Sie wollte zu Ihnen, und ich habe ihr gesagt, Sie wären nicht da.«

Doch Ray war, die Polizeiakte in der Hand, bereits auf dem Weg zu seinem Pick-up.

Erst viel später, als er schon fast am Marine Park war, wurde ihm bewusst, dass er die Waffen vergessen hatte, die unter den Düngersäcken im Schuppen seines Vaters lagen. Zu spät, um umzukehren.

43

Ein Besucher? Victor stand auf seinem Hof und probierte ein Handy nach dem anderen, ohne dass sich jemand meldete, als er sah, wie ein Wagen aufs Gelände fuhr. Diese Arschlöcher hatten ihre Handys ausgeschaltet – das sollten sie ihm büßen. Doch jetzt beobachtete er den Wagen. Er hätte das Tor nicht offenstehen lassen sollen. Der Fahrer bremste und sah sich um. Vic trat hinter einen seiner Tankwagen zurück. Der Wagen fuhr zum Anhänger hinüber und umrundete ihn einmal. Er parkte. Ein alter Mann, groß und schlaksig, kletterte heraus und stieg die Treppe zum Wohnwagen hoch, wo er stehen blieb und klopfte. Es würde niemand aufmachen; sie hatten heute geschlossen, keiner war da.

Der Mann klopfte noch einmal. Nichts. Er zog etwas aus dem Ärmel und steckte es ins Schloss. Ha, dachte Vic, das bringt nichts. Es ist von innen mit einer Türkette verriegelt. Der Mann bekam die Tür nur so weit auf, dass er einen kurzen Blick hineinwerfen konnte, bevor er die Stufen wieder hinunterging. Er lief um die Tanklaster herum und blieb stehen, um sich die Kennzeichen auf einem Block zu notieren. So etwas machte typischerweise ein Cop, schloss Vic, aber auch andere konnten an den Fahrzeughalter kommen, ohne bei der Polizei zu sein; man brauchte nur einen Freund in dem Laden zu haben.

Nach ein paar Minuten ging der Mann Richtung Lagerhaus. Vic lief schnell zur Tür und schloss sie auf, ja, öffnete sie sogar einen Spaltbreit, um den Mann, falls er wirklich von der Polizei war, hineinzulocken und ihm mögliche

Skrupel zu nehmen. War nicht abgeschlossen, und die Tür stand offen, da würde der Kerl nicht widerstehen können; er würde sachte die Tür aufschieben und sich ein bisschen umsehen.

Und genau das tat der Mann, nunmehr allerdings mit gezogener Waffe. Wie du willst, dachte Vic, was du kannst, kann ich schon lange. Ich hab zwar eine Menge Munition verballert, um die Chinesin zu erschrecken, aber zwei Kugeln sind noch drin. Außerdem hört hier hinten sowieso niemand was.

44

Muss unbedingt Ray senior noch mal besuchen, dachte Pete Blake, werd einen Abstecher machen, sobald ich mir dieses Scheißloch hier angesehen habe. Falls er nichts fand, würde er zu Carlos Montoya zurückfahren und ihn verhaften.

Er sah, dass die Lagerhaustür offen stand. War jemand drinnen? Blake zog seinen Dienstrevolver und hielt ihn an der Hüfte. In den Tanklastern und dem Wohnwagen war niemand gewesen. Falls jemand hier ist, vermutete er, dann irgendwo da drinnen. Mit der Schuhspitze schob er die Tür auf. Spähte hinein.

Muffig und düster in der großen Halle. Lkw-Teile, altes Gerümpel, Schläuche, Reifenstapel. Schwer, im Dunkeln etwas zu erkennen.

Jin Li hörte den Schuss. Ein kurzer Knall. Stille. Dann noch einer. Es dauerte einen Moment, bis sie begriff, was sie gehört hatte.

Und dann verstand sie. O Ray, schrie sie.

45

Das Tor stand offen. Neben dem Wohnwagen parkte, wenn er das richtig sah, ein nicht gekennzeichnetes Polizeifahrzeug. Er fuhr an sämtlichen Tankwagen vorbei direkt zu dem Lagerhaus dahinter. Er stieg aus und drückte die Türklinke hinunter. Abgeschlossen. Er versuchte es an den großen Garagentoren. Abgeschlossen. Er ging ganz um das Gebäude herum. Im Erdgeschoss kein einziges Fenster und an der Rückwand eine Tür, die abgeschlossen war. Das Gebäude war bei genauerer Betrachtung eine Festung. Er konnte versuchen, mit der Brechstange reinzukommen, doch die Türen sahen schwer aus. Und es gab vielleicht einen einfacheren Weg. Ray band ein Seil ans Ende seiner Brechstange. Es war etwa dreißig Meter lang. Er nahm die Stange am geraden Ende und warf sie wie einen Tomahawk Richtung Fenster. Sie krachte in den Zementblock unterhalb der Fenster und ging zu Boden, während das gelbe Nylonseil in Spiralen hinterherflog. Ray hob das Eisen auf und warf es noch einmal in die Höhe. Und noch einmal. Er versuchte, hoch genug zu zielen, so dass es eins der Fenster traf und in den Raum dahinter fiel. Beim fünften Versuch flog die Stange, die sich um die eigene Achse drehte, genau genug, durchschlug die Fensterscheibe und krachte ins Innere. Das gelbe Seil schwirrte von dort, wo es aufgerollt lag, in die Höhe.

Jetzt bestand der Trick darin, dass sich der Haken der Brechstange irgendwo verklemmte. Ray zog versuchsweise an dem Seil. Er ließ wieder locker, zog noch einmal. Nichts. Beim nächsten Versuch holte er es zügiger ein, damit das Eisen sich auf diese Weise irgendwo verhakte. Wieder nichts. Er ruckte daran, und endlich hing es an irgendetwas fest, vielleicht an einer Lampe, einem Stück Elektrokabel, einem Rohr, irgendetwas. Wie sicher es war, konnte er nicht sagen. Er versuchte, ob es ihn hielt. Gar nicht mal so schlecht.

Im nächsten Moment war er die Wand hinaufgeklettert und hatte das zerbrochene Fenster erreicht. Genau dasselbe Manöver hatte er an einem vom Tsunami zerstörten Gebäude ausprobiert. Indem er sich mit einer Hand am Rahmen festhielt, nahm er die Zuglast vom Seil, bis der Brecheisenhaken herunterfiel. Dann holte er Seil und Haken bis zu der Stelle ein, an der er balancierte, band das Eisen los, steckte es sich in die Gürtelschlaufe und verknotete dann das Seil an mehreren Stellen fest am Fensterrahmen; höchstwahrscheinlich würden nicht alle auf einmal nachgeben. Jetzt konnte er sich an der Innenseite des Lagerhauses abseilen.

Er landete mit den Füßen auf dem Boden des Obergeschosses und begab sich auf die Suche. Strom und Wasser, stellte er fest, waren bis hier herauf verlegt. Er entdeckte die altmodischen Starkstromsteckdosen mit drei Kontaktstiften, was vermuten ließ, dass es hier einmal eine Schwerindustrieanlage gegeben hatte. Das Obergeschoss lag mehr oder weniger offen vor ihm, und er brauchte kaum eine Minute, um sich davon zu überzeugen, dass Jin Li nicht hier war. Blieb also das Parterre, das über eine Betontreppe zugänglich war. Ray durchsuchte jeden Raum. Überall lagen Reifen, Autoersatzteile, alte Dosen mit Chemikalien und Lösungsmitteln herum. Eine schlimme Brandgefahr.

»Jin Li!«, rief er.

Nichts. Es war ein großer Bau; wenn er jeden Quadratmeter absuchen wollte, würde er Stunden brauchen.

Er suchte den Boden nach Öffnungen und Falltüren ab. Vielleicht gab es diesen Geheimraum, den sein Vater eingezeichnet hatte, gar nicht. Oder aber er suchte nicht auf die richtige Weise. Die Stromkabel kamen zweifellos aus einem Versorgungsgraben an der Straße und mussten irgendwo an der Straßenseite des Gebäudes zu einem Elektrokasten führen. Und da war er tatsächlich, in der hintersten Ecke. Doch jeder Idiot konnte dem Kabelverlauf von einem Versorgungskasten aus folgen. Wollte man die Leitungen zu einem geheimen Raum verstecken, dann zweigte man sie an einer anderen Stelle von einer bestehenden Leitung ab. Noch raffinierter wäre es, den Strom von irgendeiner Steckdose aus per Verlängerungskabel dorthin zu führen. Mit der Wasserleitung konnte man es genauso machen. Man schloss einen simplen Gartenschlauch an einen Zapfhahn an und ließ das Wasser dorthin laufen, wo man es brauchte. Nur dass es zumindest während der kalten Monate drinnen sein musste. Er rannte die Treppe hinauf ins Obergeschoss und suchte die offenen Dachsparren ab. Ein Verlies musste belüftet werden, weil sonst früher oder später der Sauerstoff nicht reichte. Der Hauptbelüftungsschacht führte an der Nordwand nach oben und diente auch als Abzug für die Heizung. Die Anlage war alt und mit Asbestgips verkleidet. Doch offenbar lief es, kurz unter dem Dach, mit dem Kniestück eines zehn Zentimeter dicken PVC-Rohrs zusammen. Da es in derselben Farbe wie der alte Verputz gestrichen war, konnte man es leicht übersehen. Er verfolgte das Rohr zu der Wand zurück, aus der es kam: Es trat direkt aus der Außenwand! Das war allerdings seltsam. Die Wand bestand aus Betonblöcken, und er sah keine Anzeichen dafür, dass dieses Rohr darin eingelassen war, denn sonst müsste ein verputzter Schnitt bis zum Dach hinauf führen. Vielleicht ging das Lüftungsrohr ja durch die Wand nach außen. Er rannte zum Fenster, zerbrach mit dem Ellbogen die Scheibe und spähte hinaus. Das Lüftungsrohr verschwand in einem normalen Aluminiumfallrohr, in das vermutlich das Wasser aus den Regenrinnen floss. Ziemlich genial.

Unten stieg er auf einen Stapel Reifen und zerbrach das Fenster direkt unterhalb desjenigen, durch das er gerade nach draußen gesehen hatte, hakte sein Brecheisen um das Fallrohr und zerrte daran. Das Rohr bog sich in seine Richtung, und an der Lötnaht zwischen den beiden Abschnitten kam ein grüner Gartenschlauch sowie ein orangefarbenes Gummikabel zum Vorschein.

Jetzt brauchte er nur noch zu sehen, wohin das Fallrohr führte. Etwa anderthalb Meter oberhalb des Bodens schwenkte es in einem scharfen Winkel zur nordöstlichen Ecke des Gebäudes.

Er wusste, welcher Raum sich dort befand. Er sprang von den Reifen, bahnte sich einen Weg durch das Gerümpel und durch einen unbeleuchteten Flur, bis er den Raum an der nordöstlichen Gebäudeecke fand. Dort stand ein klappriger alter Lieferwagen. Er sah sich nach Autowerkzeug, Ölkanistern und dergleichen um. Nichts. Dieser Raum diente nicht dazu, Autos zu warten. Wieso stand der Wagen hier? Versteckt?

Er bückte sich und sah sich den Unterboden, die Reifen an. In dem Moment entdeckte er die Lukentür, genau unter dem linken Vorderreifen des Fahrzeugs.

»Jin Li?«, schrie er. Er hämmerte mit dem Brecheisen gegen die Tür.

Hörte er sie? *Irgendetwas* hörte er.

Die Tür des Lieferwagens stand offen. Er sah am Armaturenbrett, unter dem Sitz, im Handschuhfach nach. Keine Schlüssel. Durch das Rückfenster des Führerhäuschens blickte er auf die Ladefläche. Dort lag eine Leiche. Jin Li? Er sprang hinaus und zog die Seitentür auf.

Pete Blake, dem der halbe Kopf weggesprengt war. Er war vor mir hier, dachte Ray, wie ist er Victor auf die Spur gekommen?

Jetzt kehrte er zu der Falltür zurück und schlug mit aller Kraft dagegen. Diesmal hörte er sie unmissverständlich.

»Ich komme!«, brüllte er.

Er musste das Rad von der Luke wegbekommen. Das war kein Problem. Er fand zwei große Stücke Holz und schob sie übereinander direkt unterhalb des Motorblocks unter den Wagen. Dann nahm er sein Messer und schnitt das Luftventil aus dem rechten Hinterreifen. Aus dem ventillosen Schlauch schoss abgestandene, nach Gummi riechende Luft, und das Gewicht des Wagens verlagerte sich auf den platten Reifen. Der Schlauch pfiff, und zitternd senkte sich der Van auf die beiden Stücke Holz, die jetzt wie ein Wagenheber das Auto vorne anhoben. Er wiederholte das Manöver mit dem linken Hinterreifen und senkte den Wagen um rund zwanzig Zentimeter. Ray hörte, wie die Leiche von Pete Blake ans hintere Ende der Ladefläche rollte. Jetzt hingen die Vorderräder mehr als dreißig Zentimeter in der Luft, gerade eben hoch genug, um die Lukentür zu öffnen.

»Jin Li?«, rief er.

»Ray! Hier!«

Er konnte es nicht abwarten, hineinzukommen. Vor ihm führte eine grob gezimmerte Holzleiter ins Dunkel hinab. Er schwang sich hinunter und leuchtete den Raum mit seiner Taschenlampe aus. Eine Art tropfende Wanne, aus der es schrecklich roch. Deshalb war die Belüftung des Raums so wichtig.

Auf einem Sofa in der Ecke lag Jin Li, mit Klebeband und Stricken gefesselt.

»Okay«, sagte er und zog an der Lampenschnur, »du bist okay.«

Bei Licht sah er besser. Sie war viele Male ins Gesicht geschlagen worden. Sie fing zu weinen an. Er hielt sie, küsste sie auf den Kopf, spürte, wie sie in seinen Armen zitterte. Die Seile zerschnitt er mit dem Messer, für das Klebeband brauchte er ein wenig länger.

Sie krümmte sich zusammen, und er hielt sie wieder fest.

»O Ray«, weinte sie.

»Nichts wie raus hier.«

»Da ist eine Kette«, sagte sie.

Ja. Das Schloss und die Kettenglieder waren zu stark für sein Brecheisen, also konzentrierte er sich auf die Bügelschraube, mit der die Kette im Boden verankert war, und schob das letzte Glied heraus.

»Du musst die Kette tragen, bis ich sie durchschlagen kann.«

»In Ordnung.«

Er richtete sie auf; sie konnte kaum stehen.

Er streichelte ihr die Wange. »Hast du Durst?«

»Nein.«

»Hunger?«

»Ich glaub, ich bin einfach nur schwach.«

Zu schwach, um lange zu stehen. Er ging in die Hocke und trug ihr auf, sich über seine Schultern zu legen.

»Das nennt man hierzulande den Feuerwehrgriff.«

»Das leuchtet ein.«

»Wieso?«

»Weil du Feuerwehrmann warst, auch wenn du es mir nie verraten hast.«

Er trug sie bis zu der Luke, doch als er den Kopf durch die Öffnung steckte, traf ihn Victor mit einer Schaufel an der Schläfe. Er stürzte mit voller Wucht die Leiter hinunter, und Jin Li fiel auf ihn.

»Ray!«, schrie sie, als sie die klaffende Platzwunde in seinem Kopf sah.

Victor sprang herunter und landete mit den Stiefeln auf Rays Brust. Ray stöhnte. Victors Hemd war an der Vorderseite blutbespritzt. Für alle Fälle hatte er die Waffe des Inspektors dabei, doch zuerst wollte er sich ein wenig Nervenkitzel gönnen.

Die Chinesin kreischte.

Victor schwang die Schaufel in ihre Richtung, um sie auf Distanz zu halten. Dann hob er das Schaufelblatt über Rays Hals, um es wie ein Fallbeil niedergehen zu lassen, doch Ray rollte sich blitzschnell zur Seite, und der Schlag traf den Boden.

Ray krabbelte zu Jin Li. Sie drehte sich um, hob einen Eimer mit einer stinkenden, gallertartigen Masse hoch und reichte ihn Ray.

»Setz ihn in Brand!«, schrie sie. Sie trat genau in dem Moment vor Ray, als Victor erneut die Schaufel schwang, und so traf sein nächster Schlag ihre Schulter. Sie fiel zu Boden.

Ray hatte begriffen. Er streckte den Eimer in die Höhe und drückte die Glühbirne tief in die Masse, die augenblicklich in Flammen stand. Victor griff gerade in seine Tasche. Ray schwang mit aller Kraft den Eimer in Victors Richtung, so dass sein flüssiger Inhalt Victor in Augen, Mund und Nase schwappte; er blieb an ihm haften und verbrannte schwarz.

Victor heulte auf und stürzte sich blindlings auf Ray. Er erwischte ihn an der Gurgel, und beide Männer stürzten auf die Wanne in Rays Rücken zu. Genau in dem Moment stolperte Ray, und im Fallen drehte er sich zur Seite, so dass Victor quer über die Wanne schoss und mit seinem ganzen Gewicht in die klumpige Mischung sank, die sich sofort entzündete. Der große Mann wand sich unter der brennenden, gallertartigen Oberfläche und tastete verzweifelt nach dem Wannenrand. Er strampelte mit den Füßen, um aufzustehen, und für einen Moment hob er noch einmal den schwarzen Kopf aus der Wanne. Doch dann hörten seine Bewegungen langsam auf, und er sackte in die Flammen, wo seine Haut und Kleidung schnell verkohlten.

Der kleine Raum füllte sich mit schwarzem Rauch. Ray atmete dicht über dem Boden, wo die Luft besser war, einmal tief ein, hievte sich erneut Jin Li im Feuerwehrgriff über die Schulter, wankte die Leiter hinauf und schob sie unter dem Lieferwagen hindurch, bevor er selbst folgte. Hinter sich trat er die Lukentür zu. Er wusste, dass von Victors Leiche bald nur noch eine verkohlte, gesichtslose Hülse übrig sein würde.

Er trug Jin Li nach draußen, und während er heftig nach Atem rang, machte er sich klar, dass er, ein Feuerwehrmann, soeben einen anderen Menschen in Brand gesteckt hatte. Ich habe das nie gewollt, dachte er und griff sich an die blutende Schläfe. Er fühlte sich benommen, aber nichts weiter. Wie seltsam, dass er gestolpert und Victor über ihn gefallen war. Mehr Glück kann man nicht haben, dachte Ray – genau so viel Glück, das schon, aber mehr war unmöglich.

46

Alles Vergnügen hat einmal ein Ende. Dreißig Stockwerke über dem Central Park pinkelt ein einskommazwei Milliarden schwerer Mann in seine Badewanne. Die OP, bei der ihm seine Prostata entfernt werden soll, ist für den nächsten Morgen angesetzt. Es ist ein blutiger Eingriff mit einer langen Rekonvaleszenzzeit. Ich kann für Sie noch mal zehn Jahre rausholen, hat der Chirurg zu ihm gesagt, und das ist gut genug. Doch es wird Wochen dauern, bis er wieder auf den Beinen ist, und er hat das Gefühl – er weiß –, dass er nie wieder derselbe sein wird. Er wird müde, vorsichtig, geschwächt sein. *Älter*. Wie gut, dass dieses Problem mit Good Pharma aus der Welt ist – der Kurs wieder auf dem angemessenen früheren Stand, seine Anteile verkauft, die neunundachtzig Millionen Erlös in seinem Martz New Century Partners Fund verbucht, wo er das Geld sicher liegen lassen wird. Zugegeben, mit dem chinesischen Spekulanten gab es ein wenig Scherereien, doch angesichts seiner OP steht ihm nicht der Sinn danach, sich die Einzelheiten ins Gedächtnis zu rufen. Und Tom Reilly, der Fuchs, hat die Sache mit heiler Haut überstanden, und so jemanden wünscht man sich schließlich an der Spitze eines Unternehmens. Die Wall Street liebt den Kerl. Um seine Zukunft braucht Reilly sich wahrlich keine Sorgen zu machen. Martz hat allerdings gehört, dass er in der Scheidung steckt, aber ein Mann wie der findet zweifellos schnell Ersatz.

In der Küche schlägt seine Frau mit dem Schneebesen Eier, und während sie getrockneten Chili einstreut, wird ihr –

quasi zum ersten Mal – bewusst, dass sie niemals Kinder haben wird, wenn sie mit diesem Mann verheiratet bleibt. Ich war ziemlich dumm, sagt sie sich, reich, aber dumm. Sie ist auf einmal sehr bedrückt.

Einen Moment später überlegt sie, wie sie das Yogazimmer in ihrer Villa in Palm Springs neu einrichten soll.

In Shanghai erzählt ein junger Mann seinen Investorenkollegen, die Rückkehr aus New York habe sich wegen wichtiger Geschäftstermine verzögert. Sie nicken höflich; sie wissen, dass er zu viel trinkt und eine Schwäche für teure Prostituierte hat. Und überhaupt, was in Amerika passiert, das bleibt in Amerika. Sie interessieren sich viel mehr für seine neue CorpServe-Managerin, wieder eine Chinesin. Der junge Mann hat seinerseits über die Ereignisse in New York nachgedacht, und er vermutet, dass er seine Schwester nie wiedersehen wird. Sie hatte ihn angerufen und ihn wissen lassen, dass sie in Sicherheit war. Und dass sie nie mehr für ihn arbeiten würde. Wo wirst du leben?, hatte er seine kleine Schwester gefragt. Mach dir um mich keine Sorgen, hatte sie gesagt, vergiss mich einfach. Die Amerikaner sind aggressiver, als ich vermutet hätte, stellt er fest. Er ist ziemlich sicher, dass China und die Vereinigten Staaten, die jeden Tag schwächer werden, irgendwann Krieg gegeneinander führen werden, und wie viele seiner Investorenkollegen sieht er diesem Tag mit Freuden entgegen.

In einer Manhattaner Rechtsanwaltskanzlei denkt eine Frau Ende dreißig an ihren Nachmittag mit dem Mann, der einen alten roten Pick-up fuhr. Sie kann ihn nicht vergessen und fragt sich immer noch, was mit ihm passiert ist, nachdem die Männer in der weißen Limousine ihn mitgenommen hatten. Sie wendet ihre Aufmerksamkeit dem *New York Magazine* zu, einem Artikel über Frauen im

Rollstuhl. Sie liest eine Seite, dann legt sie das Heft weg. Es ist genug. Heute Abend wird sie in eine Bar gehen.
Im mexikanischen Pueblo San Jacinto, achthundert Kilometer südlich der texanischen Grenze, schlurft eine schwarzgekleidete Frau zwischen fünfzig und sechzig über den kühlen Steinboden der Kirche und zündet zum Gedenken an ihre Tochter eine Kerze an. Ihr liebes Mädchen liegt jetzt in der Geborgenheit des Friedhofs, nachdem ein Mexikaner namens Montoya, der in New York lebt, die Überführung ihres Sargs bezahlt hat. Auch das andere Mädchen wurde in ihrer Heimatstadt beigesetzt. Der Frau fällt ein, dass sie Maismehl kaufen muss. Außerdem braucht ihre jüngste Tochter heute Schuhe. Sie hat beschlossen, nach El Norte zu gehen. Trotz allem, was passiert ist. Amerika ist reich, sagt sie, und wer wollte das bestreiten.
In Brooklyn stößt die fettleibige Eigentümerin eines Scheckeinlösungsunternehmens einen tiefen Seufzer aus, da sie immer noch nicht den Mut aufbringt, Anspruch auf Victors Leiche zu erheben. Man hat ihr gesagt, was von ihm übrig ist. Ich bin die Einzige, die ihn beerdigen wird, macht sie sich bewusst. Sie hat über die beiden mexikanischen Mädchen und ihre Familien nachgedacht und zu einem wirklich angemessenen Preis den Verkauf von Victor's Victorious – einschließlich Grundstück, Gebäude, Laster und Kundenkartei – an einen äußerst rührigen jungen Mann aus Neu-Delhi unter Dach und Fach gebracht. Sobald sie den auf ihren Namen ausgestellten Scheck erhält, wird sie jeden verdammten blutgetränkten Penny an die Familien der mexikanischen Mädchen schicken. Das bringt zwar niemanden zurück, doch sie findet, es ist das mindeste, was sie tun kann. Karmischer Ausgleich, nennt sie es, wenn schon nicht für Vic, dann vielleicht für sie

selbst, da sie ihn geliebt hat. Ein schrecklicher, herzloser, paranoider Killer. Aber sie hat ihn geliebt, ja, das hat sie nun mal. In der Flasche Dambruie, die er ihr erst kürzlich mitgebracht hat, ist noch ein kleiner Rest übrig; sie greift nach der Flasche und trinkt sie aus. Die schwere, süße Flüssigkeit rieselt ihr angenehm warm die Kehle hinunter, und sie beschließt, einen anderen Mann anzurufen, einen Nigerianer mit einer tiefen Stimme, dem sie seit einiger Zeit ihre Gunst schenkt.

Vierzig Häuserblocks entfernt hält ein junger Mann mit einer alten Narbe auf dem Bauch eine chinesische Frau in den Armen, die ihre Stirn an sein Kinn geschmiegt hat. Die Fäden an seiner Schläfe werden bald gezogen. Sie hat ein Bad genommen und sich glücklich und zufrieden in seinen warmen Bademantel gewickelt, sie haben die Nacht hindurch einfach dagelegen und miteinander geredet. Sie hatte ihn ein paar hundert Mal geküsst und keine Stelle ausgelassen, sie konnte einfach nicht anders. Sie schläft jetzt und träumt von ihrem Großvater und den Äpfeln, die er ihr mitgab. Der Mann horcht auf ihren Atem und fragt sich, ob die Menschen in ihren Träumen Englisch oder Chinesisch reden. Wenn sie aufwacht, will er sie fragen.

Einen Stock darunter hat der pensionierte Detective von der New Yorker Kripo der Hospizschwester erklärt, was sie tun muss. Er hat es ihr schon oft gesagt, sie angefleht, es ihr befohlen; das tun sie alle, geht es ihr durch den Sinn. Sie weiß, wann es noch zu früh und wann der rechte Moment gekommen ist. Es war besser, dass er so lange gelebt hat. Es sind gute Dinge passiert, die sonst nicht geschehen wären. Auch wenn sein Freund, der andere Polizist, getötet wurde. Doch jetzt hat dieser Mann genug gelitten. Sie sieht, dass der Krebs sein Auge und seinen Gaumen befallen hat.

Es steht zu vermuten, dass auch sein Gehirn durchsetzt ist. Ihm bleibt nicht mehr viel Zeit als Mensch, wohingegen ihm noch viele Tage als sterbendes Tier bevorstehen könnten. Sie füllt das Dilaudid-Gerät auf, tippt den richtigen Code ein und versetzt ihn mit einem zarten Knopfdruck alle sechzig Sekunden in einen Dämmerzustand. Seine letzten Bewegungen sind nur noch Fehlreaktionen des Nervensystems, die dazu führen, dass der Mann ruckartig mit den Armen winkt, als dirigierte er eine große Symphonie. Seine Augen sind geschlossen, sein Mund steht offen, der weiße Kopf ist ins Kissen gesunken. Doch seine knöchernen Arme winken wild und mit Leidenschaft. Dieser unheimliche Anblick kann einen Menschen verstören, doch sie sieht es nicht zum ersten Mal und erkennt darin eine gewisse Schönheit, die letzte Lebenskraft, die freigesetzt wird. Sie drückt noch einmal auf den Knopf und noch einmal, die Arme des Mannes fallen schlaff auf die Decke, und falls er im Sterben noch an irgendetwas denkt, dann an seinen Sohn. Die Schwester küsst den Mann zart auf die Stirn, wie sie es immer macht. Sie möchte gern glauben, dass sie diese letzte Segnung spüren. Dann entfernt sie alle Schläuche und legt ihn im Bett zurecht. Bis sein Sohn herunterkommt, wird sie in ihrer Bibel lesen.
Auf einer Breite von vierhundert Kilometern rast ein Taifun übers Meer auf Indonesien zu und wird bald Hunderte Dörfer überflutet haben. Aus aller Welt werden sie so schnell wie möglich Rettungshelfer einfliegen. Sie werden feststellen, dass man sie braucht. Sie werden den Tod und sie werden das Leben finden.
Ein New Yorker Feuerwehrmann hält ein chinesisches Mädchen.
Die Welt ist alt, die Welt ist neu.

Dank

Jeder Roman entsteht aus einer Konstellation, die so nie wiederkommen wird – es ist ein rätselhaftes Unternehmen, das Schreiben von Romanen. Dagegen ist es kein Geheimnis, dass man im Laufe der Arbeit Hilfe bekommt, und dafür möchte ich folgenden Menschen danken:
Brian DeCubellis, Susan Moldow, Kim Scheffler, William Oldham, meiner langjährigen Agentin Kris Dahl, Rose Lichter-Marck, John Glusman, Karen Thompson, Nancy und Rich Olsen-Harbich, Don und Janet Doughty, Nan Graham, Dana und Stephanie Harrison, Bart und Renata Harrison, Jonathan Galassi, Katherine McCaw, John McGhee, Carolyn Reidy, Joyce McCray, Jeff Seroy, Abby Kagan, Lisa Drew, Chuck Hogan und Robert Ferrigno, Ted Fishman, Guy Lawson, Don Snyder und Richard Schoch. Jeder von ihnen hat mir auf seine oder ihre Weise geholfen.
Meine Verlegerin und Lektorin, die unübertroffene Sarah Crichton, hat mich im Laufe der Arbeit ermuntert, mir mit Rat zur Seite gestanden und dieses Buch wesentlich verbessert. Sie hat ein untrügliches Auge und ein unerschrockenes Wesen. Danke, Sarah.
Meiner Frau Kathryn und unseren Kindern Sarah, Walker und Julia. *All of me for all of you.*